Catherine Anderson

Sous la menace

Traduit de l'américain
par Béatrice Pierre

Éditions J'ai lu

Titre original :

FOREVER AFTER
Avon Books, a division of The Hearst Corporation, N.Y.

1

Une clameur monta du ravin. James tressaillit de peur et se retourna brusquement.

Il poussa un soupir de soulagement. Pas d'autre corps, Dieu merci.

Ses hommes et les ambulanciers continuaient à fouiller l'épais maquis en s'interpellant bruyamment pour couvrir le grondement du torrent.

À mi-pente, une camionnette bleue reposait sur le toit, écrasée contre le tronc massif d'un pin. La carrosserie n'était plus qu'une masse de tôle froissée et l'essieu arrière s'était brisé net.

Une brusque rafale de vent plaqua sa veste d'uniforme kaki sur son torse. S'efforçant d'ignorer les odeurs de caoutchouc brûlé et d'essence, il accueillit avec reconnaissance cette bouffée de fraîcheur.

Le temps était inhabituellement chaud pour un mois de mai et il commençait à transpirer sous l'ardent soleil de l'Oregon. La brise ébouriffa les quelques mèches brunes qui dépassaient de son Stetson, mais il se contenta de cligner des yeux et abandonna son visage à la caresse du vent.

Comme pour lui rappeler qu'il avait un travail à finir, le vent agita les feuilles de son carnet. Ébloui par le soleil, il ferma à moitié les paupières et tenta de relire ses notes. Des larmes d'épuisement lui brouillèrent la vue. Il était exténué, fatigué jusqu'à la moelle. Voilà trois semaines qu'il travaillait comme un forcené, sans un seul jour de repos, par tranches de douze à quatorze heures de suite.

Depuis que le budget avait été réduit, il avait dû licencier des hommes et, pour compenser leur absence, il lui fallait mettre les bouchées doubles. James se sentit soudain découragé. L'an passé, dès le début de la belle saison, deux de ses hommes auraient régulièrement patrouillé sur ces routes dangereuses. Aujourd'hui, il n'avait personne à qui attribuer cette mission. Et la conséquence était là, à ses pieds : deux gamins s'étaient écrasés dans le ravin, et il ne lui restait plus qu'à espérer qu'on n'en découvre pas d'autres.

Incapable de déchiffrer le premier mot de son rapport, il décida qu'il était temps de laisser ses yeux prendre un peu de repos et referma son carnet. Il rangea son stylo et examina d'un regard las la pente qui s'ouvrait en contrebas. Dix ans de service dans la police lui avaient appris à ne pas se faire d'illusions. Lorsque des lycéens faisaient l'école buissonnière pour aller boire quelques bières au bord du torrent, ce n'était pas à deux ou trois, mais en bande. Trois garçons au moins devaient être assis dans la cabine, et sept ou huit sur le plateau arrière.

Ses yeux se posèrent sur la camionnette. L'espace d'une seconde, James crut entendre le crissement des pneus sur la route puis le froissement lugubre du métal lorsque le véhicule avait basculé et s'était renversé dans le ravin.

Il grimaça. Ses souvenirs étaient aussi tenaces que les racines du pin qui se cramponnait à mi-pente, et la vue de cette guimbarde à la peinture écaillée les ravivait cruellement.

Brouillées par le soleil, les lumières bleues et rouges des gyrophares se mélangeaient en un mauve phosphorescent qui éclairait la scène d'une lumière irréelle.

Des voix en provenance d'une radio ramenèrent James à la réalité. S'il voulait achever son rapport avant l'arrivée des journalistes, il devait se mettre au travail.

Il recopia les informations fournies par les permis de conduire des victimes. Nom, âge, taille, couleur des cheveux et des yeux. Les photos montraient des garçons qui n'avaient pas encore l'âge de se raser, encore moins de mourir. À la dernière ligne, sa main trembla légèrement.

Prendre du recul...

C'était la règle d'or du policier. Malheureusement, refouler ses sentiments n'était pas toujours facile.

James rangea son carnet dans la poche de sa chemise, puis il alla chercher un mètre et un morceau de craie et fit signe à celui de ses hommes qui était le plus proche.

– J'ai besoin d'un coup de main !

Tandis que le policier remontait péniblement la pente, James regretta son choix. Tom Moore était loin d'être son préféré. Depuis qu'il avait prêté serment, six mois plus tôt, le jeune homme avait causé plus de problèmes qu'il n'en avait résolu. Il était capable de passer les menottes à un gamin de quatorze ans coupable d'un vol de bonbons. Pire, il s'attendait à ce qu'on le félicite de son zèle.

De plus, Moore ne cachait pas qu'il visait la place de James. Et cela, c'était effrayant. Si Moore avait tous les diplômes voulus, cela ne signifiait pas pour autant qu'il possédât les qualités requises pour faire un bon policier. Dans son cas, cependant, ces lacunes ne seraient pas prises en compte. Quand votre père est maire de la ville, il suffit de tirer quelques ficelles et les portes s'ouvrent en grand. En outre, cela empêche votre patron de vous passer un savon, même quand vous le méritez.

L'ambition du jeune policier était démesurée. Les campagnes électorales de son père, un brillant politicien, l'avaient convaincu qu'il devait saisir toutes les occasions de se faire remarquer. Personne n'était aussi doué que Tom Moore pour retourner une situation à son avantage et se planter sous l'œil des caméras avec un sourire charmeur.

Au début, l'attitude de Moore avait amusé James. À son avis, un orang-outang aurait mieux servi les intérêts des citoyens du comté de Wynema que le fils du maire. À présent, il ne riait plus. Moore faisait tout ce qui était en son pouvoir pour se mettre en valeur, allant même jusqu'à dénigrer son supérieur.

Le jeune homme parvint au sommet de la pente, hors d'haleine. Il plia les genoux et se pencha en avant.

– Une sacrée côte, fit-il.

– Tu devrais faire un peu de sport, remarqua James.

Moore se redressa et examina son chef des pieds à la tête.

– C'est ce que vous faites pour lutter contre le vieillissement ? Trois séances de gym par semaine ?

L'allusion à son âge laissa James indifférent. Dans leur métier, un peu d'expérience ne nuisait pas, au contraire.

– Je possède un petit ranch. Ça représente pas mal de travail. Comme gymnastique, c'est suffisant.

Toujours haletant, Moore suivit James le long de la route. Deux civières étaient posées à côté de l'ambulance. Gardant les yeux fixés devant lui, James s'efforça de ne pas voir les sacs verts où étaient enfermés les corps sans vie des adolescents.

Lorsqu'il atteignit l'endroit où commençaient les traces de pneus, il s'accroupit et donna un coup de craie sur la chaussée.

– Tu as déjà fait ça, Moore ?

– Fait quoi ? demanda le policier d'un air maussade.

James serra les dents.

– Grâce aux traces de pneus, nous allons calculer la vitesse approximative du véhicule lorsque le conducteur en a perdu le contrôle. C'est quelque chose que tu dois savoir faire, si tu veux être shérif un jour.

Moore passa la main dans sa tignasse blonde.

– J'ai suivi les cours de l'Académie de police, rappelez-vous. Je sais comment il faut faire. J'ai seulement besoin de me rafraîchir la mémoire.

Après avoir soigneusement examiné les traces de pneus, James demanda à Moore de tenir l'extrémité du mètre tandis qu'il prenait les mesures nécessaires.

– Une fois que tu as déterminé la pente de la route et trouvé l'endroit exact où le conducteur a commencé à freiner, tu mesures la distance de ce point à celui où il a pu s'arrêter. Ensuite, tu inscris tes chiffres dans la formule qui te donnera la vitesse à laquelle roulait le véhicule. Tu comprends, jusque-là ?

Moore lui jeta un regard exaspéré.

– Je crois que j'y arrive, grommela-t-il. J'ai un Q.I. de cent quarante. Il me semble plutôt que c'est vous qui avez du mal à comprendre. N'êtes-vous pas en train d'oublier un point essentiel ? La camionnette ne s'est pas arrêtée. Elle a basculé dans le ravin.

James dut faire appel à toute sa patience pour ne pas dire ses quatre vérités à ce jeune freluquet, fils de maire ou pas. Transformer ce petit prétentieux en bon policier faisait partie de son travail, et il y réussirait.

– C'est exact, répondit-il d'une voix posée. Les traces de pneus ne s'arrêtent qu'au bord du talus. Nous allons donc faire comme s'il avait pu arrêter son véhicule avant la chute, et nous mesurerons la distance qui sépare le début des traces de ce point imaginaire. Si nous notons cette distance et l'angle de la pente dans notre formule, nous pourrons calculer la vitesse maximale à laquelle il aurait pu rouler tout en restant capable de s'arrêter avant de basculer.

– Nous ne connaîtrons que la vitesse à laquelle il ne roulait pas, pas sa vitesse réelle !

– Exactement, dit James tout en suivant les traces noires. Puisqu'il n'a pas pu s'arrêter, c'est qu'il roulait encore plus vite. On ne trouvera pas de chiffre plus précis.

Posant son carnet sur le pare-chocs d'une voiture de police, James procéda aux calculs. Le résultat le stupéfia. S'il ne s'était pas trompé, la camionnette roulait à plus de cent quarante-cinq kilomètres à l'heure.

Les doigts crispés sur son stylo, il recommença l'équation et trouva le même chiffre. Un pressentiment lui glaça le dos. Il jeta un regard soupçonneux à son assistant.

– Tu as bien dit que tu n'étais arrivé sur les lieux qu'après l'accident ?

Les poings sur les hanches, Moore se planta devant lui.

– Oui. Pourquoi cette question ?

Laissant son carnet sur le pare-chocs, James traversa la route. Il fallait être fou pour rouler à plus de cent quarante kilomètres sur une petite route de campagne. Fou ou suicidaire.

– Qu'y a-t-il ? demanda Moore.

Absorbé par ses pensées, James ne répondit pas.

Pourquoi un gamin roulerait-il aussi vite ? Il avait beau tourner le problème dans tous les sens, il ne trouvait pas de réponse. Bien sûr, les adolescents avaient tendance à conduire le pied au plancher, et la plupart d'entre eux étaient de vrais casse-cou. Mais ils ne cherchaient pas délibérément à se tuer, sauf dans des cas particuliers.

Quelqu'un avait dû pousser le jeune garçon à accélérer, conclut James mentalement, avec l'horrible impression de savoir qui.

Il revint sur ses pas et fusilla son subordonné du regard.

– Tu affirmes que tu n'étais pas dans le coin lorsque l'accident s'est produit ?

Moore prit un air offusqué.

– Vous mettez ma parole en doute ?

Sans un mot, James ramassa son carnet et se dirigea vers sa voiture. Une fois assis dans sa Bronco, il prit sa radio et appela le commissariat. Jenny Rose lui répondit et James lui demanda aussitôt de passer sur une fréquence moins utilisée.

– Est-ce que Moore t'a transmis un numéro, cet après-midi ? interrogea-t-il lorsqu'ils eurent repris contact.

– Exact, répondit Jenny. Il m'a demandé de vérifier une plaque d'immatriculation.

James sentit sa bouche devenir sèche.

– Il me faut ce numéro, reprit-il d'une voix curieusement oppressée.

Quelques secondes plus tard, Jenny le lui communiquait. L'immatriculation était celle qu'il venait d'inscrire dans son rapport d'accident.

– Merci, Jenny Rose. Terminé.

Il sortit de la voiture et referma très lentement la portière.

Debout devant Tom Moore, jambes écartées, il pianota des doigts sur son carnet.

– Tu m'as menti, Tom.

– Je ne sais pas de quoi vous parlez, répliqua le jeune policier.

– Je vais t'expliquer. Pendant que tu patrouillais par ici cet après-midi, tu as repéré un groupe de garçons à bord d'une vieille camionnette bleue. La voiture zigzaguait sur la route, et ça a éveillé tes soupçons. Tu l'as filée tout en transmettant le numéro à Jenny Rose, puis tu as essayé de la coincer. Je ne me trompe pas, jusque-là ?

Moore regardait fixement le sol. De plus en plus furieux, James frappa le pare-chocs avec son carnet. Le bruit fit sursauter le jeune homme.

– Quand tu as allumé ton gyrophare et mis la sirène

en route, les garçons ont été pris de panique et le conducteur a accéléré, continua James d'une voix glaciale. Il t'a aperçu dans le rétroviseur et a enfoncé la pédale à fond. Ensuite, il a perdu le contrôle du véhicule et basculé dans le ravin.

– Je ne sais pas de quoi vous parlez, répéta Moore, imperturbable.

– Tu le sais parfaitement, bon sang ! Combien de fois t'ai-je demandé de ne pas prendre en chasse un gamin que tu soupçonnes d'avoir bu ? S'il accélère après t'avoir vu, il ne s'arrêtera pas, quoi que tu fasses. Dans ce cas-là, la seule chose à faire, c'est de ralentir pour qu'il en fasse autant. Qu'as-tu à gagner en le poursuivant ? S'il est ivre, ses réflexes sont diminués. Plus il roule vite, plus il risque d'avoir un accident, de se blesser, de se tuer, lui et peut-être d'autres personnes.

La colère empourpra les joues de Moore.

– Je vous ai dit que je n'étais pas là ! Vous me traitez de menteur ?

James réprima les insultes qui lui venaient aux lèvres.

– Jenny Rose m'a donné le numéro que tu lui as transmis quelques minutes avant l'accident. Ça colle parfaitement.

– Et alors ? On n'a pas le droit de vérifier le numéro d'une plaque d'immatriculation ? Deux heures plus tôt, j'ai vu la camionnette garée à côté de la rivière. Il n'y avait personne à l'intérieur, ni autour. Ça m'a paru suspect et j'ai noté le numéro pour vérifier plus tard.

– Pourquoi plus tard ? Pourquoi pas tout de suite ?

– J'avais trop à faire.

– Quoi ?

– C'était l'heure de ma pause.

James poussa un soupir. Cette discussion n'aboutirait à rien. À en juger par son expression butée, Moore n'admettrait jamais qu'il avait pris en chasse les jeunes garçons. Et James n'avait aucun moyen de le prouver.

De toute façon, même s'il y parvenait, Moore ne risquait rien. La loi était de son côté.

Les adolescents avaient commis plusieurs fautes. Tout d'abord, le conducteur avait pris le volant en état d'ivresse. Sur ce point particulier, James n'hésitait pas à s'écarter du code. Et il demandait à ses hommes d'en faire autant.

Par ailleurs, ces garçons avaient séché les cours, ce qui pouvait leur valoir une expulsion du lycée alors qu'ils s'apprêtaient à recevoir leur diplôme de fin d'études. Enfin, il leur restait encore à affronter la colère de leurs parents dont certains, frustrés et incapables de maîtriser leur propre force, se montraient parfois, selon les statistiques, excessivement brutaux.

Dans ces conditions, qui aurait pu leur reprocher de s'enfuir plutôt que de s'exposer à de telles sanctions ? Quand les risques étaient trop grands, les enfants paniquaient. James l'avait appris, et de façon la pire qui fût. Si une bonne dose d'alcool s'ajoutait à la panique, les fautifs étaient capables de n'importe quelle bêtise.

Connaissant les réactions des adolescents, James voulait à tout prix éviter qu'ils ne prissent peur à la vue d'un uniforme. Au moins, ils ne s'enfuyaient pas et, avec quelques bonnes paroles, on arrivait à les inscrire dans un programme éducatif destiné à les détourner de l'alcool et de la drogue.

Une fois qu'on avait enfermé le corps d'un jeune garçon dans un sac et remonté la fermeture Éclair, il n'y avait plus de seconde chance.

– Fiche le camp avant que je ne commette quelque chose de regrettable, dit-il enfin. Va aider les autres à fouiller le terrain.

Moore ne bougea pas. Il serrait et desserrait les poings nerveusement. James en vint à souhaiter qu'il perde le contrôle et tente de le frapper. Le rouer de coups ne ramènerait certes pas les garçons à la vie, mais il en éprouverait un certain apaisement.

À cet instant, il entendit les voitures des journalistes arriver. Toute la journée, ces types restaient l'oreille collée à la radio de la police pour débarquer en masse dès qu'on annonçait un grave accident. La plupart du temps, James s'offrait quelques instants de réflexion avant de faire une déclaration. Cette fois-ci, il devrait s'en passer.

Le visage de Moore prit une expression tendue.

– Si vous leur dites que je pourchassais les gosses quand ils ont basculé dans le ravin, comptez sur moi pour vous rendre la vie infernale, lança-t-il. Pas question que je paie pour cette histoire.

James se sentit bouillir de colère. Il était persuadé que Moore avait poursuivi la camionnette avec l'espoir d'arrêter les garçons et de passer pour un héros. Par malheur, la course s'était terminée de façon tragique et deux jeunes champions de football étaient morts. Étant donné leur popularité dans la région, les journalistes risquaient d'accuser le jeune policier de meurtre, ce qui anéantirait toutes ses ambitions.

Délicieuse hypothèse, songea James.

Le bruit de pas qui accouraient et le cliquetis des appareils photo se faisaient de plus en plus proches. Sur un dernier regard furieux, Moore s'éloigna, laissant à son chef le soin de se débrouiller avec les reporters.

Les journalistes se ruèrent sur James comme une armée de fourmis sur une miette de pain. L'éclair d'un flash lui fit fermer les yeux une seconde. Lorsqu'il les rouvrit, une femme brandissait un micro sous ses lèvres.

Les questions se mirent à fuser.

– Shérif Masters, comment s'appellent les victimes ? demanda la femme.

Un homme l'écarta d'un coup de coude.

– À quelle vitesse roulait la camionnette au moment de l'accident ? À quelle heure a-t-il eu lieu ?

Du fond de la foule, une voix féminine demanda :

– Est-ce qu'on a retrouvé tous les corps ?

– Qu'avez-vous ressenti quand vous avez appris qu'il s'agissait d'adolescents en état d'ivresse ? cria un homme. Vous ne croyez pas que ça prouve que votre politique doit être corrigée, non ?

Une jeune fille agita une feuille de papier pour attirer l'attention de James.

– Je viens d'interroger un groupe de parents furieux qui font circuler une pétition demandant votre renvoi, shérif Masters. Ils affirment que vos hommes et vous avez interrompu plusieurs beuveries durant le week-end et que vous avez retenu les adolescents jusqu'à ce qu'ils soient suffisamment sobres pour conduire. Vous n'en avez mis aucun sous les verrous, mais vous avez omis de prévenir leurs familles que vous les empêchiez de rentrer chez eux. Pouvez-vous expliquer votre attitude ? Ces parents étaient malades d'inquiétude. Aujourd'hui, ils sont indignés du mépris que manifeste la police envers leurs sentiments.

James leva la main pour interrompre l'interrogatoire.

– Je vous en prie, une seule question à la fois. Je répondrai à toutes, c'est promis.

Les journalistes se turent aussitôt. James examina les visages qui lui faisaient face. Hommes et femmes le fixaient avec insistance tout en manœuvrant leurs appareils photo et leurs magnétophones. Les garçons enfermés dans les sacs verts ne représentaient pour eux que deux chiffres de plus à ajouter aux statistiques, songea-t-il avec amertume.

– Je répondrai d'abord à la première question, déclara James. La baisse des impôts a entraîné une réduction de mon budget et donc de mes effectifs. Actuellement, nous travaillons avec quinze policiers de moins qu'il y a deux ans. La fin de l'année scolaire approchant, les élèves de terminale fêtent avec une légère avance la remise des diplômes. On estime qu'à cette occasion plus de soixante-dix pour cent d'entre eux consomment de l'alcool. Dans la seule ville de Wynema Falls, plus de trois mille jeunes recevront leur diplôme le 1er juin. Le week-end dernier, mes hommes et moi avons interrompu cinq fêtes auxquelles assistaient environ trois cents adolescents. Les cellules du commissariat ne pouvaient les contenir tous, et je manquais d'hommes et de véhicules pour les ramener en ville. La seule solution était de les garder sur place jusqu'à ce qu'ils soient en état de rentrer chez eux. Quant à prévenir les parents, téléphoner à chaque famille aurait pris des heures, sans compter le temps qu'il aurait fallu pour obtenir que ces gosses paniqués acceptent de donner leur nom. Très franchement, je n'ai pas assez de personnel pour une telle entreprise et, en tant que shérif, je dois établir des priorités et concentrer les efforts de la police sur les actions les plus utiles au public. Il me semble que veiller sur la sécurité de nos jeunes passe en premier.

Un journaliste suivi d'un photographe rondouillard se fraya un chemin à travers la foule et se campa au premier rang. James ne put s'empêcher de grimacer en reconnaissant Bill Krusie, le célèbre reporter de la chaîne de télévision locale, KTYX.

James et Bill se connaissaient depuis l'enfance. Ils avaient fréquenté le même lycée, joué dans la même équipe de football, étaient partis skier ensemble et, dès qu'ils en avaient eu l'âge, avaient invité des filles pour des sorties à quatre. Deux bons copains.

Cette longue amitié s'était interrompue quatre ans plus tôt, lorsque James avait eu le malheur d'arrêter Bill pour conduite en état d'ivresse. Cette arrestation avait profondément humilié le journaliste dont la popularité auprès des téléspectateurs avait aussitôt chuté. Il s'était fait renvoyer de la chaîne pour laquelle il travaillait à l'époque, et sa femme l'avait quitté malgré leurs dix-sept ans de mariage. Bien que le tribunal ait obligé Bill à suivre une cure de désintoxication et qu'il soit devenu un membre assidu des Alcooliques anonymes, il reprochait encore à James d'avoir brisé sa vie.

De tous les journalistes que James avait rencontrés, Bill Krusie s'était toujours montré le plus honnête. Mais il ne pouvait admettre que le shérif qui l'avait jeté en prison pour conduite en état d'ivresse était son ancien compagnon de beuveries. Pour Bill, ce comportement rigide n'était que pure hypocrisie, et il s'en prenait à son ancien ami chaque fois qu'il le pouvait.

La situation actuelle allait lui offrir une belle occasion de se venger.

2

Les bras encombrés de sacs à provisions, James avait l'impression d'être complètement handicapé. Comment les mères de famille se débrouillaient-elles pour retenir leurs aînés tandis qu'elles installaient le bébé dans son siège-auto, sans toutefois lâcher les sacs ? Mystère.

Il referma le coffre de sa voiture et contourna la maison. Au loin, les sommets arrondis et mauves de la chaîne des Cascades ressemblaient à de gros tas de myrtilles recouverts de meringue. Le vent qui dévalait les pentes vertes des contreforts murmurait doucement dans les rangées de pins qui bordaient les vingt hectares de son ranch.

« Enfin à la maison ! » se dit-il en entendant les mugissements apaisants du bétail. Éprouvé par la dure journée qu'il venait de vivre, il huma avec ivresse les parfums de sauge et de luzerne qui émanaient des prés brûlés par le soleil.

Agitées par la brise, les feuilles toutes neuves du grand chêne qui ombrageait la maison dessinaient sur le toit des figures mouvantes. Longeant la véranda, James essaya de ne pas remarquer la peinture écaillée de la rambarde. Encore du travail en perspective. Et la pelouse, envahie par les herbes folles, avait besoin d'être tondue.

Il s'apprêtait à gravir le perron lorsque des caquètements affolés lui firent tourner la tête. Poursuivies par son chien Goliath, les poules s'éparpillaient dans toutes les directions.

– Goliath ! cria-t-il. Arrête tout de suite !

Assourdi par la cacophonie, le rottweiler n'entendit rien et continua de courir de droite à gauche derrière les volatiles épouvantés. On aurait dit que quelqu'un s'était amusé à jeter au vent un grand sac de plumes rouges. Un sifflement aigu de James parvint enfin à interrompre ce petit jeu.

– Tu sais très bien que c'est défendu, gronda son maître. Qu'est-ce que je vais faire de toi, bon sang ?

Le menton baveux de Goliath arborait une barbiche de plumes rousses. Encore une poule à l'arrière-train dénudé, songea James.

– Continue comme ça, mon vieux, et nous n'aurons plus d'omelettes.

La langue pendante, le chien se laissa tomber au pied des marches. Son regard brillait de satisfaction.

James ne put retenir un sourire. Pourchasser les poules n'était pas un crime et Goliath n'en avait jamais blessé aucune. Son accident, neuf mois plus tôt, l'avait obligé à prendre sa retraite de chien policier. Quel plaisir lui restait-il à présent, sinon provoquer de temps à autre un vent de panique dans la basse-cour ?

Ce chien lui avait sauvé la vie à d'innombrables occasions, se rappela James. Qu'au moins sa retraite soit heureuse.

– Je t'ai emmené au commissariat hier et avant-hier. Que puis-je faire de plus, Goliath ?

L'animal leva un regard suppliant vers son maître.

– Avec une prothèse à la hanche, tu ne peux plus servir dans la police. C'est comme ça. Inutile de rêver.

Soudain, Goliath inclina une oreille en avant et ses yeux prirent une expression absente. Le vent apportait l'écho ténu d'une voix d'enfant. Sans doute était-ce la fillette blonde qui venait de s'installer avec sa mère dans l'unique maison située à côté du ranch.

Goliath se redressa en gémissant. James soupira. Le rottweiler adorait les enfants. Il était visiblement prêt à échanger ses deux pattes arrière et ce qui lui restait de queue contre l'autorisation de courir jouer avec leur nouvelle voisine.

– Tu promets de ne pas oublier tes bonnes manières et d'être discret ?

– Grr-rouff ! répondit le chien en se trémoussant de joie.

James consulta sa montre.

– Une heure, pas plus. Reviens à 19 heures, sinon je te colle une contravention.

James n'avait pas terminé sa phrase que la croupe de Goliath disparaissait en un éclair rouge derrière la maison.

Tandis qu'il déverrouillait la porte, James se souvint un peu tard du serment qu'il s'était fait d'éviter ses nouvelles voisines. Zeke Guntrum, le propriétaire de leur maison, était un vieux bonhomme négligent et avare. Tuyaux rouillés, électricité défectueuse, planchers pourris, la bicoque était en train de s'écrouler. Les locataires se succédaient, chacun regrettant rapidement sa décision. James était régulièrement appelé pour jouer au bricoleur, toujours au milieu de la nuit, bien sûr, car la plomberie tombait rarement en panne à une heure décente. Aussi avait-il décidé d'éviter autant que possible tout contact avec les nouvelles venues.

Une odeur d'ail et de pain brûlé l'accueillit dans la cuisine, souvenir de son échec culinaire de la veille. Il posa ses sacs sur le comptoir et s'octroya une bouteille de bière, première étape d'une longue soirée paresseuse devant la télévision.

Deuxième étape : il lança son Stetson en direction du crochet fixé au mur. Le chapeau décrivit une jolie spirale et atterrit sur le linoléum jaune. James n'en croyait pas ses yeux. Il y avait des mois qu'il n'avait pas raté son coup. Mais il y avait aussi une éternité qu'il n'avait pas passé une aussi mauvaise journée.

La soirée serait meilleure, il y veillerait, se promit-il en ramassant le Stetson. Troisième étape : il débrancherait le téléphone et enfouirait son bip sous les coussins du canapé. Dès qu'il aurait avalé son dîner et soigné le bétail, rien ne pourrait le tirer de son fauteuil.

Quelques minutes plus tard, alors qu'il lisait une recette de macaronis au fromage, ce qui était pour lui le summum de la gastronomie, le téléphone sonna. « N'y fais pas attention », se dit-il en se reprochant de ne pas avoir débranché l'appareil dès son retour.

Sifflotant résolument, il sortit le beurre et le lait du réfrigérateur. Têtu, le téléphone continuait de sonner. James siffla plus fort. Officiellement, il n'était pas de service. De plus, ses hommes étaient capables de gérer n'importe quelle situation. Avec un grognement de satisfaction, il avala une longue rasade de bière et sortit une casserole du placard.

Le téléphone s'obstinait.

Fallait-il qu'il soit bête pour se laisser troubler par la sonnerie d'un téléphone ! Il n'avait ni femme ni enfants. Sa famille se résumait à un père qu'il n'avait pas vu depuis dix-neuf ans et qu'il n'appelait qu'à de rares occasions. Il s'agissait sûrement d'un policier ou, pire, d'un journaliste. Or ce soir, il ne désirait qu'une chose : la paix. Et qu'on ne lui parle plus de pétitions, ni de sa méthode de travail. Pourquoi ne pouvait-on le laisser tranquille quelques heures ?

Avec un soupir résigné, il décrocha.

– Allô ?

– Shérif Masters ? fit une voix stridente.

La femme semblait proche de l'hystérie. Dans le fond, James entendit un enfant crier.

– Oui ?

– C'est... ô mon Dieu, il faut que vous veniez. Vite !

Dans la vie d'un policier, les appels anonymes et incohérents faisaient, hélas, partie de la routine.

– Calmez-vous, madame.

« Violence domestique, supposa-t-il en son for intérieur. Un ivrogne qui bat son gamin. »

– Si vous voulez que je vous aide, reprit-il, il me faut votre nom et votre adresse.

– Je vous en prie, venez vite, cria-t-elle. Il est devenu fou. Je crois qu'il... ô mon Dieu ! Il va la tuer ! Vite, dépêchez-vous !

Et elle raccrocha aussitôt.

Certes, les coups de téléphone bizarres étaient monnaie courante dans son métier, mais celui-ci remportait la palme. Ni nom ni adresse ? La télépathie n'était pas son fort. Il reposa le téléphone. Encore un forcené plein de mauvais whisky. Pourquoi les femmes restaient-elles avec des ordures pareilles, au risque de traumatiser leurs enfants ? James s'était souvent posé la question, sans trouver la réponse.

Il va la tuer !

La femme aurait au moins pu donner son nom, cela lui aurait permis de trouver l'adresse. L'idée qu'une brute de cent kilos se jette sur une petite fille lui donnait la nausée. Il se promit d'acheter rapidement ce nouveau téléphone, celui sur lequel s'inscrivait le numéro du correspondant.

Reprenant la boîte de macaronis, il tenta de se concentrer sur la recette.

Je vous en prie, il faut que vous veniez, vite !

Un frisson lui parcourut la nuque. Goliath. Le chien aurait-il fait des bêtises chez leurs nouvelles voisines ?

James ouvrit la porte de la cuisine et sortit sur le perron. Des aboiements éloignés lui parvinrent. Sans prendre le temps de mettre son chapeau, il s'élança en direction de la maison de Zeke Guntrum. À chaque foulée, le vacarme prenait de l'ampleur, cris d'enfant, hurlements de femme et aboiements de Goliath.

Il sauta par-dessus la clôture à moitié effondrée qui séparait les deux propriétés, contourna la maison et s'arrêta net. Une fillette vêtue d'un pantalon rose et d'un tee-shirt blanc maculé de taches s'aplatissait contre le mur d'un appentis, ses cheveux blonds accrochés aux planches rugueuses. Ses yeux écarquillés par la peur faisaient penser à des soucoupes en porcelaine bleue.

Les crocs sortis, Goliath allait et venait entre l'enfant et une jeune femme brune et fluette qui disparaissait dans un jean trop grand et un tee-shirt informe.

– Ne bougez pas ! cria-t-il.

En l'entendant, la femme tourna vers lui un visage livide et des yeux noisette terrifiés.

– Oh, merci, mon Dieu ! Aidez-nous ! Faites quelque chose, je vous en prie !

James regarda son chien, perplexe. S'il existait un animal au monde à qui l'on pût confier un enfant sans crainte, c'était bien Goliath. Or le rottweiler semblait furibond. Il aboyait, grondait, sautait en l'air. Et l'arrivée de son maître n'avait en rien calmé sa colère.

James claqua des doigts.

– Goliath, au pied !

Le rottweiler lui fit face. Ses yeux d'ordinaire amicaux étaient d'un rouge inquiétant. Un bref instant, James craignit que le chien ne refuse d'obéir. Impossible, songea-t-il. Goliath avait reçu un dressage très poussé et avait appris à se soumettre à la volonté de son maître dès son plus jeune âge.

Que lui arrivait-il ? James croisa le regard effrayé de l'enfant.

– Goliath, au pied ! répéta-t-il.

La tête basse, le chien obéit en traînant les pattes. Quand il fut à portée de main, James empoigna son collier.

– Sammy ! s'écria la jeune femme en courant vers sa fille.

Elle la prit dans ses bras et l'étreignit un long moment, puis elle tourna vers James un visage frémissant de colère.

– Emmenez cette sale bête vicieuse hors de chez moi !

Pour les avoir éprouvés à maintes reprises, il reconnut chez elle la bouffée d'adrénaline et l'accès de rage qui suivent souvent un moment de terreur et qui, vite dissipés, vous laissent les jambes molles et la tête vide.

– Madame, je suis vraiment désolé de...

– Je ne veux rien entendre ! Emmenez ce monstre loin d'ici !

Pour un premier contact, c'était un vrai désastre. Dommage ! James serait volontiers venu lui réparer sa plomberie au milieu de la nuit, ainsi que tout ce qui tombait en panne dans sa masure.

Une ossature fragile. Des traits fins de lutin. Une peau crémeuse. De grands yeux caramel. Une bouche aux lèvres pleines, d'un rose de fraises à peine mûres. Des cheveux bruns qui tombaient en boucles épaisses et soyeuses sur les épaules. Oui, il avait dépanné des voisins moins séduisants.

Elle serra sa fille plus étroitement.

– Tout va bien, mon ange, murmura-t-elle. Tout va bien.

Malgré les paroles rassurantes de sa mère, l'enfant continuait de pousser des cris aigus.

– Ne restez pas là à nous regarder ! lança la jeune femme. Vous ne voyez pas que votre chien la terrifie ?

– Je regrette vraiment ce qui s'est passé. Mais écoutez-moi, je vous en prie. Jamais Goliath n'aurait fait de mal à votre petite fille.

La femme recula d'un pas.

– Il a failli m'attaquer !

– Je vous assure qu'il ne l'aurait pas fait.

– Il ne m'a même pas laissée approcher d'elle ! Chaque fois que j'ai essayé, il s'est mis à gronder.

– C'est parce qu'il sentait que l'enfant avait peur. Elle s'est mise à crier, n'est-ce pas ? Elle est sortie de la maison en courant et elle a hurlé ?

– Oui, reconnut-elle d'une voix tremblante.

– C'est bien ce que je pensais. Ce n'est qu'un chien, vous savez, pas Albert Einstein. Goliath a pensé qu'elle avait peur et il a voulu la protéger. Ensuite, vous êtes sortie en courant, vous aussi. Il s'est dit que la menace venait de vous.

– Rien ne peut excuser ce genre de comportement ! Vous êtes aussi cinglé que votre chien !

Elle n'avait peut-être pas tort, se dit James. Il fallait être fou ou masochiste pour rester sous ce feu roulant d'accusations et tenter de lui faire entendre raison. Mieux valait sans doute repousser les explications à plus tard.

Elle recula encore un peu et ses yeux errèrent autour d'elle comme pour chercher un refuge. Que ce soit du chien ou de lui, elle semblait avoir aussi peur que sa fille. De récents reportages télévisés sur la brutalité et la corruption policières poussaient un bon nombre de gens à se méfier des représentants de l'ordre.

Il l'examina à nouveau d'un œil sagace, notant chaque détail. Un peu moins de trente ans, jolie, mal habillée, plutôt petite. Face à elle, il eut soudain l'impression d'être un géant ou un ogre sorti tout droit d'un conte effrayant.

– Il s'agit seulement d'un malentendu, dit-il.

– Un malentendu ? Faites-le sortir d'ici ! Me suis-je bien fait comprendre ? Tout de suite ! Ou bien j'appelle...

Son regard passa de l'insigne de shérif au pistolet semi-automatique accroché à la ceinture de James.

– Je vais appeler la police d'État, reprit-elle. Je suis sûre qu'il y a une loi qui oblige à garder enfermés les chiens enragés.

L'accusation le piqua au vif et il ne put s'empêcher de répliquer :

– Cet animal enragé, comme vous dites, est un chien policier, celui-là même dont les journaux ont raconté l'exploit, il y a quelques mois. C'est lui qui s'est jeté dans un immeuble en flammes pour sauver une petite fille.

La jeune femme ne réagissant pas, il conclut qu'elle n'avait pas lu les articles en question.

– Écoutez, madame. Durant sa carrière, Goliath a reçu dix-sept citations, toutes pour avoir sauvé un enfant. Jamais il ne blesserait votre fille. Mourir pour elle, oui, il en est capable, parce que c'est dans sa nature.

Elle lui tourna le dos et se dirigea vers la porte de la cuisine.

– Si vous ne partez pas tout de suite, j'appelle la police d'État. Et si ce chien revient ici une seule fois, je porterai plainte.

L'espace d'une seconde, l'idée que sa voisine portât plainte contre lui l'amusa. Mais le côté comique de la chose lui parut aussitôt moins évident. Il avait assez de problèmes en ce moment sans y ajouter un procès. Serrant la main sur le collier de Goliath, il l'entraîna aussi vite que possible.

– Bravo, partenaire. Tu sais vraiment comment

plaire aux dames, dit-il en le lâchant dès qu'ils eurent regagné la route.

À peine libéré, le rottweiler s'empressa de faire demi-tour. James le rattrapa par le collier.

– Pas question, espèce d'abruti. Tu n'approches plus de cette enfant. Compris ? Qu'est-ce qui t'a pris, bon sang de bon sang ?

Avec un gémissement plaintif, Goliath jeta un regard implorant vers la vieille maison. James s'accroupit pour lui parler.

– Goliath, écoute-moi bien.

Des yeux larmoyants se rivèrent aux siens.

– Cette dame ne t'aime pas. Je sais que c'est difficile à comprendre pour un type aussi charmant que toi, mais il arrive qu'on tombe sur des femelles stupides. Si tu retournes là-bas, elle portera plainte et dira que tu es dangereux. Et tu sais où tu finiras ? À la chambre à gaz.

*
**

Emmanuelle Lynn Kenyon poussa la porte, ce qui eut pour effet de la décrocher partiellement du chambranle. Elle leva les yeux. Seul un gond, celui du haut, restait en place. Les bras serrés autour de sa fille, elle laissa la porte se refermer en claquant. Au point où elle en était, le dernier gond pouvait bien sauter.

Elle monta les trois marches qui menaient à l'office et s'arrêta. Secouée de tremblements convulsifs, Sammy se cramponnait désespérément à elle. Emmanuelle la berça doucement, ce qui fit osciller le plancher sous ses pieds. Quelle horrible masure ! Vu ses finances, elle n'avait guère eu le choix en matière de locations. Et aujourd'hui, elle était coincée ici.

Si la situation n'avait pas été aussi tragique, elle aurait éclaté de rire. Un shérif et un rottweiler. Elle n'aurait pas pu rêver pire comme voisinage, même dans ses cauchemars les plus atroces ! Elle revit le regard bleu pénétrant de James Masters, ses traits bien dessinés, sa tignasse brune et hirsute. Large d'épaules, tout en muscles, il était bâti comme une armoire à glace. Après avoir vécu des années parmi des citadins qui n'exécutaient aucun travail manuel, elle avait perdu l'habitude de voir des hommes aussi costauds.

Elle tenta de reprendre ses esprits. Les tremblements de Sammy et son mutisme obstiné commençaient à l'inquiéter.

– Hé, mon bébé, chuchota-t-elle, ça va ?

Silence. Le cœur d'Emmanuelle se serra.

– Toc, toc, toc, fit-elle d'une voix anxieuse. Y a-t-il quelque part une petite fille appelée Sammy ?

La fillette bougea légèrement.

– Sammy, mon petit cœur ?

– Oui ? répondit enfin l'enfant dans un murmure haletant.

Une vague de soulagement envahit Emmanuelle.

– Ça va, ma chérie ?

Le corps crispé, Sammy se pressa contre sa mère.

– Tu avais promis, maman, dit-elle d'un ton de reproche. Tu avais promis.

Elle n'avait pas besoin d'en dire plus. Bourrelée de remords, Emmanuelle comprit très bien de quelle promesse il s'agissait. Une fois arrivée dans l'Oregon, elle avait juré à Sammy qu'elle n'aurait plus rien à redouter. En lâchant son animal féroce dans la nature, cet homme avait tout détruit.

– Tout va s'arranger, ma chérie.

– Je veux m'en aller d'ici, maman. Loin, loin, loin.

Partir était impossible. Emmanuelle avait dû payer le loyer du mois en cours et une caution importante que son propriétaire grincheux refuserait de lui rendre si elle s'en allait avant les six mois convenus. En outre, sa vieille voiture avait besoin de réparations coûteuses.

Et elle n'était pas sûre de retrouver ailleurs un travail à domicile qui lui permette de s'occuper de Sammy.

Pressant les lèvres contre les cheveux de la petite fille, Emmanuelle tenta de se calmer. Sans succès. Un accès de colère lui fit serrer les dents. Après tant d'épreuves et de souffrances, elle avait cru avoir droit à un peu de tranquillité, mais tout s'acharnait à aller de travers.

– Ce gros chien méchant va revenir, maman, je le sais !

– Sammy, tant que je serai en vie, rien ni personne ne te fera du mal. Tu ne dois plus avoir peur.

La fillette la croirait-elle, malgré toutes ces fois où elle avait compté en vain sur sa mère ?

Emmanuelle continuait de bercer sa fille lorsqu'une odeur de brûlé vint lui chatouiller les narines.

– Oh, la viande !

Elle se rua dans la cuisine d'où sortait une fumée épaisse, coupa le gaz et écarta la poêle du brûleur.

À ce moment-là, le détecteur de fumée se déclencha. La sonnerie stridente de la sirène fit sursauter la mère et l'enfant.

– Ça suffit ! Je t'ai entendu ! cria Emmanuelle à l'adresse du boîtier fixé au plafond.

L'alarme était le seul appareil de la maison qui fonctionnait et, la cuisine étant mal aérée, il se mettait en route avec une efficacité exaspérante.

Déplaçant Sammy sur sa hanche, elle se pencha par-dessus l'évier et tenta de toutes ses forces de pousser la fenêtre que des couches répétées de peinture rendaient difficile à ouvrir.

– Voilà, dit-elle avec un petit sourire forcé quand la fenêtre céda enfin.

Comme la fumée se dissipait, la sirène finit par se taire.

– Ouf ! Ce fichu truc va finir par me rendre sourde.

De la viande hachée prévue pour le dîner, il ne restait plus que deux petits morceaux de charbon. À quatre dollars le kilo, la perte n'était pas négligeable. Pourtant, Emmanuelle ne regretta pas l'incident. Il avait au moins eu le mérite de les distraire du drame précédent.

– Bon. Il ne nous reste plus qu'à les jeter à la poubelle.

– On n'en a pas, lui rappela Sammy d'une voix lugubre.

Baissant les yeux sur la porcelaine tachée de rouille de l'évier, Emmanuelle se retint d'ajouter qu'une poubelle n'était pas le seul luxe dont elles étaient privées. Si elle avait dû faire une liste de ce qui manquait, elle aurait placé une hotte aspirante en premier et l'air conditionné tout de suite après.

– Il faut que nous préparions autre chose pour le dîner. De quoi as-tu envie ?

– Que tu me serres très fort, murmura Sammy dans son cou.

Emmanuelle l'étreignit. L'image de sa fille clouée au mur de l'appentis comme un condamné sur sa croix ne cessait de la hanter. Sans arme, sans même un bâton, qu'aurait-elle pu faire si le chien s'était rué sur l'enfant ?

– Tu en fais une drôle de tête, maman.

– C'est à cause de la fumée.

Sa fille dans les bras, elle marchait de long en large, butant, un pas sur deux, sur les aspérités du linoléum racorni. Chaque grincement du plancher faisait sursauter Sammy, qui jetait régulièrement un coup d'œil inquiet par-dessus l'épaule de sa mère.

– Ce n'est rien, dit Emmanuelle en caressant le petit dos crispé. N'aie plus peur, ma chérie. Tout va bien.

– Maman, qu'est-ce qu'on fait si le gros chien méchant revient ?

Comme il aurait été agréable de débiter à nouveau un flot de promesses imprudentes, simplement pour que l'enfant soit rassurée ! songea Emmanuelle.

– Je vais y réfléchir, ma chérie, répondit-elle. Tu ne risques rien. Je vais trouver une solution.

Quelle solution ? Sammy avait raison. Le chien pouvait fort bien revenir. Que devait-elle faire ? Acheter une batte de base-ball qu'elle garderait près de la porte ? Entourer d'une clôture l'endroit où jouait la fillette ? Avoir un fusil ou un revolver à portée de main ne serait pas non plus une mauvaise idée...

Emmanuelle tressaillit. Seigneur, avait-elle perdu la tête ? Elle n'avait pas touché de fusil depuis qu'elle avait quitté la maison paternelle, et Dan l'avait à jamais dégoûtée des armes à feu.

Elle ne devait pas céder à la panique. Dans l'immédiat, il fallait calmer Sammy et l'aider à oublier cet épisode malheureux.

– Tu ne m'as pas répondu, reprit-elle. Qu'est-ce qui te ferait plaisir pour le dîner ?

– Ça m'est égal, souffla l'enfant dans le cou de sa mère.

– Ça t'est égal ? Ah, bon ? Ça veut dire que je peux préparer...

Elle chercha un plat que Sammy détestait.

– Des betteraves ?

La petite fille frissonna.

– Beurk ! Pas de betteraves, maman. Je déteste ça.

– Je croyais que ça t'était égal. Alors, quoi d'autre ? Des épinards ?

– Maman, non !

– Voyons, je plaisantais, dit Emmanuelle en la faisant asseoir sur une chaise. Tu me fais un sourire ?

Les lèvres s'écartèrent timidement sur une dent manquante.

– Plus grand que ça ! ordonna Emmanuelle d'un air faussement sévère.

Sammy sourit franchement, et Emmanuelle lui ébouriffa les cheveux.

– Maintenant, j'ai retrouvé ma chérie. Que dirais-tu de sandwichs au fromage et d'une soupe ?

– Celle avec des lettres ?

– La soupe avec des lettres. C'est comme si c'était fait, mademoiselle ! dit Emmanuelle en se redressant. Tu crois que tu pourras écrire Samantha sans faute, cette fois-ci ?

– Je vais essayer, promit l'enfant d'un ton solennel.

Accroupie devant le placard, Emmanuelle entendit le son rassurant des battements de pied de sa fille contre les barreaux de la chaise. Tout rentrait dans l'ordre. Si seulement on pouvait organiser sa vie aussi facilement qu'une armoire à provisions ! Les boîtes de soupe d'un côté, les légumes de l'autre. À part quelques nouvelles crottes de souris, on n'y découvrait rien d'anormal.

James Masters, lui, était anormal... L'individu était parfaitement conforme à ce qu'en disaient les journaux et la télévision : immense, têtu et intimidant. Elle ne s'étonnait plus qu'un groupe de parents fasse circuler une pétition demandant son renvoi, ni que ses méthodes aient attiré l'attention générale.

Un type capable de lâcher un rottweiler enragé dans la nature devait être fou à lier.

3

Le téléphone collé à l'oreille, James mangea une cuillerée de macaronis en attendant qu'on lui réponde. Pas tout à fait assez cuites, les pâtes avaient la consistance du caoutchouc.

– Comté de Wynema, adjoint Bayley à l'appareil. Que désirez-vous ?

En l'entendant, James ne put retenir un sourire. Bayley était autant un ami qu'un subordonné. À cinquante ans, avec son crâne chauve et son tour de taille conséquent, il avait tout du vieux policier bourru.

– Salut, Charlie. J'ai besoin d'un service. Tu es très occupé, ce soir ?

– Un peu. Scamp Hollister a de nouveau battu sa pauvre femme.

– Formidable, fit James. Comment va Cora ?

– Bradford l'a emmenée aux urgences pour quelques points de suture. Son mari l'a frappée avec une bouteille de bière. On a mis Scamp en cellule et il beugle comme un cochon qu'on égorge.

– Je suis content que Cora ne soit pas en trop mauvais état, dit James en écartant son assiette. C'est une gentille petite dame.

– Trop gentille pour Scamp. Alors, qu'est-ce que tu voulais me demander ?

– Le nom du propriétaire de la plaque d'immatriculation suivante : SAV-235, Oregon. Tu peux me le trouver ?

– Deux minutes, s'il te plaît.

James entendit Bayley reposer le combiné puis tapoter sur le clavier de son ordinateur.

Par la fenêtre de la cuisine, il apercevait les prés qui s'étendaient au-delà de la route. L'air placide des vaches aux mufles blancs qui paissaient dans les hautes herbes était trompeur. Tout juste ramenées de leurs pâturages d'hiver, les Herefords étaient aussi sauvages et imprévisibles que des cow-boys ivres un samedi soir.

– Tu es là ? fit Bayley au bout d'un moment.

– Oui, répondit James en prenant un stylo.

– Il s'agit d'Emmanuelle Lynn Kenyon. K comme kilo, E comme écho, N comme novembre, Y comme yaourt, O comme Oscar, N comme novembre. Femme blanche, poursuivit Bayley. Date de naissance : 4 juin 1970. Taille : 1,63 m. Poids : 48 kg. Cheveux bruns, yeux bruns. Opposée au don d'organes.

Il s'arrêta pour laisser le temps à son chef de noter les renseignements, puis il reprit :

– Adresse : 1423, Hereford Lane. C'est là que tu habites, non ?

– Non, je suis au 1420.

– Tu as un problème avec ta nouvelle voisine ? demanda Bayley, soudain intéressé.

– Rien que je ne puisse régler. Un malentendu, c'est tout. Il me fallait son nom pour trouver son numéro de téléphone et m'excuser. Si les renseignements ne peuvent pas me le donner, je te rappellerai.

– Ta technique avec les dames laisse à désirer. Va plutôt chez elle, excuse-toi et ne lésine pas sur les sourires. Ça marche à tous les coups.

Au souvenir de l'air furieux d'Emmanuelle, James émit un gloussement sceptique.

– Merci pour le conseil, Charlie. Je tâcherai d'y penser.

– C'est une belle fille ?

– Pas mal. Un peu maigrichonne. Un joli visage.

– Et du côté... des avantages féminins ?

– Charlie, rentre chez toi et occupe-toi de Mabel. Ce n'est que ma voisine, compris ? Je n'ai pas fait attention à la taille de son soutien-gorge.

– Je ne peux pas aller retrouver Mabel, rétorqua Bayley. Je suis de service, rappelle-toi. Et ne me raconte pas d'histoires. Le jour où tu ne feras plus attention à la poitrine d'une femme, c'est que tu seras devenu aveugle.

James raccrocha et prit une bouchée de pâtes. Malgré ce qu'il avait dit à Bayley, il se souvenait parfaitement d'avoir deviné une poitrine généreuse sous l'ample tee-shirt que portait Emmanuelle Kenyon. Pourvu que sa générosité ne s'arrête pas là, songea-t-il, et qu'elle soit d'une nature encline au pardon.

*
**

Les lumières roses de Manhattan éclairaient le bureau. Sourd au ronronnement étouffé de la circulation, trente-six étages plus bas, Glen Calendri écoutait avec une impatience croissante le haut-parleur de son téléphone.

Il tapotait de son crayon le rebord de la table. À mesure que parlait son interlocuteur, le bruit sec se transforma en une rafale furieuse, semblable à celle d'une arme automatique. Puis il jeta le crayon sur son sous-main et s'enfonça dans son fauteuil.

– Bon sang ! Cette petite garce n'a pas pu se volatiliser, Sanders ! Comment crois-tu qu'elle a quitté la ville ? Sur un tapis volant ? Bon, j'ai pigé, ajouta-t-il avec un claquement de doigts. Tu te paies ma tête.

Le soupir exaspéré d'Allen Sanders résonna dans la pièce.

– Patron, je fais tout ce que je peux.

– Eh bien, ce n'est pas suffisant.

– Nous n'avons trouvé aucune piste. La dernière trace qu'elle a laissée, c'est la fermeture de son compte bancaire. Depuis, rien.

– Il a bien fallu qu'elle utilise un moyen de transport, rétorqua Glen. Tu as vérifié auprès des stations de cars ? Retrouver une femme et un enfant ne devrait pas être difficile, quand même !

– On a vérifié partout, patron, et plusieurs fois. Chaque aéroport, chaque gare, chaque station de cars. À mon avis, elle a acheté une voiture d'occasion à un particulier, en payant en liquide et en donnant un faux nom. Cette fille, c'est une maligne, je vous le dis, et aussi glissante qu'une anguille.

– Maligne ? Ce n'est qu'une femelle, bon sang !

– Ça ne l'empêche pas d'avoir un cerveau. Elle est intelligente, je vous le répète.

– Elle a eu de la chance, c'est tout. Retrouve-la, Sanders, ordonna-t-il. Et je ne veux pas d'excuses. Il y a déjà cinq semaines de perdues. Plus les jours passent, plus la piste refroidit.

Glen coupa la communication d'un geste rageur et se leva. Ses yeux se posèrent sur le portrait de son fils suspendu au-dessus de la cheminée.

Prenant soin d'éviter les dobermans qui dormaient devant le feu, Glen alla contempler l'image chérie de Daniel. C'était ce visage qu'il voulait garder en mémoire, pas les traits méconnaissables du corps sans vie qu'il avait dû identifier à la morgue après l'accident de voiture. En quelques secondes, la vie de Dan s'était éteinte, et Glen avait encore du mal à y croire. À tout instant, il s'attendait à voir son fils franchir la porte, bien vivant, et lui dire que ces trois mois de deuil n'avaient été qu'un affreux cauchemar.

À présent, la seule famille qui lui restait était sa petite-fille, Tamara, et il voulait la récupérer. C'était une Calendri, son unique héritière. Elle devait être élevée par un Calendri, pas par l'idiote que son fils avait épousée. Glen y veillerait. Et si son imbécile de mère disparaissait pour de bon à cette occasion, tant mieux.

*
**

Juchée sur un tabouret, les bras plongés dans l'eau savonneuse de l'évier, Sammy faisait la vaisselle. Debout derrière elle, Emmanuelle surveillait l'opération.

– Il reste une saleté, dit-elle en désignant un vermicelle obstiné. Très bien, Sammy ! Maintenant, plonge-la dans l'eau de rinçage.

La fillette agita l'assiette dans le bac rempli d'eau claire, puis se hissa sur la pointe des pieds pour la ranger dans l'égouttoir fixé au-dessus de l'évier. Emmanuelle la prit par la taille pour l'empêcher de tomber.

– Je suis presque aussi bonne que toi pour laver la vaisselle, tu ne trouves pas, maman ?

Pendant le dîner, l'enfant avait sursauté au moindre bruit, et la voir absorbée par cette tâche était un soulagement. Emmanuelle déposa un baiser sur la tête blonde.

– Tu es la meilleure laveuse de vaisselle de quatre ans que je connaisse.

Sammy plongea la main dans l'évier et retira la bonde. L'eau savonneuse s'écoula en tourbillons paresseux qui inquiétèrent Emmanuelle. Le tuyau était-il en train de se boucher ? Dans cette maison, tout ce qui était susceptible de tomber en panne le faisait inéluctablement. Hélas, il n'était plus question d'habiter dans un quartier à loyers élevés. Jusqu'à ce que Sammy aille à l'école, en tout cas. À ce moment-là, Emmanuelle ne serait plus obligée de travailler à domicile et elle chercherait une situation dans sa spécialité, l'informatique.

Elle avait loué cette maison avec la résolution d'en faire un foyer agréable. Maintenant qu'elle avait fait la connaissance du shérif, l'idée ne lui paraissait plus aussi bonne. Cependant, pour les six mois à venir, elle n'avait pas le choix.

Après avoir essuyé les mains et les bras de Sammy, elle la posa à terre et rangea le tabouret.

– Voilà, tout est fait, dit-elle en examinant la cuisine.

Sans répondre, Sammy se cramponna à ses jambes.

– Tu veux regarder la télévision ?

L'enfant secoua la tête.

– Une partie de jeu de l'oie ?

– Non.

Si elle ne trouvait pas le moyen de faire oublier ce maudit chien à Sammy, la soirée allait être longue.

– Tu sais ce qui m'amuserait ? demanda-t-elle d'un air mystérieux.

– Non, quoi ? demanda la petite fille en levant vers elle de grands yeux bleus attentifs.

– Faire des cookies au sucre, lui chuchota Emmanuelle à l'oreille. On pourrait leur donner des formes bizarres et les décorer.

Le visage de Sammy s'éclaira.

– Des cookies comme ceux de Noël ?

– Oui, avec du sucre glace et des morceaux de fruits confits.

Sammy se rua sur un placard pour en sortir le livre de cuisine.

– Je pourrai mélanger la pâte, maman ?

En se rappelant l'état de la cuisine la dernière fois que l'enfant s'était lancée dans la pâtisserie, Emmanuelle ne put retenir un sourire.

– Tout à fait d'accord. Tu mélanges bien mieux que moi.

Quelques minutes plus tard, les divers ingrédients étaient alignés sur la table. Debout sur son tabouret, Sammy versait de la farine dans un verre gradué, sous le regard attentif de sa mère. Sourcils froncés, l'enfant était l'image même de l'application.

– Encore une fois et ça ira, dit Emmanuelle.

Sammy plongea la cuillère dans la farine et en répandit la moitié sur la table et le sol avant d'achever de la vider dans le verre.

– Je bats avec le fouet, maintenant ?

Emmanuelle se pencha pour vérifier la graduation.

– Pas trop fort, rappelle-toi. Juste un coup pour égaliser et qu'on puisse voir exactement combien il y en a.

Sammy agita le fouet avec une telle énergie que le verre tomba, roula sur lui-même et alla heurter le bord de la table. Emmanuelle tenta de le rattraper, mais il était trop tard. Le récipient s'écrasa sur le sol en mille morceaux, projetant un nuage blanc dans la cuisine.

– Oh ! là, là ! se lamenta Sammy. J'en ai fait, des saletés !

– Ce sont des choses qui arrivent, ma chérie, dit sa mère en époussetant son jean.

Elle aida l'enfant à descendre du tabouret et alla chercher le balai et la pelle à poussière. Lorsqu'elle revint, Sammy avait déjà tiré le sac poubelle rangé sous l'évier.

– Oh, il est plein. J'ai oublié de le sortir.

– Attends, je le sortirai après. Je veux d'abord pousser cette farine dans un coin pour éviter d'en promener partout.

– Je peux sortir le sac, maman. C'est mon travail, d'habitude, insista Sammy. Je regrette d'avoir cassé ton verre gradué. Je ne voulais pas.

– Ça n'a pas d'importance, ma chérie. J'en ai un autre.

Le sac d'ordures à la main, Sammy contourna le tas de farine et quitta la pièce.

– Ne marche pas sur la planche pourrie ! cria sa mère.

– Oui.

Guettant le bruit de la porte, Emmanuelle resta immobile. Comme elle n'entendait rien, elle posa le balai et la pelle à poussière et rejoignit sa fille.

– Sammy ?

L'enfant restait plantée devant la porte, la main sur la poignée, le sac à côté d'elle.

Le chien, songea Emmanuelle aussitôt. Préparer des cookies avait été une diversion plus efficace qu'elle ne l'avait espéré. Durant quelques minutes, elle avait complètement oublié le rottweiler. Sammy aussi, apparemment.

La jeune femme contourna la planche pourrie et s'accroupit près de sa fille.

– Sammy ?

L'enfant ne répondit pas. Emmanuelle se pencha pour examiner son visage. Les yeux bleus exprimaient une immense anxiété.

– Ma chérie...

– Il est peut-être là, murmura Sammy. Il pourrait me manger dans le noir et tu ne saurais jamais où je suis partie. Il m'aurait avalée.

Le teint blême, l'enfant fixait la porte sans la voir, en proie à ses démons familiers : les souvenirs. Si Dan Calendri n'avait pas déjà été mort et enterré, Emmanuelle aurait roulé d'une traite jusqu'à New York pour lui tordre le cou. Rendre la vie de sa femme infernale était une chose, mais comment avait-il pu terroriser ainsi leur fille ? Emmanuelle avait depuis longtemps renoncé à répondre à cette question.

Avec un soupir, elle serra l'enfant contre elle.

– C'est moi qui vais sortir le sac, ce soir. D'accord ?

– Non, maman, ne sors pas ! J'ai peur que tu ne reviennes pas.

– Ne dis pas de bêtises. Je vais revenir. Cet imbécile de rottweiler n'est pas là.

Avouer sa peur ne ferait qu'augmenter celle de sa fille. Affichant un calme qu'elle était loin d'éprouver, elle se redressa et prit le sac.

Après un clin d'œil à l'adresse de Sammy, elle ouvrit la porte. L'obscurité recouvrait le jardin comme une épaisse couverture noire. Si un chien rôdait dans les environs, elle ne l'apercevrait qu'à la dernière minute.

« Arrête, Emmanuelle ! » se sermonna-t-elle. S'armant de courage, elle sortit sur le perron.

Le craquement des marches la fit sursauter. Tournant la tête de droite à gauche, elle scruta les alentours. Rien. Elle inspira profondément pour se calmer, et le parfum de l'herbe lui rappela la maison de son enfance.

– Maman ?

– Je suis là, répondit Emmanuelle en marchant vers l'appentis. Tu vois ? Il n'y a pas de chien.

Comme elle soulevait le couvercle de la poubelle, sa jambe effleura un cageot. Elle tressaillit et lâcha la poignée du couvercle qui retomba avec un claquement effrayant. Pour couronner le tout, le sac d'ordures lui glissa des mains.

– Maman ! cria Sammy depuis la maison. Maman !

– Tout va bien, dit sa mère d'une voix tremblante.

Cette histoire était ridicule, se dit-elle. Elle était une adulte, pas un enfant trop imaginatif. Elle s'accroupit, ramassa ce qu'elle put des ordures éparpillées et les jeta dans la poubelle.

– Tu vois ? Je reviens déjà, lança-t-elle en faisant demi-tour.

Sammy n'était plus sur le seuil. Emmanuelle rentra dans la maison, replaça du mieux possible la porte dans le chambranle et donna un tour de clé.

– Sammy ? Où es-tu ?

Personne ne répondit.

Elle attendit une seconde que ses yeux s'habituent à la lumière et découvrit l'enfant cachée entre la machine à laver et le mur.

– Sammy... fit-elle en l'attirant doucement vers elle. Chérie, tout va bien. Il ne s'est rien passé. J'ai seulement lâché le couvercle de la poubelle.

Le regard hagard de la petite fille l'effraya.

– Maman est là, mon bébé. Tout va bien.

Mais elle avait beau le répéter, rien n'allait bien et elle commençait à perdre espoir. Quand donc tout irait-il bien ?

Elle souleva le corps crispé de Sammy et l'emmena dans sa chambre. Dissociation de la réalité, se rappela-t-elle. Tel était le terme clinique utilisé par un psychothérapeute de New York. Rigidité des membres, regard vide, aucune réaction. Chaque fois que ces symptômes réapparaissaient, Emmanuelle était prise de panique. Sammy guérirait-elle un jour ? Selon le médecin, si l'enfant ne revivait plus les expériences traumatisantes qui avaient provoqué sa maladie, ses crises ne dureraient pas plus de quelques heures.

Le moment le plus délicat était celui du réveil.

Sammy clignait des yeux et reprenait vie comme si quelqu'un avait appuyé sur un interrupteur. Elle regardait autour d'elle, se repérait dans l'espace, souriait et se comportait normalement. Emmanuelle devait alors en faire autant, prendre sur elle pour cacher sa frayeur et s'interdire de serrer l'enfant dans ses bras.

Elle alluma la lampe de chevet et s'assit dans le fauteuil à bascule qu'elle avait acheté chez un brocanteur. Il ne lui restait plus qu'à bercer l'enfant, lui caresser la tête et attendre. La secouer et lui parler ne serviraient à rien, elle le savait d'expérience.

Du pied, elle mit le fauteuil en mouvement. Le balancement n'eut pas du tout l'effet apaisant escompté. Emmanuelle se retint de hurler à grand-peine. C'était son bébé qui gisait là sur ses genoux, rigide, sans vie. Ce dont Sammy avait besoin, c'était de soins particuliers au coût exorbitant, que sa mère, dépourvue d'assurance médicale, ne pouvait payer.

Ses yeux s'emplirent de larmes. « Mon Dieu, aidez-moi. Toute seule, je n'y arrive plus », supplia-t-elle. La prière silencieuse parut résonner dans la pièce. Ce n'était peut-être qu'un vœu pieux, mais Emmanuelle eut l'impression que Sammy l'entendait et qu'elle s'y associait.

La sonnerie du téléphone perça soudain le silence. La jeune femme ne bougea pas. Les seuls appels qu'elle recevait le soir émanaient de représentants en tapis, bijoux ou voitures d'occasion.

La sonnerie s'arrêta deux minutes puis reprit. Emmanuelle cessa de se balancer. Et si c'était Masters ? se demanda-t-elle soudain. Depuis qu'elle avait appris que son voisin était shérif, elle se posait mille questions, et toutes commençaient par ces deux petits mots effrayants : « Et si ? » Et si un avis de recherche avait été lancé ? Et si le shérif l'avait reconnue sur une photo ? Et s'il venait à sa porte, un mandat d'arrêt à la main ? Lorsqu'il passait sur la route dans sa Bronco, il ralentissait comme s'il tentait de l'apercevoir.

Elle était fatiguée. Terriblement fatiguée. Trop fatiguée pour continuer de se tracasser. S'il frappait chez elle, il serait toujours temps d'aviser.

Le menton posé sur la tête de sa fille, elle laissa ses yeux errer dans la pièce. Elle s'était privée pour pouvoir la décorer et en faire une chambre accueillante et rassurante.

La lampe en forme de clown répandait une lumière dorée. Collés sur le mur rose, des posters de personnages de dessins animés dansaient la farandole. Une bibliothèque contenait des ouvrages pour enfants, essentiellement des contes de fées et des recueils de chansons.

Rêves de petite fille, Châteaux en Espagne, Baguettes magiques et vœux exaucés... Les titres des recueils étaient évocateurs. Pendant longtemps, Emmanuelle s'était cramponnée à ce genre de croyances : le bien l'emporte sur le mal, les héros sont beaux et, avec un peu de bonne volonté, tout est possible. Mais elle avait fini par comprendre que les contes de fées, en général, se terminent mal.

*
**

Les yeux rivés sur les fenêtres éclairées de ses voisines, James se résigna à éteindre son téléphone mobile. Pourquoi diable Emmanuelle ne répondait-elle pas ?

C'est le moment que choisit Goliath pour se dresser devant la fenêtre. James l'attrapa par le collier et le fit redescendre.

– Arrête. Je ne te laisserai pas sortir. Couché ! ordonna-t-il.

En gémissant, le chien se mit à tournoyer dans les jambes de son maître.

– Non, insista celui-ci. Tu filerais tout droit chez cette petite fille. Ne crois pas que je l'ignore. Va te coucher.

Le chien alla tristement s'allonger sur sa couverture, et James jeta le téléphone sur le canapé d'un geste rageur. Cette dame refusait de lui répondre ? Eh bien, tant pis. Que lui aurait-il dit, de toute façon ? Que Goliath était très gentil et valait la peine d'être connu ?

James se laissa tomber dans son fauteuil. Une bière fraîche l'attendait sur la table basse, ruisselante de condensation. Il prit la télécommande, alluma la télévision et l'éteignit aussitôt. Il n'avait aucune envie de regarder les séries policières proposées par la plupart des chaînes. La vie réelle lui offrait déjà suffisamment de délits et de crimes, sans parler des mystères à résoudre qui, contrairement à ceux des films, restaient souvent hermétiques.

À propos de mystère, quelque chose chez Emmanuelle Kenyon le troublait. L'avait-il déjà rencontrée ? Ou bien avait-il vu sa photo parmi celles des personnes recherchées ?

– Bien sûr que non ! s'exclama-t-il à voix haute.

S'il n'y prenait pas garde, il en viendrait à prendre d'innocentes vieilles dames pour des meurtriers en série !

Incapable de rester en place, il se leva et emporta sa bière à la cuisine, suivi aussitôt de Goliath. L'évier était plein de vaisselle sale. Sept assiettes, compta-t-il. Ce qui signifiait qu'il en restait cinq dans le placard.

Il se demanda un instant s'il devait profiter de cette soirée pour les laver, puis repoussa cette corvée inutile. Il serait toujours temps de s'y mettre quand il tomberait en panne de vaisselle.

Avant de se coucher, il ouvrit la porte pour que Goliath aille faire un tour dehors. Des grenouilles coassaient avec énergie près de l'étang. À leur concert se mêlait de temps à autre le mugissement d'une vache ou le hennissement d'un cheval. Cacophonie ou symphonie, James adorait écouter les bruits nocturnes de la campagne. Il aimait vivre dans un ranch et, plus jeune, il avait rêvé d'en posséder un. Beaucoup plus vaste que celui-ci, bien sûr.

Sa jeunesse... Quel gâchis il en avait fait ! Une décision dramatique avait fait bifurquer toute sa vie. Une vie qu'il ne regrettait pas, d'ailleurs. Dans l'ensemble, il était heureux. S'engager dans la police avait été sa planche de salut, et son travail actuel avec les adolescents lui permettait de tenir ses démons à distance. Il avait trop à faire pour pleurer ses rêves d'antan. Pourtant, enfoui au plus profond de lui, le regret de ne pas mener l'existence d'un éleveur attendait un instant de fatigue ou de désœuvrement pour revenir le hanter.

Il huma avec délices l'odeur de la terre et de l'herbe. Pourquoi y prenait-il autant de plaisir ? Les gènes n'y étaient pour rien. Son père, Ian Masters, possédait peut-être un vaste ranch, mais il y passait le moins de temps possible.

James secoua la tête, comme pour chasser la nostalgie qui menaçait de s'emparer de lui, et scruta la nuit que la lune baignait d'une lueur argentée. Goliath s'éloignait dans l'allée.

– Ici ! cria son maître.

Après un dernier regard triste vers la maison des Kenyon, Goliath revint docilement et rentra dans la maison.

James le suivit. Devait-il mettre en route la climatisation ? Non, décida-t-il. Ouvrir la fenêtre de sa chambre suffirait. En mai, la température chutait brutalement aux petites heures du matin et, avec l'air conditionné, il se réveillerait gelé.

*
**

Un marteau à la main, Emmanuelle cligna des yeux dans la lumière aveuglante du matin.

– Oh ! là, là ! fit-elle en souriant à Sammy. C'est un gros travail, de construire une clôture.

Les yeux ronds, l'enfant regardait les morceaux de fil de fer barbelé et les pieux en métal rouillé que sa mère avait sortis de l'appentis.

– Ça va être joli quand tu auras fini, remarqua-t-elle avec admiration.

– Joli, non, mais c'est gratuit, répondit Emmanuelle, qui se souciait plus de l'efficacité que de l'esthétique de son travail. Heureusement que la personne qui habitait là avant nous n'a pas jeté ce bazar.

Elle lança un coup d'œil à la clôture effondrée qui séparait son jardin du pré où paissait le bétail.

– S'il m'en reste assez, je pourrai réparer celle-ci aussi.

– Pourquoi il faut qu'on ait des barrières ?

Emmanuelle chercha à toute vitesse une explication plausible. Avouer la vérité, à savoir qu'elle craignait le retour du rottweiler, réveillerait la peur de Sammy et la petite fille refuserait alors de jouer dehors.

– Je vais faire un vrai jardin, déclara-t-elle. Qu'en penses-tu ?

– Quelle sorte de jardin ? Avec des fleurs ?

– Non, avec des légumes. J'avais ton âge quand j'ai semé mes premiers légumes dans le potager de ma mère.

– C'était amusant ?

– Très amusant. Ma mère m'en avait laissé l'entière responsabilité. Je devais arroser, désherber, cueillir les légumes et les laver pour le dîner.

Sammy fronça les sourcils.

– Quand même, je ne comprends pas pourquoi il faut une barrière.

– Pour empêcher que les vaches ne viennent les piétiner.

– Mais elles ne viennent jamais par ici, maman ! protesta la fillette.

– Quand elles verront nos légumes, elles pourraient

en avoir envie. Et ce qu'elles ne mangent pas, elles seraient capables de l'abîmer avec leurs sabots.

– On va mettre des épinards ? demanda Sammy avec une grimace.

Emmanuelle éclata de rire.

– Peut-être, peut-être... On peut aussi semer d'autres choses. Des brocolis, des choux-fleurs, des haricots verts, des navets, des concombres, des courgettes, des pommes de terre... Il y a des champs de pommes de terre dans le coin, ce qui prouve qu'elles peuvent pousser dans l'Oregon.

Maintenant que l'idée du potager lui était venue, Emmanuelle se demandait pourquoi elle n'y avait pas pensé plus tôt. Sans doute avait-elle trop longtemps vécu en ville. Autrefois, quand elle habitait dans le Mississippi, elle n'aurait pas imaginé que des gens normalement constitués pussent se passer de jardin potager.

Elle imagina le placard de la cuisine rempli de bocaux bien étiquetés. Non seulement elle et Sammy prendraient plaisir à cultiver et à ramasser leurs légumes, mais cela lui économiserait également une jolie somme.

– Ça sera très amusant, ma chérie, dit-elle en cherchant l'endroit du jardin le plus propice aux plantations. Nous pourrons faire pousser des petits pois et du maïs.

En entendant sa mère parler de maïs, son légume préféré, Sammy poussa un cri de joie.

Emmanuelle examina la vieille maison délabrée et se souvint des projets qu'elle avait nourris en s'installant. La nuit dernière, elle n'avait plus pensé qu'à partir au plus vite. À présent, elle avait retrouvé son optimisme naturel. Grâce à la clôture, le rottweiler ne pourrait plus pénétrer chez elle et, une fois cette menace écartée, il était peu probable qu'elle croise à nouveau la route de son maudit voisin. Peut-être, finalement, pourraient-elles rester là et se sentir en sécurité chez elles.

Malgré le perron croulant et les bardeaux pourris, elle sentait l'espoir renaître en elle. Une vraie fille de la campagne n'était pas attirée par les maisons luxueuses. Bien sûr, celle-ci avait besoin de beaucoup de réparations. Mais si le propriétaire en assumait quelques-unes, elle parviendrait à la rendre confortable et à en faire un véritable foyer pour Sammy et elle.

– Qu'est-ce qu'il y a, maman ?

La voix de sa fille ramena Emmanuelle à la réalité.

– Rien, ma chérie. Tout va bien. Tout va pour le mieux dans le meilleur des mondes.

4

Les deux jours suivants, la vie de James fut un tourbillon incessant. La pétition lancée contre lui agitait la population. Trois fois de suite, il fut convoqué par le conseil municipal, mais il ne céda pas. Il refusa obstinément d'enfermer des adolescents dans des cellules bondées, même pour de courtes périodes, en attendant que leurs parents puissent venir les chercher. Quant à téléphoner aux familles, il répondit aux notables de Wynema Falls qu'il n'y voyait pas d'objection. Il lui fallait seulement quinze policiers de plus et une autre paire de mains.

À ce vent de folie s'ajoutait l'accident dont James tenait Tom Moore pour responsable, sans toutefois en faire part à quiconque. Finalement, sept garçons étaient morts, des adolescents appréciés par leurs professeurs et par leurs camarades et tendrement aimés de leurs proches, tous sur le point d'entrer à l'université. Le lendemain de l'accident, James avait passé une grande partie de la journée au lycée, à sermonner les élèves sur les méfaits de l'alcool, à leur prodiguer des conseils s'ils se sentaient dépendants et à les inscrire dans un programme de prévention sponsorisé par des entreprises de la région.

James avait également dû affronter ce qu'il appelait « le problème Moore ». Le jeune homme était en train de rendre ses collègues à moitié fous. L'éventualité du renvoi de James le faisait manifestement jubiler. Depuis deux jours, il se pavanait dans un uniforme raide d'amidon qui semblait pouvoir tenir debout tout seul. Il venait prendre son service d'une démarche allègre, comme si le poste de shérif allait lui tomber dans la poche d'une minute à l'autre. Eh bien, il lui restait du chemin à parcourir avant d'être capable de l'assumer, songeait James. Au moins dix ans. Et à la seule condition qu'il cesse d'exaspérer tout le monde.

Accablé de soucis, James aurait pu oublier sa voisine s'il ne l'avait pas vue chaque jour en train d'accomplir de si lourdes tâches qu'il avait honte de ne pas courir l'aider sur-le-champ. Tantôt elle construisait une clôture, tantôt elle maniait une binette à grands coups énergiques. Une autre fois, il la vit lutter avec un poteau plus grand qu'elle afin de réparer le grillage qui séparait son jardin du pâturage. Deux jours plus tard, elle avait les mains plongées dans le moteur de sa vieille guimbarde. Dans quelle folle entreprise allait-elle se lancer ensuite ?

« Ça ne me regarde pas, se disait-il quand il passait devant la maison du vieux Zeke Guntrum. Cette fille ne veut rien avoir à faire avec moi et, à moins d'être idiot, je me le tiendrai pour dit. Qu'est-ce que je pourrais faire, de toute façon ? Réparer sa maison ? Comme si j'en avais le temps ! »

En dépit de ce raisonnement parfait, James avait

honte de ne pas proposer son aide. Emmanuelle n'accepterait sûrement pas, d'ailleurs. Avec ou sans chien, il ne serait pas le bienvenu.

*
**

« C'est ridicule », se dit Emmanuelle en découvrant un beau matin un poil de chien sur le bord du lavabo. Comment aurait-il pu en rester dans sa maison ? Elle avait lavé les draps de Sammy et les vêtements que la fillette portait le jour où le rottweiler avait pénétré dans le jardin. Elle avait également lessivé à trois reprises le sol de la chambre de l'enfant. Néanmoins, les poils réapparaissaient, comme sortis du néant.

Elle rejoignit Sammy qui prenait son petit déjeuner à la cuisine et aperçut avec horreur un poil dans son bol de céréales.

– Sammy, est-ce que Goliath est venu te voir quand tu jouais dehors ?

La cuillère en suspens, l'enfant fixa sur sa mère un regard candide.

– Non, maman.

Emmanuelle ôta le poil du bol et examina sa fille. Elle avait l'air aussi innocente qu'un ange. Peut-être un peu trop innocente, en fait.

– Tu n'as pas amené Goliath ici ?

– Non, maman.

Sammy ne lui avait jamais menti. Pourquoi commencerait-elle maintenant ?

– Ma chérie...

Elle s'interrompit. Des mises en garde trop virulentes risquaient d'effrayer Sammy.

– C'est vraiment bizarre. Tu continues de rapporter des poils de chien à la maison.

Sammy eut l'air aussi ahurie que sa mère.

– Bon, reprit celle-ci, tant pis pour mon petit déjeuner. Ce poil dans mes céréales m'a coupé l'appétit.

Quelques minutes plus tard, Emmanuelle s'installa à son bureau pour ses quatre heures de travail quotidien. La vente par téléphone était un métier sans avenir qui ne demandait aucun effort intellectuel. Et elle avait beau faire des efforts, cette activité l'ennuyait profondément. Mais, dans l'immédiat, travailler dans sa spécialité était impossible. Profondément perturbée, Sammy avait besoin de sa mère. Il lui fallait du temps pour oublier les épreuves du passé et s'acclimater à son nouvel environnement.

Plus tard, lorsque l'enfant serait plus forte et capable d'aller à l'école, Emmanuelle pourrait revenir à l'informatique. Elle avait entendu parler de sociétés qui vendaient de faux diplômes. Elle en achèterait un, ce qui lui permettrait de mettre le pied dans une entreprise. Ensuite, il ne lui resterait plus qu'à profiter de ses réelles compétences pour faire sa place. Pour l'instant, elle se contentait d'appeler des inconnus et de leur proposer, avec les compliments de la société Propr'Éclair, un nettoyage gratuit de leur moquette. Sur chaque produit acheté lors d'une démonstration, elle recevait une commission. Ce travail ne lui apportait pas la fortune, mais elle parvenait au moins à survivre.

Elle composait le premier numéro de la matinée lorsqu'elle remarqua avec stupéfaction plusieurs poils de chien sur son sous-main.

– Allô ?

La voix irritée la fit sursauter.

– Euh... bonjour, madame Christiani. Ici Emmanuelle Kenyon, votre représentante locale de Propr'Éclair. Ma société a sélectionné plusieurs chiens de la région pour leur offrir un nettoy...

La femme raccrocha brutalement.

***

Deux nuits plus tard, un cri perçant tira Emmanuelle du sommeil.

– Maman ! Maman !

Habituée aux cauchemars de sa fille, Emmanuelle bondit hors du lit. Sans prendre le temps de chercher ses pantoufles, elle attrapa sa robe de chambre et sortit en courant dans le couloir.

– Je suis là, ma chérie ! cria-t-elle en ouvrant la porte de Sammy et en allumant la lumière. N'aie plus peur, maman...

Elle s'arrêta net sur le seuil. La grosse masse du chien de James Masters occupait les trois quarts du lit. Deux autres choses attirèrent aussitôt son attention : la fenêtre ouverte et le visage mouillé de sa fille. Comme pour la protéger, le rottweiler avait posé une patte en travers du corps de l'enfant et sa tête massive reposait sur son épaule. Il accompagnait chaque sanglot de Sammy d'un gémissement et d'un coup de langue sur l'oreille. Le spectacle qu'ils offraient, ainsi enlacés, était aussi amusant qu'attendrissant.

Consoler Sammy lorsqu'elle émergeait d'un cauchemar avait toujours été le rôle d'Emmanuelle. De toute évidence, le chien de James Masters l'avait supplantée.

Combien de fois la fillette avait-elle laissé le chien entrer ? Vu la façon dont elle l'étreignait, une solide amitié avait déjà eu le temps de se forger.

Emmanuelle esquissa un pas vers le lit, et Goliath émit aussitôt un grondement sourd. La jeune femme sentit son cœur s'emballer dans sa poitrine.

Le chien allait lui sauter à la gorge.

S'armant de courage, elle fit un pas de plus et s'arrêta, la main sur la bouche. Inutile d'insister. Si le rottweiler se mettait en colère, il risquait de s'en prendre aussi à Sammy. Les seules armes dont elle disposait étaient un couteau à découper et un marteau, mais il lui faudrait au moins deux minutes pour mettre la main dessus.

Elle recula lentement jusqu'à la cuisine et décrocha le téléphone mural. Le faible rai de lumière qui venait de la chambre de Sammy lui permit de composer le numéro.

– Masters, à l'appareil, répondit-il dès la deuxième sonnerie.

– Venez tout de suite ! Votre chien est dans le lit de ma fille ! Je ne peux pas approcher d'elle !

– Emmanuelle ?

Sans remarquer qu'il avait découvert son nom, elle se pencha pour vérifier que le rottweiler n'était pas en train de dévorer sa fille.

– Bien sûr ! Qui voulez-vous que ce soit, à 2 heures du matin ?

– J'arrive tout de suite.

Emmanuelle raccrocha et s'adossa au mur. Combien de temps mettait-on pour franchir la distance qui séparait leurs deux maisons ? Cinq minutes ?

Tremblant de tous ses membres, elle se passa la main dans les cheveux.

Ses cheveux !

Il était hors de question qu'elle lui ouvre la porte comme ça.

Elle se précipita dans la salle de bains. Dans sa hâte, elle heurta l'armoire à pharmacie et fit tomber l'étui qui contenait les lentilles. L'une d'elles s'échappa. À genoux, elle tâta le sol à la recherche du petit bout de plastique. Elle en possédait d'autres dans sa chambre, mais ne parvenait plus à se rappeler où elle les avait rangées.

– Ô mon Dieu, je vous en prie ! supplia-t-elle tout bas.

Lorsqu'elle la retrouva enfin, elle manqua pleurer de soulagement. Elle la rinça fébrilement et faillit la lâcher dans le lavabo. Elle avait à peine fini de mettre les lentilles et la perruque brune en place qu'un coup sourd ébranlait la porte d'entrée.

James Masters lui parut plus immense que jamais. Sa chemise d'uniforme déboutonnée laissait voir une large poitrine musclée et son jean moulait deux jambes interminables. Ses yeux gris-bleu étaient encore embrumés de sommeil et des boucles brunes décoiffées retombaient sur son front.

– Où est-il ? demanda-t-il sans préambule.

– Attention aux pots de fleurs, dit-elle en lui faisant signe d'entrer. Je les ai posés là pour éviter de marcher sur une planche pourrie.

Elle l'emmena à la cuisine.

– Ils sont à côté, chuchota-t-elle. Sammy a eu un cauchemar. Quand je suis arrivée, je les ai trouvés tous les deux dans le lit.

James avança sur le seuil de la chambre. Après un instant de réflexion, il s'accroupit et se tapota le genou.

– Goliath ! Viens ici, mon vieux.

En entendant le chien sauter sur le sol, Emmanuelle poussa un soupir.

– Il n'y a pas de quoi avoir peur, dit James.

Sans répondre, elle s'élança auprès de sa fille, vérifia qu'elle allait bien et la borda.

– Je reviens tout de suite, d'accord ?

Sammy, qui semblait s'être remise étonnamment vite de son cauchemar, prit la main de sa mère pour la retenir.

– Te fâche pas avec Goliath, maman. C'est moi qui lui ai ouvert.

– Sammy... fit Emmanuelle en lui caressant la tête.

– J'ai pas menti, maman. C'est vrai. Tu m'as demandé si je l'avais amené ici, tu te rappelles ? Tout ce que j'ai fait, c'est ouvrir la fenêtre. Goliath est entré tout seul.

– Je vois.

Elle plongea les yeux dans le regard innocent de sa fille. Finalement, un ange pouvait montrer autant de duplicité qu'un adulte.

– Et pourquoi tu ne me l'as pas dit ? demanda-t-elle.

– Parce que tu avais peur. C'est pas pour empêcher les vaches d'entrer que tu as construit la clôture. Tu as menti, hein, maman ? C'était à cause de Goliath.

Emmanuelle se sentit rougir. Sammy avait raison. Comment pouvait-elle lui reprocher quoi que ce soit, alors qu'elle-même lui avait menti ?

– Bon. Nous en reparlerons demain matin, d'accord ?

– Tu me mettras au coin ?

Avec un soupir, Emmanuelle borda un peu plus étroitement sa fille.

– Non. Mais il faut que nous parlions de ces poils qui traînent partout, et dans la salle de bains en particulier.

– C'est Goliath qui les perd. Et il adore coucher dans la baignoire.

La baignoire ? Tout s'expliquait. À l'idée que cet horrible chien se promenait sans vergogne dans sa maison, Emmanuelle frémit.

– Il faut vraiment que nous ayons une discussion à ce sujet demain matin. Maintenant, je dois raccompagner le shérif Masters.

– Je vais être punie, hein ?

Le regard inquiet de l'enfant attendrit la jeune femme.

– Non, ma chérie, tu ne seras pas punie. J'ai seulement été très surprise de découvrir Goliath dans ton lit.

– Le shérif avait raison, maman. Goliath aime les petites filles, et il avait besoin d'une amie. C'est lui qui va me protéger, du feu et de tout.

Emmanuelle était stupéfaite. Dire que, quelques jours plus tôt, ce même Goliath avait terrifié Sammy !

– Comment sais-tu qu'il voulait une amie ?

– Il me l'a dit. À la façon des chiens, pas en parlant comme nous. Il est venu à la fenêtre, il a gratté la vitre et il me l'a dit. Ensuite, il a embrassé la vitre jusqu'à ce que je n'aie plus peur de lui. Tu lui diras bonne nuit de ma part ?

– Entendu.

« Bonne nuit et adieu », ajouta Emmanuelle pour elle-même en se penchant pour embrasser sa fille.

– Maintenant, plus de cauchemars, d'accord ? Fais de beaux rêves.

Elle quitta la pièce en refermant à moitié la porte, puis elle regagna la cuisine et appuya sur l'interrupteur.

L'odeur fraîche d'une eau de toilette pour hommes avait envahi la pièce. Emmanuelle huma avec délices les effluves du parfum et s'en voulut aussitôt. Cet homme était un ennemi, elle ne devait pas l'oublier. Et cet ennemi était debout dans sa cuisine, si grand que la table lui arrivait à peine à la hanche. Langue pendante, Goliath était couché à ses pieds, aussi sagement que sur une photo publicitaire pour une école de dressage. Le regard d'Emmanuelle allait de l'un à l'autre sans savoir sur qui s'arrêter.

– Je regrette sincèrement, dit l'homme.

Elle aurait bien voulu laisser éclater sa colère pour le punir de la peur qu'elle venait d'éprouver, mais la prudence l'emporta. Son but était de vivre dans l'anonymat, pas d'entamer une querelle avec son unique voisin.

Son regard insistant lui donna l'étrange impression d'être un morceau de puzzle dont il n'arrivait pas à trouver la place. L'espace d'un instant, Emmanuelle resta fascinée par la beauté de cet homme. Ses cheveux hirsutes accentuaient son air sauvage et indompté, une allure qu'elle aurait trouvée séduisante autrefois, durant ses années de jeunesse insouciante. Avec sa peau tannée et ses traits bien dessinés, James Masters avait certainement des ancêtres indiens. En ce moment, il aurait pu poser pour la couverture d'un de ces romans historiques où le héros, un guerrier sauvage, kidnappe une jeune fille blanche pour lui faire l'amour dans son tipi, ou sous les étoiles, ou encore sur la berge d'une rivière. Avant de vivre avec Dan, Emmanuelle avait raffolé de ce genre de romans.

Au bord du vertige, elle inspira profondément. Le chien poussa un gémissement, comme s'il était sensible au malaise d'Emmanuelle. Baissant les yeux, elle croisa un regard marron plein de regrets. Fallait-il qu'elle soit sotte ! Les chiens étaient incapables d'éprouver des regrets.

– Monsieur Masters, je vous en prie, ne le prenez pas mal, mais cette situation ne peut plus durer. Votre chien m'empêchait d'approcher ma fille. Si elle avait été blessée, comment aurais-je fait pour la soigner ? Je n'ai pas l'intention de faire des histoires, croyez-moi, continua-t-elle en resserrant les pans de sa robe de chambre autour d'elle. Et je n'aimerais pas être obligée de porter plainte.

Il se pencha pour gratter l'oreille de Goliath.

– Je comprends parfaitement, répondit-il. Je ne sais pas ce qui lui a pris. Il a toujours eu une attitude protectrice à l'égard des enfants, parfois excessive, surtout quand il sentait qu'ils étaient en danger.

Emmanuelle se mordit la lèvre inférieure. Ce type était vraiment obstiné. Chaque fois que son animal se conduisait mal, il lui trouvait une excuse.

– Une attitude protectrice ? Sammy n'a pas besoin qu'on la protège. Elle a une mère pour ça.

– Je suis aussi déconcerté que vous, répliqua James.

– Vous essayez toujours de justifier son comportement. Comme si on pardonnait au lion d'avoir mangé le dompteur sous prétexte que ce pauvre animal a passé une mauvaise journée !

– Vous n'êtes pas innocente non plus. C'est votre enfant qui a ouvert la fenêtre. Et Goliath n'est pas un mangeur d'homme. Votre fille est indemne, elle n'a pas une éraflure. Ce qui est sûr, c'est qu'il se passe quelque chose de bizarre dans la tête de mon chien.

Si les circonstances n'avaient pas été aussi dramatiques, elle aurait éclaté de rire.

– Vous devriez peut-être l'emmener chez un psychiatre pour animaux domestiques. Pardon, ajouta-t-elle aussitôt. Ma plaisanterie était de trop. Mais c'est ma maison, ici, et c'est votre chien que je trouve dans le lit de ma fille en me réveillant. En plus, il menace de m'attaquer. J'ai du mal à prendre ça à la légère.

– Je n'en demande pas tant. Je veux seulement que vous m'écoutiez et que vous vous montriez raisonnable.

Les orteils d'Emmanuelle se crispèrent sur le linoléum.

– Raisonnable ? répéta-t-elle.

Il se pinça l'arête du nez et se frotta la joue.

– Bon, d'accord. Ça aussi, c'était de trop. On recommence à zéro ? Je ne vous attaquerai plus et vous non plus, d'accord ?

Emmanuelle trouva le contrat honnête, sans précédent en tout cas dans ses relations avec la gent masculine.

– D'accord. Je ne tiens pas à ce que la situation tourne au litige.

– Eh bien, nous voilà du même avis. Goliath n'est pas n'importe quel chien. C'est un héros, il a été décoré à plusieurs reprises. Tous les commissariats de la région sont prêts à payer mille dollars pour un de ses chiots. Voilà ses états de service. Faut-il qu'un stupide malentendu le fasse condamner à mort ?

– À mort ?

– Que croyez-vous donc qu'il arrivera si vous portez plainte ? C'est un chien policier qui a reçu un entraînement très spécial. Ce genre d'animal peut devenir dangereux.

– C'est exactement là où je voulais en venir, dit-elle sèchement.

– Jamais il ne s'en prendrait à un enfant, protesta-t-il.
– Je ne doute pas de votre sincérité, mais...
James l'interrompit.
– Lorsque nous répondions à un appel pour violence domestique, il fonçait dans la maison et je le retrouvais en train de monter la garde devant les enfants. C'est arrivé un nombre de fois incalculable. Dans ces cas-là, il se comporte comme un enragé jusqu'à ce que je l'appelle. Il aime les enfants et, s'il se conduit ainsi, c'est qu'il les croit en danger.
Pétrifiée, Emmanuelle le regardait sans rien dire.
– Écoutez, reprit-il en se passant la main dans les cheveux. Il a eu une attitude étrange, je l'admets. Je vous demande seulement de me laisser le temps de comprendre pourquoi. C'est la deuxième fois qu'il pénètre chez vous pour monter la garde devant votre fille. Il doit y avoir une raison.
En baissant les yeux vers le chien, elle croisa de nouveau son regard brun penaud. Goliath avait-il vraiment voulu protéger Sammy ? L'autre jour, les explications de James lui avaient paru stupides. À présent, elle n'en était plus si sûre. Les deux fois où Goliath avait montré une agressivité inquiétante à son égard, Sammy était terrifiée.
Ce soir, l'enfant avait eu un cauchemar. Goliath avait-il perçu la frayeur de la petite fille et vu en sa mère la cause de cette peur ? Emmanuelle avait du mal à y croire. C'était pourtant ce que laissait entendre James Masters, alors qu'il ignorait tout de l'histoire de Sammy.
Elle croisa les bras sur sa poitrine. Il était hors de question qu'elle avoue au shérif que son enfant était effectivement en danger. Garder leur passé secret était vital pour leur avenir.
– Au risque de paraître insensible, ça m'est complètement égal de savoir pourquoi il se comporte ainsi,

répliqua-t-elle. Je vous laisse le soin d'étudier le problème. Par contre, je ne voudrais pas qu'on le tue. Ce serait scandaleux. Mais je refuse qu'il remette les pieds ici.

Tout en parlant, elle évitait soigneusement le regard de Goliath. Le chien semblait décidé à l'attendrir. C'était de la folie ! Cinq minutes plus tôt, elle craignait qu'il ne lui saute à la gorge.

Un silence pesant suivit sa déclaration, seulement troublé par le tic-tac de l'horloge.

– Demain matin, je téléphonerai à un menuisier pour qu'il construise une niche, dit enfin James. En attendant qu'elle soit finie, je veillerai à ce que Goliath reste à la maison. Vous sentez-vous plus tranquille ?

Emmanuelle faillit rétorquer que ses efforts pour retenir son chien n'avaient pour l'instant guère été couronnés de succès, mais sa perruque oscillait dangereusement, aucun mascara n'assombrissait ses cils et son soutien-gorge rembourré était resté dans la salle de bains. Plus vite elle mettrait son encombrant voisin à la porte, mieux ce serait.

– Ça ira. Je ne vois pas ce que vous pourriez faire d'autre.

– Si Goliath s'échappe à nouveau, soyez gentille de m'appeler en premier, avant la fourrière.

– Je ne peux rien promettre. Vous n'êtes pas toujours chez vous.

– Rassurez-vous, je l'enfermerai avant de sortir. On se serre la main ? demanda-t-il.

Emmanuelle jeta un coup d'œil inquiet à Goliath.

– Il ne vous mordra pas, promit James en riant. Ce sont les enfants qu'il protège, pas moi.

Elle tendit prudemment le bras, et la grande paume chaude et rugueuse de James Masters emprisonna aussitôt ses doigts. Sentant un index indiscret s'aventurer sur son poignet, elle se hâta de se dégager.

Puis, tout en s'essuyant machinalement la main

contre sa robe de chambre, elle le raccompagna jusqu'à la porte d'entrée.

– Bonsoir, shérif Masters.

– James. Nous sommes voisins, Emmanuelle. J'espère que nous deviendrons amis.

– À propos, je ne me rappelle pas vous avoir dit mon nom.

– C'est vrai, admit-il avec une grimace contrite. L'autre soir, je voulais vous appeler pour vous proposer de réparer la clôture, alors j'ai consulté le service des immatriculations.

Emmanuelle eut l'impression que le sol se dérobait sous ses pieds. C'était tout ? Il lui avait suffi de donner un coup de téléphone pour connaître son nom ?

– Je vois, parvint-elle à articuler. N'est-ce pas une intrusion dans ma vie privée ?

– Si votre prénom et votre patronyme sont des secrets d'État, oui, sans doute.

Remarquant dans ses yeux une lueur de curiosité, elle détourna la tête et émit un gloussement nerveux.

– Ce ne sont pas des secrets d'État, mais ça me donne l'impression d'être vulnérable. Je préfère les présentations traditionnelles, avec échange de noms et poignée de main.

– Vous avez raison.

Il lâcha son chien, se redressa et tendit la main.

– Mon nom est James Masters, dit-il avec un sourire amusé. Je suis le type qui a un chien enragé et qui vit un peu plus loin sur la route.

Renouveler l'expérience du serrement de mains ne la tentait guère. Après avoir vérifié que le chien ne s'en formalisait pas, elle effleura des doigts la large paume de James. Ses efforts pour abréger l'opération furent vains.

Comment un simple contact pouvait-il déclencher en elle cette vague de chaleur qui partait de l'épaule et irradiait jusqu'à son ventre ?

– Et vous ? demanda-t-il.
– Oh ! Je m'appelle Emmanuelle Lynn Kenyon et je suis la femme qui n'aime pas votre chien enragé.
Avec un petit rire, il laissa à nouveau son index glisser lentement le long de son poignet.
– Et qui ne m'aime pas non plus, je le crains, conclut-il.
La lâchant à regret, il se retourna et poussa son chien dehors.
– Il va falloir qu'on y mette bon ordre, ajouta-t-il. Une dame qui vit seule doit vivre en bons termes avec son unique voisin.
« Certainement pas ! » protesta la jeune femme silencieusement. Cet homme menaçait sa tranquillité d'esprit de plus d'une façon.

*
**

James n'avait pas quitté le perron, qu'Emmanuelle éteignait la lampe extérieure, lui laissant le clair de lune pour seule lumière. « Charmante façon de mettre les gens à la porte », se dit-il avec une grimace.
– Eh bien, Goliath, tu n'as pas manqué ton coup, cette fois-ci. À quoi pensais-tu, bon sang ?
Goliath regarda la porte close et gémit.
– Tais-toi donc, crétin.
James descendit avec précaution les marches pourries. Comme le chien ne se décidait pas à quitter la demeure de sa petite protégée, il claqua des doigts pour l'appeler.
– Viens là ! ordonna-t-il.
Tête basse, le rottweiler obéit et traversa le jardin avec son maître. Une fois sur la route, James se retourna vers la maison délabrée. Le plancher représentait un danger permanent, et sa voisine s'était contentée de disposer un peu partout des pots de fleurs pour éviter de passer au travers. Incroyable ! Elle ferait

mieux de harceler Zeke Guntrum jusqu'à ce qu'il répare sa baraque.

Évidemment, il était difficile d'imaginer Emmanuelle en train de harceler qui que ce fût. James se souvint de son regard las et de ses mains crispées sur la robe de chambre. Cette femme était incapable de se défendre, et Zeke en profitait. Le scénario ne changeait pas : il louait sa maison en promettant d'effectuer les réparations nécessaires, pour finalement garder en poche loyers et caution lorsque le locataire, exaspéré, s'en allait avant la fin du bail.

Furieux de voir une femme et sa petite fille prises au piège de ce vieux grippe-sou, James examina de loin les fondations croulantes et le perron bancal, se demandant s'il ne devrait pas appeler lui-même Zeke.

Quelle idée ! Ce n'était pas son problème, et Emmanuelle n'apprécierait pas son intervention. Mieux valait la laisser se débrouiller seule.

Par ailleurs, Sammy et elle risquaient à tout moment de se blesser. En serrant la main d'Emmanuelle, il avait remarqué combien son poignet était mince et fragile. Elle n'avait rien d'une femme robuste. Si le sol cédait sous ses pas, elle se briserait la cheville, ou autre chose. Dans ce cas, qui devrait jouer au bon samaritain ? Lui, bien sûr. En tant qu'unique voisin, il était concerné. Cela n'avait rien à voir avec une quelconque attirance pour elle. Non, il essayait seulement de prévenir un drame.

Rien d'étonnant à ce que Goliath tienne autant à revenir ici. Il y avait quelque chose chez Emmanuelle et Sammy qui vous donnait envie de les protéger. Leurs immenses yeux craintifs, peut-être ?

Avec un soupir, il regarda à nouveau le perron délabré. Le réparer ne demanderait pas un gros travail. C'était l'affaire d'un soir ou deux, au plus. En trois semaines, il pourrait même remettre en état toute la baraque. Tandis qu'il examinait la maison des fondations au toit, la liste des matériaux nécessaires s'établissait dans sa tête, presque malgré lui.

S'il partait plus tôt l'après-midi durant les deux ou trois semaines à venir, personne n'oserait le lui reprocher. Ces dernières années, il n'avait presque pas pris de vacances. Évidemment, le moment n'était pas très bien choisi. Mais que pouvait-il y faire ? Si les gens n'approuvaient pas sa façon de travailler, il ne leur restait plus qu'à changer de shérif, car lui ne changerait pas de méthode. Sauver des enfants était son seul objectif, et il n'était entré dans la police que pour cela. Si on l'en empêchait, son travail perdrait tout intérêt à ses yeux. Plutôt que de céder aux intimidations de ses concitoyens, il préférait encore signer la pétition demandant son licenciement.

Il rentra chez lui en sifflotant. Dès le lendemain, après avoir commandé une niche au menuisier, il appellerait le propriétaire des Kenyon. Zeke avait beau être près de ses sous et têtu comme une mule, il y réfléchirait à deux fois quand il entendrait James le menacer de témoigner en faveur d'Emmanuelle si jamais elle passait à travers le plancher.

La perspective d'un procès convaincrait certainement Zeke de rembourser l'achat des matériaux. James, lui, ferait le travail gratuitement. Emmanuelle avait déjà accompli des merveilles en repeignant les murs et en accrochant de charmants rideaux. Avec un nouveau plancher, du linoléum neuf et un tapis correct au salon, la maison aurait meilleur aspect.

Il éclata de rire. Emmanuelle pouvait bien éteindre la lumière du perron et le laisser retrouver son chemin dans le noir, elle ne se débarrasserait pas de lui si facilement.

5

Le lendemain après-midi, Sammy rentra en courant dans la maison.

– Que se passe-t-il, ma chérie ? demanda sa mère.

– Le shérif est là, devant la maison, dit l'enfant en haletant. Dans sa grosse voiture blanche, avec plein de trucs dedans.

Le shérif ? Le cœur serré, Emmanuelle abandonna les pommes de terre qu'elle était en train de laver et alla regarder par la fenêtre du salon. La Bronco de James Masters était garée dans l'allée et elle croulait sous un chargement de bois et de matériaux divers.

Elle n'eut pas le temps de se poser plus de questions. Un pas résolu ébranlait déjà les marches du perron et un poing viril tambourinait à sa porte.

Elle ouvrit lentement. James se tenait sur le seuil de sa maison, immense et incroyablement séduisant. Un frisson lui parcourut la colonne vertébrale. Pourquoi cet homme-là la troublait-il tant ?

Le Stetson marron incliné sur le front n'atténuait en rien l'impact de son regard bleu perçant. À chacun de ses mouvements, le soleil tardif faisait briller son insigne de shérif.

– Bonjour, marmonna Emmanuelle d'un air maussade.

Pointant le pouce vers son véhicule, il lui adressa un sourire charmeur. Combien de fois s'était-il entraîné devant la glace pour parvenir à un tel résultat ?

– Votre propriétaire m'a embauché pour effectuer quelques réparations dans la maison. Je ne vous dérangerai pas, promit-il devant l'air ahuri de la jeune femme. Enfin... tant que je ne travaillerai pas à l'intérieur.

– Mais...

Elle s'interrompit, ne sachant plus que dire.

Il donna un coup de pied sur le plancher, ce qui eut pour effet d'ébranler tout le perron.

– C'est indispensable. Sammy et vous pourriez passer au travers. Et l'intérieur n'est pas en meilleur état.

– J'ai acheté des planches de contreplaqué que j'ai posées sur le sol de l'office, répliqua Emmanuelle.

– Ce n'est qu'une mesure provisoire. D'ailleurs, vous risquez de buter sur le bord et de tomber.

Emmanuelle ne répondit pas. Sammy et elle trébuchaient à tout moment sur ces maudites planches.

Jugeant l'affaire conclue, il ôta son chapeau et s'essuya le front de la manche.

– Quelle chaleur ! On n'est pas encore en juin et on se croirait en plein milieu de l'été... Bon, je vais me changer avant de commencer. Je serai de retour vers 16 h 30. Si vous entendez du bruit, vous saurez que c'est moi.

Bouche bée, Emmanuelle le regarda descendre les marches, traverser le jardin et gagner la route à grandes enjambées. À ce moment-là seulement, elle se rendit compte qu'il lui avait imposé sa volonté sans lui laisser le choix. Certes, il avait été très poli, mais il ne lui avait pas demandé si ça l'ennuyait, ni cherché à savoir quels horaires lui convenaient. Il avait décidé de réparer sa maison et elle n'avait pas son mot à dire.

Claquant la porte avec plus d'énergie qu'elle ne l'aurait voulu, elle se rua dans la cuisine et faillit se prendre les pieds dans les pots de fleurs.

– Et zut ! grommela-t-elle. Cet homme et son chien infernal ne me ficheront donc jamais la paix ?

Les yeux écarquillés, Sammy l'attendait dans la cuisine.

– Maman ? Qu'est-ce qu'il va faire ?

Emmanuelle inspira profondément et s'agenouilla devant l'enfant.

– Il va réparer cet affreux vieux plancher, ma chérie,

expliqua-t-elle en caressant les boucles rebelles de sa fille. C'est merveilleux, non ?

– Pourquoi ça ne te fait pas plaisir, alors ?

Qu'aurait-elle pu répondre ? Que c'était l'emballage qui l'agaçait, pas le cadeau ?

– Je n'ai pas l'habitude d'avoir des étrangers autour de moi, c'est tout.

– Moi non plus, fit Sammy en se frottant le nez. Je ne veux pas qu'il rentre dans la maison. Empêche-le, maman, d'accord ?

– Ce plancher a besoin d'être réparé, ma chérie. Le shérif Masters a raison. Nous pourrions passer au travers et nous blesser.

– Bon, dit Sammy d'un air abattu. Mais j'espère qu'il n'aura pas son revolver quand il reviendra.

*
**

Le vœu de Sammy fut exaucé. Dix minutes plus tard, James Masters revint, vêtu d'un jean délavé et d'une chemise en grosse toile bleue. Avec ses bottes poussiéreuses et son Stetson, il avait l'air d'un cow-boy tout droit sorti d'un western, à ceci près qu'il était armé d'un marteau et non d'un revolver.

Il commença immédiatement à décharger les planches et à les empiler sur la pelouse. Malgré son imposante stature, il se déplaçait avec grâce, remarqua Emmanuelle.

Lorsqu'il commença à déclouer le plancher pourri du perron, elle éprouva une curieuse sensation au niveau de l'abdomen. Réaction purement instinctive, se rassura-t-elle. Le spectacle d'un homme bien bâti, à la chemise trempée de sueur et aux manches retroussées, avait quelque chose de sensuel, et il était naturel qu'elle s'intéresse à cette anatomie presque parfaite. La regarder, c'était comme admirer un beau coucher de soleil ou contempler une œuvre d'art.

Lorsqu'il s'arrêta pour déboutonner sa chemise et la sortir du jean, elle sentit son cœur s'emballer. Un torse à la peau cuivrée apparut, puis un ventre plat sur lequel courait, du nombril à la ceinture du pantalon, une étroite bande de poils noirs. On eût dit une sculpture en chêne clair, aux lignes impeccables et soigneusement polies.

Il se tourna brusquement vers la fenêtre et leurs regards se croisèrent. Prise en flagrant délit, elle faillit tomber à la renverse.

Il esquissa un sourire, et une lueur malicieuse éclaira ses yeux. Les joues en feu, Emmanuelle s'écarta brusquement, bousculant sa fille qui se tenait derrière elle.

– Viens, ma chérie. C'est mal élevé de dévisager les gens. Allons préparer le dîner.

– Mais maman, il a un ventre rigolo.

Rigolo n'était pas le terme adéquat, songea Emmanuelle. En réalité, cet homme était beau à couper le souffle, ce qui était en soi une raison suffisante pour l'éviter. Elle avait déjà cédé à un accès de folie hormonale et en subissait toujours les conséquences.

– Que dirais-tu d'un pudding pour le dessert ? demanda-t-elle d'une voix étranglée.

– Il va dîner avec nous ?

– Non, ma chérie. Toi et moi, comme d'habitude.

L'esprit toujours occupé par la plastique de James Masters, Emmanuelle reprit le lavage des pommes de terre. Une brise légère entrait par la fenêtre ouverte et lui rafraîchissait les joues.

– La barbe ! s'exclama-t-elle lorsqu'elle s'aperçut qu'elle avait lavé de quoi nourrir une douzaine d'hommes affamés.

Elle ressortit les trois quarts des pommes de terre de l'évier et entreprit d'éplucher le reste.

– Dites, Emmanuelle, lança soudain James d'une voix forte. Au sujet de la porte d'entrée...

Ce cri inattendu la fit sursauter. Une violente douleur remonta jusqu'à son coude et le sang gicla presque aussitôt. Lâchant précipitamment le couteau et la pomme de terre, elle ouvrit le robinet pour nettoyer la plaie.

Passant la tête par la fenêtre, James vit le sang qui dégoulinait de la main d'Emmanuelle.

– Seigneur ! cria-t-il avant de disparaître.

– Maman ? Qu'est-ce... s'écria Sammy en courant vers sa mère.

Ses yeux s'écarquillèrent et son visage blêmit.

– Maman...

– Ce n'est rien, ma chérie. Juste une petite coupure.

Mais elle avait beau presser la blessure, l'hémorragie continuait de plus belle. Elle examina prudemment la plaie. Entre le pouce et l'index, la chair était entaillée jusqu'au milieu de la paume.

« Garde ton calme », se dit-elle. Au bord de la nausée, elle remit la main sous le jet d'eau et tenta de se rappeler ses cours de secourisme, sans succès. Des taches noires commencèrent à danser devant ses yeux.

– Sammy, tu peux aller me chercher une serviette ?

Tout à coup, les bras solides de James se refermèrent autour de sa taille.

– Ça va, murmura-t-elle en essayant d'apercevoir sa fille par-dessus son épaule.

La chemise bleue de James lui bouchait la vue. En découvrant la blessure, il jura entre ses dents.

– Ça va, répéta-t-elle. Je vais mettre un pansement, c'est tout.

– Mon Dieu, je suis vraiment désolé, dit-il en lui maintenant la main sous le robinet. Je voulais seulement vous prévenir de ne pas passer par la porte d'entrée. Il manque la moitié du perron et vous feriez une sacrée chute.

Emmanuelle ferma les yeux un instant. Les taches noires continuaient de danser et le ruissellement de l'eau se transformait peu à peu en un bruit sourd qui résonnait dans sa tête.

– Ce n'est pas votre faute.

– Bien sûr que si ! Je n'aurais pas dû vous appeler par la fenêtre. Je ne voulais pas vous faire peur.

– Ça va aller, je vous assure.

Une brusque clarté l'aveugla. Éblouie, elle cligna des yeux. La réalité semblait s'être soudain éloignée, et elle eut l'étrange impression de se dédoubler : une part d'elle-même était là, blessée, dans la cuisine, tandis que l'autre observait la scène de l'extérieur.

De grandes mains tannées, dont l'une tenait son poignet et l'autre appuyait sur la plaie. Les craquements du plancher sous leurs pieds. Le petit visage livide de Sammy surgissant entre eux. Une voix masculine prononçant les mots « urgences » et « points de suture ».

Elle détourna le regard de la plaie béante.

– Vous n'allez pas vous évanouir ?

– Non, bien sûr que non. La vue du sang ne me gêne pas, affirma-t-elle d'une voix hésitante. Ce n'est pas bien grave. Qu'en pensez-vous ?

– Eh bien, ce n'est pas tout à fait ce qu'on appelle une éraflure... Sammy, peux-tu m'apporter une serviette propre ? demanda-t-il en s'écartant de la jeune femme.

Elle entendit les petits pas de sa fille s'éloigner et revenir deux secondes plus tard.

– Bravo, fit James. Voilà qui va faire des merveilles.

Il revint auprès d'Emmanuelle et l'examina.

– Vous vous sentez bien, chérie ? Vous êtes très pâle. Tâchez de ne pas regarder.

Chérie.

Le mot, prononcé d'une voix grave et attentionnée, lui rappela son père. À cet instant, elle aurait tout donné pour se blottir dans les bras paternels, pour se sentir aimée et en sécurité.

– Emmanuelle ? Vous êtes toujours là ?

– Comment ?

Elle baissa les yeux et vit que James avait enveloppé sa main dans la serviette. Le sang suintait déjà à travers le tissu rayé.

Il tira d'un coup sec pour comprimer la plaie et ferma le robinet de l'évier. Puis, passant un bras autour d'elle pour la soutenir, il l'entraîna dans le couloir.

« Pourvu qu'il ne remarque pas le rembourrage du soutien-gorge ! » se dit-elle en voyant que les doigts de James effleuraient son sein. À cette idée, elle chancela et dut s'appuyer à son bras pour ne pas tomber.

D'un coup sec, il détacha le fil de fer barbelé qu'Emmanuelle avait posé pour protéger le terrain de jeu de Sammy, puis il aida la mère et la fille à franchir la brèche sans se blesser.

– Je ne tiens pas à ce que tu te coupes, toi aussi, dit-il à l'enfant en lui tapotant la tête.

Arrivé devant la Bronco, il souleva la jeune femme et l'installa sur le siège arrière. Après avoir hissé Sammy à côté de sa mère, il se pencha sur celle-ci pour tirer la ceinture de sécurité. Croyant qu'il voulait profiter de la situation, Emmanuelle le retint par le poignet et sentit les muscles de son bras durcir sous ses doigts.

Il la regarda d'un air interrogateur. Rouge de honte, elle retira sa main aussitôt. James attrapa la ceinture puis, du bout des doigts, la fit doucement glisser entre ses seins.

– Sammy, j'ai besoin d'aide. Il faudrait que tu me tiennes lieu de médecin pendant que je conduis. Tu peux ?

Les yeux ronds, Sammy hocha la tête. Avec un sourire, James lui montra comment appuyer sur la blessure.

– Voilà. Il faut que tu serres bien fort jusqu'à ce que nous arrivions à l'hôpital. Tu crois pouvoir y arriver ?

Sa voix ferme rassura l'enfant qui hocha de nouveau la tête. Emmanuelle glissa le pouce entre les doigts de sa fille pour l'aider. La serviette était déjà trempée de sang.

– C'est loin d'ici ? demanda-t-elle comme il s'installait au volant.

– Environ trente kilomètres, répondit-il en lui décochant un clin d'œil dans le rétroviseur. La plaie est profonde, mais avec quelques points, vous serez comme neuve.

Emmanuelle se laissa aller contre le dossier de la banquette et s'efforça de ne pas regarder le tissu sanguinolent.

*
**

Être shérif avait parfois quelques avantages, tels que le traitement de faveur que les urgences de l'hôpital de Wynema accordaient à James, qu'il s'agisse de lui-même ou d'un prisonnier. Les premières années, il avait eu des scrupules. À présent, il n'hésitait plus à en profiter.

Pendant le trajet, il avait prévenu l'hôpital grâce à la radio de la Bronco, et une infirmière les attendait derrière les portes vitrées. Il coupa le moteur et aida ses passagères à mettre pied à terre. L'infirmière, une jeune femme rousse bien en chair, se précipita et passa un bras autour des épaules de la blessée.

– Bonjour, Peggy, dit James. Je te présente Emmanuelle Kenyon, ma nouvelle voisine. Elle a eu un petit accident. Emmanuelle, voici Peggy Staley, le grand manitou des urgences.

L'infirmière sourit.

– On dirait que vous vous êtes battue avec un instrument vicieux.

– Un couteau, expliqua James. Tu ferais bien d'appeler un chirurgien orthopédique. L'entaille est profonde.

– Quand allez-vous renoncer à m'apprendre mon boulot, Masters ?

– Sans doute jamais. J'adore vous mettre en rogne.

– Et qui est cette jeune fille aux beaux yeux bleus ?

– Ma fille Sammy, répondit Emmanuelle. J'aimerais l'emmener avec moi. Elle est facilement intimidée.

– Il vaut mieux qu'elle attende ici, dit Peggy.

– Je crains que...

– Pas de problème, intervint James. Je vais la surveiller.

– Mais elle...

– Il n'y en aura pas pour longtemps, assura Peggy. Vous serez de retour avant que Sammy se soit aperçue de quelque chose.

– Ça ne vous ennuie pas ? demanda Emmanuelle à James

– S'il dit oui, je le frappe ! s'écria Peggy. Shérif, vous voulez que j'appelle quelqu'un pour garer ailleurs cette fichue Bronco ? Comme d'habitude, vous occupez l'endroit réservé aux...

– Aux ambulances, je sais. D'accord, appelez quelqu'un.

Sammy tenta de suivre sa mère qui s'éloignait avec l'infirmière, mais James la retint.

– Je regrette, ma poupée. Tout le monde est très occupé, là-bas, et les petites filles ne peuvent y aller que si elles sont malades ou blessées et qu'il faut les montrer à un médecin.

Les lèvres tremblantes, Sammy se frotta les yeux. Comprenant qu'elle allait pleurer, James fut pris de panique.

– Tout va bien, mon trésor. Ta mère va revenir bientôt. Tu vas voir.

Doigts écartés, elle le regarda avec une expression où se disputaient désolation et espoir.

Quelques secondes plus tard, un employé vêtu d'une blouse bleue apparut au bout du couloir.

– Salut, shérif, dit-il en avançant vers eux. On m'a dit que vous aviez besoin qu'on gare votre voiture.

Sans lâcher la main de Sammy, James sortit les clés de la Bronco de sa poche.

– Le plus près possible, Jim.

Celui-ci jeta un coup d'œil à l'enfant.

– Dites donc, cette prisonnière me paraît un peu jeune. Qu'est-ce qu'elle a fait ? Cambriolé une banque ?

– C'est Sammy, ma nouvelle voisine. Sa mère s'est coupé la main.

Jim fit la grimace.

– Pas d'ivrogne au crâne ouvert aujourd'hui ?

– Non.

– Pas de criminel, menottes aux poignets ?

– Non plus, désolé.

– Flûte ! Ça fait près d'une semaine qu'il ne s'est rien passé d'intéressant. S'il n'y a pas de prisonnier, pourquoi m'a-t-on appelé ? Vous pouvez garer votre voiture tout seul. Un peu d'exercice vous ferait du bien.

James désigna Sammy dont les yeux craintifs restaient fixés sur l'employé.

– Ma copine s'inquiète pour sa maman. Pas question que je lui fasse quitter l'hôpital... D'ailleurs, ajouta-t-il en tapotant le ventre rebondi de son interlocuteur, c'est vous qui avez besoin d'exercice.

– Tu t'inquiètes pour ta maman ? s'écria Jim en haussant les sourcils. Elle est entre de bonnes mains. Les meilleurs docteurs de la région s'occupent d'elle.

– Shérif ? appela la réceptionniste. Vous êtes prêt à faire les papiers ?

– J'arrive.

Il donna une tape amicale à Jim et, oubliant les petites jambes de sa compagne, se dirigea à grands pas vers le bureau. Accrochée à sa main, Sammy décolla du sol.

– Pardon, fit-il en remarquant l'expression douloureuse de l'enfant. Ça va ?

Il repartit moins vite, puis, remarquant les sourcils

froncés d'une vieille dame qui les observait, il ralentit encore, ce qui n'empêcha pas les mocassins de Sammy de crépiter derrière lui à un rythme frénétique.

– Bonjour, Trixie, dit-il à la réceptionniste. Je ne connais que le nom et l'adresse de la blessée. Emmanuelle Kenyon, 1423, Hereford Lane. Le reste, il faudra le lui demander.

– Vous ne savez pas si elle est assurée ?

– J'ai oublié de lui poser la question ! s'exclama James en se frappant le front. Quel imbécile je fais !

Trixie le regarda d'un air ahuri.

– Je m'informais, c'est tout. N'en faites pas toute une histoire.

– Vous demandez à vos voisins s'ils sont assurés, vous ? rétorqua-t-il.

Jim le rejoignit.

– Première rangée, troisième place, dit-il en jetant les clés sur le comptoir.

James les remit dans sa poche et faillit renverser sa petite compagne en reculant.

– Tu veux un jus de fruits ? demanda-t-il en se penchant vers elle.

Les yeux plus écarquillés que jamais, elle haussa les épaules et tenta de libérer sa main. Elle était visiblement terrifiée, mais James n'arrivait pas à comprendre pourquoi. Il resserra son étreinte sur les petits doigts.

– Un Coca-Cola ? proposa-t-il.

Elle se tourna vers le distributeur, fit non de la tête et recommença à se frotter les yeux de sa main libre. Si elle continuait, elle n'aurait bientôt plus de cils.

– Eh bien, moi, j'ai besoin de me rafraîchir le gosier, dit James en sortant un peu de monnaie de sa poche.

Le distributeur avala les pièces avec un hoquet satisfait. James appuya sur une touche. Rien ne se produisit. Habitué aux sautes d'humeur de l'appareil, il lui donna un coup de botte sur le flanc et une canette tomba avec un choc sourd, faisant sursauter Sammy.

– Et voilà ! Tu vois, je lui demandais juste de faire un effort. Tu es sûre que tu ne veux pas quelque chose ? C'est moi qui invite.

Le bras tendu au maximum, elle se tenait le plus loin possible de lui et gardait les yeux fixés sur le sol. Il crut deviner un refus en bonne et due forme.

S'efforçant d'adopter une allure d'escargot, il l'emmena dans une pièce peinte d'un jaune guilleret où résonnait le vacarme d'une télévision suspendue dans un coin.

James s'assit, une botte posée en travers du genou. Sammy recula jusqu'à la banquette verte, se hissa sur la pointe des pieds et, à force de tortillements, parvint à y poser une fesse. James lui lâcha la main pour l'attraper et l'aider à s'asseoir complètement, puis il détacha la languette de la canette et but une longue gorgée.

– Pas mauvais, ce truc. Tu es sûre que tu n'as pas soif ?

Bon sang, cette gamine le regardait comme s'il parlait espagnol ! Il étouffa un juron. Certes, il lui arrivait de devoir emmener de jeunes enfants devant le juge, ou encore dans un foyer d'accueil. Mais s'ils étaient de l'âge de Sammy, une femme policier l'accompagnait, Helen Bowyers.

Le silence et le regard effaré de la petite fille le mettaient mal à l'aise. Ses doigts minuscules étaient recroquevillés dans la grande paume de James, lui qui n'avait l'habitude que de choses proportionnées à sa taille, comme le volant de sa Bronco, son bétail, son chien, ses chevaux. La sentant trembler, il craignit de lui faire mal et desserra la main. Les tremblements persistèrent.

– Ta maman va revenir bientôt. C'est juste une petite coupure, rien de grave. Le docteur va la recoudre et lui donner quelque chose pour qu'elle n'ait plus mal. Ensuite, nous la ramènerons à la maison.

Il attendit en vain un sourire.

Tant pis. La veille, Emmanuelle n'avait pas caché

qu'elle se méfiait de lui. Il était normal que Sammy éprouve les mêmes sentiments.

Que s'était-il passé pour qu'elles aient toutes les deux aussi peur des hommes ? Il s'était montré amical, poli, et avait même pris sur son temps pour réparer leur maison. Pourtant, le son de sa voix avait tellement effrayé Emmanuelle qu'elle s'était coupée profondément. Ce n'était pas normal.

Et ce n'était pas non plus son problème. Il s'était proposé pour réparer leur maison, pas leurs vies. « Reste à l'écart, lui souffla une petite voix. Ne t'en mêle pas, tu en as fait assez comme ça. »

Il avait déjà enfreint toutes les règles. Lorsque Emmanuelle s'était coupée, il s'était précipité pour panser la plaie au lieu de sortir la trousse de secours de la Bronco. Pas une seconde il n'avait pensé à se protéger. Il n'avait pas mis de gants alors qu'elle perdait du sang. Si l'un de ses hommes avait commis une faute pareille, il lui aurait sérieusement fait la leçon.

Il n'y avait pas trente-six solutions. Il devait prendre du recul et garder ses distances.

Mais il aurait du mal à appliquer ses bonnes résolutions. La jeune femme s'était blessée à cause de lui, et il se sentait coupable. Dès le premier jour, il avait vu qu'elle s'effrayait facilement. Il aurait dû contourner la maison et frapper à la porte de derrière, au lieu de l'appeler par la fenêtre.

– C'est la première fois que tu te retrouves aux urgences, Sammy ?

Haussant les épaules, la petite fille se cacha à nouveau la figure.

– Évidemment, ça fait un peu peur.

Une voix claironna dans le haut-parleur fixé au-dessus de leurs têtes. Terrorisée, Sammy sursauta sur son siège.

– C'est seulement une dame qui parle dans un micro, expliqua-t-il. Des fils portent sa voix partout dans la maison et le son sort de ce petit machin carré qui est accroché au mur.

Ravi de l'adresse avec laquelle il maîtrisait la situation, il désigna l'appareil. Les petits enfants ne venaient pas d'une autre planète, après tout. C'étaient des adultes en miniature et on devait les traiter comme tels.

– Lorsque quelqu'un a besoin de soins, reprit-il, la dame que tu as vue tout à l'heure appelle un médecin et sa voix résonne dans tout l'hôpital.

Le visage grave, Sammy daigna lever les yeux vers le haut-parleur.

– Dans la salle où est allée ta maman, il y a plein de lits entourés de rideaux. L'infirmière va rester avec elle jusqu'à ce que le docteur puisse la soigner. Et bientôt, tu vas la voir revenir par là-bas, à droite.

Elle regarda les portes battantes avec une expression qui serra le cœur de James. Sammy avait le même air triste et égaré que sa sœur au moment de la mort de leur mère, bien que Laney ait eu dix ans et non quatre à l'époque. Il se retint de la prendre dans ses bras et de la serrer contre lui pour la rassurer.

Il finit sa canette, la posa sur la table à côté de lui et tenta de s'intéresser à la télévision. Une animatrice aux cheveux roux et frisés interviewait des couples mariés. Au bout d'une minute, James comprit que le sujet concernait les hommes qui portaient un sous-vêtement fétiche, et il regretta de ne pas avoir de télécommande pour changer de chaîne. Comment osaient-ils diffuser de telles émissions l'après-midi, alors que de jeunes enfants étaient peut-être en train de regarder la télévision ! Indigné, il jeta un coup d'œil inquiet à Sammy.

Le nez de la petite fille coulait. S'apercevant qu'il la regardait, elle leva la main pour s'essuyer.

– Attends ! cria-t-il.

Étendant la jambe droite, il se souleva légèrement

pour fouiller dans sa poche et en sortit un mouchoir dont il vérifia rapidement la relative propreté.

– Souffle.

Elle cracha.

– Non, chérie. Avec le nez.

Elle souffla de nouveau par les lèvres.

James se redressa et, fronçant le nez, effectua une démonstration. Après s'être assuré que personne ne le regardait, il recommença, et Sammy parvint enfin à se moucher correctement.

Cette opération menée à bien, il s'aperçut qu'elle avait un lacet défait. Lorsqu'il lui souleva le pied pour le poser sur son genou, Sammy bascula en arrière et ses fesses glissèrent jusqu'à l'extrémité du siège. James la rattrapa à temps. Décidément, ce n'était pas une mince affaire de s'occuper d'un enfant.

– Excuse-moi, dit-il en la remettant d'aplomb. Tu n'es pas bien grande, demi-portion.

– J'ai presque cinq ans.

Il comprit qu'il l'avait vexée.

– Je parlais de ta taille, reprit-il. Tu vas être petite comme ta maman.

– Ma maman n'est pas petite. C'est toi qui es très, très grand.

James réfléchit à ce point de vue tout en luttant avec les lacets. Qui donc avait eu la brillante idée de doter les chaussures d'enfants de lacets aussi courts ?

– J'imagine que je te parais très grand, mais c'est relatif.

Le mot « relatif » parut n'éveiller aucun écho chez Sammy. Maîtriser l'art de moucher un nez minuscule et celui de nouer des lacets d'une longueur ridicule ne suffisait donc pas ? Il fallait aussi apprendre un vocabulaire particulier pour s'occuper d'un enfant ?

– Voilà, fit-il fièrement lorsque la chaussure lui parut correctement attachée.

– Ça serre trop ! s'écria-t-elle en tirant sur le nœud.

– Ah, bon ?

Il constata qu'elle disait vrai et, à bout de patience, se contenta d'écarter un peu le nœud.

– C'est mieux comme ça ?

Elle hocha la tête d'un air absent. Visiblement, un autre problème se dessinait à l'horizon. Serrant les genoux, elle se mit à se tortiller sur la banquette, puis elle glissa une main entre ses cuisses.

– Shérif ? Faut que j'aille, dit-elle d'une petite voix.

Où ? Pas besoin d'être un génie pour le deviner. Malheureusement, James ignorait où se trouvait cet endroit. Tirant Sammy derrière lui, il se dirigea vers l'accueil.

– Trixie, où sont les toilettes pour dames ?

Levant un doigt, la jeune fille lui fit signe d'attendre qu'elle ait achevé sa conversation téléphonique. Voyant la fillette se tortiller de plus belle, James tenta de contrôler la panique qui s'emparait de lui. Sammy n'avait certainement pas attendu la dernière minute pour le prévenir. Ils devaient disposer d'une certaine marge. Est-ce que ce n'était pas une habitude, chez les enfants, de se tortiller ainsi pour n'importe quoi ?

Trixie raccrocha et désigna le bout du couloir.

– Plus loin sur la gauche, déclara-t-elle.

Tout en marchant aussi vite que le permettaient les jambes de Sammy, James se demandait quel imbécile avait installé les toilettes pour dames aussi loin de la salle d'attente. Un petit cri de détresse lui fit baisser les yeux. Sammy avait l'air consterné.

Elle n'y arriverait pas. Il la prit dans ses bras et accéléra l'allure.

Arrivé devant la porte, il posa l'enfant à terre, poussa le battant et la fit entrer.

– Vas-y. Je t'attends là, d'accord ?

À peine la porte s'était-elle refermée qu'un hurlement strident retentit.

James regarda la silhouette bleu et blanc dessinée sur la porte. Elle portait bien une jupe, il ne s'était pas trompé.

Que faire ?

6

James jeta des coups d'œil affolés à droite et à gauche. Son métier l'avait amené à pénétrer dans toutes sortes d'endroits où l'on ne voulait pas de lui, où on l'accueillait même parfois avec une rafale d'arme automatique. Au fil des ans, il s'était forgé des nerfs d'acier. Alors, pourquoi diable se couvrait-il de sueur à la seule idée d'entrer dans les toilettes pour dames d'un hôpital ?

Derrière la porte, les cris de Sammy se faisaient de plus en plus aigus. Il devait agir.

« Courage ! » s'exhorta-t-il. Il était shérif, après tout. S'il rencontrait une femme dans ces toilettes, il avait une bonne explication.

Il poussa la porte et jura. À l'intérieur, il faisait noir comme dans un four. Il avait propulsé la pauvre enfant dans la pièce sans appuyer sur l'interrupteur !

Surprise par la lumière, Sammy recula sans cesser de hurler, la main plaquée sur un entrejambe visiblement mouillé.

– Hé, poupée, qu'est-ce qui t'arrive ? demanda-t-il bêtement. Oh, tu as eu un accident, à ce que je vois. Eh bien, c'est ma faute.

Assourdie par ses propres cris, la fillette recula jusqu'au mur qu'elle heurta brutalement. Le choc la fit blêmir et ses yeux se révulsèrent. Le cœur de James se serra. Cette enfant n'avait pas simplement peur, elle était la proie d'une terreur intense.

Il lui tendit la main.

– Voyons, bébé, calme-toi. Je ne vais pas te faire de mal.

Il vit qu'elle regardait quelque chose derrière lui et, une fraction de seconde plus tard, un gros sac noir le frappa sur la tempe, faisant jaillir mille étoiles devant ses yeux. Étourdi, il s'appuya au mur. Les hurlements de Sammy, que la stupéfaction avait brièvement interrompus, repartirent crescendo.

– Espèce de pervers ! cria une voix de femme.

Le sac s'abattit sur son épaule avant qu'il ait eu le temps de reprendre son équilibre. Entre ce coup et le suivant, il aperçut une créature immense au visage empourpré.

– Madame, je...

– Il n'y a pas de madame qui tienne, ordure !

Comme elle levait le bras pour lui lancer son sac dans la figure, sa robe bleue se retroussa, dévoilant des cuisses blanches agitées de frémissements indignés.

– Madame ! cria James en tendant les mains pour se protéger. Arrêtez !

– Au secours ! J'ai attrapé un violeur d'enfant !

James n'en croyait pas ses oreilles.

– Madame, je ne suis pas un... un violeur d'enfant ! Je suis le shérif du comté !

– Vous pouvez bien être le roi d'Angleterre, je m'en fiche complètement. Tant que je serai là, vous ne toucherez pas à cette enfant. J'ai lu des articles sur les monstres de votre genre ! Vous n'avez pas honte d'attaquer les petites filles ! Vraiment, on n'est plus en sécurité nulle part !

La voyant prête à frapper à nouveau, il attrapa le sac et se redressa.

– Vous vous trompez.

Comme pour démentir ses propos, Sammy se recroquevilla dans un coin de la pièce sans cesser de hurler.

La porte s'ouvrit et la tête blonde de Trixie apparut dans l'entrebâillement.

– Qu'est-ce qui se passe ici ?

– Ce... ce... bafouilla la grosse femme. Ce monstre essayait de violer cette fillette !

– Quoi ? s'écria la jeune fille en écarquillant les yeux. Il doit y avoir un malentendu.

– Il n'y a pas de malentendu ! Je l'ai vu !

Arrachant son sac des mains de James, la femme se tourna vers Sammy.

– Dis-lui, mon petit. Je ne laisserai pas ce sale type te faire du mal, sois tranquille. Dis à la dame ce qui s'est passé.

Sammy se tut brusquement et son visage prit une inquiétante couleur rouge.

– Cet homme est le shérif du comté, déclara Trixie. Il surveille cette enfant pendant que sa mère reçoit des soins aux urgences.

La femme examina d'un œil sceptique le jean délavé et les bottes poussiéreuses de James.

– Le shérif ? Vraiment ? Vous n'avez pas l'air d'un officier de police.

– Je ne suis pas de service.

– Ça ne signifie pas que vous n'êtes pas un pervers, insista-t-elle. Je lis les journaux, vous savez.

– Très bien, madame, répondit-il. Vous avez parfaitement raison de vous informer, mais j'essayais seulement d'expliquer à cette fillette...

– Expliquer, mon œil ! Vous la faisiez mourir de peur, oui ! Vous lui promettiez de ne pas lui faire de mal avec... avec une voix mielleuse.

Un frisson de dégoût fit trembloter ses joues.

– Je vous assure, c'est le shérif, intervint Trixie, qui retenait difficilement un fou rire. Et, à ma connaissance, il n'a pas de tendances perverses. Une voix mielleuse, c'est possible.

– J'espère que c'est bien le shérif, jeune fille, sinon tout ça vous retombera sur la tête.

Bousculant Trixie, elle sortit des toilettes.

– Mielleuse, hein ? grommela James quand elle eut disparu. La prochaine fois que je vous prends à commettre un excès de vitesse, vous êtes bonne pour un procès-verbal.

– Je n'ai jamais dépassé les limites, vous le savez très bien... Vous voulez de l'aide ? reprit-elle en regardant Sammy qui hoquetait en silence.

– Volontiers, répondit-il, soulagé.

Cette pièce réservée aux femmes le mettait mal à l'aise. Même le savon avait une odeur différente, un mélange écœurant de lotion pour les mains, de boisson sucrée et de parfum bon marché.

– Je n'ai pas l'habitude des petites filles, avoua-t-il.

– Comme la plupart des hommes, remarqua Trixie.

Posant les mains sur les genoux, elle se pencha vers Sammy et sourit.

– Tu te souviens de moi ? Je m'appelle Trixie. Je suis la dame qui était assise devant le bureau, avec plein de fils bizarres autour de la tête.

– Trixie va t'aider à te laver, Sammy. D'accord ?

– Bien sûr qu'elle est d'accord, fit la réceptionniste avec un clin d'œil complice. Entre filles, on doit se serrer les coudes.

À peine Trixie eut-elle fait un pas vers elle que l'enfant se remit à hurler. La jeune fille s'arrêta net.

– Bon, je ferais mieux de vous attendre dehors, dit-elle. J'ai l'impression qu'elle ne m'aime pas.

James ne se sentait pas très aimé, lui non plus. Malgré tout, c'était son problème, pas celui de Trixie, et il ne pouvait lui reprocher de se dérober. Il la regarda sortir avec envie puis se tourna vers la fillette. Elle l'observait comme s'il était quelque créature hideuse sortie tout droit d'un film d'horreur.

– Sammy, tu ne veux pas voir ta maman ? demanda-t-il entre deux hurlements.

La question la fit taire.

– Si, fit-elle dans un souffle.

– Bien. Mais si tu veux revenir dans la salle d'attente, tu dois cesser de crier. Il y a des gens malades qui essaient de dormir et il ne faut pas faire de bruit, acheva-t-il dans un murmure.

Le regard brouillé de larmes de Sammy se posa sur la porte. Si James n'en avait pas barré l'accès, elle se serait enfuie à toutes jambes.

– Viens, ma chérie. Ta maman va avoir bientôt fini. Allons l'attendre.

Elle baissa les yeux sur la main qu'il lui tendait. Encouragé par son silence, James fit un pas dans sa direction. Aussitôt, elle haussa les épaules et leva le coude comme pour se protéger.

James s'arrêta. La pauvre enfant craignait donc qu'il ne la frappe ? Il entendit soudain un ruissellement inquiétant et vit une petite mare se former autour des pieds de Sammy.

– Oh, Sammy... soupira-t-il en s'agenouillant sur le carrelage.

Qu'était-il donc arrivé à cette fillette ? Bien sûr, voir sa mère disparaître au bras d'une infirmière et se retrouver seule avec un inconnu, cela représentait une véritable épreuve pour une enfant aussi jeune, et l'intervention de l'amazone armée de son sac noir n'avait rien arrangé. Néanmoins, toutes ces péripéties ne suffisaient pas à expliquer la réaction de Sammy.

– Je veux ma maman, gémit-elle. Je veux ma maman.

Au moins, ils étaient deux, songea James, désemparé.

– Sammy, ma chérie...

Les hurlements recommencèrent. Cessant de raisonner, James suivit son instinct et prit l'enfant dans ses bras.

– Voyons, ne crains rien, Sammy. Personne ne va te faire de mal. Je te le promets. Personne.

Elle se cambra pour s'écarter de lui, mais il resserra son étreinte sur la frêle ossature. Comment pouvait-on frapper un être aussi fragile ? Quelqu'un l'avait fait, en tout cas. À présent, il en était convaincu.

Il devait rester calme, se dit-il en sentant monter en lui une rage folle. Il réfléchirait à tout cela plus tard et s'offrirait le plaisir de s'imaginer en train de corriger le sadique qui avait traumatisé la fillette. Pour l'instant, seule comptait Sammy.

Serrant l'enfant contre lui, il se mit à marcher de long en large dans la petite pièce.

– Chut, répétait-il. Tout va bien. Personne ne va te faire de mal.

Il y a des choses qu'on ne répète jamais assez. Inlassablement, il allait d'un mur à l'autre, faisait demi-tour, revenait sur ses pas, récitait les mêmes mots, devinant que la répétition des mêmes gestes avait un pouvoir apaisant.

Les cris devenant moins stridents, il comprit qu'elle avait moins peur de lui.

L'humidité du pantalon de Sammy s'était communiquée à sa chemise, et il avait le torse glacé. Baissant les yeux, il comprit que, durant toute la scène, la fillette était restée collée contre le climatiseur. Rien d'étonnant à ce qu'elle se soit mise à trembler, songea-t-il. Il la serra plus fort pour la réchauffer.

– Ne crains rien, murmura-t-il pour la centième fois. Personne ne va te faire de mal. Je suis là. Plus jamais, tu entends ? Plus jamais on ne te fera de mal.

Une petite sonnette d'alarme se déclencha dans sa tête. Qu'était-il en train de raconter ? Sammy n'était pas son enfant. À quoi bon faire des promesses qu'il ne pourrait sans doute pas tenir ?

Pourtant, il était sincère. Quant à la brute qui avait frappé Sammy, il l'aurait étranglée avec plaisir.

Car un homme l'avait terrorisée, c'était évident. Tout s'expliquait : la méfiance d'Emmanuelle, l'attitude protectrice de Goliath, les coups d'œil effrayés de l'enfant tandis qu'il travaillait sur le perron. Les pièces du puzzle se mettaient en place.

Qui était-ce ? Le père de Sammy ? Cela expliquerait qu'Emmanuelle se soit installée aussi loin de la ville et ne reçoive aucune visite. Peut-être avait-elle fui un mari qui les battait, elle et sa fille. Peut-être avait-elle enlevé l'enfant, parce qu'on lui en avait refusé la garde après un divorce malheureux. La justice n'était pas infaillible, il le savait. Il arrivait parfois que l'on confie l'enfant à celui des parents qui était le moins apte à l'élever et, en cas de violences, l'autre se voyait contraint à des actes désespérés.

Pendant de longues minutes, il marcha, tapota, murmura. Lorsque le petit corps s'abandonna contre lui et que les cris laissèrent la place à des gémissements espacés, il caressa les cheveux soyeux.

– Tu te sens mieux ?

Pour toute réponse, la fillette passa les bras autour du cou de James. Ce n'était pas grand-chose, bien sûr, mais le geste était lourd de signification. La confiance. Venant de cette enfant, elle n'avait pas de prix. Il cessa de marcher et, les yeux humides, appuya sa joue contre les boucles blondes.

Retenues par Trixie, trois femmes attendaient à l'extérieur des toilettes. Sans éprouver la moindre gêne, il passa devant elles et alla s'asseoir dans la salle d'attente. Sammy se cramponnait à lui, les bras autour de son cou, la tête dans le creux de sa gorge et les jambes repliées sur son torse.

Il continua de lui caresser le dos. Ni l'un ni l'autre ne disaient mot. En restant immobile contre lui, elle lui faisait comprendre qu'elle se sentait en sécurité. La gorge nouée, il entendit sa respiration s'apaiser et comprit qu'elle s'était endormie. Avec un sourire, il posa le menton sur les cheveux de l'enfant.

La paternité n'était peut-être pas si pénible qu'il l'avait cru, finalement.

*
**

Quelques minutes plus tard, Emmanuelle réapparut, la main pansée. Des taches de sang souillaient son chemisier blanc. Pâle et chancelante, elle contourna le bureau et se dirigea vers la salle d'attente. James la héla et se leva.

Parfois, il suffit d'un petit incident pour modifier la façon dont on voit quelqu'un. Moins de deux heures plus tôt, il considérait Emmanuelle Kenyon comme un être timide et peu assuré qui avait besoin de l'aide de son grand voisin bourru pour défendre ses intérêts auprès du propriétaire. À présent, il voyait en elle une fragile jeune femme accablée de soucis, qui avait sans doute vécu des expériences qu'il ne pouvait imaginer.

La vie avait appris à James que le courage n'est pas l'absence de peur, mais la façon d'affronter cette peur. Selon ce critère, Emmanuelle Kenyon était l'une des personnes les plus courageuses qu'il ait jamais rencontrées. Il fallait de l'audace pour fuir un mari violent. Peu de femmes en étaient capables, James le savait d'expérience.

Visiblement méfiante, elle continuait d'avancer, les yeux fixés sur sa fille assoupie. Une fois devant lui, elle le regarda droit dans les yeux. De toute évidence, cette soudaine intimité entre lui et Sammy l'inquiétait. Agacé, il serra les dents. Si quelqu'un avait des explications à fournir, c'était elle, pas lui.

– Comment va votre main ? demanda-t-il enfin.

– Ça va. La coupure est profonde, mais les tendons sont intacts. Je ne peux ni m'en servir ni la mouiller jusqu'à ce qu'on m'enlève les points. Ensuite, il faudra sans doute que je fasse attention quelque temps. Le médecin dit qu'il n'y aura pas de séquelles.

– Bien, fit-il, à court de commentaires.

Elle regardait toujours Sammy, brûlant manifestement de la lui reprendre. À l'idée de la perdre, il éprouva une étrange sensation, une sorte de creux à l'estomac, et serra l'enfant contre lui.

– Tout est en ordre ? demanda-t-il.

– Euh... oui. J'ai rempli les papiers. Comme j'ai oublié mon sac, ils m'enverront la facture.

– Je peux la régler, si vous voulez. Vous me rembourserez plus tard.

– Ce n'est pas nécessaire, répliqua-t-elle en relevant fièrement le menton.

Un bras autour de Sammy, il prit la main d'Emmanuelle pour la guider vers la sortie. Ses os lui parurent presque aussi frêles que ceux de sa fille, et il n'osa pas lui serrer les doigts de peur de lui faire mal.

– Attention, dit-il en l'aidant à descendre les marches. Vous n'avez pas l'air très stable.

– Le médecin m'a fait une piqûre. Je ne voulais pas, ajouta-t-elle en étouffant un bâillement. Avec une petite fille de quatre ans, je ne peux pas me permettre d'être à moitié endormie.

Elle avait beau être droguée jusqu'aux os, elle semblait toujours aussi tendue et nerveuse, constata James.

– Je resterai chez vous jusqu'à ce que Sammy soit couchée.

– Ce n'est pas la peine, répliqua-t-elle aussitôt. Je me débrouillerai très bien.

James secoua la tête. Pas question qu'il la laisse seule tant que l'effet de la piqûre ne serait pas dissipé.

– C'est à cause de moi que vous vous êtes coupée. Que vous le vouliez ou non, je vous aiderai.

Arrivé devant la Bronco, il la lâcha, sortit ses clés d'une seule main et ouvrit la portière. Au lieu de l'installer à l'arrière comme à l'aller, il la fit monter devant et installa l'enfant sur ses genoux. Avant de refermer, il ne put s'empêcher de caresser une dernière fois les cheveux de Sammy, ce qui lui valut un autre regard inquiet d'Emmanuelle.

Prenant place au volant, il remarqua qu'elle s'écartait de lui autant que possible. Le message était clair.

Une fois sur la route, il jeta un coup d'œil à ses passagères et avoua :

– Sammy s'est mouillée pendant que vous étiez aux urgences.

Emmanuelle esquissa un sourire.

– J'avais remarqué.

– Elle m'a prévenu trop tard. Je n'ai pas pu l'emmener aux toilettes à temps.

La jeune femme posa la joue sur le crâne de l'enfant.

– Elle vous a causé des ennuis ? demanda-t-elle.

– Tout dépend de ce que vous appelez ennuis. Elle a paniqué. Elle a cru que j'allais la frapper et s'est mise à hurler.

Les yeux fixés devant lui, il attendit un commentaire. Rien. Il tourna brièvement la tête. Les paupières baissées, elle gardait la joue pressée contre la tête de Sammy.

– Quelqu'un a maltraité cette enfant, dit-il enfin. Inutile de le nier.

En l'entendant, la pâleur de la jeune femme s'accentua. Sans répondre, elle rouvrit les yeux, des yeux immenses et méfiants qui lui rappelèrent ceux de Sammy.

– C'est normal qu'une petite fille soit bouleversée lorsqu'elle s'est mouillée, dit-elle d'une voix peu assurée. Vous avez mal interprété la situation.

– Je ne crois pas. Elle n'était pas bouleversée, elle était terrifiée.

– Elle ne vous connaît pas et elle est timide. À quatre

ans, un accident de ce genre prend des proportions démesurées.

Exaspéré, James serra les mains sur le volant. Il savait au plus profond de lui que cette femme et son enfant avaient désespérément besoin d'aide. Il aurait parié son dernier dollar qu'Emmanuelle était en fuite. C'était la seule explication plausible. Pourquoi ne comprenait-elle pas qu'il pouvait la protéger ? Il était shérif, bon sang. Même si la justice avait confié la garde au père, James connaissait des gens haut placés et il n'hésiterait pas à faire jouer ses relations pour aider une femme en difficulté. Que comptait-elle faire si cette ordure la retrouvait ?

À cette idée, il sentit ses paumes devenir moites.

– Emmanuelle...

Il lui jeta un coup d'œil et se tut. La tête droite, le regard absent, le corps rigide, elle lui faisait comprendre que toute parole était inutile. Les mots avaient été inefficaces avec Sammy, ils le seraient tout autant avec sa mère.

D'une certaine façon, il devait reconnaître qu'elle avait raison. Les mots n'avaient pas grande valeur. S'il voulait gagner la confiance d'Emmanuelle, à lui de la mériter.

*
**

Lorsque la Bronco s'arrêta devant sa maison, Emmanuelle avait le plus grand mal à garder les yeux ouverts. Une phrase du shérif Masters la sortit brusquement de sa somnolence.

– Comment ? Qu'avez-vous dit ?

– Je disais qu'avec votre main blessée, vous allez avoir besoin d'aide durant quelques jours, répondit-il en sautant à terre.

– Oh, non, je...

Il referma sa portière et contourna le véhicule pour l'aider à descendre.

– Qu'aviez-vous prévu de faire avec les pommes de terre que vous étiez en train d'éplucher ? Il est déjà 18 h 30. Lorsque Sammy se réveillera, elle aura faim.

– Des boulettes de viande. Ne vous inquiétez pas, j'y arriverai seule.

– Vous ne pouvez ni faire la cuisine ni laver la vaisselle, répliqua-t-il en prenant Sammy dans ses bras.

– Je mettrai des gants en caoutchouc.

– Le médecin vous a interdit de vous servir de votre main, non ?

– Avec des gants et en faisant attention, je peux me débrouiller.

– À condition qu'ils soient très ajustés. Et même dans ce cas, il y a toujours un peu d'eau qui arrive à s'infiltrer. Sans compter qu'ils vous feront mal et que vous les enlèverez au bout de cinq minutes.

– Je suis sûre que je peux faire deux ou trois choses, insista-t-elle.

– Bon, je vais appeler le docteur.

Emmanuelle soupira. Elle savait parfaitement ce que le médecin répondrait. Il avait même voulu lui faire porter une écharpe spéciale. Dès qu'il lui avait annoncé qu'elle en aurait pour quarante-cinq dollars, elle avait refusé. Si sa main commençait à enfler, elle s'en fabriquerait une avec des torchons.

– Bon, d'accord. Inutile de le déranger, admit-elle.

Soutenant Sammy d'un bras, James saisit le coude d'Emmanuelle.

– Faites attention en descendant. C'est haut. Je ne sais pas ce que le docteur vous a injecté, mais ça doit être costaud. Rien qu'à vous regarder, j'ai la tête qui tourne.

En effet, Emmanuelle éprouvait de curieuses sensations. Lorsque ses pieds touchèrent le sol, elle dut se retenir à la portière pour garder l'équilibre. Le bras libre de James se glissa sous ses épaules.

– Ça va ?

– Oui, oui. Il faut seulement que je m'habitue.

Comme elle s'appuyait sur lui, une sonnette d'alarme retentit dans sa tête.

– Excusez-moi. Je suis vraiment droguée.

– Ne vous inquiétez pas. Je vous tiens. Il faut que nous passions par la porte de derrière, ajouta-t-il en la guidant. Le perron de devant n'existe plus, rappelez-vous.

Tandis qu'il lui faisait contourner la maison, la pelouse parut onduler sous les pieds d'Emmanuelle comme une couverture soulevée par le vent. Elle fit un écart et chancela, aussitôt retenue par le bras solide de James. Arrivé devant la clôture, il la lâcha pour écarter les fils de fer.

– Doucement, chérie, dit-il comme ils montaient les marches. Je passe devant, d'accord ?

Chérie.

Comme son père, il usait volontiers de termes affectueux. Cette gentillesse apparemment sincère, ajoutée à ces larges épaules, ce corps musclé et ce bras robuste autour d'elle formaient un mélange presque irrésistible. Mais Emmanuelle avait appris à ses dépens que la force d'un homme pouvait se muer en violence.

Comme elle le suivait dans la maison, sa chaussure buta sur le bord d'une plaque de contre-plaqué et, de nouveau, James l'empêcha de tomber. Il se pencha pour la regarder et elle plongea les yeux dans les siens. Ce visage viril la fascinait. Ses traits fermes et sa peau brunie par le soleil contrastaient avec les boucles blondes de Sammy blottie contre lui.

– Vous êtes drôlement pâle, dit-il enfin.

– Je survivrai.

– J'espère bien, fit-il en riant. Sinon, je me sentirai vraiment coupable.

Il la fit asseoir sur une chaise de la cuisine et emmena Sammy dans sa chambre. Emmanuelle posa les coudes sur la table et appuya la tête sur sa main indemne. Sans se sentir vraiment malade, elle avait l'impression de planer loin de la réalité.

Elle entendit le bruit de tiroirs qu'on ouvrait, la voix ensommeillée de sa fille, puis celle plus grave de James. Quelques secondes plus tard, il la rejoignit.

– Je lui ai mis un pantalon sec, dit-il en retroussant ses manches de chemise. Peut-être bien devant derrière. Il n'y avait pas de braguette.

– De braguette ? répéta Emmanuelle, ahurie.

– Oui. Le pantalon n'en avait pas. Ni d'étiquette. Je n'ai pas pu distinguer le devant du derrière.

– Oh... C'est parce que je l'ai... cousu.

– Vous avez fait quoi ?

– Je l'ai cousu. C'est moi qui ai fait le pantalon. C'est pour ça qu'il n'y a pas d'étiquette.

– Eh bien, bravo, fit James, admiratif.

– C'est l'une des choses qu'on apprend lorsqu'on est la fille d'un fermier. Ma mère m'a montré comment faire. Merci de l'avoir changée. Maintenant qu'elle dort, je peux me débrouiller.

Il grimaça.

– Quelque chose me dit que vous ne m'aimez pas et que vous avez hâte que je déguerpisse.

– Ne dites pas de bêtises. Ce n'est pas ça.

Appuyé des deux mains sur le dossier d'une chaise, les épaules légèrement voûtées, il la scrutait d'un regard acéré.

– Alors, cela ne devrait pas poser de problèmes que je reste un peu pour vous aider.

– Je ne veux pas abuser.

– Aider deux jolies dames n'a jamais été une corvée, rétorqua-t-il.

Avec un soupir, Emmanuelle désigna l'évier.

– Aidez-moi, si vous y tenez. Mais ce n'est vraiment

pas nécessaire. J'ai des boîtes de conserve que je peux ouvrir. De la soupe, des raviolis, des spaghettis.

– Et des pommes de terre qui sont en train de se tacher et qui seront fichues si on ne les fait pas cuire. Sans compter que vous auriez du mal à utiliser un ouvre-boîte.

Il avait marqué un point. Elle ne possédait pas d'ouvre-boîte électrique et ne réussirait pas à se servir du sien avec une seule main.

– Vous comptiez les écraser pour faire de la purée ? demanda-t-il en ouvrant le robinet de l'évier.

Emmanuelle releva la tête. La silhouette de James se brouilla soudain comme une aquarelle sous la pluie.

– Euh... oui. En purée, très bien.

– Vous avez un mixer ou un presse-purée manuel ?

Le regard absent de la jeune femme le fit sourire.

– Ne vous en faites pas, reprit-il. Je vais me débrouiller.

Le corps et l'esprit engourdis par la piqûre, Emmanuelle ferma les yeux presque malgré elle. Un vrombissement la fit sursauter.

Poings sur les hanches, James examinait le ventilateur fixé au plafond.

– Pardon, dit-il. J'essayais d'aérer un peu... Seigneur, quel boucan ! Il vous faut un autre ventilateur. Quand vous aurez une minute, faites-moi une liste.

– De quoi ?

– De ce qui ne fonctionne pas ici. Je réparerai tout, affirma-t-il en arrêtant le ventilateur.

– Tout ? Il y en aurait pour des semaines !

– Pas de problème.

– J'apprécie beaucoup votre offre, mais ce n'est pas la peine, shérif Masters.

– James, corrigea-t-il. Vous allez me voir souvent. Autant vous détendre tout de suite.

Emmanuelle doutait d'y parvenir. D'ailleurs, elle n'y

tenait pas. Si elle relâchait sa vigilance, elle risquait de laisser échapper une information compromettante.

Comment avait-elle pu en arriver là ? Dès qu'elle avait appris que son unique voisin était le shérif de Wynema Falls, elle avait décidé de l'éviter. Et maintenant, il était dans sa maison, en train de préparer à manger !

Un bel homme comme lui devait être marié, ou du moins avoir une amie régulière, songea-t-elle en l'observant. Pourtant, il n'avait pas l'air pressé de rentrer chez lui. Quant à elle, elle avait assez de problèmes sans y ajouter la présence encombrante d'un type de ce gabarit.

Il savait se débrouiller dans une cuisine, on ne pouvait pas le nier : une vraie maîtresse de maison, un peu incongrue avec ces muscles qui jouaient sous la chemise bleue tandis qu'il achevait d'éplucher les pommes de terre.

– Vous êtes un célibataire endurci, à ce que je vois, remarqua-t-elle.

Une lamelle de pomme de terre crue entre les dents, il lui jeta un coup d'œil par-dessus son épaule.

– Je n'ai jamais rencontré celle qu'il me fallait, répondit-il en se remettant au travail. Et vous ? Divorcée ?

Emmanuelle n'avait pas du tout l'intention de discuter avec lui de sa situation de famille.

– Il y a des boîtes de haricots verts dans le placard du bas.

Il coupa la pomme de terre en deux coups de couteau habiles.

– Une boîte de haricots verts, entendu... Mais vous n'avez pas répondu à ma question.

– Laquelle ?

– Au sujet de votre mari. Vous êtes divorcée ?

Le cœur d'Emmanuelle s'emballa.

– Euh... Je préférerais ne pas en parler, si ça ne vous ennuie pas.

Le silence retomba, interrompu seulement par le grattement du couteau sur les pommes de terre et le tic-tac de l'horloge. Au grand soulagement de la jeune femme, James semblait avoir renoncé à la questionner.

Après avoir mis la viande et les pommes de terre à cuire, il s'assit en face d'elle. Troublée par son regard insistant, Emmanuelle se tortilla sur sa chaise. Bien calé contre le dossier, le pied gauche posé sur le genou droit, il lui paraissait plus impressionnant que jamais.

– Je ne mords pas, vous savez... Pas assez fort pour faire mal, en tout cas.

– Je ne pensais pas à ça.

– Vous avez l'air d'une volaille égarée dans un chenil, avouez-le.

Elle se leva et le regretta aussitôt. La tête lui tourna et elle dut s'agripper à la table.

– Emmanuelle, pour l'amour du Ciel, rasseyez-vous.

Elle n'avait pas le choix. Un silence embarrassant s'installa à nouveau.

– Vous... vous aviez raison pour le temps, déclara-t-elle au bout d'une minute. Il fait vraiment chaud.

– Ça, c'est vrai, fit-il avec un petit rire narquois.

Il se moquait d'elle. Exaspérée, elle s'obligea à croiser son regard.

– À votre tour de dire quelque chose.

– Parlons plutôt de vous.

C'était bien le dernier sujet qu'elle voulait aborder.

– D'où venez-vous ? demanda-t-il en la regardant droit dans les yeux.

– J'ai vécu dans différents endroits.

– À vous entendre, je dirais que vous êtes originaire du Sud.

Après tant d'années passées dans le Nord, Emmanuelle fut déçue de voir que son accent la trahissait toujours.

– De l'Arkansas, admit-elle.
– Ah, oui ? fit-il, l'air intéressé. Little Rock ?
Elle sentit ses cheveux se hérisser sur sa nuque. Un shérif devait disposer d'un véritable arsenal pour vérifier ses propos.
– Non, euh...
Elle chercha dans ses souvenirs un nom qui ne soit pas compromettant.
– Comme je vous l'ai dit, nous avons déménagé plusieurs fois.
– Nous ?
– Ma famille et moi. Nous sommes passés par Tallahassee, Monroe, Porterville...
Si elle citait beaucoup de villes, il les oublierait. Le chapeau de James posé sur la table lui fournit un autre nom.
– Stetson...
La viande commençait à grésiller dans la casserole et une odeur alléchante se répandait dans la cuisine. Emmanuelle cita encore quelques villes et conclut :
– Nous avons circulé dans l'État entier.
– Je croyais que Tallahassee était en Floride, remarqua James.
Une bouffée de panique l'envahit. Pourquoi la harcelait-il de questions alors qu'elle avait l'esprit embrumé ?
– Il y a aussi une ville de ce nom en Arkansas, rétorqua-t-elle.
James se leva pour vérifier la cuisson du dîner. Après avoir remis les couvercles en place, il posa la spatule sur le plan de travail.
– Votre père était dans l'élevage de poulets ?
– Dans l'élevage de poulets ?
– C'est la grande spécialité de l'Arkansas, précisa-t-il avec un petit sourire.
– Oh... non. Il... euh... il vendait des voitures d'oc-

casion. Il changeait souvent d'emploi, et c'est pour ça que nous avons beaucoup déménagé.

Elle revit la haute silhouette de son père dans sa salopette délavée.

– Je croyais qu'il était fermier ?

Emmanuelle faillit sursauter. Elle ne se rappelait pas avoir déjà parlé de son père à James.

– Vous avez dû mal comprendre, répondit-elle précipitamment. Non, son boulot, c'est de vendre des voitures d'occasion.

Il hocha la tête.

– Le genre beau parleur, pantalon en polyester et montre en or ?

– Mon père préférerait mourir plutôt que de porter du polyester, mais il a effectivement une montre en or. C'est mon grand-père qui la lui a léguée, répliqua-t-elle, heureuse de pouvoir dire la vérité.

Agacée par les questions de James, elle pianota de sa main valide sur la table.

– Et il est bon dans son métier, ajouta-t-elle.

– Votre père vend des voitures et vous vous contentez d'une guimbarde qui ne tient que par l'opération du Saint-Esprit ?

– Oui. En fait, il y a longtemps que je ne suis pas allée chez moi.

– Qu'est-ce qui vous a amenée jusqu'ici ? demanda James. L'Arkansas, ce n'est pas la porte à côté.

– J'avais besoin de changement.

– Par rapport à quoi ?

– Shérif, j'ai l'impression de subir un interrogatoire, protesta-t-elle.

– C'était seulement pour faire la conversation, dit-il avec un sourire désinvolte. Je voudrais en savoir un peu plus sur vous, voilà tout.

Emmanuelle décida qu'il était temps d'échanger les rôles. Tous les hommes de sa connaissance adoraient parler d'eux. De plus, étant donné l'état confus de son cerveau, moins elle en disait, mieux c'était.

– Je mène une vie peu intéressante. Parlons plutôt de vous. J'ai lu des articles sur votre travail auprès des adolescents. Vous avez réduit d'un gros pourcentage les accidents dus à l'alcool. C'est vrai ?

– Seulement de trente-sept pour cent.

– Trente-sept pour cent, et vous dites « seulement » ? s'étonna-t-elle.

– Quand vous devez annoncer à une mère que vos hommes sont en train de ramasser les morceaux de son gamin sur la route, ce n'est pas beaucoup.

– Ça me paraît quand même impressionnant. J'ai lu aussi que vous aviez refusé une interview sur une chaîne de télévision nationale.

Il haussa les épaules sans répondre.

– C'est donc vrai, reprit-elle. Pourtant, d'autres shérifs auraient pu tirer profit de vos méthodes.

– Répandre la bonne parole n'est pas l'objectif des médias.

– Ah, bon ? Et que veulent-ils ?

– Ma peau. Je ne suis pas les règles et ça déplaît à pas mal de monde. Quant à la renommée et aux compliments, je préfère les fuir.

Il jeta un coup d'œil à sa montre et se leva pour soulever les couvercles des casseroles. Stupéfaite, Emmanuelle regarda son dos musclé s'incliner au-dessus de la cuisinière. Apparemment, il ne souhaitait pas en dire plus. Elle n'avait vraiment pas de chance. Pour une fois qu'elle était prête à écouter un homme, elle tombait sur un spécimen qui n'aimait pas parler de lui !

Lui aussi se comportait de façon étrange, et sa réserve l'intriguait. En tant que shérif, il était censé faire respecter la loi. Pourtant, il refusait de suivre le règlement et semblait se désintéresser de la polémique qu'il avait suscitée.

– Emmanuelle, j'ai un service à vous demander, dit-il sans se retourner.

La voix de James la tira de ses réflexions.

– Oui ? fit-elle.

– Me permettez-vous d'amener Goliath quand je travaillerai ici ? Je l'attacherai, bien sûr. Tant que la niche ne sera pas construite, rester enfermé toute la journée et toute la soirée serait extrêmement pénible pour lui.

Elle hésita. Cet animal était agressif, il s'interposait entre Sammy et elle avec une hargne inquiétante. Mais elle ne pouvait pas refuser. James allait réparer sa maison. Le moins qu'elle pût faire, c'était de l'autoriser à amener son chien.

– Si vous me promettez de l'attacher devant la maison, répondit-elle enfin. Je ne veux pas qu'il aille sur le terrain de jeu de Sammy.

– Pas de problème. Il est gentil, vous savez. Quand vous le connaîtrez mieux, vous n'aurez plus peur de lui.

Emmanuelle en doutait. De toute façon, elle n'avait pas l'intention d'approfondir sa relation avec le rottweiler.

– Autre chose, ajouta-t-il. Si je vous fais la cuisine toute la semaine, ce serait plus facile que je dîne ici. Sinon, il faudra que je recommence en rentrant chez moi.

Elle eut soudain l'impression d'avoir mis le pied dans un trou d'eau qui l'aspirait inéluctablement. Le renvoyer dîner chez lui après l'avoir laissé lui préparer à manger serait franchement impoli. Encore une fois, elle ne pouvait refuser.

– Nous serons très heureuses de vous accueillir à notre table, shérif Masters. Mais voyons comment j'arrive à me débrouiller avant d'établir un programme.

Il tourna la tête et lui sourit.

– J'aimerais sincèrement vous aider. Je me sens responsable de votre état.

– Ce n'était pas votre faute. M'interpeller par la fenêtre était tout à fait normal. La surprise m'a fait sursauter, c'est tout.

– En partant travailler le matin, je déposerai des provisions, déclara-t-il. J'ai un gros appétit et je ne veux pas vider vos réserves.

– J'en ai des quantités et...

– Je sais, mais il est hors de question que vous m'entreteniez.

Emmanuelle eut le sentiment que, quoi qu'elle dise, James Masters allait faire partie de sa vie durant au moins une semaine. Elle avait le choix entre continuer de protester jusqu'à la nausée ou abdiquer.

Elle s'était mise dans de beaux draps. De toute évidence, son métier de policier le passionnait. Si elle l'oubliait, ne serait-ce qu'une seconde, elle le regretterait amèrement.

Et sa petite fille en subirait les conséquences.

7

James donna un grand coup de marteau sur la tête du clou. Le choc fit vibrer la charpente du perron. S'essuyant le front du revers de la main, il se redressa pour observer son travail et se reposer un instant. La moitié des planches neuves étaient en place, et il aurait bientôt fini de les clouer sur les solives. C'était un résultat plutôt frustrant après quatre heures de labeur harassant, mais au moins, on ne risquait plus de tomber en franchissant la porte d'entrée.

Il recula pour avoir une vue d'ensemble. Le spectacle était décevant. Pour remettre le perron en parfait état, il aurait fallu le démolir entièrement et recommencer à zéro. Le pire était que les angles bien droits qu'il venait d'ajuster détonnaient par rapport à ce qu'il avait laissé de la construction d'origine.

Il soupira. En outre, chaque réparation allait lui prendre deux fois plus de temps que prévu. Emmanuelle, visiblement impatiente qu'il sorte de sa vie, ne serait pas contente. À peine était-il arrivé qu'elle s'était réfugiée dans le salon et n'en était plus sortie.

Seigneur, il mourait de soif ! Mais il ne fallait pas compter sur elle pour lui proposer un verre d'eau.

Jurant entre ses dents, il jeta son marteau sur le perron, ôta ses gants en cuir et contourna la maison pour aller boire au robinet extérieur. Attaché sous un gros chêne, Goliath gémit en voyant son maître. Après être resté enfermé toute la journée jusqu'au retour de James, le pauvre chien se retrouvait maintenant ligoté au pied d'un arbre.

– Désolé, mon vieux, dit James en lui grattant la nuque. C'est le contrat. Sinon, tu serais resté à la maison.

Comme il se redressait, James aperçut un éclair rouge dans les buissons touffus qui longeaient les prés.

Sammy.

La voir ici ne le surprit pas outre mesure. À plusieurs reprises pendant l'après-midi, il l'avait vue qui l'épiait par la fenêtre du salon, ce qui lui avait donné l'impression d'être un monstre exposé dans une fête foraine.

À en juger par sa fuite éperdue, il l'avait surprise au moment où elle s'apprêtait à rendre visite à Goliath. Emmanuelle ferait une crise cardiaque si elle l'apprenait. Avec un petit sourire, il regarda le fil de fer barbelé qui délimitait le terrain de jeu de la fillette et qu'il avait détaché la veille pour partir à l'hôpital en catastrophe. La petite Sammy s'était donc sauvée de sa prison ?

– Coucou ! lança-t-il. Comment ça va aujourd'hui ?

La tache rouge s'immobilisa, puis le vent écarta une feuille, révélant un œil bleu écarquillé.

James se sentit à la fois déçu et alarmé. Après leur épreuve commune aux urgences, elle aurait dû cesser de le craindre. Emmanuelle avait beau le nier, une petite fille ne se comportait pas ainsi sans motif grave.

S'il lui faisait peur, pourquoi était-elle sortie de son terrain de jeu ? Pour retrouver Goliath, bien sûr. Peut-être aussi pour une autre raison, espéra-t-il. La veille, une amitié fragile s'était établie entre eux. Était-il possible que Sammy veuille renouer le contact, sans toutefois trouver le courage d'approcher ?

Il eut du mal à se retenir de courir vers les buissons. Mais qu'aurait-il pu faire ? La tirer par le col de sa robe ? Non. Il devait lui laisser l'initiative. Elle viendrait à lui quand elle serait prête.

Il se dirigea vers l'arrière de la maison et ouvrit le robinet. Après avoir bu, il s'inclina un peu plus pour se rafraîchir la tête et la nuque, puis il s'ébroua, frissonnant sous les gouttes d'eau glacée qui ruisselaient sur sa chemise.

Le visage de Sammy apparut entre deux feuilles. Elle le regardait, bouche bée, comme s'il était le premier homme qu'elle voyait de sa vie. Il passa la main dans sa tignasse hérissée.

– Je parie que tu n'as jamais vu des cheveux aussi polis, dit-il en secouant la tête pour agiter les mèches. Regarde. Ils disent bonjour.

Rien. Pas un sourire, pas un mot.

– Tu veux boire, ma chérie ? L'eau est délicieusement fraîche.

À travers le feuillage, il la vit reculer à quatre pattes. La réponse était claire.

Il regagna l'autre côté de la maison pour reprendre son travail. Comme il ramassait son marteau, il aperçut la tache rouge dans les buissons derrière lui.

Si seulement il parvenait à la faire sortir de sa cachette, elle finirait bien par comprendre qu'il n'était pas méchant. Par ailleurs, même s'il réussissait à l'attirer, que ferait-il ? Il ne connaissait quasiment rien aux petites filles. À l'âge de Sammy, tout ce qu'il aimait, c'était jouer avec ses petites voitures et attraper des grenouilles.

La fillette s'intéressait sans doute à des activités plus raffinées, comme jouer avec ses poupées, chanter des comptines, ou apprendre l'alphabet et compter.

Il allait se remettre au travail lorsqu'une idée lui traversa l'esprit. Qu'elle ait quatre ou soixante-dix ans, aucune femme ne résistait au plaisir de corriger un homme.

Il cracha les clous qu'il serrait entre ses dents et se mit à chanter à tue-tête les lettres de l'alphabet, mais dans le mauvais ordre. Aucune réaction.

Renonçant à cette version erronée de l'alphabet, il entonna :

– Le vieux McIntyre avait une ferme, hi-ya, hi-ya, oh. Et les vaches faisaient « coin-coin ». Et les chevaux faisaient « meuh-euh-euh ».

La tête de Sammy émergea du buisson.

– Le vieux McIntyre avait une ferme, hi-ya, hi-ya, oh. Et le chat faisait « ouah ! ouah ! ». Et le mouton faisait...

Il rejeta la tête en arrière et poussa un hennissement.

– Et le chien faisait « miaou ! miaou ! ».

Feignant d'être absorbé par son travail, James passa d'une chanson à une comptine, d'une comptine à une chanson. Son répertoire était limité car, petit garçon, il s'intéressait plus aux gros mots qu'aux gentilles histoires pour enfants sages.

Tout en surveillant Sammy du coin de l'œil, il multipliait à dessein les erreurs. Si jamais quelqu'un passait sur la route, il lui enverrait, dans la seconde, ambulance, infirmiers et camisole de force.

Pourtant, folie ou non, le plan marchait. À présent, la tête et les épaules de Sammy dépassaient complètement du buisson, et on ne pouvait se méprendre sur son expression scandalisée, surtout quand le chien se mettait à miauler. Comme toute femme, elle tenait à la précision des détails.

Il reprit la chanson de l'alphabet. À chaque version inexacte, l'enfant s'enhardissait. Elle commença par sortir entièrement du buisson, puis fit quelques pas dans le jardin, encore et encore, et se retrouva au pied du perron. Cette approche lente et timide serra le cœur de James et, pour la énième fois, il souhaita pouvoir étrangler sur l'heure le misérable qui l'avait ainsi traumatisée.

À un moment, obnubilé par l'enfant, il se trompa et chanta les lettres dans le bon ordre. Par chance, Sammy ne parut pas s'en rendre compte.

Elle finit par s'asseoir sur une solive, à quelques pas de lui.

– C-D-F-A, claironna-t-il avant de reprendre son souffle. B-G...

– C'est A-B-C-D ! s'écria-t-elle d'un ton indigné.

Il fit mine de n'avoir rien entendu.

– E-M-O...

– Tu dis tout n'importe comment !

Retenant un sourire, James sursauta et écarquilla les yeux.

– Sammy, d'où sors-tu ? Tu m'as fait une peur de tous les diables !

– Tu dis pas les lettres dans le bon ordre. Ta maman t'a pas appris l'alphabet ?

– Ma maman est morte quand j'étais très jeune, répondit-il.

Il ne mentait pas. À l'époque, il n'avait que onze ans. Et Laney dix.

– J'ai dû oublier beaucoup de choses qu'elle m'avait apprises. Tu pourrais peut-être me rafraîchir la mémoire, ajouta-t-il.

Une expression craintive apparut de nouveau sur le visage de Sammy. Se reprochant sa précipitation,

James reprit la chanson des cris d'animaux, tout en feignant de travailler avec application.

– Les chats ne font pas « ouah ! ouah ! » entendit-il.

– Ah, bon ?

– Ce sont les chiens qui font « ouah ! ouah ! ». Les chats, eux, ils font « miaou ! miaou ! ».

– Tu es sûre ? insista-t-il.

– Tu as déjà entendu Goliath faire « miaou » ? demanda-t-elle d'un ton réprobateur.

– Non, fit-il d'un air songeur. Maintenant que tu m'y fais penser, je ne l'ai pas entendu faire ça.

– Pour un shérif, tu fais plein de reurs.

Après une seconde de réflexion, James comprit qu'elle parlait d'erreurs. Il poussa un grand soupir et se remit à clouer les planches.

– Le vieux McIntyre avait une...

– C'est pas McIntyre qui a une ferme, l'interrompit-elle. C'est McDonald !

– Tu es sûre ? Oh, tant pis. C'est pour moi que je chante. Si ça te dérange, tu peux aller jouer plus loin.

– Mais tu fais des reurs ! Ma maman dit que si on fait une chose, on doit la faire bien.

Nul doute qu'Emmanuelle était femme à faire ce genre de remarque, songea-t-il brièvement.

Feignant à nouveau de ne pas se soucier de son public, James fit braire les vaches, glousser les chats, miauler les poules. Lorsqu'il se lança dans les animaux de la jungle, Sammy le récompensa par un bref éclat de rire qui lui réchauffa le cœur.

Il releva la tête et leurs regards se croisèrent. Aussitôt, l'enfant se figea, comme si elle se rendait soudain compte de la proximité de cet homme. James faillit courir la prendre dans ses bras pour la rassurer, mais il se retint. Simuler l'indifférence était une meilleure méthode.

Il se remit à chanter :

– Le vieux McIntyre avait une ferme...

Les chevaux mugirent, les cochons aboyèrent. James ne savait plus où il en était lorsque le rire de Sammy jaillit à nouveau, sans retenue cette fois-ci.

Cédant à l'euphorie du jeu, James lâcha son marteau et commença à imiter le singe. Il se gratta sous les bras et sautilla dans le jardin tout en bêlant comme un mouton. Sammy riait si fort qu'elle manqua tomber par terre. Le rire de la fillette, si dur à conquérir, lui paraissait être le son le plus doux qu'il ait jamais entendu.

Sans se démonter, il passa à une imitation du canard miaulant.

– Les canards font pas ça ! s'écria Sammy entre deux hoquets.

– Oh, vraiment ?

À l'exception de la couleur des cheveux et des yeux, elle était le portrait craché de sa mère. Emmanuelle lui avait légué sa peau ivoire, son nez légèrement retroussé et la courbe délicate de ses lèvres.

– Comment font les canards, alors ?

Tout en restant à bonne distance de James, la petite fille s'accroupit, glissa les mains sous les aisselles et agita les coudes.

– Coin, coin, coin ! fit-elle en sautillant à travers la pelouse. Essaie, maintenant.

Il plia les genoux et la suivit, mais gâcha cette belle imitation du canard par quelques meuglements intempestifs. Prise de fou rire, Sammy s'écroula sur le sol.

Il enchaîna sur un tour de piste, se dandinant, agitant les fesses et les coudes, et mugissant. Il en était au troisième tour lorsqu'il se dit que, si Emmanuelle le regardait, c'en était fini de ses espoirs, déjà minces, d'entrer dans ses bonnes grâces.

*
**

La vue brouillée par les larmes, Emmanuelle observait sa fille par la fenêtre du salon. Sammy riait comme jamais elle ne l'avait entendue rire, comme seule une petite fille pouvait rire, sans retenue, à en perdre haleine. Il était évident que l'enfant avait terriblement besoin de la tendresse d'un homme. Avoir eu un père comme Dan avait laissé en elle un vide immense.

« Oh, Sammy, gémit-elle en son for intérieur. Pardonne-moi. »

Elle ferma les yeux. Le rire de sa fille lui rappelait sa propre enfance, l'époque bénie et insouciante où son père la faisait sauter dans ses bras. Et à cause du choix stupide qu'Emmanuelle avait fait en se mariant, Sammy n'avait pas une seule fois connu cela.

Jusqu'à aujourd'hui.

Rouvrant les yeux, elle vit James Masters prendre les mains de la fillette dans les siennes et la faire tournoyer autour de lui.

– Plus haut ! Plus haut ! criait l'enfant.

Il la lança en l'air et la rattrapa. Goliath aboya alors, comme pour ordonner à son maître d'être plus prudent. Sammy passa les bras autour du cou de James et pressa sa tête blonde contre la tignasse brune.

On aurait dit le père et la fille jouant joyeusement tandis que le chien de la famille manifestait son approbation. C'était de cela que Sammy avait besoin. Se faire lancer en l'air et rattraper par un homme qui devait lui paraître aussi immense qu'une montagne. Être aimée, se sentir unique et en sécurité. Sous l'attention de James, l'enfant s'épanouissait comme une petite fleur au soleil.

– Encore ! suppliait-elle. S'il te plaît, monsieur le shérif, encore !

– Tu m'épuises, ma poupée, protesta-t-il en riant. Il faut que tu laisses le vieux bonhomme souffler un peu.

Il hissa Sammy sur ses épaules et grimaça lorsqu'elle empoigna ses cheveux pour garder l'équilibre.

– Hé, doucement. Tu vas me rendre chauve.

Il s'assit sur le perron et prit la petite fille sur ses genoux.

Emmanuelle s'écarta de la fenêtre. Que faire ? Se comporter comme si elle n'avait rien vu et laisser Sammy profiter de cette amitié ? Dieu sait qu'elle en avait besoin ! Mais était-ce raisonnable ?

À quatre ans, Sammy était trop jeune pour rester constamment sur ses gardes et se rappeler qu'elle ne pouvait pas tout raconter à leur voisin. Si elle passait trop de temps seule avec James, elle finirait par dire quelque chose qui mettrait en péril leur nouvelle existence. En outre, Emmanuelle avait beau peu connaître les hommes, elle n'était pas d'une innocence absolue. Ce n'était pas uniquement par amour des enfants que James se donnait tant de mal pour se faire accepter de Sammy.

Sans se trouver d'une séduction exceptionnelle, Emmanuelle avait remarqué l'intérêt que lui portait le shérif. Les indices ne manquaient pas : le contrat qu'il avait passé avec le propriétaire pour réparer la maison, son insistance à l'aider pour les tâches ménagères tant qu'elle ne pourrait pas se servir de sa main, sa visite le matin même avec des sacs remplis de provisions. L'homme s'était collé à elle et à Sammy comme une tique sur le dos d'un chien et il faisait tout son possible pour se frayer un chemin dans leurs cœurs.

Il ne cherchait d'ailleurs pas à cacher son attirance pour elle, et elle devait bien s'avouer qu'il lui plaisait aussi. James Masters était beau, gentil, serviable... Chaque fois qu'elle croisait son regard gris-bleu, son cœur s'emballait et sa bouche s'asséchait.

Si elle n'avait jamais rencontré Dan et si les circonstances avaient été différentes, elle serait tombée follement amoureuse de James Masters.

Malheureusement, elle avait rencontré Dan, et les circonstances n'étaient pas vraiment propices à une aventure avec un shérif, si séduisant soit-il.

8

– Emmy ? Hé, Emmy ! Où êtes-vous ?

La voix de James retentit dans la maison et fit sursauter Emmanuelle.

Emmy ? Elle se mit à trembler. James avait découvert la vérité, tout était fini. Aussitôt, elle se raisonna. Il avait prononcé Emmy, le surnom d'Emmanuelle, pas celui d'Emily.

Avant de quitter New York, elle avait cherché un nom semblable au sien et découvrait soudain que son erreur avait été d'en choisir un trop semblable.

– Je suis là ! lança-t-elle.

Reposant les vêtements secs qu'elle venait de décrocher, elle ouvrit la porte de l'office.

– C'est le jour de la lessive. Je pliais le linge propre.

James la rejoignit à grands pas. Avec ses larges épaules, ses bras musclés et ses bottes qui martelaient le sol, il respirait l'autorité et la puissance, même sans uniforme. Sammy le suivait comme un petit chien fidèle.

Il consulta sa montre.

– Il est déjà tard. Quel festin dois-je préparer ce soir ?

Emmanuelle remarqua les yeux brillants et les joues rouges d'excitation de sa fille. Une bouffée de tristesse lui gonfla la poitrine. James n'avait pas le droit de jouer avec le cœur de son enfant. Sammy avait déjà assez souffert.

– J'avais pensé à de la viande hachée avec une sauce quelconque, répondit-elle finalement.

– Et un bon steak, ça vous ennuierait ?

Emmanuelle faillit éclater de rire. Si ça l'ennuyait ? Il y avait si longtemps qu'elle n'avait pas planté les dents dans une bonne tranche de bœuf que l'idée seule faisait gronder son estomac. Aujourd'hui, le poulet était un luxe rare et le poisson, à l'exception des boîtes de thon, un souvenir.

– C'est vous le chef, dit-elle en le suivant dans la cuisine. Je ne suis pas difficile.

Il tira sur la porte du réfrigérateur, qui consentit à s'ouvrir presque aussitôt. Emmanuelle s'émerveilla de la docilité de l'appareil. Elle-même devait s'y reprendre à plusieurs fois pour avoir accès aux provisions.

– Qu'est-ce qui se passe avec les gonds, dans cette maison ? La moitié d'entre eux sont cassés.

– On les a maltraités, je suppose, dit Emmanuelle en rinçant sa main valide sous le robinet de l'évier. En général, les gens ne prennent aucun soin des maisons de location, et celle-ci n'a pas été épargnée. J'ai bouché des quantités de trous. On aurait cru que quelqu'un s'était amusé à bourrer le mur de coups de poing.

– Vous avez l'air de savoir de quoi vous parlez. C'est l'expérience ? demanda-t-il en déballant la viande.

À nouveau, Emmanuelle eut l'impression qu'il avait deviné bien plus de choses sur son passé qu'elle ne l'aurait souhaité. Levant les yeux vers lui, elle croisa son regard grave et interrogateur et sentit ses joues s'enflammer.

– Non, ce n'est qu'une hypothèse. Les trous étaient à peu près à cette hauteur, expliqua-t-elle en désignant un point sur le mur. Qu'est-ce que ça pourrait être d'autre que des coups de poing ?

– Il y a beaucoup d'explications possibles. Quand j'étais gamin, j'ai fait des trous dans le mur en m'exerçant au karaté. Je dois avouer que je n'étais pas très doué. Vous avez un attendrisseur ? demanda-t-il à brûle-pourpoint.

N'ayant pas les moyens de s'offrir des steaks, Emmanuelle n'avait pas jugé nécessaire d'acheter un attendrisseur. Elle secoua la tête.

– Ça ne fait rien. Une boîte de conserve sera tout aussi efficace... Hé, Sammy, tu veux bien m'aider ?

À l'idée de participer à la préparation du dîner, le regard de l'enfant s'éclaira. James sortit une boîte du placard, tira une chaise devant la table et y installa l'enfant. Puis il lui montra comment marteler les tranches de viande avec le bord de la boîte. Sammy s'en donna à cœur joie.

– Pommes de terre au four avec crème fraîche et ciboulette, annonça-t-il en s'accroupissant pour sortir les légumes rangés sous l'évier. Ça vous tente ?

– Que puis-je faire ? demanda Emmanuelle sans lui répondre.

– Vous asseoir et superviser les opérations.

Elle obéit et vit aussitôt la cuisine se transformer en ruche bourdonnante d'activité. Tandis que Sammy continuait de frapper la viande avec énergie, James lava les pommes de terre, les piqua avec une fourchette et les enduisit d'huile.

Le regard d'Emmanuelle s'attarda malgré elle sur les grandes mains qui glissaient sur les légumes, enregistrant mentalement un certain nombre de choses qu'une femme résolue à garder ses distances aurait mieux fait de ne pas remarquer : les gestes précis de James, la force visible de ses longs doigts, la façon dont travaillaient les tendons de ses bras bruns lorsqu'il tournait les poignets. Pire encore, elle se demanda ce qu'elle éprouverait si ces mains puissantes parcouraient son corps et en modelaient les contours.

Quelle bêtise ! Faire l'amour ne l'intéressait pas. Dire qu'elle trouvait cette activité ennuyeuse était même un euphémisme. Les étreintes de Dan avaient toujours été des moments de torture. Depuis son divorce, elle s'était juré de ne plus laisser aucun homme poser les mains sur elle. Comment pouvait-elle regarder James huiler ces pommes de terre et l'imaginer en train de la caresser ? Il fallait qu'elle ait perdu la tête.

Elle n'eut pas le loisir d'étudier plus longtemps la question. James voulut préparer des biscuits, et il fit l'erreur d'accepter la collaboration de Sammy. En quelques minutes, les deux pâtissiers ressemblaient à des fantômes. La chemise bleue de l'un était rayée de longues traînées blanches, tandis que les boucles de l'autre étaient saupoudrées de farine.

– Je fais bien, hein ? demanda Sammy en plongeant les mains dans le saladier avec enthousiasme. Maman dit que je suis la meilleure pour préparer les gâteaux.

– C'est vrai, tu n'es pas mauvaise, approuva-t-il en décochant un clin d'œil à Emmanuelle.

Celle-ci avait failli le prévenir que laisser Sammy s'approcher de la farine était une grave erreur, mais elle s'était ravisée. James n'avait qu'à découvrir le problème tout seul. Quand un homme utilisait un enfant pour séduire sa mère, il méritait d'en subir les conséquences.

Par malheur, la farine seyait à cet homme-là, depuis les bottes de cow-boy jusqu'à la chemise, et il supportait l'épreuve sans s'énerver. Il finit par barbouiller le nez de Sammy et s'essuyer les mains sur le tee-shirt de l'enfant. La petite fille riait tellement qu'elle manqua perdre l'équilibre. James la rattrapa à temps par les aisselles, achevant de la teindre en blanc.

– Je crois que nous aurons besoin d'un bon bain quand ce sera fini, dit-il.

– Ma cuisine aussi, remarqua Emmanuelle.

– Nous nous y mettrons dès que nous serons propres. D'accord, Sammy ?

– Oui. Je fais très bien la vaisselle.

– J'ai hâte de voir ça, répondit-il d'un ton solennel.

*
**

Souriant malgré elle, Emmanuelle revint dans la cuisine après avoir mis Sammy au lit. La vaisselle terminée, James s'essuyait les mains. L'odeur du steak et des pommes de terre au four embaumait la pièce.

Tout était propre, sauf le cuisinier. Il s'était brossé avant de s'attaquer au sol avec balai et serpillière, mais son jean et les coutures de ses bottes gardaient des traces de farine.

– Vous voilà dans un drôle d'état, remarqua-t-elle.

– En tout cas, c'était amusant, dit-il en haussant les épaules.

Il avait raison. La soirée avait été très gaie. Le rire de Sammy résonnait encore dans la tête d'Emmanuelle et rendait encore plus difficile la tâche qu'elle s'était fixée.

– Pour un célibataire, vous êtes merveilleux avec les enfants. J'imagine que vous avez de nombreux neveux.

– Non. Sammy est le premier enfant de cet âge dont je me sois occupé. J'ai plus l'expérience des adolescents.

– James, il faut que nous parlions, dit-elle en s'asseyant.

– James ? s'écria-t-il. Mon Dieu ! La dame condescend enfin à m'appeler par mon prénom !

– Ça ne marchera pas, vous savez.

– Qu'est-ce qui ne marchera pas ?

– Gagner l'amitié de Sammy pour me séduire.

Il se planta devant elle, les poings sur les hanches, et son regard malicieux la mit mal à l'aise.

– Ça ne marchera pas ? On verra bien.

Emmanuelle s'était attendue à ce qu'il prenne l'air ahuri. Au lieu de cela, il relevait le défi. Elle en resta perplexe.

– Vous n'avez pas l'air de comprendre, reprit-elle,

agacée d'entendre sa voix trembler. Ça ne m'intéresse pas.

– Je vois, fit-il. Donc, selon vous, je perds mon temps.

– Exactement.

– Eh bien, mon temps m'appartient. J'en fais ce que je veux.

Emmanuelle écarquilla les yeux. La conversation ne prenait pas du tout la tournure espérée.

– Écoutez, James. Vous êtes très sympathique et très séduisant...

– Mais ?

– Mais je ne suis pas sur le marché, acheva-t-elle d'un ton catégorique.

– Pas de problème. Je comprends parfaitement.

D'un pas nonchalant, il s'avança vers elle et prit une boucle brune entre ses doigts.

– Vraiment ? murmura-t-elle, émue malgré elle de le sentir si proche.

Il enroula la mèche autour d'un doigt et tira dessus pour l'obliger à se lever. Regrettant amèrement de ne pas avoir opté pour une teinture, elle obéit aussitôt, craignant que la perruque ne s'enlève. Quand elle s'était enfuie, porter de faux cheveux lui avait paru plus prudent. À l'époque, elle ignorait combien de temps elle resterait dans tel ou tel endroit, et changer de couleur trop fréquemment aurait pu être difficile, surtout après s'être teinte en noir de jais. Sans parler du problème des racines.

– Si vous n'êtes pas sur le marché, pourquoi vous laissez-vous faire ? demanda-t-il. Fuyez-moi.

Parce que si elle s'écartait trop brutalement, il se retrouverait avec une perruque dans les mains, répondit-elle en son for intérieur.

– Pourquoi prendrais-je la fuite ? Nous sommes en train de... euh... de bavarder. Et il y a une chose que je voudrais vous dire.

– Moi aussi.

– James, je vous en prie, il s'agit de Sammy.

– Allez-y.

Il s'inclina vers elle et son visage sombre parut éclipser tout le reste.

– Elle est très... très sensible. Et j'ai peur qu'elle ne s'attache trop à vous si vous continuez.

Le souffle de James lui caressa la joue et ses lèvres effleurèrent sa tempe, légères comme une aile de papillon.

– Si je continue quoi, Emmy ?

– Je m'appelle Emmanuelle. Et je ne veux pas que Sammy souffre, déclara-t-elle en plaquant une main sur la poitrine de James. Arrêtez. Je ne veux pas qu'on m'embrasse. Ni maintenant ni jamais. Me suis-je bien fait comprendre ?

– Alors, écartez-vous. Je ne vous retiens pas, déclara-t-il en se penchant à nouveau vers elle.

Il déposa des baisers légers sur sa tempe et s'approcha peu à peu de sa bouche. Emmanuelle ferma les yeux, essayant de maîtriser la panique qui montait en elle. Le doigt pris dans sa perruque l'empêchait de s'écarter et son immobilité passait pour un encouragement.

– Vous me retenez par les cheveux, protesta-t-elle.

– Je les lâcherai au premier mouvement.

Emmanuelle s'emparait du poignet de James pour libérer sa mèche lorsqu'il posa ses lèvres sur les siennes. Il glissa une main sous sa nuque pour lui renverser la tête en arrière et accentua son baiser. Oubliant sa perruque, Sammy et même son aversion pour l'amour physique, elle agrippa la chemise de James.

Feu et glace. Les lèvres fermes se faisaient pressantes. Frissonnante, Emmanuelle sentit une vague de chaleur l'envahir.

Se souvenant de la violence de Dan, à peine le mariage célébré, l'attitude de James la stupéfiait. Son baiser était persuasif et enivrant, au contraire des étreintes de son ex-mari, exigeantes et écœurantes. Elle sentit ses jambes devenir molles comme du coton.

Cela ne pouvait plus durer. Elle se recula légèrement et le regarda avec stupeur. Puis, lui ouvrant les doigts pour qu'il lâche ses cheveux, elle s'éloigna, un peu déçue qu'il ne la retienne pas.

Elle s'appuya sur le dossier de la chaise. Sa propre réaction la laissait incrédule. Avant le mariage, Dan aussi s'était montré tendre et gentil. Évidemment, jamais elle n'avait éprouvé de telles sensations, même à cette époque. Mais elle avait aimé les baisers de son fiancé... jusqu'à la nuit de noces. Cette expérience ne lui avait-elle donc rien appris ? Apparemment non, puisqu'il suffisait d'un peu de charme et de quelques gestes habiles pour que son cœur s'affole.

– Je ne veux pas que Sammy souffre, reprit-elle. Vous comprenez ? Laissez-la tranquille. Ne l'utilisez pas pour m'atteindre. Je ne le supporterais pas.

– Je n'y pensais même pas, répliqua-t-il sans cesser de sourire. Mes rapports avec Sammy n'ont rien à voir avec ma relation avec vous, Emmy.

– Emmanuelle ! protesta-t-elle avec une virulence qui la surprit elle-même. Et nous n'avons pas de relation. Entre vous et moi, il n'y a rien.

– Je trouve qu'Emmy vous va mieux, répondit-il sans se laisser démonter.

– Je m'appelle Emmanuelle. Et je ne veux de relation amoureuse avec personne. Est-ce clair ?

– Ce n'était qu'un baiser, Emmanuelle. Un petit cadeau agréable que se font deux adultes consentants, pas un engagement pour la vie. Tout le monde s'embrasse. C'est sans conséquence.

Comme il se trompait ! Il lui avait fait éprouver des sensations qu'elle croyait ne plus jamais ressentir. Des sensations dangereuses qui pouvaient l'entraîner à relâcher sa vigilance et à prendre des risques. Et alors, tout recommencerait, la souffrance et la misère pour elle et pour Sammy.

Emmanuelle s'efforça de recouvrer son sang-froid.

– Sammy est toujours prête à donner son cœur, expliqua-t-elle. Si vous ne faites pas attention, vous allez le lui briser. Je ne veux pas voir ça.

Il la regarda droit dans les yeux.

– Le cœur de votre fille ne risque rien avec moi.

– Vraiment ?

– Oui. Et le vôtre non plus.

9

Le lendemain soir, Emmanuelle se rendait à la salle de bains lorsqu'un grondement sourd monta de la baignoire. Elle s'approcha et aperçut une patte couleur rouille posée sur le rebord en porcelaine. Tirant le rideau en plastique, elle découvrit Goliath allongé sur le dos, les pattes écartées et les babines vibrant à chaque respiration.

Elle s'immobilisa. Comment diable le chien avait-il pu pénétrer dans la maison et que faisait-il dans la baignoire ?

Le rottweiler souleva une paupière, regarda Emmanuelle et poussa un soupir. Puis la paupière retomba et les ronflements reprirent.

Une semaine plus tôt, la jeune femme se serait sauvée en courant. Mais le grondement n'avait rien de menaçant et Goliath semblait calme. Se rappelant comme il s'était blotti contre sa fille pour la lécher, Emmanuelle lui effleura légèrement le ventre. La paupière se souleva à nouveau et le corps poilu gigota impatiemment pour quémander une caresse plus énergique. Elle céda à sa prière. Grondant de contentement, Goliath se tortilla sous ses doigts prudents. Elle sourit. Bientôt, elle allait imiter James et trouver des excuses à toutes les fantaisies de cet animal.

– En voilà un bon gros chien gentil, s'entendit-elle murmurer. Ton maître aurait dû t'appeler Grondeur.

Le chien grommela une approbation et tourna la tête pour lui lécher le bras. Les yeux fixés sur ses crocs, Emmanuelle se figea. Peu à peu, les baisers amicaux de Goliath la rassurèrent et elle se détendit.

C'était merveilleux. Au bord des larmes, Emmanuelle se rappela que ce chien avait vaincu la peur de Sammy. À présent, c'était la sienne qu'il anéantissait, l'aidant en même temps à tirer un trait sur un autre chapitre de sa vie avec Dan.

Le rottweiler se lécha le nez, poussa un soupir et se rendormit tandis qu'Emmanuelle caressait doucement le cuir soyeux de ses oreilles. À cet instant précis, Goliath vola son cœur.

– Votre chien dort dans ma baignoire, annonça-t-elle à James en revenant dans la cuisine.

– Bon sang ! Je suis désolé, Emmanuelle. Le collier ne devait pas être assez serré et il a dû se libérer.

Elle lui effleura la manche.

– Laissez-le donc terminer sa sieste tranquillement.

– Dans votre baignoire ? Mon chien, ce mangeur d'hommes, en liberté dans votre maison ? Vous avez de la fièvre ?

– Je ne me suis jamais sentie aussi bien, répliqua-t-elle en riant. Je ne sais pas comment l'expliquer, mais il avait l'air tellement inoffensif et gentil que je l'ai touché. Il ne m'a pas arraché le bras et je... eh bien, j'ai l'impression que nous sommes devenus amis.

– Je n'ai pas besoin d'explications, dit-il avec chaleur. C'est mon chien. Je vous avais bien dit que vous l'aimeriez dès que vous le connaîtriez.

– Ma baignoire ne sera plus jamais la même.

– Pour Goliath, les baignoires ne sont faites que

pour ça. L'été, il aime dormir sur la porcelaine fraîche.

– Sur le dos ? s'étonna Emmanuelle.

– Sa mère n'avait pas de lait. Je l'ai pris le jour de sa naissance et je l'ai nourri au biberon, couché dans le creux de mon bras, comme un bébé. Voilà pourquoi il a pris l'habitude de dormir sur le dos.

Emmanuelle essaya d'imaginer James avec un chiot minuscule blotti contre lui et un biberon à la main.

– Vous devez beaucoup l'aimer.

Il baissa les yeux et hésita une seconde avant de répondre :

– Disons que l'avoir auprès de moi rend ma vie plus intéressante. Il m'a terriblement manqué quand on l'a envoyé au loin pour l'entraînement. C'était comme si j'avais perdu un enfant.

– Il est resté parti longtemps ?

– Seulement quatre semaines, répondit James. Lui non plus n'a pas supporté la séparation, alors on m'a confié le soin d'achever le travail. L'école de dressage m'a envoyé une cassette vidéo pour que je sache comment procéder, ce qui est tout à fait contraire à l'usage. Mais ça a bien marché. Goliath est devenu le meilleur chien policier du comté. Quel dommage qu'il ait été blessé !

– Il a été blessé ?

– Oui, en sauvant une petite fille d'un incendie. Ça a marqué la fin de sa carrière. Je suis déjà content de ne pas l'avoir perdu.

Sammy, qui luttait avec une carotte qu'elle était censée éplucher, leva vers James un regard anxieux.

– Tu as failli perdre Goliath ?

– Oui, ma chérie, il a failli mourir, dit-il doucement.

– Comment ?

– Tu te souviens, quand je t'ai parlé de cet immeuble qui a pris feu et de la petite fille que Goliath a sauvée ? C'est ce jour-là qu'il a été blessé. Les pompiers avaient fait évacuer la maison en ignorant qu'il restait un enfant dedans. Goliath était dans la Bronco avec moi et il n'arrêtait pas de me dire qu'il y avait encore quelqu'un à l'intérieur... Il parle, tu sais. La langue des chiens, bien sûr.

Il baissa le feu sous la casserole et alla s'asseoir près de Sammy.

– Il n'arrêtait pas de se jeter sur la portière pour se sauver.

Passionnée par l'histoire, Sammy gardait l'éplucheur et la carotte dressés devant elle.

– Et alors ? fit-elle en retenant son souffle, exactement comme quand Emmanuelle s'interrompait au milieu d'une histoire.

– Eh bien, tout à coup, une dame est arrivée en voiture. Elle a sauté à terre et a couru dans la foule en appelant sa petite fille. Il a fallu deux policiers et un pompier pour l'empêcher de pénétrer dans l'immeuble. On a appris ensuite qu'elle travaillait comme serveuse la nuit et que sa baby-sitter n'était pas venue ce soir-là. Elle avait demandé à une vieille dame qui habitait en face de surveiller sa fille. Lorsque l'incendie s'est déclenché, la vieille dame a eu si peur qu'elle a complètement oublié la petite fille et a quitté l'immeuble sans l'emmener.

– Oh, non ! gémit Emmanuelle, comprenant sans mal ce qu'avait dû éprouver la mère. La pauvre !

– Entre-temps, reprit James, l'immeuble était devenu un brasier. Deux pompiers enfilaient leur tenue spéciale pour y entrer lorsque j'ai lâché Goliath.

À son expression, Emmanuelle comprit combien ce geste lui avait coûté.

– Goliath a un sixième sens quand de jeunes enfants sont concernés, comme s'il pouvait entendre ce qu'ils pensaient. Je sais bien que ça a l'air bizarre, mais c'est comme ça. Et puis, cette nuit-là, il était au mieux de sa forme. Il a tout de suite su où se trouvait la petite fille. En voyant qu'elle s'était réfugiée sous son lit, il l'a tirée et l'a poussée vers la fenêtre. Et elle a eu le réflexe de sauter dans le filet que tendaient les pompiers.

– Et alors ? demanda Sammy, pendue à ses lèvres.

– Alors, les pompiers ont baissé le filet pour que les infirmiers puissent prendre l'enfant. À cause du bruit, ils ne m'ont pas entendu leur crier de remettre le filet en place. Goliath, qui avait l'habitude de travailler avec moi et d'autres pompiers, était persuadé qu'on allait le rattraper. Il a sauté du troisième étage.

Le petit visage de Sammy devint livide. Elle regarda sa mère.

– C'est haut, hein, maman ?

– Oui, ma chérie, c'est très haut.

– Il était dans un tel état que le vétérinaire a dit qu'on ne pourrait jamais recoller tous les morceaux.

Sammy jeta un coup d'œil ahuri en direction de la salle de bains.

– Mais tout est recollé maintenant ?

– Oui, grâce à un vétérinaire fantastique, expliqua James. Il pratique sur les chiens les opérations qu'on ne fait d'habitude qu'aux êtres humains. Lorsqu'il a entendu l'histoire au journal télévisé, il m'a appelé et m'a proposé d'opérer Goliath sans prendre d'honoraires. Même comme ça, la facture s'est montée à six mille dollars. Goliath avait la hanche droite écrasée, trois côtes cassées, un rein perforé et les deux pattes de devant en plusieurs morceaux. Aujourd'hui, il a une prothèse à la hanche et des broches dans les pattes. Des tas de gens du comté ont offert de l'argent. Goliath était un héros et tout le monde voulait le sauver. À la fin de la collecte, il ne me restait plus que trois mille dollars à payer.

– Plus que trois mille dollars ? répéta Emmanuelle, stupéfaite.

Comment pouvait-on dépenser autant d'argent pour un chien ? Puis elle réfléchit quelques secondes, et l'idée ne lui parut plus aussi absurde. Certains chiens sont des êtres uniques, et le rottweiler qui ronflait dans sa baignoire en était manifestement un. N'avait-il pas reçu dix-sept citations pendant sa carrière pour avoir sauvé des enfants ? À chacune de ces citations correspondait une précieuse petite âme arrachée à la mort par Goliath.

– C'est beaucoup d'argent, mais on ne peut chiffrer la vie d'un enfant, reprit James.

Pas plus qu'on ne pouvait chiffrer son bonheur, acheva-t-elle silencieusement en regardant Sammy. Elle s'était épanouie en quelques jours, grâce à James et à Goliath.

– C'est un chien merveilleux, approuva-t-elle d'une voix émue. Pourtant, je m'étonne que vous n'entraîniez pas un autre chiot.

– J'aimerais bien, répondit-il. Mais je voudrais un rejeton de ce vieux compagnon. Et le vétérinaire a dit qu'avec sa hanche... Bref, reprit-il, Goliath doit guérir complètement avant de fonder une famille. Dès qu'il sera papa, je ferai mon choix. Je prendrai sans doute une femelle. Deux mâles, même s'ils sont père et fils, peuvent se bagarrer.

Touchée par la délicatesse avec laquelle James avait expliqué la chasteté momentanée de son chien, Emmanuelle retint un sourire.

– J'ai... euh... j'ai réfléchi, James. Au lieu de laisser Goliath enfermé toute la journée chez vous, pourquoi ne le déposeriez-vous pas ici en partant le matin ? Ça lui ferait sûrement plaisir de rester avec Sammy.

– À moi aussi ! s'écria l'enfant avec un grand sourire.

James bondit de sa chaise.

– Emmanuelle, vous êtes sûre ? Goliath est plutôt encombrant. D'abord, il mange énormément. Ensuite, il perd ses poils. Et puis, il ne se cantonnera pas à la baignoire. S'il traîne dans la maison, il est tout à fait capable de grimper sur votre lit ou sur le canapé. Et il...

– James, coupa Emmanuelle, si votre chien monte sur mon lit, je lui tirerai les oreilles.

– Très bien, dit-il en riant. Au moins, vous êtes prévenue.

*
**

Deux heures plus tard, accoudée à la fenêtre, Emmanuelle regardait l'homme et le chien s'éloigner sur la route. Le vent qui soufflait de la vallée ébouriffait les cheveux noirs de James. À côté de lui bondissait la masse sombre de Goliath.

James s'essuyait les mains après la vaisselle quand son bip s'était déclenché, et il lui avait demandé la permission d'appeler le commissariat. D'après ce qu'elle avait pu entendre, on lui rappelait qu'une fête entre adolescents était prévue un peu plus tard dans la soirée, avec plusieurs caisses de bières au menu.

Emmanuelle l'imaginait sans peine jaillissant de la Bronco et s'avançant vers un groupe de gamins efflanqués auxquels son statut et sa carrure imposaient respect et crainte. Heureusement, il savait aussi faire preuve de compréhension, qualité essentielle dans son travail.

Elle se souvint avec joie des éclats de rire de Sammy durant le dîner, lorsque James s'était mis à réciter l'alphabet dans le mauvais ordre, et de nouveau lorsqu'il lui avait raconté une autre aventure de Goliath avant de la mettre au lit. Depuis combien de temps n'avait-elle pas entendu sa fille rire avec autant d'abandon ?

Des années, hélas. Sammy avait été un bébé joyeux qui gazouillait et gigotait en ouvrant de grands yeux curieux sur le monde. Puis Dan avait commencé à user de son droit de visite, et l'exubérance et la gaieté naturelles de l'enfant avaient peu à peu disparu, jusqu'à ne plus être qu'un souvenir. James Masters était le premier homme depuis près de trois ans à avoir vaincu sa méfiance.

Son comportement avec Sammy l'avait fascinée. Tout en l'observant, elle s'était rappelé ses baisers de la veille, la façon douce et légère qu'il avait eue de lui caresser les cheveux et la joue. Qu'éprouverait-elle, blottie dans ses bras, son corps puissant tout contre le sien ? se demanda-t-elle.

Aucun homme ne l'avait jamais autant attirée, pas même Dan, qui l'avait pourtant séduite au premier regard. Mais elle ne pouvait pas s'abandonner à de tels sentiments. Ils allaient contre le serment qu'elle s'était fait après son divorce.

S'écartant de la fenêtre, elle traversa la maison, en quête d'une activité quelconque qui la distrairait de ces pensées stupides. Le journal du soir était resté sur la télévision. Elle le déplia. L'article de la première page lui arracha un grognement.

« Des parents protestent », disait le titre. Une photo floue montrait James sur les marches du palais de justice, entouré d'un groupe d'hommes et de femmes en colère. Refusant d'en lire plus, elle reposa le journal. L'article était sûrement du même ton que les précédents, qui décrivaient James comme un « fauteur de troubles » et critiquaient ses méthodes « peu orthodoxes ». En effet, il ne ressemblait pas aux autres policiers. Sa tenue décontractée et ses façons de faire avaient de quoi surprendre. Pourtant, maintenant qu'elle le connaissait un peu, elle trouvait que le comté avait de la chance de l'avoir pour shérif.

Assez rêvassé, se dit-elle en éteignant la lampe du salon. Elle entra dans la chambre de sa fille et regarda le corps menu couché en chien de fusil et les cheveux blonds étalés sur l'oreiller. Un petit ange. Ainsi que James l'avait fait un peu plus tôt, Emmanuelle se pencha pour lui effleurer délicatement la joue du bout des doigts, comme si elle craignait de briser une petite merveille en cristal.

Fragiles, elles l'étaient toutes les deux et, malgré sa douceur étonnante, James Masters était la pierre qui pouvait les briser.

*
**

Sans prendre la peine d'allumer, James remplit la gamelle de Goliath, alla chercher quelques serviettes de toilette dans la salle de bains, remplit des sacs de glaçons et un container d'eau potable. En sortant de la ville, il achèterait du Coca-Cola, des chips, des médicaments contre la gueule de bois et des bonbons, tout cela en quantité suffisante pour nourrir un régiment. L'expérience lui avait appris qu'il devait être prêt à tout, y compris à soigner un gamin malade et le nourrir.

Interrompre des beuveries entamait sérieusement ses économies, mais il n'était pas encore parvenu à convaincre le conseil municipal d'allouer une certaine somme à l'achat de nourriture, d'aspirine et de boissons non alcoolisées.

Il arrêta un instant sa Bronco sur la route et contempla la maison d'Emmanuelle. Ses fenêtres s'assombrissaient l'une après l'autre. Il l'imagina passant de pièce en pièce et éteignant les lumières, puis déboutonnant son chemisier de sa main valide avant d'aller se coucher.

Avec un soupir, il se la représenta, presque nue dans sa chambre inondée par le clair de lune. Le coton blanc glissait sur ses bras minces, le jean tombait sur le sol autour de ses chevilles fines.

Une jeune femme gracile aux immenses yeux bruns... L'image le fascinait.

Bon sang ! Qu'il l'admette ou non, il était déjà à

moitié amoureux. Quelle ânerie ! Elle ne l'avait pourtant pas encouragé, au contraire.

Ses mains se crispèrent sur le volant. La crise de la quarantaine l'aurait-elle touché avec quelques années d'avance ? Jusque-là, l'idée de fonder un foyer ne l'avait jamais tenté. Mais, depuis qu'il connaissait Emmanuelle, elle revenait constamment lui traverser l'esprit, comme s'il manquait à son existence quelque chose d'essentiel.

Il avait toujours eu un faible pour les grandes brunes aux yeux de biche, aux formes pleines et aux jambes interminables. Les blondes, les rousses ou les petites ne l'attiraient pas. Les femmes fluettes lui donnaient l'impression d'être un géant maladroit.

Aujourd'hui, une seule femme lui plaisait et, à l'exception des cheveux et des yeux, elle n'était pas du tout conforme à ses goûts habituels.

10

Le chien et son maître, Goliath et James. Au fil des jours, ils envahirent peu à peu l'univers paisible d'Emmanuelle. Une fois les deux perrons remis en état, James s'attaqua aux réparations intérieures et le rottweiler l'accompagna. La vieille maison résonnait maintenant des fous rires de Sammy, auxquels se mêlaient la voix de basse de James et les aboiements de Goliath.

Leurs deux voisins leur avaient offert ce cadeau précieux : le rire. Pendant que James travaillait, c'était Goliath qui le suscitait. À chaque instant, Emmanuelle découvrait une nouvelle excentricité du chien. Ses habitudes alimentaires, par exemple. Le premier matin, le rottweiler avait renversé sa gamelle d'un coup de patte sur le sol, puis il s'était allongé sur le ventre pour manger tranquillement, sans se soucier des éclats de rire de la mère et de la fille.

Dans l'après-midi, un tintamarre avait attiré Emmanuelle dans la cuisine. À coups de museau et de pattes, Goliath faisait virevolter sa gamelle sur le plancher. Elle comprit que c'était sa façon de réclamer son repas.

Emmanuelle et Sammy prirent vite l'habitude de laisser la porte de la salle de bains ouverte, afin que Goliath puisse faire une sieste quand l'envie lui en prenait. Autre bizarrerie : il préférait l'eau des toilettes à celle de son bol. Et dès qu'il avait bu, il se ruait sur le premier être humain venu pour s'essuyer les babines sur un pantalon sec.

Emmanuelle tint parole. Lorsque Goliath monta sur son lit, elle lui tira les oreilles. Malheureusement, le chien ne parut pas comprendre la leçon et ne se priva pas de recommencer.

Craignant d'avaler des poils, elle aspirait son café sans desserrer les dents, mais en découvrir dans son assiette ou sur sa brosse à dents ne lui retournait plus l'estomac. « Supplément de protéines », affirmait James. Pour se consoler, elle se disait que les poils noirs du chien étaient facilement repérables. Puis elle finit par s'y faire. Ce bon vieux rottweiler était le chien le plus merveilleux du monde.

Lorsque le menuisier eut achevé la niche, Emmanuelle craignit que James ne cesse de déposer Goliath tous les matins. Il n'en parla même pas. Le chien était devenu un membre de la famille Kenyon, et il le resterait jusqu'à ce qu'elle déménage.

Emmanuelle redoutait d'avoir à s'en aller. Si, pour une raison grave, elle devait s'y résoudre, comment réagirait Sammy ? L'enfant raffolait de Goliath et adorait son maître. James le lui rendait bien, d'ailleurs. Même après une dure journée de travail, il trouvait le temps de jouer, de courir autour de la maison en portant Sammy sur son dos et de la lancer en l'air tandis que Goliath tournait autour d'eux en aboyant. Emmanuelle les observait avec mélancolie. Le chien et son maître offraient à la fillette ce dont le hasard de sa naissance l'avait privée : une vraie famille.

La petite fille s'épanouissait de jour en jour. James et Goliath réussissaient là où les médecins et l'amour maternel avaient échoué.

Non seulement Sammy avait réappris à rire, ce qui tenait déjà du miracle, mais elle devenait plus malicieuse et osait désobéir ou se lancer dans des entreprises auxquelles elle n'aurait pas pensé deux semaines plus tôt. Contrairement à la plupart des mères, Emmanuelle se réjouissait de cette nouvelle audace. Auparavant, Sammy se comportait plus comme une ombre que comme un enfant, n'enfreignait aucune règle et craignait constamment d'avoir commis quelque faute imaginaire.

Le soir du jour où on lui ôta ses points de suture, Emmanuelle se demanda si sa fille ne devenait pas un peu trop espiègle. Elle était dans le potager en train de préparer le sol pour les semis. Après quelque temps, elle fit une pause pour reposer sa main blessée et tenta d'imaginer à quoi ressemblerait ce carré de terre lorsque les légumes pousseraient en rangées bien espacées.

Elle soupira, satisfaite. C'était la soirée idéale pour travailler dehors. L'air embaumait le printemps, et la brise lui apportait l'odeur des haricots rouges qui mijotaient sur le feu et qu'il lui faudrait bientôt aller surveiller.

Avant de rentrer, elle décida de faire le tour du jardin. James avait fini de remplacer le plancher de la cuisine et était rentré chez lui, promettant de s'attaquer à l'office dès le lendemain. Peut-être avait-il laissé de côté quelques planches en bon état dont elle pourrait se servir pour réparer l'appentis.

Elle approchait du tas de bois lorsqu'elle entendit Sammy l'appeler.

– Je suis dehors, ma chérie ! répondit-elle.

L'enfant apparut au coin de la maison et courut vers sa mère.

– Baban, je beux blus resbirer !

Emmanuelle se pencha vers elle et constata que le visage de sa fille était curieusement déformé. Le nez était enflé, surtout d'un côté.

– Tu ne peux pas respirer ? demanda-t-elle en s'agenouillant pour mieux examiner Sammy.

Ce gonflement suspect provenait peut-être d'une piqûre d'araignée. Dans la région, certaines étaient venimeuses.

– Tu n'es pas allée jouer sous le porche ou dans l'appentis, j'espère ?

– Non.

– Tu t'es cognée ?

Les yeux pleins de larmes, Sammy secoua la tête.

– C'est les ricots, expliqua-t-elle en pleurant.

– Les quoi ?

– Les ricots, répéta l'enfant. J'en ai bis dans bon dez et abrès, ils ont blus voulu sortir.

Devant le regard ahuri de sa mère, elle insista :

– Tu sais bien. Les ricots ! Bour banger !

Emmanuelle poussa un petit cri.

– Tu t'es mis des haricots dans le nez ? s'exclama-t-elle. Oh, Sammy, non !

Le matin même, elle avait surpris sa fille en train de s'en fourrer dans les oreilles et l'avait sermonnée.

– Pourquoi as-tu fait ça ?

– Je sais bas, murmura Sammy en pleurant à chaudes larmes. Ça fait bal, baban et je beux blus resbirer.

La panique perçait dans la voix aiguë de sa fille.

– Ne nous affolons pas, dit Emmanuelle en la prenant dans ses bras. On va les sortir de là et tout ira bien.

Vingt minutes plus tard, Emmanuelle avait elle aussi du mal à ne pas céder à l'affolement. Malgré tous ses efforts, sa pince à épiler dérapait sur les haricots. Pour couronner le tout, les pleurs de Sammy avaient fait gonfler les intrus.

S'avouant vaincue, Emmanuelle reprit l'enfant dans ses bras.

– Je crois que nous ferions mieux d'aller voir un médecin.

Les pleurs de Sammy se firent plus stridents.

– Non, baban !

– N'aie pas peur, voyons, fit Emmanuelle en attrapant son sac à main. Le docteur va les sortir de là. Il a des instruments spéciaux.

Quelle sorte d'instruments, elle n'en savait rien. En dehors des pinces à épiler, que pouvait-on utiliser pour fouiller de si minuscules narines ?

Elle installa Sammy dans son siège-auto et boucla la ceinture.

– Tu ne bouges plus, d'accord ? Et tu ne pleures plus.

– Bourquoi ?

– Ne pleure plus, c'est tout, répéta Emmanuelle en embrassant le front moite de l'enfant.

Elle courut se glisser derrière le volant et tourna la clé. Un cliquetis peu encourageant se fit entendre, puis plus rien.

– Et flûte ! s'écria-t-elle en frappant le volant.

– Quoi ?

– La voiture ne démarre pas.

– Bais j'ai des ricots blein mon nez, baban ! Faut que j'aille au pital !

***

La sonnerie du téléphone tira James d'une petite sieste bien méritée.

– J'arrive, j'arrive !

Courant vers la cuisine, il buta contre le corps

étendu de Goliath, se rattrapa de justesse à la porte et décrocha.

– Allô ! grommela-t-il.

Si c'était un de ces journalistes, il allait regretter d'avoir jamais mis les pieds à Wynema Falls.

– James ?

Il sursauta.

– Emmy ?

La jeune femme avait une voix étrange, légèrement fêlée.

– Chérie, que se passe-t-il ?

– C'est Sammy. Il faut que je l'emmène aux urgences et ma voiture ne veut pas démarrer.

– J'arrive tout de suite.

– Ne courez pas ! Ce n'est pas grave. Inutile de vous casser une jambe.

Pas grave ? Alors qu'elle voulait emmener sa fille aux urgences ? Il entendit Sammy pleurer dans le fond.

– Elle s'est blessée ?

– Non, elle s'est enfoncé des haricots dans le nez.

– Comment ?

– Elle s'est enfoncé des haricots dans le nez. Je lui ai permis de m'aider à les trier avant de les mettre à tremper. C'est à ce moment-là qu'elle a dû le faire. Maintenant, ils ont enflé et je n'arrive pas à les sortir, même avec la pince à épiler. Elle a du mal à respirer.

– Des haricots dans le nez ? Qu'est-ce qui lui a pris de faire ça ?

Il avait à peine posé la question qu'il se souvint d'avoir fait hurler sa sœur de dégoût en se fourrant un spaghetti cuit dans la narine droite.

– Peu importe, reprit-il. Ne vous inquiétez pas. Tout va s'arranger.

– C'est juste qu'elle s'affole parce qu'elle ne peut plus respirer par le nez.

– J'arrive tout de suite, d'accord ?

Il raccrocha et alla chercher une bouteille d'huile de

paraffine et un compte-gouttes dans son armoire à pharmacie. Dix secondes plus tard, Goliath et lui s'élançaient vers la route. Les hurlements de Sammy lui parvinrent dès qu'il eut mis les pieds dans l'allée conduisant à la vieille maison. Si elle criait, cela prouvait au moins qu'elle pouvait toujours respirer.

– Laissez-moi juste le temps de prendre mon sac, dit Emmanuelle en lui ouvrant.

Il fit entrer son chien et referma la porte derrière lui.

– Inutile. Je peux sortir les haricots moi-même.

– Vraiment ? J'ai essayé trente-six fois. Ils sont collés au fond.

James brandit la bouteille d'huile.

– Je suis secouriste. C'est le genre de choses que je fais tout le temps.

En réalité, James n'avait jamais eu à extirper de haricots du nez d'un enfant, mais Jenny Rose, la réceptionniste du commissariat, avait un petit garçon de quatre ans dont le loisir préféré était d'introduire des corps étrangers dans tous les orifices de son corps.

Il suivit Emmanuelle à la cuisine. Sammy était assise sur la table, le visage bouffi et ruisselant de larmes. James s'approcha d'elle et braqua une lampe électrique sur ses narines enflées pour l'examiner attentivement.

– Hum, fit-il.

– Je beux bas resbirer. Ba baban dit qu'il faut que j'aille au pital.

Il regarda à nouveau l'intérieur des narines.

– Tout va s'arranger, ma poupée. Ces haricots n'ont pas encore pris racine.

Sammy loucha sur son nez.

– Racine ? répéta-t-elle, horrifiée.

– Non, non, assura-t-il, je ne vois ni tige ni feuillage là-dedans. Tu as de la chance. Nous allons les sortir de là et ce sera fini.

– Ils veulent bas venir.

James secoua la bouteille d'huile de paraffine et tendit le compte-gouttes à Emmanuelle.

– Lavez-le, s'il vous plaît.

Emmanuelle courut le rincer sous le robinet de l'évier et revint en l'essuyant.

– Vous savez ce que vous faites, n'est-ce pas ?

– Une goutte d'huile dans chaque narine facilitera l'extraction.

– J'aurais dû y penser.

James fit allonger Sammy sur la table. Croyant sa petite amie en danger, Goliath voulut la rejoindre, et James dut demander à Emmanuelle de le tenir par le collier.

– Elle va bien, dit-il au rottweiler. Je ne lui fais pas mal. N'est-ce pas, Sammy ?

L'enfant prenant un air sceptique, James lui donna sa lampe électrique et déclara :

– Je parie que tu n'arriveras pas à écrire sans faute ton nom au plafond. Surveillez-la, Emmanuelle. Si elle se trompe, il faut qu'elle recommence depuis le début.

Le front plissé par la réflexion, Sammy braqua le rayon lumineux sur le plafond et se mit à épeler d'une voix nasillarde :

– T... A... M...

– S, corrigea James, penché sur les narines de la fillette. Recommence, chérie. Ton nom ne commence pas par un T.

– Si, ça commence par...

Elle s'interrompit, pinça les lèvres et jeta un coup d'œil penaud à sa mère. Puis elle reprit :

– S... A... M... M... Y.

– Bravo ! s'exclama James en lui soulevant le menton. Voyons maintenant si tu peux épeler Samantha.

Ayant ainsi réussi à détourner l'attention de l'enfant, il se mit au travail. Après avoir versé une goutte d'huile dans chaque narine, il saisit la pince à épiler, l'introduisit dans l'un des orifices et la ressortit aussitôt avec un haricot.

– Tu l'as eu ! s'écria la petite fille en reniflant avec délectation.

– Non, ne renifle pas ! fit James précipitamment. L'autre va s'enfoncer trop loin. Si tu l'avales, des racines vont sortir de ton nombril dès la semaine prochaine.

Tous deux éclatèrent de rire, puis James reprit son travail. Lorsqu'il eut extrait le second haricot, il le montra à Emmanuelle.

– Alors, qu'est-ce que vous en pensez ?

Elle eut l'air si soulagée qu'il crut qu'elle allait l'embrasser, mais ses attentes furent vite déçues.

– Oh, James, merci ! dit-elle simplement.

– De rien.

Il aida Sammy à se relever et fit signe à Emmanuelle de relâcher le chien. Celui-ci se dressa et appuya ses pattes avant sur le bord de la table.

– Et maintenant, jeune demoiselle, il est temps que je vous fasse un sermon sur les dangers que l'on court en se fourrant des haricots dans le nez.

*
**

Emmanuelle écouta les mises en garde de James d'une oreille distraite. Le lapsus que Sammy avait fait en épelant son prénom lui avait mis les nerfs à vif. Tammy, Sammy. Elle avait délibérément choisi des prénoms semblables, afin que l'enfant soit moins traumatisée. Malheureusement, dans les moments de confusion ou d'émotion, la fillette retrouvait instinctivement son véritable prénom.

Heureusement, James n'y avait vu qu'une simple erreur, bien compréhensible de la part d'une enfant de cet âge. Mais comment réagirait-il la prochaine fois ? Car il y aurait fatalement une prochaine fois. Sammy n'avait que quatre ans. Emmanuelle avait beau lui répéter les détails à ne pas oublier, l'enfant finirait tôt ou tard par vendre la mèche sans s'en rendre compte.

James tenait le petit menton de Sammy dans sa grande main tannée.

– Alors, chérie, tu promets de ne plus te mettre de haricots dans le nez ?

– Promis.

– Tu n'en as pas mis ailleurs ? Pas dans tes oreilles, dans ton nombril ou dans...

Il s'interrompit et rougit.

– J'en ai mis nulle part, affirma gravement Sammy.

– Bon, fit-il en lâchant l'enfant. Tant mieux.

Il se redressa et se dirigea vers la porte d'entrée, Goliath sur ses talons, tout en marmonnant des paroles indistinctes où il était question de travail à terminer chez lui.

– Merci d'être venu, dit Emmanuelle en le raccompagnant. De l'huile de paraffine. Je m'en souviendrai.

– Espérons que cette aventure lui servira de leçon.

– Vous savez, les enfants ont la mémoire courte.

– Je m'arrêterai demain en partant au boulot et je ferai démarrer votre voiture.

– Oh, non ! protesta-t-elle en tapotant la tête de Goliath en guise d'au revoir. Vous en avez assez fait pour nous. Je me débrouillerai.

– Vous savez combien ça coûte d'appeler un dépanneur ? En plus, ça ne me prendra que cinq minutes. Une fois qu'elle aura démarré, il suffira que vous laissiez le moteur tourner un moment pour recharger la batterie.

– Je devrais peut-être la remplacer. Ce n'est pas la première fois que ça arrive.

– Sans doute. Mais il est difficile de programmer l'achat d'une batterie quand les revenus couvrent à peine les besoins vitaux, n'est-ce pas ?

Il avança la main et repoussa une mèche du front d'Emmanuelle.

– Ce qu'il vous faudrait, c'est une seconde source de revenus, reprit-il.

– Il n'y a pas beaucoup de métiers qu'on peut exercer en restant chez soi. Et puis, je ne veux pas confier Sammy à une inconnue.

Le pouce de James glissa sur les lèvres d'Emmanuelle.

– Je ne parlais pas d'un métier. Je parlais du revenu d'un mari.

Leurs regards se croisèrent, l'un effrayé, l'autre brûlant de tendresse. Emmanuelle resta paralysée, incapable de bouger, même lorsqu'elle vit James s'incliner vers elle. Allait-il l'embrasser ? Il était si proche d'elle que son horizon se limitait au bleu de la chemise tendue sur son torse musclé. Sa gorge se noua.

– Une feuille, dit-il.

Ses doigts effleurèrent la perruque et brandirent une petite feuille sous le nez d'Emmanuelle. À son sourire narquois, elle comprit qu'il avait deviné à quoi elle s'attendait et s'amusait de sa réaction. Après tout, un baiser, ce n'était pas si grave que cela.

– Bonne nuit, Emmanuelle, murmura-t-il en sortant.

– Bonne nuit, répéta-t-elle.

« Et adieu », ajouta-t-elle en son for intérieur.

11

Les coudes posés sur son bureau, le menton dans les mains, James examinait le calendrier qui lui servait de sous-main. Lundi 19 mai. Le samedi suivant commençait le week-end du Memorial Day, le plus agité de l'année ; deux jours pendant lesquels les ivrognes grouillaient sur les routes comme des armées de fourmis démentes, les fanatiques de la vie en plein air se ruaient sur chaque plan d'eau du comté et les adolescents fêtaient leur diplôme de fin d'études. James savait d'expérience qu'il n'aurait pas une minute de sommeil, ni même de simple repos, durant ces soixante-douze heures de folie.

Ce n'était pourtant pas ce surcroît de travail qui le tourmentait. Dix-neuf ans plus tôt, le 19 mai était tombé le vendredi de la semaine précédant le week-end du Memorial Day. Ce jour-là, James, jeune et fougueux étudiant de première année, était revenu de l'université de l'Oregon pour fêter le diplôme de sa sœur Laney.

Il ferma les yeux, comme pour repousser ses souvenirs. En vain. Les souvenirs faisaient partie de son châtiment. Un châtiment qui n'aurait pas de fin et qu'il acceptait, car il savait qu'il le méritait. Il aurait même mérité bien pire.

– Shérif ?

Jenny Rose avait entrouvert la porte, laissant les sonneries des téléphones et le cliquetis des claviers envahir le sanctuaire de James.

– Moore vient d'arriver, dit-elle avec un sourire malicieux. En compagnie d'Alma Cresswell qu'il a prise en train de voler à l'étalage.

– Seigneur ! soupira James, sentant la migraine battre à ses tempes au seul énoncé du nom de Moore. Appelle sa fille, s'il te plaît, et demande-lui de venir chercher sa mère.

– Il faut que je vous prévienne, ajouta la jeune femme. Il s'agit d'un vol important, cette fois-ci. La pauvre vieille est sortie de la bijouterie Holt avec douze mille dollars de diamants dans les mains.

– Quoi ? s'exclama James.

– Elle a demandé à examiner quelques pièces pour faire un cadeau à sa fille. L'employé l'a laissée devant le présentoir ouvert pendant qu'il s'occupait d'un autre client, et Alma est partie avec tous les bijoux.

James bondit sur ses pieds, envoyant sa chaise valser contre le mur.

– Du calme, shérif, supplia Jenny.

– Bon, d'accord, grommela James en passant devant elle. Mais, sachez-le, l'officier de police Tom Moore est un fléau de l'humanité.

Il jeta un coup d'œil rapide sur la salle d'attente. C'était un lundi matin classique. La moitié de ses hommes étaient en congé pour se remettre de deux jours de travail continu, tandis que l'autre moitié tentait vaille que vaille de régler les retombées du week-end : les ivrognes du samedi soir payant leur caution, les empêcheurs de tourner en rond venant porter plainte contre leurs voisins, les parents en quête d'adolescents fugueurs et la bande habituelle de gamins ramassés dans la rue alors qu'ils séchaient les cours.

– Non, non, non ! criait un homme d'un certain âge. Ce n'est pas seulement de l'herbe qu'il a jetée dans mon jardin. Je vous dis qu'il y avait de la crotte de chien dedans !

Les discussions baissèrent d'un ton au passage de James, qui contourna les différents bureaux pour rejoindre le poste de Moore. En face du jeune homme était assise une petite dame en robe à fleurs, le type même de la grand-mère que tout le monde rêve d'avoir. Alma Cresswell lui adressa un sourire bienveillant.

Un chapeau pour le moins étonnant surmontait ses boucles blanches. De toute évidence, Alma Cresswell avait utilisé le fond d'une cuvette en plastique sur lequel elle avait fixé deux roses en soie flétrie. Le bord était orné d'une garniture verte qui évoquait des feuilles de laitue défraîchie.

– Bonjour, madame Cresswell, dit-il en inclinant légèrement la tête. Comment allez-vous ?

– Oh, bonjour, mon cher enfant ! s'écria-t-elle d'une

voix chevrotante. Ça fait longtemps que je ne t'ai pas vu. C'était....

Elle s'interrompit et, les yeux humides, se mordilla les lèvres dont le rouge vif avait débordé sur ses dents.

– C'était quand, la dernière fois ? Tu t'en souviens ?

– Euh... oui, madame. C'était mercredi dernier.

Ce jour-là, Tom Moore l'avait amenée au poste pour un vol de cartes postales.

– Ce coup-ci, ça y est, déclara Moore d'un ton aussi rigide que son uniforme. Douze mille dollars de bijoux. C'est ce qu'on appelle un vol qualifié.

Il désigna les diamants étalés sur son bureau.

James lui jeta un regard furieux, puis observa la vieille femme qui souffrait de sénilité précoce, sans doute de la maladie d'Alzheimer. Institutrice à la retraite, Alma se croyait toujours en activité. Elle transportait un cahier dans un grand sac en vinyle où elle enfouissait les multiples articles subtilisés au hasard de ses pérégrinations. Le vendredi soir, sa fille, secrétaire dans l'un des lycées de la ville, rapportait la marchandise, remboursait les dégâts éventuels et présentait ses excuses aux différents propriétaires.

Aux yeux de James, Alma Cresswell était une vieille dame complètement inoffensive. Tom Moore aurait mieux fait de l'aider à traverser la rue plutôt que de l'arrêter chaque fois qu'il en avait l'occasion.

Furieux, il remarqua les menottes autour des poignets déformés par l'arthrite. Bon sang, cette pauvre femme perdue n'avait rien d'une dangereuse criminelle !

Serrant les dents, James réprima son envie de corriger Moore. Le seul élément réconfortant était qu'Alma ne se rendait compte de rien. En des jours meilleurs, ses infractions avaient dû se limiter à des stationnements non autorisés et, grâce au Ciel, son état actuel l'empêchait de comprendre qu'on puisse seulement l'arrêter. Dans sa tête, elle avait simplement fait quelques courses, et cette bonne journée s'achevait agréablement par une petite promenade dans la voiture d'un charmant jeune homme.

– Enlève-lui les menottes, ordonna James à mi-voix.

– Mais, chef, elle a...

James approcha son visage de celui du jeune policier et, après un sourire rassurant à l'intention d'Alma, il répéta d'un ton menaçant :

– Immédiatement, Moore.

Tom se leva et alla déverrouiller les menottes.

– Je ne vous comprends pas, grommela-t-il en les rattachant à sa ceinture. C'est une voleuse, non ? Et je l'ai enfin prise sur un vol qualifié.

James héla Helen Bowyers qui travaillait à une table voisine.

– Ramassez tout ça, s'il vous plaît, Helen. Emballez les bijoux et mettez-les au coffre. Et Alma aura sans doute envie de prendre une tasse de thé en attendant sa fille. Quand c'est moi qui le prépare, elle le trouve trop fort.

– Bonjour, madame Cresswell, lança Helen en les rejoignant. Comme vous êtes élégante, aujourd'hui ! J'adore ce chapeau. C'est vous qui l'avez fait ?

– Oui, reconnut Alma en tapotant avec fierté la garniture verte. Vous voulez que je vous en fasse un ?

Helen décocha un regard d'avertissement à Moore avant de répondre à la vieille dame.

– Oh, oui ! Ça me ferait très plaisir !

– Mais c'est la petite Helen Evans, on dirait ! s'écria Alma en dévisageant la femme policier. Mon Dieu, comme tu as grandi !

Helen, qui venait de fêter son quarantième anniversaire, fit un clin d'œil à James.

– J'ai grandi dans tous les sens, malheureusement, dit-elle en tapotant ses hanches généreuses.

– Tu es ravissante, assura Alma. Comment t'en sors-tu avec les fractions, maintenant ? Ça va mieux, j'espère ?

James avait déjà entendu le même dialogue la semaine précédente, lors de la dernière visite de la vieille dame au commissariat. Si sa mémoire à court terme était inexistante, les événements du passé restaient clairs et nets dans son esprit.

Il prit Tom Moore par l'épaule et serra de toutes ses forces. À sa grande satisfaction, le jeune homme tressaillit sous sa poigne.

– Dis au revoir à Mme Cresswell, Tom. Il faut que je te parle en privé.

Le visage rouge de colère, Tom tenta en vain de se dégager.

– Je vous verrai plus tard, madame Cresswell, dit-il.

– Merci beaucoup pour cette charmante promenade, répondit Alma.

La vieille dame se tourna vers Helen et poursuivit :

– J'adore cette petite radio qu'il a dans sa voiture. On entend plein de choses intéressantes. Il y a eu une collision au coin de Pine Street et de Madison Avenue. Pas de blessés, heureusement.

James entraîna Moore dans son bureau et ne le lâcha qu'après avoir refermé la porte.

– Moore, connais-tu la seule et unique raison pour laquelle je ne vais pas te botter le train ? s'écria-t-il en plantant un index accusateur sur la poitrine du jeune homme. Parce que ton père est le maire de la ville et que j'ai suffisamment de problèmes avec lui en ce moment. Mais écoute-moi bien : arrête encore une seule fois cette vieille dame et je te jure que tu te retrouves dehors. C'est clair ?

– J'ai juré de défendre la loi et de maintenir l'ordre. Si cela s'avérait nécessaire, j'arrêterais ma propre mère.

L'interphone se mit à bourdonner. James appuya sur le bouton.

– Oui ?

– J'ai en ligne une dame au bord de la crise d'hystérie. Elle dit qu'une femme se pavane sous ses fenêtres, complètement nue à l'exception d'un porte-jarretelles rouge. Elle craint que son mari n'en fasse une crise cardiaque.

– L'officier Moore s'embête un peu, ce matin. Il sera ravi de s'en occuper, répondit James avec un sourire en coin.

*
**

Emmanuelle raccrocha. Ce matin, elle avait organisé soixante-trois démonstrations de shampooing pour moquette. Selon la moyenne, trente pour cent des gens qu'elle avait contactés achèteraient le produit, ce qui lui rapporterait une bonne commission. Elle feuilleta son agenda puis décrocha le téléphone pour confirmer les rendez-vous avec les clients.

Elle en avait appelé à peu près la moitié lorsqu'elle s'accorda une pause et jeta un coup d'œil par la fenêtre. Dans le jardin, Sammy jouait avec Goliath qu'elle avait affublé d'un bonnet de poupée à fanfreluches et d'une paire de lunettes de soleil à monture rose vif.

Emmanuelle s'apprêtait à reprendre ses coups de téléphone lorsqu'elle entendit la Bronco remonter l'allée. En déposant Goliath, James avait annoncé qu'il comptait acheter d'autres planches. Elle devrait aller l'aider à décharger, se dit-elle. Mais elle ne bougea pas. Depuis qu'il lui avait dit, la veille, qu'il lui fallait un mari pour subvenir à ses besoins, elle était plus que jamais résolue à reprendre ses distances. Et à gagner beaucoup d'argent pour qu'il ne puisse plus utiliser ses faibles revenus comme argument matrimonial.

Goliath se mit à aboyer. Apparemment, une autre voiture approchait. Emmanuelle alla écarter les rideaux de la fenêtre du salon. James avait posé un paquet de planches à côté de lui et, une main en visière pour se protéger du soleil, il examinait la camionnette qui venait de s'arrêter. Les portières s'ouvrirent et deux hommes en chemise blanche et pantalon noir en sortirent.

– Qu'est-ce qui t'amène, Bill ? demanda James d'une voix peu cordiale.

Voyant que son voisin connaissait les visiteurs, Emmanuelle allait se remettre au travail lorsqu'elle remarqua les lettres bleues sur le flanc du véhicule. KTYX, le sigle de la chaîne de télévision locale. Le cœur battant, elle se rua dehors à la recherche de Sammy. Le temps qu'elle sorte, un des deux hommes avait déjà mis en route sa caméra.

Le plus posément possible, elle traversa le jardin, prit Sammy dans ses bras et regagna la maison, Goliath sur ses talons. La moustiquaire se referma derrière elle avec un petit bruit sec. Une fois à l'intérieur, elle sentit ses jambes flageoler.

« Calme-toi, se dit-elle. James est constamment la proie des journalistes. Ils sont venus l'interviewer, c'est tout. Ça n'a rien à voir avec toi. »

Cette idée la rasséréna un peu. Personne à Wynema Falls n'aurait l'idée de faire un article sur elle et sa fille. Elles faisaient partie du décor comme des milliers d'autres personnes.

Emmanuelle emmena Sammy dans sa chambre et étala les morceaux d'un puzzle devant l'enfant, puis elle alla à la cuisine et écarta les rideaux. Les fenêtres étaient restées ouvertes à cause de la chaleur, et les voix des hommes lui parvenaient distinctement.

– Bill, je t'en prie, disait James. Laisse-moi tranquille. En souvenir d'autrefois.

– Je ne peux pas. On m'a confié cet article. C'est mon boulot et je dois le faire. Ne prends pas ça pour une attaque personnelle.

– Comment veux-tu que je n'en fasse pas une affaire

personnelle, avec ce truc en face de moi ? protesta James en désignant le cameraman. Tu me filmes ?

Bill hocha la tête.

– Alors, je n'ai que trois mots à dire : pas de commentaires.

Bill brandit le micro sous le nez de James.

– Shérif Masters, aujourd'hui, c'est l'anniversaire de la mort de votre sœur, commença-t-il d'un ton froid. Selon le rapport de police, vous conduisiez le véhicule lorsque l'accident s'est produit. Est-ce vrai ?

– Pas de commentaires, dit James en tournant le dos à la caméra.

Bill et le cameraman le suivirent.

– Shérif Masters, reprit Bill en élevant la voix. Nous avons appris récemment d'une source digne de confiance que vous conduisiez en état d'ivresse, la nuit où votre sœur est morte. Cela vous suggère-t-il un commentaire ?

En entendant le journaliste, Emmanuelle poussa un petit cri de surprise et plaqua aussitôt la main sur sa bouche.

James pivota sur lui-même et fit face à Bill, les traits durcis.

– Aucune plainte n'a été déposée contre vous, ni pour conduite en état d'ivresse ni pour homicide involontaire, insista Bill. Pouvez-vous nous expliquer pourquoi ? Conduire en état d'ivresse était déjà illégal à l'époque, non ?

Sans répondre, James se remit à décharger la Bronco.

– Vous niez avoir enfreint la loi ? demanda Bill en le poursuivant avec son micro.

James alla déposer les planches au pied du perron puis retourna à la Bronco, toujours muet.

– Vous n'aviez que dix-neuf ans. Nous sommes bien conscients que ce doit être pénible pour vous de vous rappeler les événements de cette nuit, et encore plus d'en parler. Mais les citoyens de cette ville ont le droit de connaître la vérité. Étiez-vous sous l'influence de l'alcool, ce soir-là ? Étiez-vous responsable de l'accident ?

– Pas de commentaires.

– Votre père est un homme riche, shérif. Aurait-il, par hasard, soudoyé les autorités pour qu'aucune charge ne soit retenue contre vous ?

James garda le silence.

– Est-ce vrai ?

– Pas de commentaires ! s'écria alors James. Tu es sourd ? Tu ne comprends pas l'anglais ? Fiche-moi la paix, bon sang !

– Shérif Masters, votre silence nous oblige à tirer nos propres conclusions, déclara Bill. Pourquoi refusez-vous de reconnaître que vous êtes responsable de la mort de votre sœur, que vous l'avez bel et bien assassinée ? Et que cela ne vous a rien coûté, grâce à l'intervention de votre père ?

*
**

Les mains d'Emmanuelle restaient crispées sur le dossier de la chaise. Elle n'entendait plus que le bruit laborieux de sa respiration, le tic-tac obstiné de l'horloge et le ronronnement du réfrigérateur. Quelques secondes plus tôt, James était passé devant la fenêtre de la cuisine. En s'éloignant, la camionnette de la télévision avait soulevé un nuage de poussière rouge qui flottait encore au-dessus de la pelouse, tel un linceul qui l'enveloppait avec les démons de son passé.

Elle ferma les yeux. Sa gorge se serrait au souvenir des railleries du journaliste et des répliques sèches de James.

Pas de commentaires...

Ces trois mots étaient censés ne rien révéler. Pourtant, ils étaient lourds de signification, tout comme l'attitude de James. Ils exprimaient la douleur, une immense douleur.

Soudain, beaucoup de choses s'éclairaient. Le dévouement de James à son métier. Son travail avec les adolescents. Le programme de désintoxication qu'il avait mis sur pied. Sa volonté de réduire les accidents de la route parmi les jeunes gens, au risque de sacrifier sa carrière.

Bien sûr, le fait que Sammy puisse passer à la télévision aurait dû la tracasser avant toute chose. Mais, curieusement, ses propres soucis étaient passés au second plan.

Pourquoi refusez-vous de reconnaître que vous êtes responsable de la mort de votre sœur, que vous l'avez bel et bien assassinée ?

Les paumes moites, elle lâcha la chaise et se dirigea vers le perron de derrière. La porte s'ouvrit sans grincer. La moustiquaire, elle aussi réparée, s'écarta aisément. Lorsqu'elle mit le pied dehors, le plancher du perron ne protesta pas.

Où qu'elle regarde, quoi qu'elle touche, tout lui rappelait les efforts de James pour lui rendre la vie plus agréable. Et elle ne pouvait pas le laisser souffrir tout seul. Elle réfléchirait plus tard au reportage télévisé et à ses conséquences pour elle et Sammy.

James était derrière l'appentis, adossé au tronc noueux d'un chêne, les yeux dans le vague. Peut-être était-il en train de rêver qu'il était parti très loin, dans un endroit idyllique où ses problèmes avaient disparu.

– James ?

Le son de sa voix ne parut pas le surprendre, et il se contenta de tourner légèrement la tête pour la regarder. Emmanuelle remarqua qu'il portait toujours sa chemise d'uniforme. Sans doute s'était-il arrêté chez elle pour décharger le bois avant même d'aller se changer. En général, il ne venait jamais en tenue de shérif.

Avait-il deviné que la vue de son arme et de son insigne la mettait mal à l'aise ?

– Oh, James, fit-elle d'une voix étranglée. Je regrette. J'ai entendu ce qu'a dit le journaliste... J'ai pensé que vous auriez peut-être besoin d'en parler.

– Parler de quoi ? grommela-t-il. De l'Arkansas ?

La réponse était claire. Tant qu'elle lui cacherait certaines choses, il ne lui livrerait pas ses propres secrets.

Découragée par son regard hostile, elle serra les bras autour d'elle. Elle n'aurait pas dû venir. Un mur invisible semblait s'être dressé entre eux.

– Excusez-moi. Je m'étais dit que vous auriez peut-être aimé, vous savez... lâcher un peu la vapeur.

Il la dévisagea avec insistance. Des secondes s'écoulèrent. Des secondes interminables. Une rafale de vent plaqua la chemise sur son torse puissant et ébouriffa ses cheveux bruns. Il avait l'air aussi solide que l'arbre sur lequel il s'appuyait, capable de tout encaisser. Mais même les grands chênes pouvaient s'écrouler.

Emmanuelle s'apprêta à s'éloigner.

– Non, fit-il d'une voix rauque.

Elle s'arrêta et se retourna. Telle la femme de Lot, transformée en statue de sel pour avoir regardé derrière elle, elle se pétrifia. Il y avait des larmes dans les yeux de James.

– Il a dit la vérité, déclara-t-il. Je l'ai tuée, aussi sûrement que si j'avais braqué une arme sur sa tête et appuyé sur la gâchette. Vous voulez quand même rester ?

Emmanuelle sentit son cœur se briser. Il n'avait que dix-neuf ans à l'époque, avait dit le journaliste. L'accident avait donc eu lieu des années plus tôt. Pourtant, elle savait d'expérience qu'une seule erreur pouvait vous hanter toute votre vie. Impossible de revenir en arrière pour modifier les faits. Il fallait vivre avec. L'erreur d'Emmanuelle avait été de dire oui à Dan, celle de James avait été de prendre le volant alors qu'il avait trop bu.

Il suffisait de quelques secondes pour tout faire basculer. La vie était comme un tableau noir sur lequel s'inscrivaient nos faits et gestes. La différence, c'était que Dieu ne nous avait pas donné d'éponge pour les effacer.

– Je suis vraiment désolée, James.

Qu'aurait-elle pu dire d'autre ?

La bouche tordue en une moue de désespoir, il avait l'air hagard. Il inspira profondément.

– Ce jour-là, je suis toujours très malheureux, dit-il. C'est bête, hein ? C'était il y a presque vingt ans. Cela ne devrait plus me faire un tel effet.

Mais dans ce cas, il n'aurait pas été l'homme attentif et généreux qu'elle connaissait. Ses souvenirs et ses remords l'accompagneraient jusqu'à la tombe, et c'était un châtiment bien suffisant. En ressuscitant cette vieille histoire, les journalistes ne cherchaient qu'un sujet d'article susceptible d'augmenter le tirage.

– Il y a des choses qui ne cessent jamais de nous faire mal, dit-elle d'une voix douce. Le fait que vous en souffriez toujours montre que vous êtes un type bien.

– Un type bien ?

Il se couvrit les yeux et ses larges épaules se mirent à tressauter. Le sanglot qui suivit fut si profond et si déchirant qu'elle ne put s'empêcher de faire un pas vers lui.

– Mon Dieu ! s'écria-t-il.

Devinant que cet accès de faiblesse l'humiliait, Emmanuelle ne savait si elle devait rester avec lui ou bien regagner la maison.

– Ô mon Dieu !

Incapable d'en supporter plus, Emmanuelle s'approcha et lui toucha le bras. Il sursauta comme si on l'avait brûlé.

– Allez-vous-en ! Je ne veux pas que vous me voyiez comme ça !

– Je ne peux pas m'en aller, murmura-t-elle sans lâcher son bras. Je ne peux pas.

Il se pencha vers elle et la serra contre lui avec une violence telle qu'elle en eut le souffle coupé.

– Bill a raison, s'écria-t-il en pleurant. Je l'ai assassinée !

– Oh, James, non... C'était un accident, protesta-t-elle. Vous vous faites du mal. Arrêtez.

Il pleurait comme seul un homme plein de force peut le faire, arrachant chaque larme de son corps comme on tord un linge à peine humide. Emmanuelle ne tenta pas de se dégager. Que faire d'autre, sinon se soumettre à cette étreinte brutale en attendant que l'orage s'éloigne ?

Lorsqu'il laissa retomber ses bras, elle se sentit meurtrie comme si elle avait été prise en sandwich entre deux plaques de ciment. Reprenant ses esprits, James lui caressa doucement l'épaule.

– Mon Dieu, je vous ai fait mal ?

Comme toujours, il s'inquiétait d'abord pour les autres avant de penser à lui.

– Ça va, répondit-elle sans s'écarter de lui.

– Je suis désolé, chérie. Je...

Un dernier sanglot le secoua tout entier avant qu'il achève :

– ... je ne me contrôlais plus. Excusez-moi.

Emmanuelle se retint d'essuyer ses joues humides et de caresser sa tignasse hérissée. Il n'apprécierait certainement pas ce geste maternel.

– Ça nous arrive à tous, dit-elle en reculant.

– Oui, je sais bien. Mais chez certains, ce n'est pas très joli.

Il tenta de rire pour cacher son embarras.

– Désolé, répéta-t-il. J'ai eu une sale journée.

– Inutile de vous excuser. Je comprends. Ces journalistes se comportent comme des requins, vous ne trouvez pas ? L'odeur du sang les rend impitoyables.

– Oui, surtout quand ils y trouvent leur intérêt, renchérit-il. Il a attendu le moment où cela me nuirait le plus.

– Vous voulez parler de Bill ?

– Oui. Selon lui, la chaîne a eu vent de cette histoire par l'intermédiaire d'une source fiable. C'est un euphémisme. La source, comme il dit, c'est Bill en personne. Nous étions amis à l'époque, et il était présent lorsque ma sœur a été tuée.

– Et il a attendu toutes ces années pour en parler ? s'étonna Emmanuelle.

– Il aurait sans doute emporté ce secret dans la tombe si je ne l'avais pas arrêté pour conduite en état d'ivresse, il y a quatre ans. Ensuite, toute sa vie s'est écroulée. Il était alcoolique depuis des années. Lors de son arrestation, il était en train de couler. Il buvait de plus en plus et sa femme ne le supportait plus. Quand les téléspectateurs ont appris pourquoi il avait été arrêté, sa popularité s'est mise à chuter. Finalement, la chaîne pour laquelle il présentait les informations du soir l'a renvoyé. Quant à sa femme, elle a mis un point final à leurs dix-sept ans de mariage. Comme la plupart des alcooliques, il m'a rendu responsable de ses problèmes au lieu d'admettre ses torts. Et il continue. Je suis même surpris qu'il lui ait fallu autant de temps pour se venger. J'ai sûrement commis d'autres fautes qu'il aurait pu retourner contre moi.

Emmanuelle poussa du pied l'amas de feuilles en décomposition qui entourait l'arbre. L'odeur de la terre et de la pourriture monta jusqu'à elle. Voilà qui ferait un bon compost pour le potager, songea-t-elle distraitement, tout en cherchant quelles paroles elle pourrait prononcer pour réconforter James.

– Elle s'appelait Laney, dit James d'une voix étouffée. Et elle n'avait que dix-sept ans.

Emmanuelle eut soudain l'impression qu'il l'avait quittée pour rejoindre une autre époque et un autre lieu.

– Elle est morte neuf jours avant son dix-huitième anniversaire. Elle n'a pas eu le temps de tomber amoureuse, de se marier, d'avoir des enfants. En un clin d'œil, la vie lui a été ôtée.

– Et depuis, vous ne cessez de vous le reprocher.

Emmanuelle ne comprenait que trop bien ce que ressentait James. Ces dernières années, la culpabilité avait été sa compagne la plus fidèle, telle une amie grincheuse qu'on retrouve tous les matins, fidèle au poste.

– Bien sûr que je me le reproche ! Vous avez entendu Bill. Je l'ai tuée.

– Et c'est pour ça que vous vous occupez des adolescents ? Que vous interrompez leurs beuveries plutôt que de les arrêter ?

– C'est arrivé lors d'une beuverie, expliqua James. J'étais rentré de l'université pour fêter le diplôme de Laney. Nous avons passé toute la nuit à picoler dans une carrière, avec des feux de joie et de l'alcool à volonté. Tout le monde s'est enivré, et moi sans doute plus que les autres. J'étais un petit crétin très prétentieux, à l'époque. Je détestais les cours que je suivais, je détestais mon père qui m'avait obligé à les suivre. C'était le dernier week-end avant les examens et je n'avais pas travaillé depuis des mois. La colère me montait à la tête. Je ne sais pas ce que j'essayais de prouver en m'abrutissant d'alcool, mais j'ai bu comme un trou.

Il haussa les épaules et eut un petit rire amer.

– Je savais que mon père serait furieux. À ce moment-là, c'était pour moi un motif suffisant pour faire n'importe quelle bêtise.

Emmanuelle pensa à son père, à l'amour qu'elle lui

avait toujours porté et que l'éloignement n'avait pas éteint.

– Apparemment, vous n'entreteniez pas de bons rapports, tous les deux.

– Entretenir de bons rapports avec Ian Masters ? S'il disait : « Saute ! », la seule chose que ses enfants étaient censés demander, c'était : « À quelle hauteur ? »

– Vous étiez excédé.

– Il avait décidé que je serais un grand avocat, comme lui, reprit James avec un soupir. J'ai été élevé à la campagne et je rêvais d'être éleveur depuis l'âge de sept ans. Je voulais bien aller à l'université, mais pour étudier l'agronomie. Mon père n'a rien voulu entendre. Pas question que son rejeton patauge dans la bouse de vache ! Nous avons discuté, et il a accepté un compromis. Je m'inscrivais à l'université pour une année de droit et on verrait ensuite. Il espérait que je changerais d'avis. Je n'ai pas changé d'avis.

– Et vous vous êtes enivré.

– Exactement. Ce n'était pas la première fois. J'ai passé ma première année d'études à boire ou à soigner une gueule de bois. Lorsque j'avais des ennuis avec l'administration ou la police, mon père graissait quelques pattes et me tirait d'affaire, de peur qu'un casier judiciaire souillé ne m'empêche de devenir avocat... Seigneur, reprit-il après une minute de silence, quel égoïste ! Le pire, c'était que Laney rêvait d'être avocate, d'aller à Harvard, d'y rafler tous les honneurs, de devenir aussi célèbre que notre père. Mais non ! C'était une fille. Il fallait qu'elle soit professeur, comme notre mère. Chaque fois qu'elle abordait le sujet, il lui ordonnait de se taire.

– Votre père ne me semble pas très gentil, fit Emmanuelle.

– C'est un homme insensible. Pour trouver un peu de gentillesse chez lui, il faudrait creuser très loin. Sans vraiment chercher à être méchant, il voulait nous imposer ses décisions en dépit de tout. J'ai tenté de m'y opposer à ma manière, qui était déplorable. Et ma petite sœur en est morte.

– Comment est-ce arrivé, James ? Pouvez-vous en parler ?

– C'est une bonne question, Arkansas. Je n'ai jamais essayé.

Comprenant l'allusion à ses propres secrets, elle baissa la tête pour éviter son regard.

– Le moment est peut-être venu, admit-il. On dit que parler peut aider. À mon avis, ça ne servira à rien. Mais mes méthodes se sont avérées plus souvent mauvaises que bonnes et je suis... fatigué.

Fatigué, las à en crever et incapable d'endurer seul plus longtemps cette torture, ajouta-t-il en lui-même.

– Tout n'est pas clair dans ma tête. En particulier ce qui s'est passé avant. L'instant fatal a presque tout effacé.

– Commencez par ce dont vous vous souvenez.

– Quelqu'un m'a lancé un défi. Une course de voitures. Je ne sais plus qui. C'est bête, non ? Cette décision a provoqué la mort de ma sœur et je ne peux plus me rappeler comment ni pourquoi je l'ai prise.

– Est-ce que c'est important ?

– Oui. Je tourne autour, je me pose constamment la question. Pourquoi l'ai-je fait ? Pourquoi ? Et la réponse ne vient pas. Quand je la regardais, à la morgue, je n'arrivais pas à me rappeler pourquoi j'avais pris le volant.

– C'est peut-être mieux que vous ayez partiellement oublié cette soirée, non ?

– Peut-être. En tout cas, j'ai relevé le défi avec un copain. Cette carrière est sillonnée de pistes qui montent et descendent. Laney est montée avec nous. Elle s'est assise au milieu et a mis en marche le lecteur de cassettes. Nous grimpions vers les pentes les plus raides. Elle s'est penchée, sans doute pour changer de cassette. Elle aussi avait bu. Le levier de vitesse était entre ses genoux et elle avait appuyé un pied sur le tableau de bord. À un moment, son pied a glissé sur l'accélérateur. Ma voiture a basculé par-dessus le talus et nous avons fait un tonneau. Je tenais le volant à pleines mains, ce qui m'a évité d'être éjecté.

– Votre ami et Laney ont tous les deux été tués ?

– Non. Mon copain s'en est tiré avec quelques égratignures. La voiture s'est renversée sur Laney et lui a fracassé le crâne.

Emmanuelle serra les poings. Que cet homme tienne à réduire la consommation d'alcool chez les adolescents n'avait rien d'étonnant. Il en avait subi les conséquences dans toute leur horreur.

– J'ai essayé de soulever la voiture pour la dégager, reprit-il d'une voix brisée. Bien sûr, je n'en avais pas la force. Mais j'étais ivre, sous le choc de l'accident, si bien que j'ai continué, sans cesser d'appeler au secours. Sa tête seule était coincée. Son corps était indemne. Je pensais que si je pouvais la tirer de là, ôter ce truc qui pesait sur son crâne, elle se relèverait peut-être et ce cauchemar serait fini.

L'image de cette lutte vaine se dessina dans la tête d'Emmanuelle.

– Oh, James...

Il se laissa glisser le long du tronc et s'assit au pied de l'arbre, les bras noués autour de ses genoux repliés.

– Une fille qui était restée près du feu s'est mise à crier qu'il y avait eu un accident et qu'il fallait appeler la police. Le mot « police » a semé la panique. Les autres se sont rués dans les voitures et ont déguerpi. Une des camionnettes a heurté un genévrier mais, grâce au Ciel, les passagers n'ont pas été tués.

– Vous voulez dire qu'ils vous ont abandonné ?

– Ils ne pouvaient pas savoir dans quel état était Laney, et c'est comme ça que réagissent les gamins. Ils sont soûls, incapables de réfléchir, alors ils s'affolent.

La fuite est instinctive. Ils redoutent d'être surpris en train de boire. Les répercussions juridiques sont plutôt sévères et ils ont peur de la réaction de leurs parents. Oui, ils m'ont laissé.

Il se frotta le visage, l'air las. Il avait beau incarner la virilité et la force, il était aussi vulnérable à la souffrance qu'elle-même, se dit Emmanuelle.

– Un shérif est arrivé et il m'a écarté de la voiture. J'étais en état de choc. Quand ils ont réussi à dégager Laney et qu'ils l'ont mise dans l'ambulance, je suis devenu fou.

Ses traits se durcirent et les rides autour de sa bouche se creusèrent.

– Elle avait dix ans lorsque notre mère était morte. Moi, j'en avais onze. Depuis ce jour-là, c'était moi qu'elle venait trouver quand elle avait besoin de réconfort. Les écorchures aux genoux, les ennuis à l'école, les brouilles avec les amis, les premières déceptions sentimentales... C'était toujours moi qui l'apaisais et arrangeais les choses. Tout à coup, on m'empêchait de la toucher. J'ai perdu la tête. J'étais convaincu que je n'avais qu'à m'approcher d'elle pour qu'elle revienne à la vie. Des obstacles se dressaient sur mon chemin, des policiers, des infirmiers. Je les ai bousculés comme une ligne de défense sur un terrain de foot. J'étais un garçon costaud et bourré d'adrénaline.

Au bord de la nausée, Emmanuelle ferma les yeux.

– J'ai tout essayé. Je l'ai appelée par son nom, je lui ai fait du bouche-à-bouche. Ils n'arrivaient pas à me repousser. Finalement, ils se sont jetés à plusieurs sur moi et m'ont plaqué au sol. Quelqu'un m'a enfoncé une aiguille dans le bras. Ensuite, je n'ai plus été qu'un zombie, tout juste capable de mettre un pied devant l'autre. Et il ne me reste plus que des bribes de souvenirs, comme après un cauchemar affreux.

– Ils n'ont pas porté plainte contre vous ? demanda Emmanuelle, qui voyait fort bien le jeune homme, fou de douleur, en train d'envoyer à terre tous ceux qui se dressaient sur son chemin.

– Mon père était quelqu'un de très important, dit-il avec une grimace. Bon sang, il est en ville en ce moment ! Il sera furieux lorsqu'il verra les informations de ce soir. Pourvu que ça ne passe pas sur une grande chaîne. Même s'il a été au-dessous de tout avec Laney et moi, il ne mérite pas ça. Ça ruinerait sa carrière.

À l'idée que la séquence pouvait être diffusée sur une chaîne nationale, Emmanuelle sentit son sang se glacer dans ses veines. Mais c'était une hypothèse très improbable, se dit-elle pour se rassurer.

– Alors, c'est vrai ? Votre père a réellement soudoyé la police ?

James fit mine de palper des billets.

– L'argent est roi. Le grand Ian Masters n'a jamais manqué de dollars.

– Vous parlez de lui comme si c'était un homme célèbre.

– Il l'est. Vous n'avez jamais entendu parler de Ian Masters, le légendaire avocat ?

– Non, je ne crois pas.

– Voyons... Vous vous souvenez de ce sénateur qui a tué sa femme ? Je ne sais plus quel État il représentait. Il l'a gardée dans son congélateur puis l'a servie en barbecue à des invités.

– Mon Dieu, quelle horreur !

– Eh bien, c'est mon père qui l'a défendu. Et cette femme qui sillonnait le pays en épousant des hommes âgés et les tuait l'un après l'autre pour leur argent, vous vous rappelez ? Il l'a tirée du pétrin en plaidant la démence. Citez-moi n'importe quelle affaire célèbre, et vous y trouverez mon père. Maintenant qu'il a pris de l'âge, il lui arrive d'en refuser, mais il figure encore parmi les plus grands noms du pays. Il est inscrit au barreau de vingt-trois États. Si l'on révélait qu'il a soudoyé la police, ce serait catastrophique pour lui.

Emmanuelle était terrorisée. S'installer à côté d'un shérif avait déjà été une grossière erreur. Et voilà qu'elle découvrait que ce shérif était le fils d'un célèbre avocat !

L'argent était roi, en effet. Elle devait à tout prix déménager, quitter Wynema Falls en vitesse, mais, pour cela, l'argent manquait.

12

Dès qu'elle rentra chez elle, Emmanuelle ouvrit son carnet de chèques et regarda le solde inscrit sur le dernier talon. Pour pouvoir s'enfuir, il lui faudrait économiser davantage. L'idéal aurait été qu'elle fasse d'abord réparer la voiture. Malheureusement, c'était bien au-delà de ses moyens. Elle avait tout juste de quoi couvrir les frais d'essence et de nourriture pendant le voyage et payer la caution d'une autre maison.

Ce serait difficile, inutile de se leurrer. Pas question d'aller au restaurant ni à l'hôtel. Elles dormiraient dans la voiture. Si elle remplaçait la batterie, la Ford tiendrait le coup, à condition de conduire lentement et de surveiller le niveau d'huile. Bien sûr, elle pouvait toujours tomber en panne, mais elle n'avait pas le choix. Sa vie et celle de sa fille étaient en jeu.

Elle rangea le carnet de chèques. Il ne lui restait plus qu'à attendre l'heure des informations. Si Sammy était reconnaissable, elle préparerait leurs bagages pour partir dès l'aube.

James continuait à décharger le bois. Emmanuelle sentit son cœur s'affoler. Pourvu qu'il n'ait pas l'intention de réparer le plancher de l'office dès ce soir ! Sauver les apparences et lui cacher son anxiété seraient une vraie torture.

Elle s'obligea à respirer calmement. La situation n'était pas si dramatique que ça, après tout. Elle s'en sortirait. Si rester ici s'avérait dangereux, il leur était possible de partir, elle venait de le constater. Sinon, il leur faudrait être très discrètes. Lorsque James serait là, elle et Sammy devraient rentrer dans la maison, au cas où d'autres journalistes débarqueraient. Et dire que le père de James était un célèbre avocat ! C'était le bouquet. Dès qu'une personne connue était impliquée dans un scandale, les reporters s'en donnaient à cœur joie. Il fallait espérer qu'ils s'en prennent plus au père qu'au fils.

À présent, tout dépendait du reportage télévisé. Et il n'y avait rien d'autre à faire qu'attendre.

Emmanuelle sentait sa panique s'atténuer. Elle avait sans doute exagéré les risques. Il était possible que Sammy apparaisse à l'écran, mais l'image serait-elle assez nette pour qu'on puisse la reconnaître ? D'ailleurs, même si c'était le cas, Glen Calendri ne regarderait sans doute pas la télévision.

*
**

Peu après 19 heures, le téléphone sonna. Les mains pleines de farine, Emmanuelle décrocha du bout des doigts.

– Allô ? fit-elle en coinçant l'appareil sous son menton.

– Bonsoir, Arkansas.

– James ? Vous n'êtes pas en train de somnoler devant la télévision ?

– J'ai gardé un œil ouvert pour voir les nouvelles de 18 heures.

– Et alors ? Comment c'était ? demanda Emmanuelle, le cœur battant.

– Pas aussi mauvais que je le craignais. Beaucoup de spéculations, mais aucune preuve. Leur fameuse source digne de confiance a refusé d'en dire plus. L'amitié qui nous unissait, Bill et moi, n'est peut-être pas complètement éteinte. Sa conscience a dû le tracasser.

– Tant mieux. Quand vous l'avez arrêté, vous ne faisiez que votre travail. Lui a agi par pure méchanceté.

– Sans doute. Pourtant, je comprends qu'avoir été arrêté par moi lui reste en travers de la gorge.

Emmanuelle comprenait elle aussi le point de vue de Bill. Connaissant le passé de James, il ne voyait qu'hypocrisie dans l'attitude de son ancien ami.

– Bref, ce ne sont que des insinuations, reprit-il. Je ne crois pas qu'elles nuiront à ma réputation.

– Tant mieux, répéta Emmanuelle, qui mourait d'envie de lui demander si Sammy était apparue à l'écran.

– Vous vous souvenez quand je lui ai crié de s'en aller ? Ils ont coupé la phrase, de telle sorte que j'ai l'air d'avoir dit quelque chose de pire. C'est incroyable, non ? Comme si j'étais assez idiot pour prononcer des horreurs devant une caméra ! Je ne m'étais jamais rendu compte que les informations étaient aussi truquées.

– Oui, c'est vraiment sournois.

– Eh bien, reprit-il après une courte pause, voilà ce qu'on obtient quand on envoie promener les conventions. Enfin, ce n'est pas pour me plaindre que je vous appelais. Je pensais que Sammy aimerait se voir à l'écran. Ils vont sans doute repasser la séquence à 23 heures. Est-ce qu'elle peut garder les yeux ouverts jusque-là ?

– Non. Elle ne tient jamais au-delà de 21 heures.

– Je vais l'enregistrer, alors.

– Ils ont passé un gros plan d'elle ? demanda-t-elle en essayant d'adopter un ton détaché.

– Non, on la voit de loin. C'est plutôt flou. Mais elle saura que c'est elle et ça lui fera plaisir.

Une vague de soulagement envahit Emmanuelle. Elle retint un cri de joie. La balade dans une guimbarde agonisante était annulée.

– Ce serait gentil de l'enregistrer, approuva-t-elle d'une voix vibrant d'enthousiasme. Et pour votre père ? Ils ont parlé de le poursuivre pour corruption ?

– Non. Tant que leur fameuse source garde le silence, ils ne peuvent rien faire. Mais l'histoire n'est pas finie. Mon père m'a téléphoné. La dernière fois que nous avions échangé quelques mots, c'était quand je l'avais appelé pour Noël. Tout à l'heure, il était furieux. Il m'a traité d'abruti, entre autres noms d'oiseaux. Il a peur que les plus grands journalistes du pays ne s'emparent de l'affaire et ne ruinent sa réputation. Seigneur ! J'avais presque oublié quel pauvre type c'était ! Il n'a pas dit un mot sur ce que j'ai pu éprouver en voyant ce drame revenir à la surface. Il s'en fiche. J'ai trente-huit ans et je n'arrive pas à m'y faire.

Les plus grands journalistes du pays.

Les jambes molles, Emmanuelle s'adossa au réfrigérateur, priant pour que James ne se soit pas trompé et que Sammy ne soit pas reconnaissable.

– Excusez-moi, chérie. Je vous ai bouleversée ?

Chérie...

Encore une fois, ce petit mot affectueux prononcé avec désinvolture lui rappela son père. James et lui avaient beaucoup de points communs : leur taille, leurs façons bourrues et leur merveilleuse gentillesse.

– Pourquoi serais-je bouleversée ?

– Ce doit être dur à entendre, tout ce que je vous raconte.

– Ne vous inquiétez pas pour ça. Je sais que vous vivez un sale moment.

– C'est de passer à la télévision qui vous tracasse, alors ?

Cet homme était beaucoup trop intuitif, songea-t-elle.

– James, je ne suis pas inquiète ! protesta-t-elle en s'efforçant de rire. Sauf pour vous, bien sûr. Sammy et moi serons très contentes de nous voir à l'écran. Je vais essayer de ne pas m'endormir. Sinon, nous pourrons peut-être venir regarder la cassette chez vous.

– Vous n'avez pas de magnétoscope ?

– Non. Regarder des films ne me tente pas.

– Le prix n'a rien à voir avec ça, j'imagine ?

– Si, bien sûr, admit-elle. Un magnétoscope est un article de luxe... J'étais en train de préparer des cookies, James. Il faut que je m'y remette.

– C'est comme préparer des biscuits ?

Elle ne put s'empêcher de sourire.

– Il y a certaines similitudes. Vous voulez nous donner un coup de main ?

– Vous plaisantez ? s'écria-t-il en feignant d'être horrifié. À plus tard, chérie. Bon courage pour les cookies.

Emmanuelle reposa le téléphone et, sans se soucier de la farine, enfouit le visage dans ses mains.

*
**

Sourcils froncés, James regardait par la fenêtre. La maison d'Emmanuelle se détachait sur le ciel sombre.

Bien qu'elle ait prétendu le contraire, elle était bouleversée, et il ne pouvait s'expliquer cette étrange réaction que par le reportage télévisé.

Il secoua la tête. Décidément, cela faisait trop longtemps qu'il arborait l'insigne de shérif. Il devenait paranoïaque. Emmanuelle Kenyon n'était pas une criminelle, il en était convaincu. Cette hypothèse éliminée, il ne voyait qu'une autre explication à son attitude : elle fuyait son mari et redoutait que celui-ci ne découvre où elle se cachait grâce à la télévision.

Dommage qu'elle refuse de se confier. Peut-être y parviendrait-elle, avec le temps. En attendant, il ne pouvait qu'être patient.

*
**

Emmanuelle éteignit la télévision. Comme James l'avait prévu, les informations de 23 heures avaient repassé la séquence où Sammy et elle apparaissaient. Étant donné la notoriété de Ian Masters, CNN risquait de s'emparer aussi du sujet.

Elle se remémora les images qui la montraient avec Sammy. On la voyait prendre sa fille dans les bras et l'emporter dans la maison, mais les détails étaient flous. Même si une chaîne nationale diffusait le reportage, il était peu probable que Glen Calendri ou quelqu'un d'autre reconnaisse le visage de l'enfant. Quant à elle, elle ne ressemblait plus du tout à la jeune femme qu'elle avait été. Elle pourrait croiser Glen dans la rue, il ne la remarquerait pas.

Elle se leva et se mit à marcher de long en large dans la pièce, tout en massant ses tempes douloureuses. Son soulagement était tel qu'elle crut qu'elle allait fondre en larmes. Pour une fois, elles avaient eu de la chance.

Il ne lui restait plus qu'à veiller à ce que ce genre d'incident ne se reproduise pas.

*
**

Juché sur l'accoudoir de son fauteuil, Glen Calendri composa le numéro d'Allen Sanders sur son portable. Ses yeux regardaient fixement l'arrêt sur image de son magnétoscope. La sonnerie retentit plusieurs fois avant qu'on décroche.

– Calendri à l'appareil, annonça Glen sans préambule.

Un froissement de tissu lui répondit, puis Sanders grommela d'une voix engourdie par le sommeil :

– Patron ? Il est presque 3 heures du matin. Que se passe-t-il ?

– J'ai enregistré les informations pour voir comment je m'étais sorti de mon interview avec Paulson. Tu l'as regardée ?

– Oui, patron. Vous avez été rudement bon.

– Tu as vu les autres nouvelles ? L'histoire du shérif dans l'Oregon ? C'est le fils de l'avocat Ian Masters.

– Le type qui a sauvé la peau de Rossi ?

– Lui-même.

Sanders ne put retenir un bâillement, et Calendri entendit à nouveau un bruissement de draps.

– Non, j'ai loupé cette partie. Pourquoi ?

– Dans le jardin de ce shérif, il y avait une gosse qui ressemblait à Tamara.

– Sans blague ? s'écria Sanders, enfin réveillé. Bon sang, vous croyez que c'est elle ?

– Impossible d'en être absolument sûr, répondit Glen, les yeux toujours rivés sur le profil de l'enfant. L'image n'est pas très nette. Peut-être que je me fais des idées. Les cheveux sont plus courts et... Bref, J'ai eu l'impression de la reconnaître quand elle est apparue à l'écran. Quelque chose a attiré mon attention. Si je n'avais pas pu repasser la séquence plusieurs fois de suite, j'aurais haussé les épaules et tout oublié.

– Je sais que c'est dur, patron. Elle vous manque tellement, c'est normal que vous croyiez la voir de temps en temps.

Sans prêter attention aux propos de Sanders, Glen continuait de fixer la télévision.

– Quand même, c'est peut-être elle, reprit-il. La femme qui la porte ne ressemble pas à Emily. Elle a les cheveux bruns et elle est plus forte, surtout du buste.

Il attrapa la télécommande du magnétoscope, enclencha le retour en arrière et fit défiler les images.

– La démarche est semblable. La différence est peut-être due à des vêtements plus amples, des faux seins, des cheveux teints.

– Vous voulez qu'on vérifie ?

Glen arrêta le film sur l'image de l'enfant.

– Non, ce serait une perte de temps et d'énergie.

Il rembobina la cassette et la repassa, l'air songeur.

– Mais pourquoi pas ? Oui, je veux que vous vérifiiez. La ville s'appelle Wynema Falls. À côté de la voiture du shérif, il y a une Ford couleur crème de 1985 ou 86, avec une plaque de l'Oregon, SAV-235.

– Une seconde. Je vais chercher de quoi écrire... Voilà. Répétez.

Glen lui dicta le numéro d'immatriculation.

– Cette femme vit peut-être avec le shérif, ajouta-t-il.

– Si c'est Emily, elle a fait vite. Quand a-t-elle fichu le camp ? Il y a deux mois ?

– Emily n'est pas vilaine. C'est bien le genre de femme qui plaît à un shérif de campagne.

– Et ça peut rendre les choses plus compliquées, conclut Sanders.

– Exactement. Si c'est Emily, elle a pu penser qu'avoir ce type auprès d'elle la mettait à l'abri. Dis à tes hommes d'être discrets. Dans l'immédiat, je désire simplement connaître l'identité de la gosse. Si ce n'est pas ma petite-fille, laissez tomber et rentrez discrètement. Si c'est Tamara, l'enlèvement devra être soigneusement organisé. Que personne ne prenne d'initiative sans mon accord.

– Compris, patron. Vous pouvez compter sur moi.

– Pas d'embrouilles, Sanders. Si c'est ma petite-fille, je la veux saine et sauve. Et dis à tes hommes que je leur ferai la peau s'ils se font remarquer. Il ne faudrait pas qu'Emily soupçonne quelque chose et prenne la fuite encore une fois.

*
**

Avant de se coucher, Emmanuelle fit le tour de la maison, vérifiant que les portes étaient bien verrouillées, puis elle alla embrasser sa fille.

Sammy souriait dans son sommeil. Des larmes de gratitude emplirent les yeux d'Emmanuelle, et elle s'assit sur le bord du lit pour contempler l'enfant et remercier le Seigneur. Elles n'étaient pas obligées de partir. Leur existence actuelle pouvait se prolonger, du moins pour quelque temps.

Mais à son soulagement se mêlait une certaine anxiété. Elle s'était attachée à James Masters plus qu'elle ne voulait l'admettre, et rester ici ne ferait que renforcer ce lien.

Comme toute jeune fille, Emmanuelle avait rêvé de rencontrer le prince charmant. Un bel homme, grand et brun, qui la comblerait d'attentions romantiques, lui offrirait des roses et lui chanterait des chansons d'amour. En épousant Dan, elle s'était vite rendu compte qu'il ne s'agissait que d'illusions puériles très éloignées de la réalité. Fin de l'histoire.

Pourtant, James la poussait à croire de nouveau à l'impossible. Il était grand, beau et brun. S'il ne lui avait pas offert de roses, il avait bel et bien chanté sous ses fenêtres.

Le vieux McIntyre avait une ferme...

En le revoyant se dandiner et mugir dans le jardin, elle faillit pouffer de rire. Quelle mère aurait pu assister à ce spectacle et rester insensible ? Le vieux dicton était vrai : pour séduire une femme, il fallait d'abord séduire son enfant.

Elle désirait tant de choses pour sa fille. La sécurité, une maison pleine de rires, le sentiment d'appartenir à une vraie famille...

James aimait sincèrement Sammy. Un seul de ses regards le prouvait. Parfois, lorsqu'il observait Emmanuelle, elle devinait qu'il s'attachait aussi à elle. Finalement, si elle avait loué cette maison, ce n'était peut-être pas dû à un mauvais tour du destin mais à une intervention divine.

Certes, James n'avait rien du prince charmant des contes de fées. Il ne pouvait opérer de miracles ni effacer d'un geste de la main le passé d'Emmanuelle. Cependant, avait-elle tort d'espérer que leur rencontre n'était pas simplement le fruit du hasard ?

Serrant les bras autour d'elle, elle tenta de se raisonner. Contre des ennemis ordinaires, James Masters pouvait sans doute l'emporter, mais pas contre ceux qui la menaçaient.

Un choc sourd contre la vitre la fit sursauter. Elle se leva pour écarter les rideaux. Une masse de poils sombres se pressait contre le carreau. Avec un sourire, elle ouvrit la fenêtre.

– Goliath, qu'est-ce que tu fais là ? chuchota-t-elle. Sammy dort.

Sans lui laisser le temps de reculer, le rottweiler posa les pattes sur le rebord de la fenêtre et bondit dans la chambre, la bousculant au passage. Après un bref coup de langue pour s'excuser, il grimpa sur le lit. Sammy marmonna quelque chose et se blottit contre lui.

– Tu ne peux pas rester là, gronda Emmanuelle. James va s'inquiéter.

Le chien émit un gémissement et, la tête sur l'épaule de l'enfant, adressa à Emmanuelle un regard suppliant.

– Ça ne marche pas. J'ai un cœur de pierre, affirma-t-elle.

Un second gémissement eut raison de sa résistance. Pourquoi ne pas téléphoner à James pour lui dire où se trouvait son chien ? Après tout, il déposait Goliath tous les matins avant d'aller travailler. Si le chien passait la nuit chez elle, cela ne changerait pas grand-chose. Sammy serait folle de joie quand elle découvrirait son ami auprès d'elle au réveil.

– Bon, d'accord, murmura-t-elle. Mais seulement pour cette fois. N'en fais pas une habitude. Tu es le chien de James, pas le nôtre, et ça ne lui plairait pas qu'on te confisque.

*
**

James ne dormait pas encore. Lorsque le téléphone sonna, il jeta un coup d'œil courroucé à son réveil. Les chiffres lumineux indiquaient 23 h 40.

– Allô ? grogna-t-il d'un ton peu amène. Qu'y a-t-il ?

– James ? C'est Emmanuelle. J'espère que je ne vous ai pas réveillé.

– Non, ça va.

Heureux de l'entendre, il sourit et se rembrunit aussitôt en se rappelant l'heure tardive.

– Vous avez un problème, chérie ?

– Non, non. J'appelais seulement pour vous dire où était Goliath.

Il se tourna vers la fenêtre qu'il avait laissée ouverte, et un sourire revint éclairer son visage. Si cela lui valait des appels nocturnes de ce genre, il ne se plaindrait pas de la passion du rottweiler pour Sammy.

– Je suis vraiment désolé, fit-il en feignant d'être confus. Il faisait si chaud dans la maison que j'ai laissé la fenêtre de ma chambre ouverte. Goliath a dû se faufiler dehors sans que je m'en rende compte. S'il continue de se sauver, il va se retrouver enfermé dans sa nouvelle niche.

– Oh, non, je ne voulais pas...

James l'interrompit.

– Je viens le chercher. Le temps de m'habiller et j'arrive.

– Ce n'est pas nécessaire. Il s'est déjà installé pour la nuit à côté de Sammy. Il ne nous gêne pas. Je voulais juste vous prévenir pour que vous ne vous inquiétiez pas.

Il se laissa aller contre les oreillers, regrettant de ne pouvoir rester ainsi des heures, bercé par la voix d'Emmanuelle. Bien sûr, il aurait encore préféré qu'elle soit couchée dans son lit, la tête sur son épaule, son souffle léger dans son cou...

– Comme ça, poursuivit-elle, vous n'aurez pas à le déposer demain.

Voilà qui était moins bien. Il aimait échanger quelques mots avec Emmanuelle tous les matins.

– Vous êtes sûre que ça ne vous ennuie pas ?

– Pas du tout. Sammy l'aime beaucoup.

– Son lit va être couvert de poils.

– Un poil de plus ou de moins, quelle importance ? Je m'y suis habituée.

– Pardon, fit-il en riant. Je vous avais prévenue, vous ne pouvez pas dire le contraire.

– Ça en valait la peine. Pour Sammy, c'est merveilleux. Dommage que vous ne puissiez pas les voir tous les deux en ce moment. Ils sont mignons comme tout.

Ce n'était pas tant Sammy et Goliath enlacés qu'il aurait aimé voir en ce moment, mais Emmanuelle elle-même. Il l'imagina dans sa robe de chambre rose, ses cheveux bruns retombant souplement sur les épaules.

– C'est ce qu'on appelle l'amour, dit-il d'une voix tendue. Je n'ai jamais vu un enfant et un chien aussi attachés l'un à l'autre.

« Et nous ? faillit-il ajouter. Éprouvez-vous la même chose que moi ? Ou bien suis-je le seul à perdre la tête ? »

– Merci de m'avoir appelé, Emmy, reprit-il. Vous avez eu raison. J'aurais pu m'inquiéter de ne pas le voir.

Emmanuelle hésita un court instant avant de déclarer :

– James ? Euh... je voulais aussi vous remercier.

– De quoi ?

Une nouvelle fois, le silence s'installa.

– Vous et Goliath, vous êtes si gentils avec Sammy, répondit-elle enfin. Il y avait une éternité que je ne l'avais pas entendue rire comme ça. Vous ne pouvez pas savoir comme je vous en suis reconnaissante.

James réprima la question qui lui brûlait les lèvres : « Et vous, Emmy ? Depuis combien de temps n'avez-vous pas ri ? » Sans doute une éternité, comme sa fille. Elle n'avait guère de moments de joie et d'insouciance. Il lui fallait un nouveau mari. Quelqu'un qui l'aime. Qui la soulage de ses fardeaux et la protège. Quelqu'un qui se fixerait pour mission de la faire sourire au moins une fois par jour.

– Que puis-je dire ? Si elle rit plus que d'habitude, c'est que nous sommes des marrants, Goliath et moi.

– Il va être minuit, fit-elle à brûle-pourpoint. Le 19 mai est presque terminé.

– J'ai honte quand je pense à cet après-midi. Mon côté féminin a pris le dessus, j'imagine.

En l'entendant, Emmanuelle éclata de rire.

– Votre côté féminin ? Il n'y a rien de féminin chez vous.

– Seigneur, que vais-je faire ? s'exclama James. Pour les femmes des années quatre-vingt-dix, le style macho n'a plus rien de séduisant.

– Vous voilà bien embêté, dans ce cas, répliqua-t-elle en riant de plus belle. Je pense que je ne suis pas très moderne.

– Puis-je en conclure que vous me trouvez séduisant ?

– Si je cherchais un homme, oui, répondit-elle sans hésiter.

– Parfois, on n'a pas à chercher. Les choses vous tombent dessus.

– Qu'est-ce que vous voulez dire ? Que vous m'êtes tombé dessus ?

– Oui. Un peu comme quand on traverse la rue et qu'un camion vous heurte.

– La comparaison n'est pas très flatteuse. D'ailleurs, je suis une piétonne très prudente. Je regarde toujours des deux côtés.

– Peut-être que je suis arrivé par-derrière, rétorqua James.

Elle pouffa, puis reprit en soupirant :

– Si quelqu'un le pouvait, ce serait vous. Bonne nuit, James.

La ligne cliqueta et se tut. Abasourdi, James reposa lentement le combiné sur son socle.

Si quelqu'un le pouvait, ce serait vous.

Que diable avait-elle voulu dire ? Et qu'était-il censé faire, maintenant ? Oublier ? Sans doute cela vaudrait-il mieux, en effet. S'il n'y prenait pas garde, cette femme le rendrait fou.

Je suis une piétonne très prudente. Je regarde toujours des deux côtés.

Un lien particulier s'était établi entre eux, il le sentait chaque fois que leurs regards se croisaient. Pourtant, elle semblait résolue à l'ignorer. Était-elle toujours mariée ? Et si c'était le cas, pourquoi ne le disait-elle pas ?

Il aurait aimé en discuter posément avec elle, mais elle évitait soigneusement les conversations trop personnelles. Elle avait tracé entre eux une ligne invisible qu'il ne devait pas franchir. À la moindre audace, elle reculait précipitamment.

Il n'avait plus qu'à attendre. Emmanuelle n'était pas n'importe quelle femme. S'il lui fallait plus de temps pour le connaître et lui faire confiance, à lui de prendre patience. Malheureusement, une fois les réparations achevées, il lui faudrait inventer des prétextes pour la voir.

Son regard se porta vers la fenêtre ouverte. Toute

plaisanterie mise à part, l'attachement du chien pour Sammy risquait fort de devenir le seul lien qui le rattacherait à sa voisine.

13

Une brise violente balayait le parking du supermarché. Emmanuelle, qui rangeait ses courses dans le coffre de sa voiture, dut retenir sa perruque d'une main tout en calant une bouteille d'eau de Javel contre la roue de secours.

– Le vent est froid, cet après-midi, dit-elle à l'adresse d'un homme qui chargeait ses provisions sur l'emplacement voisin.

– Ça, c'est Wynema Falls, répondit-il avec un sourire. Chaud un jour, glacial le lendemain.

Sammy ouvrit la portière arrière. Avant qu'elle ait pu se hisser à l'intérieur, Goliath sauta à terre et rejoignit Emmanuelle pour renifler les sacs.

– Il veut un biscuit, maman, s'écria Sammy. Donne-lui-en juste un, s'il te plaît.

Emmanuelle fouilla dans le coffre à la recherche des biscuits.

– Voilà un beau chien, fit l'homme en montant dans sa voiture.

– Merci, dit Emmanuelle. C'est aussi notre avis.

Le terme « beau » lui paraissait cependant insuffisant. « Splendide » eût été plus exact. Elle tendit à sa fille un des gâteaux dont raffolait Goliath.

– Donne-le-lui seulement quand vous serez dans la voiture. Tu n'es pas habituée à ce froid, et je ne veux pas que tu attrapes un rhume.

Sammy bondit sur le siège arrière.

– Viens, Goliath. J'ai quelque chose pour toi.

Mais le chien resta immobile, fixant quelque chose derrière Emmanuelle.

– Madame ? S'il vous plaît, madame ?

Un grand homme blond vêtu d'un costume gris s'approchait d'elle.

– Oui ?

Goliath se mit à gronder en voyant l'inconnu avancer. Celui-ci s'arrêta et regarda successivement le chien et la jeune femme.

– Pouvez-vous me dire où se trouve Maple Street ?

Un frisson parcourut la colonne vertébrale d'Emmanuelle. Goliath n'avait prêté aucune attention à l'homme qui chargeait son coffre à côté d'elle, alors pourquoi montrait-il les crocs à cet élégant étranger ?

Elle savait combien Goliath était intuitif. S'il sentait quelque chose d'anormal, elle devait en tenir compte. D'ailleurs, en y réfléchissant, la façon dont cet homme l'épiait et tentait d'examiner l'intérieur de sa voiture ne lui plaisait guère.

– Je ne connais pas très bien les petites rues des alentours. Il va falloir que vous demandiez à quelqu'un d'autre.

Elle s'apprêtait à tourner les talons lorsqu'il lui tendit une feuille de papier.

– Regardez. J'ai l'impression que Maple Street croise... Il n'est pas méchant, si ? s'inquiéta-t-il comme Goliath grondait à nouveau.

Emmanuelle attrapa le collier du chien.

– Il n'aime pas les étrangers. Je ne peux pas vous aider, je regrette. Je m'écarte rarement des rues principales et je n'ai jamais entendu parler de Maple Street. Demandez plutôt à l'intérieur du magasin.

Elle claqua le coffre et, traînant le chien avec elle, se hâta d'ouvrir sa portière. Le rottweiler ne cessa de gronder qu'après s'être assis. Elle grimpa à côté de lui et verrouilla les portes. L'inconnu n'avait pas bougé et continuait de scruter les fenêtres de la voiture.

Emmanuelle chercha fébrilement sa clé dans son sac. Certains des employés de Glen Calendri ressemblaient à des gangsters, avec une carrure et un visage de boxeur, mais la plupart n'avaient aucun trait distinctif, leur seul point commun étant un costume gris et bien coupé, exactement comme celui que portait cet homme. Ils se fondaient dans la foule, ce qui leur permettait d'accomplir les basses besognes de Glen sans se faire remarquer.

Les mains tremblantes, elle fit démarrer la voiture. Sans prendre le temps de boucler la ceinture de Sammy, elle recula et sortit de l'emplacement. Comme elle quittait le parking, elle jeta un coup d'œil dans le rétroviseur. Sans se presser, l'homme se dirigeait vers une voiture grise.

Même le véhicule était banal, insignifiant. Couleur neutre, modèle courant, rien qui attire l'attention.

Affolée, Emmanuelle songea d'abord à s'enfuir à toute vitesse, puis elle se ravisa. Au premier feu rouge, elle attacha la ceinture de Sammy et observa les voitures qui la suivaient. Pas de carrosserie grise.

Quand le feu passa au vert, elle mit son clignotant à gauche et s'efforça de rouler calmement. Il fallait qu'il puisse la suivre s'il le désirait. Il fallait qu'elle sache. Et s'il la suivait vraiment, Sammy et elle étaient dans de sales draps.

Elle fit lentement le tour du pâté de maisons. À mesure que les minutes s'écoulaient, ses craintes s'estompaient. Aucune voiture grise n'apparaissait dans le rétroviseur.

*
**

Trois heures plus tard, James s'inquiétait de la nervosité d'Emmanuelle. À chaque bruit de voiture sur la route, elle regardait brusquement par la fenêtre.

– Vous attendez quelqu'un ? demanda-t-il.

– Non, fit-elle d'un air penaud. Pourquoi ?

– Vous n'arrêtez pas de surveiller la route. Je me demandais si vous attendiez des invités.

– Des invités ? répéta-t-elle en allant surveiller le rôti qui grésillait dans le four. Je viens d'arriver, rappelez-vous. Je n'ai pas encore d'amis à inviter.

Il se remit à arracher le linoléum de l'office. Ce maudit truc se cramponnait au plancher aussi obstinément qu'Emmanuelle à ses secrets. Et cette réserve opiniâtre commençait à l'exaspérer.

Sans doute craignait-elle que son ex-mari n'arrive sans prévenir. C'était la seule explication plausible. Mais jamais elle n'aurait le temps d'appeler James au secours si elle avait besoin d'aide. Installé devant la télévision, il ne l'entendrait même pas crier. Le type pouvait enfoncer sa porte, la rouer de coups, voire la tuer, personne ne le saurait.

Trente minutes plus tard, alors qu'il s'apprêtait à rentrer chez lui, James la vit à nouveau surveiller le passage d'une voiture sur la route. Incapable de se retenir, il la prit fermement par les épaules et l'obligea à le regarder. Elle était incroyablement mince et fragile sous ses doigts, remarqua-t-il avec effroi. Elle ne mangeait pas suffisamment. Et les cernes qui ombraient ses yeux montraient qu'elle dormait mal.

– Emmy, si jamais vous avez besoin d'aide, vous savez que vous pouvez compter sur moi, n'est-ce pas ? demanda-t-il doucement.

Elle appuya une main sur sa poitrine. Pour le toucher ou le repousser ? Sans doute pour la seconde raison, hélas. Puis elle releva fièrement le menton, ce qui ne fit qu'accentuer son air vulnérable.

– Merci, James. Je vous en suis très reconnaissante.

– Ne m'envoyez pas promener, dit-il en resserrant son étreinte. Je parle sérieusement. Si vous avez besoin d'un ami, je serai là, quelle qu'en soit la raison.

– Je m'en souviendrai.

Incapable de se dégager, elle détourna les yeux. James faillit la secouer énergiquement pour l'obliger à lui parler, mais il se ravisa. Adopter une telle attitude ne résoudrait rien. En matière de violence masculine, elle avait probablement eu son compte.

Ne pouvant la forcer à accepter son aide, il se résigna à la lâcher et s'en alla. Laisser seules la mère et l'enfant lui fut extrêmement pénible, ce soir plus encore que les jours précédents. Une fois chez lui, il se retrouva, tout comme la jeune femme, en train d'écarter les rideaux chaque fois qu'une voiture passait sur la route. Aucune ne ralentit. Ce qui, curieusement, ne le rasséréna pas.

Au bout d'une heure, il perdit patience. S'il ne pouvait protéger Emmanuelle et Sammy, qui l'empêchait d'envoyer son chien le remplacer ? Si son ex-mari débarquait en pleine nuit, il aurait une drôle de surprise.

Il ouvrit la porte d'entrée et s'agenouilla pour gratter la nuque de Goliath. Les yeux bruns du rottweiler brillaient d'intelligence.

– Prends soin d'elles, d'accord ? Et si cette ordure débarque, tu attaques.

*
**

À quelques milliers de kilomètres de là, Glen Calendri appuya sur le bouton arrêt de sa télécommande. Regarder la femme brune et la petite fille blonde était devenu son passe-temps préféré. L'enfant ressemblait vraiment à Tamara.

La sonnerie du téléphone le fit sursauter.

– Oui, grommela-t-il dans son portable.

– Salut, patron. C'est Delgado.

Exaspéré, Glen s'enfonça dans son fauteuil.

– Je ne l'aurais pas deviné si tu ne me l'avais pas dit. Qui d'autre pourrait bien m'appeler à cette heure ?

– Il n'est que 20 h 30, patron.

– 23 h 30, ici. On n'est pas sur le même fuseau.

– Ah, oui... J'avais oublié.

Glen bouillait. Ce type n'était qu'un sombre crétin.

– Tu as quelque chose à me dire ?

– Ça n'a pas été facile, patron. On n'a pas pu s'approcher suffisamment pour bien voir la gamine.

– Si tu veux quelque chose de facile, retourne à la maternelle. Pourquoi crois-tu que je te paie, Delgado ? Raconte.

– Cet après-midi, Nelson s'est approché de la fille dans un parking de supermarché, mais le vent soufflait à décorner les bœufs et elle avait les cheveux dans la figure, alors c'était difficile de la reconnaître.

– Pourquoi ne l'avez-vous pas suivie dans le magasin ?

– C'est ce qu'on voulait faire, patron. Malheureusement, il y avait des travaux sur la route. Ils ont laissé passer la fille et pas nous. Quand on est arrivés, elle avait fini ses courses et les rangeait dans son coffre.

– Trouve un moyen d'approcher. Tu piges ? Si c'est ma petite-fille, je la veux ici, avec moi. Pas la semaine prochaine. Maintenant.

– Bien reçu, patron. Mais il y a un petit problème. On a surveillé sa maison et elle est à moitié cachée par des buissons et une clôture. Même avec des jumelles, on ne peut pas voir le jardin qui est derrière. Et tout autour, il y a des prés avec des vaches. Aucun endroit où se cacher. Ce soir, on a rampé jusqu'à la clôture pour essayer d'apercevoir la gamine pendant qu'elle jouait dehors, et un rottweiler nous a sauté dessus.

– Un quoi ?

Abasourdi, Glen regarda l'écran. Un chien noir se tenait à l'arrière-plan.

– Un rottweiler. Vous savez, un de ces chiens très méchants. Ce satané clébard a arraché le fond de mon plus beau pantalon. Maintenant, on ne peut plus approcher sans que ce maudit animal nous repère. On dirait qu'il nous guette.

Glen se redressa.

– Es-tu en train de me dire que tu ne peux pas approcher à cause d'un chien ? Tire-lui dessus, crétin !

– On ne peut pas faire ça, patron. Vous avez dit qu'il ne fallait pas éveiller les soupçons. Si on tire, c'est sûr que quelqu'un s'en apercevra.

Glen se pinça le nez entre le pouce et l'index.

– Très bien, très bien, fit-il en se retenant de hurler. Dans ce cas, il faut l'empoisonner.

– On a déjà essayé. On est allés dans une coopérative agricole et on a acheté un truc qu'ils utilisent ici pour éliminer les taupes. Nelson en a fourré une bonne dose dans un hamburger. Quand il l'a jeté par-dessus la clôture, le chien a failli lui sauter dessus. Et après, il n'a même pas voulu y toucher ! Nelson et moi, on pense que c'est un chien policier. Il appartient au shérif et il est rudement malin.

Glen jura. L'animal avait sans doute un quotient intellectuel plus élevé que celui de Delgado.

– Tu vas à sa porte et tu frappes.

– Je frappe ?

– C'est la méthode la plus simple. Le chien ne peut pas être méchant au point d'attaquer toute personne qui frappe à la porte, sinon il serait attaché. Si tu t'approches tranquillement, au lieu d'essayer de te faufiler, il te fichera la paix.

– Et s'il m'attaque ?

– On prendra soin de ta famille.

– Quoi ? s'exclama l'autre.

– Fais-le, Delgado, compris ? Quand la fille t'ouvrira, tu pourras la regarder bien en face. Et l'enfant sera peut-être là aussi.

Delgado fit l'effort de réfléchir une seconde.

– Et qu'est-ce qu'on lui dira ? demanda-t-il.

– À quel sujet ?

– Il faut bien qu'on ait une raison pour aller la voir, non ?

– Bon sang de bon sang ! s'écria Glen, hors de lui. Pourquoi est-ce que je vous paie, bande d'imbéciles ? Invente quelque chose, Delgado. Dis-lui que tu fais un recensement.

– Un quoi ?

Levant les yeux au ciel, Glen s'efforça de reprendre son calme.

– Oublie. Dis-lui que tu vends des encyclopédies. Ça marchera. Tu sais ce que c'est, non ?

– Bien sûr. Vous me prenez pour un idiot ou quoi ?

Après avoir raccroché, Glen appela Sanders.

– Je veux deux hommes de plus dans l'Oregon, Allen. Nelson et Delgado n'y arriveront pas tout seuls. Ils ont rencontré quelques difficultés et ils sont aussi peu dégourdis l'un que l'autre.

– Vous pensez à quelqu'un en particulier ?

– Prends Parker et Matlock, ordonna Glen. Qu'ils y soient demain matin. Ce sont des malins. Ils réussiront.

– Je ne sais pas si j'arriverai à leur trouver des places d'avion aussi vite.

– Mets-les dans la navette. De toute façon, ce sera plus sûr s'ils ramènent l'enfant. Il y a moins de contrôle.

– S'ils la ramènent. On n'est même pas sûrs que ce soit elle.

– Oui, c'est vrai, fit Glen en regardant l'écran. Pourtant, j'ai le sentiment que c'est elle, et mon intuition m'a rarement trompé.

– Hé, patron ? Il vaudrait peut-être mieux que j'accompagne Parker et Matlock.

– Non, tu ne peux pas. Si c'est bien Emily, elle te reconnaîtra.

– Je resterai hors de vue. Il vaut mieux que j'y sois, patron. L'affaire est trop importante pour qu'on la bousille. Parker et Matlock sont malins, d'accord, mais si la situation dérape, je serai sur place pour redresser la barre.

– Bon, admit Glen en se frottant le front. Oui, c'est une bonne idée. Si c'est ma Tamara, il faudra éliminer la mère quand vous enlèverez l'enfant. Je ne veux pas qu'elle me traîne en justice pour reprendre la garde. Il est préférable qu'elle disparaisse du paysage.

– Nous nous arrangerons pour que ça ait l'air d'un accident.

– C'est justement ta spécialité, hein, Sanders ? conclut Glen avec un sourire.

14

Le week-end cauchemardesque du Memorial Day approchait. Dans la ville, la fête avait commencé dès le mercredi. Le terrain de camping, encombré de glacières et de toiles de tente toutes poussiéreuses d'avoir passé l'hiver dans les garages, ressemblait à une petite ville en construction. Des bateaux de tailles diverses rejoignaient les pontons et des colonnes de véhicules tout-terrain s'acheminaient vers les collines environnantes. Bref, des problèmes variés s'annonçaient, prêts à fondre sur Wynema Falls et à y régner en maîtres jusqu'au mardi suivant.

D'ordinaire, James ne commençait à sentir la fatigue que le dimanche soir, après avoir survécu à deux jours de folie et avec la perspective d'un troisième à endurer. Cependant, cette année, avant même que le week-end commence, il était déjà de mauvaise humeur, en partie parce qu'il savait combien les journées suivantes allaient être exténuantes, mais surtout parce que le travail lui laisserait très peu de temps pour voir Emmanuelle.

Il ajusta le pare-soleil de la Bronco et reprit son rapport sur les deux procès-verbaux qu'il venait d'établir. Quelle folie poussait donc des adultes à tirer au revolver au milieu d'un camping ? Avec de vraies munitions, qui plus est !

– Unité trois à shérif Masters, fit la voix de Jenny Rose dans la radio.

James faillit ne pas répondre. Il ne demandait que cinq minutes de paix, le temps d'ouvrir son Thermos et de boire une tasse de café. L'appel de Jenny n'apporterait qu'une autre mauvaise nouvelle, fusillade ou coups de couteau pendant une rixe.

– Je t'écoute, fit-il au bout de quelques secondes.

– Vous prenez la sept ?

– D'accord.

Il passa sur une fréquence qui leur offrait plus de discrétion.

– Vas-y, Jenny.

– On a eu un appel pour vous. J'allais vous le passer, mais la femme a raccroché.

James fronça les sourcils. Il recevait peu d'appels personnels au commissariat. Si Jenny avait tenu à le lui transmettre, c'était qu'il se passait quelque chose de grave.

– De quoi s'agit-il ?

– La femme a dit que Goliath avait mordu quelqu'un.

– Quoi ? s'écria-t-il.

– Goliath a mordu quelqu'un. Je n'ai aucun détail. Elle était très inquiète. Vous voulez que je lui envoie du monde ?

James consulta sa montre. Il devait faire vite. Un rottweiler avait assez de force dans les mâchoires pour arracher le bras d'un homme aussi facilement qu'une allumette.

– Affirmatif. J'y vais aussi.

– Le seul disponible, c'est Moore.

– Formidable. Tu es sûre qu'il n'y a personne d'autre en train de patrouiller dans le coin ?

– Je suis désolée, shérif. La journée a été dure.

– Bon, tant pis. Envoie Moore. C'est mieux que rien.

*
**

Jamais le trajet du retour ne lui avait paru aussi long. D'horribles images lui traversaient la tête : Sammy avec la moitié de la figure arrachée, l'un de ses petits bras déchiqueté... La sueur perlait à son front et ses mains étreignaient avec force le volant. Tous les récits où un rottweiler attaquait un enfant lui revenaient en mémoire.

Il tenta à plusieurs reprises d'appeler Moore sur sa radio, sans succès, et contacta à nouveau Jenny.

– Je suis sûre que ce n'est pas grave, assura-t-elle. Goliath est un bon chien. Pourquoi serait-il tout à coup devenu méchant ?

James n'en avait aucune idée. Mais Goliath, malgré toutes ses qualités, n'en restait pas moins un animal. Qu'est-ce qui poussait un chien à mordre ? Sammy lui avait-elle fourré le doigt dans l'œil, tiré les oreilles, ou encore marché dessus sans le vouloir ? Les possibilités étaient infinies et l'imagination de James s'emballait. Sammy et Goliath étant inséparables, il lui paraissait évident que l'enfant était la victime.

Quelle absurdité ! songea-t-il soudain. Sammy pouvait bien le découper en petits morceaux, jamais ce chien ne la mordrait. Ni Emmanuelle, d'ailleurs. James en aurait mis sa main au feu. Alors, qui Goliath avait-il attaqué ?

Le mari, bien entendu.

James imagina l'individu, grand et costaud, fou de rage, s'introduisant de force dans la maison. Une telle attitude pouvait faire perdre la tête à Goliath.

James se sentit brusquement nauséeux. Certes, il

était heureux que Goliath ait été présent pour défendre Emmanuelle et Sammy, mais il savait que les conséquences seraient peut-être terribles pour son chien.

Il tourna et s'engagea dans Hereford Lane. Le toit d'Emmanuelle apparut bientôt devant lui. Du revers de la main, il s'essuya le front. Si quelqu'un avait menacé Emmanuelle et Sammy, c'était une bonne chose que Goliath eût été là. Les êtres humains étaient plus précieux que les animaux, surtout ces deux êtres-là. Pourtant, le cœur de James se serrait à la pensée du prix que son chien paierait sans doute pour sa loyauté.

Trois véhicules encombraient l'allée : la Ford d'Emmanuelle, une voiture grise et un véhicule de la police.

Il sauta à terre et courut vers la maison. Debout dans le salon, Tom Moore rédigeait un procès-verbal. Emmanuelle était assise sur le canapé, apparemment indemne. Un petit homme vêtu d'une veste grise déchirée arpentait la pièce, visiblement furieux. Enfermé dans une autre pièce, Goliath grondait et se jetait de tout son poids contre la porte. Les pleurs de Sammy s'ajoutaient au vacarme.

– J'ai mis Sammy et Goliath dans la salle de bains, expliqua Emmanuelle d'une voix peu assurée. Je... Ce monsieur vend des encyclopédies. Lorsqu'il est sorti de sa voiture, Goliath s'est... Ça s'est passé très vite. Je travaillais et je ne me suis pas rendu compte que quelqu'un était là.

L'inconnu pointa un doigt accusateur en direction d'Emmanuelle.

– J'ai voulu caresser la tête de votre gamine et votre chien a failli m'arracher le bras. C'est tout ce que j'ai fait, shérif ! affirma-t-il en pivotant vers James.

Celui-ci s'approcha pour examiner la blessure. Les lambeaux de la veste laissaient voir deux morsures apparemment sans gravité. Pourtant, l'animal n'en avait pas moins blessé un être humain et, pour un chien policier, cela signifiait la condamnation à mort.

Accablé, il jeta un coup d'œil à Moore qui s'empressa de faire disparaître un petit sourire satisfait. Comment ce type pouvait-il être aussi cruel ? Son seul grief contre Goliath était que James l'aimait.

– Vous avez juste essayé de caresser l'enfant ? demanda-t-il au vendeur. Ça ne lui ressemble pas de mordre sans raison.

– C'est pourtant ce qui s'est passé ! répliqua l'homme en montrant son bras. Je n'ai rien fait, je vous assure. D'abord, comment connaissez-vous ce chien ? Vous vivez dans le coin ?

Convaincu que cet individu avait fait un geste que le chien aurait mal interprété, James le regarda dans les yeux, cherchant désespérément à y trouver la preuve de sa mauvaise foi.

Mais il se raccrochait à un fétu de paille, il le savait. Depuis le début, Goliath s'était comporté bizarrement avec Sammy. Peut-être cette ébauche de caresse avait-elle suffi à lui faire perdre la tête.

De toute façon, quelque excuse qu'on puisse lui trouver, l'animal avait enfreint une règle essentielle. Il ne restait plus qu'à en affronter les conséquences.

– Ce chien n'appartient pas à Mme Kenyon, dit-il d'une voix neutre. Goliath est un chien policier à la retraite.

– Un chien policier ? s'écria le vendeur en baissant les yeux sur l'insigne de James. C'est le vôtre ?

– Officiellement, il appartient au comté, expliqua James, avec l'impression que chacun de ses mots signait l'arrêt de mort du rottweiler. J'étais son équipier. Maintenant, je suis son gardien. J'habite à côté. Goliath s'est attaché à la petite fille de Mme Kenyon et il passe ses journées ici.

– Un chien policier ? répéta l'homme. J'ai été mordu par un chien policier à la retraite ?

– Hélas, oui.

Les dés étaient jetés, se dit James. D'ici peu, cet homme comprendrait quel avantage financier il pouvait tirer de la situation. Il lui suffirait de porter plainte pour que le comté lui verse une grosse somme en guise de dédommagement. Dès ce soir, il allait s'offrir un bon dîner pour fêter ça. Pauvre Goliath.

S'il avait gardé le rottweiler enfermé dans sa niche, le drame ne se serait pas produit. Mais il était trop tard pour y penser. Désormais, la situation lui échappait.

– Je suis désolé, dit-il. C'est la première fois qu'il blesse quelqu'un. Je ne sais pas ce qui lui a pris.

Le vendeur se passa la main dans les cheveux.

– Bon sang ! Un chien policier. J'ai eu de la chance. Il aurait pu me faire bien pire.

En son for intérieur, James devait reconnaître que l'homme avait raison. Si un chien comme Goliath devenait méchant, le comté prenait une grave responsabilité en le laissant en vie. Lorsque le conseil se réunirait pour décider de son sort, chacun y penserait, et il ne faisait aucun doute que Goliath serait condamné à mort.

– C'est là que vous habitez ? demanda le vendeur en regardant par la fenêtre.

James sortit une carte de visite de sa poche.

– Je prendrai à ma charge tous les frais médicaux nécessaires. J'imagine que vous allez consulter immédiatement un médecin.

L'homme adressa un léger sourire à Emmanuelle et haussa les épaules.

– Ce ne sont que deux petites écorchures de rien du tout, fit-il. J'ai perdu mon sang-froid. Excusez-moi de m'être emporté, madame. À vrai dire, j'aurais dû être plus raisonnable. Quand le chien a grondé, j'aurais dû reculer, au lieu de tendre la main vers la tête de la gamine.

James était perplexe. Cette réaction était inhabituelle. L'homme ne menaçait pas de porter plainte, et il faisait même des excuses ! Il jeta un coup d'œil à Tom Moore. Le jeune officier paraissait aussi déconcerté que lui.

– Vous devriez quand même voir un médecin, insista-t-il. Une morsure de chien peut s'infecter.

Le vendeur écarta le tissu pour examiner son bras.

– Ce n'est pas la peine. Une goutte de désinfectant fera l'affaire. Le chien a été vacciné, non ?

Ahuri, James opina du bonnet. Si l'homme s'abstenait de porter plainte, le conseil du comté se montrerait peut-être clément.

– Vous n'avez pas l'intention de porter plainte ? demanda Moore.

– Ça m'embêterait de causer des ennuis à cet animal, répondit le vendeur. J'adore les chiens policiers. Je regarde tous les films où ils apparaissent. Et puis, comme je vous l'ai dit, c'était ma faute. J'aurais dû m'éloigner dès qu'il s'est mis à gronder.

Abasourdi, James le vit se diriger vers la porte d'entrée. L'homme n'avait même pas demandé qu'on lui rembourse sa veste ! Moore courut sur le perron.

– Attendez une minute, monsieur. Vous ne m'avez pas donné votre nom.

– Ce n'est pas nécessaire, répondit le vendeur sans s'arrêter. Déchirez votre rapport. En ce qui me concerne, il ne s'est rien passé.

– Est-ce que ma voiture coince la sienne ? demanda James.

Revenant sur ses pas, Moore fit non de la tête.

– Les gens sont incroyables, dit-il.

– À cheval donné, on ne regarde pas les dents, commenta James.

– Amen, approuva Moore en déchirant la feuille qu'il avait à moitié remplie. Bon, tout est arrangé. À moins que vous n'en décidiez autrement, il ne s'est rien passé. Jenny Rose gardera le silence.

Et lui, se tairait-il ? James faillit prier le jeune policier de garder cette mésaventure pour lui, mais il se ravisa. Il irait jusqu'au bout. Il avait juré de défendre la loi, et son serment s'appliquait tout le temps, pas seulement quand cela l'arrangeait. Or, dans l'Oregon, il y avait une loi concernant les morsures de chien. Le comté devait être mis au courant. S'il voulait garder le respect de ses hommes, James n'avait pas le choix.

– Ce n'est pas si simple que ça, Tom. Tu le sais aussi bien que moi.

– Désolé, chef. Goliath est un chien formidable.

Cette remarque attristée surprit James. Finalement, il y avait peut-être du bon dans ce jeune policier.

Moore se tourna vers Emmanuelle. La jeune femme restait penchée en avant, le visage dans les mains.

– Je crois que vous n'avez plus besoin de moi, dit-il. Je retourne au boulot. C'est que ça chauffe, aujourd'hui. Au revoir, madame.

Elle ne releva la tête qu'en entendant la porte d'entrée se refermer.

– James, je suis désolée. Goliath va-t-il être sanctionné ?

L'estimant suffisamment bouleversée par cette histoire, James jugea inutile de lui dire la vérité.

– Vous n'avez pas à vous inquiéter, chérie.

– Que va-t-il se passer ? insista-t-elle. On va le punir, non ?

– Faut-il vraiment que nous en parlions maintenant ? Attendons que les choses se décantent un peu. Sammy est en train de pleurer. Vous devriez aller la calmer.

Elle lui lança un regard accusateur.

– Sammy sera bien plus triste s'il arrive quelque chose à ce chien ! On risque de le piquer, de l'endormir à tout jamais, c'est ça ?

– Dans l'Oregon, on pardonne aux chiens une seule morsure. À la seconde, c'est l'euthanasie, en effet.

– Mais... fit Emmanuelle pour l'encourager à continuer.

Comprenant qu'elle ne se laisserait pas duper, il poussa un soupir.

– Vu l'entraînement qu'a reçu Goliath, le conseil du comté peut décider que lui donner une seconde chance présenterait trop de risques.

Elle devint livide.

– On va l'éliminer ? Comme ça ? Et vous ne ferez rien ?

– Emmy, ce n'est pas moi qui rédige les lois. La décision ne m'appartient pas.

– Alors, c'est clair, fit-elle d'un ton résolu. Vous ne devez pas faire de rapport.

James poussa un long soupir.

– J'aimerais que ce soit aussi facile, mais s'il n'obéit plus, s'il se met en colère sans raison, Goliath peut être dangereux. Cette morsure est un signal d'alarme que je n'ai pas le droit d'ignorer.

Elle bondit sur ses pieds et se mit à arpenter la pièce.

– Vous savez bien qu'il n'est pas méchant !

– J'aimerais en être sûr, Emmanuelle. Goliath est capable de blesser gravement quelqu'un. Je ne peux pas fermer les yeux et faire comme s'il ne s'était rien passé. Ce type n'a rien fait pour le provoquer. Rien !

Elle pivota pour lui faire face.

– Il faut que vous gardiez cette histoire pour vous !

– C'est stupéfiant ! s'écria-t-il avec un petit rire désabusé. Il n'y a pas si longtemps, vous détestiez ce chien et vous me traitiez d'irresponsable parce que je ne le gardais pas attaché.

Elle se couvrit les yeux et fondit en larmes.

– Ce n'est pas juste ! protesta-t-elle en repoussant la main de James. Les chiens de Dan étaient des monstres. Il m'a fallu un temps fou pour m'en remettre.

James n'eut pas le temps de demander qui était Dan qu'elle enchaînait déjà.

– Au début, j'avais peur de Goliath, je le reconnais. Mais maintenant, je sais qu'il est merveilleux !

Elle baissa les mains pour le regarder, les yeux pleins de larmes.

– Vous ne comprenez pas ? C'est ma faute. J'aurais dû le prévoir. Je connais sa façon d'agir avec Sammy. Il aboie chaque fois qu'elle va faire quelque chose qu'il trouve dangereux ; il la surveille et s'inquiète si elle a peur. Il l'aime tant !

– Emmanuelle, ce n'est la faute de personne.

– Ce chien sait que Sammy a peur des hommes, poursuivit-elle. Il n'a pas décidé de mordre comme ça, sur un coup de tête. Il a seulement voulu la protéger. Vous avez vu sa réaction lorsqu'elle est effrayée ? Rappelez-vous la nuit où elle a fait un cauchemar. Il ne voulait pas que j'approche. Aujourd'hui, il s'est passé la même chose. Elle a eu peur de cet homme, et Goliath a essayé de le faire reculer. En le voyant insister, il l'a mordu. Deux petits coups de dents à titre d'avertissement, c'est tout. Il aurait pu faire bien pire.

Emmanuelle avait enfin admis que sa fille avait peur des hommes, ce qu'elle aurait nié avec véhémence peu de temps auparavant, remarqua James. En toute autre occasion, il lui aurait demandé des explications.

– Emmanuelle, que voulez-vous que je fasse ? Que je mente par omission ?

– Pourquoi pas ? Il y a des circonstances atténuantes. Comment savez-vous que cet homme n'avait pas l'intention de faire du mal à Sammy ?

– Il avait l'air d'un type très correct.

– Les tueurs en série aussi ! s'exclama-t-elle. Tous les jours, des petits enfants se font enlever alors qu'ils jouent devant leur maison. Lorsque Goliath travaillait avec vous, n'est-il jamais arrivé qu'il vous avertisse d'un danger ou qu'il vous signale un suspect ?

– Si, bien sûr. Mais il n'a jamais attaqué personne sans en avoir reçu l'ordre.

– Ce n'est pas un chien méchant.
– Selon vous.
– Que voulez-vous dire ? demanda-t-elle d'une voix de plus en plus aiguë.
– Qu'il faut que j'y réfléchisse. Si Goliath blesse quelqu'un, je suis responsable, voyez-vous. Et lorsqu'il s'agit d'un rottweiler spécialement entraîné, c'est une sacrée responsabilité.
– Alors, vous ne vous opposerez pas à ce qu'on le pique ? murmura-t-elle, incrédule.
Pressant les poings contre sa bouche, Emmanuelle alla se camper devant la fenêtre.
– C'est ma faute, continua-t-elle sur le même ton. Mon Dieu, si seulement j'avais entendu sa voiture ! Si seulement j'avais obligé Sammy à jouer dans la maison cet après-midi !
James s'approcha et posa une main sur son épaule. La jeune femme tremblait de tous ses membres.
– Arrêtez, Emmanuelle. Vous vous faites du mal.
– Moi aussi, je l'aime, avoua-t-elle d'une voix étranglée. Pas autant que vous, bien sûr, mais je l'aime. Il a accompli des miracles avec Sammy et je lui dois beaucoup. À l'idée qu'on va l'endormir à tout jamais, mon cœur se brise.

15

James enferma Goliath dans sa niche, puis il prévint Jenny Rose qu'il ne reviendrait pas de la journée. Il avait une décision difficile à prendre. Goliath n'était pas n'importe quel chien. C'était son équipier, et il lui avait sauvé la vie à maintes reprises. James aurait eu moins de mal à se faire amputer d'un bras qu'à provoquer la mort de son chien.

Après avoir tourné et retourné le problème dans sa tête, il téléphona à Rick Hamilton, un ancien collègue qui gardait lui aussi un chien policier à la retraite.

Lorsque James eut achevé son récit, Rick poussa un long soupir.

– Quelle affaire ! Les chiens qui se montrent très protecteurs, je connais. C'est pareil chez moi. Rambo aime tellement mon fils qu'il faut se méfier. Un jour, un garçon asticotait Teddy, et Rambo lui a sauté dessus. Heureusement, il ne lui a fait aucun mal.

Rambo était un berger allemand, intelligent et bien dressé, mais il ne valait pas Goliath. D'ailleurs, il n'avait reçu aucune citation.

– Goliath est un vieux compagnon. J'aurai du mal à faire un rapport sur cette histoire, avoua James.

– Hé, mon vieux, je comprends parfaitement. Rambo est comme l'un de nos enfants. Diana l'aime autant que moi. Si je devais le faire piquer, elle m'enverrait coucher sur le canapé du salon !

– Sois franc avec moi, Rick. À ma place, tu le ferais, ce rapport ?

Son interlocuteur resta un long moment silencieux.

– Je savais bien que tu me poserais la question, dit enfin Rick. Tu connais d'avance ma réponse. Ces chiens sont de merveilleux animaux tant qu'ils vont bien. Le jour où ils deviennent fous, ce ne sont plus que des tueurs en puissance. Si Rambo avait mordu quelqu'un, je ferais un rapport.

– Même s'il y avait des circonstances atténuantes ?

– Oui. Les risques sont trop importants. Imagine un peu ce qui pourrait arriver. Bien sûr, peut-être que cela ne se reproduira plus. Mais s'il recommence, tu veux avoir ça sur la conscience ? Ce type n'était qu'un vendeur de bouquins, bon sang, pas un cambrioleur ! Si ç'avait été un voleur et pas un représentant de commerce, je t'aurais dit de lui donner une seconde chance.

– Merci, Rick. J'apprécie ta franchise.

– C'est à ça que servent les amis, mon vieux. Et si tu décides de ne pas faire de rapport, je garderai le secret.

James venait de raccrocher quand la sonnerie du téléphone retentit à nouveau.

– Allô ?

– James ?

C'était la voix d'Emmanuelle, la dernière personne à qui il désirait parler en ce moment.

– Oui, chérie ?

– Je... euh... Il faut qu'on discute, bredouilla-t-elle. Au sujet de Goliath.

– Oui ?

– Je voulais essayer de vous convaincre encore une fois.

Il eut un petit sourire amer. Rick pensait qu'il aurait des problèmes avec sa femme s'il devait faire piquer Rambo. Pour James, dormir pendant six mois sur le canapé d'Emmanuelle représenterait un grand pas en avant.

– J'ai pris ma décision, chérie.

– Vous l'avez déjà livré à la police ? s'exclama-t-elle.

À l'entendre, il ne valait pas mieux que Judas.

– Pas encore. Je le ferai dès que j'aurai raccroché.

– Je vous en supplie, ne faites pas ça ! Il ne recommencera pas, j'en suis sûre.

– Cette discussion ne nous mènera nulle part, Emmanuelle. Je n'ai pas le choix. La loi est la loi et je dois la respecter.

– Pourtant, vous n'arrêtez pas de la contourner pour les adolescents, répliqua-t-elle. Corrigez-moi si je me trompe, mais n'êtes-vous pas censé les arrêter lorsque vous les prenez en train de boire ?

– C'est ce qu'on appelle un coup bas, fit-il.

Elle marqua une pause avant de reprendre :

– Excusez-moi. Je voulais juste vous rappeler que

vous aviez déjà fait des exceptions. Pour la bonne cause, bien sûr. Et est-ce que Goliath n'est pas une bonne cause ?

Sa voix se fêla, et James devina qu'elle était au bord des larmes. Il serra les poings. Il lui était déjà arrivé de faire pleurer une femme et il n'en était pas fier du tout. Mais, cette fois-ci, c'était intolérable. Il avait l'impression que d'énormes mains lui tordaient les tripes.

– Emmy, ma chérie, je vous en prie, ne pleurez pas.

– Je ne pleure pas.

– Chérie, il faut faire abstraction de nos sentiments pour Goliath...

– Ils vont le tuer, James !

– Peut-être pas, répondit-il sans conviction. Je fournirai tous les arguments possibles pour qu'on lui laisse la vie.

– Comme c'est généreux ! Vous savez très bien qu'ils décideront de le piquer !

– Chérie...

– Ne m'appelez pas chérie ! Je vous croyais son ami. Quel ami !

Sur ces mots, elle raccrocha brutalement. James reposa le combiné et resta un moment à le regarder tristement. La sonnerie le fit sursauter.

– Pardonnez-moi, fit-elle sans préambule.

– C'est vous, Emmy ?

Question idiote. Combien de femmes en pleurs risquaient de l'appeler pour s'excuser ?

– Chérie, reprit-il, ne nous disputons pas.

– Pardon, balbutia-t-elle à nouveau.

– Moi aussi, je l'aime, dit-il, ému par les sanglots étouffés à l'autre bout de la ligne. C'est la chose la plus pénible que j'aie jamais eu à faire.

– Je comprends. Je suis désolée, James, je vous ai dit des choses cruelles dont je ne pensais pas un mot.

– Je sais bien. J'ai besoin de soutien. C'est un sale moment pour moi... Je l'ai nourri au biberon, poursuivit-il après quelques secondes de silence. Il était très mignon. Et je me souviens aussi de toutes les fois où il m'a sauvé la vie. Ça me donne l'impression d'être une véritable ordure.

– Je sais que vous ne faites que votre devoir, dit-elle d'une voix faible, et je vous admire. Quand pensez-vous que le conseil du comté se réunira ?

– Bientôt. Sans doute demain. C'est une affaire grave qui doit être traitée rapidement.

– Vous serez présent lors de la réunion ?

– Bien sûr.

– Parlez-leur de Sammy. Dites-leur que Goliath cherche toujours à la protéger. Peut-être lui donneront-ils une seconde chance.

– Je leur dirai tout ça. C'est promis.

Il l'entendit respirer profondément.

– James ?

Il sourit et ferma les yeux. Était-ce comme cela que se sentait un homme marié – comme un yo-yo suspendu à une ficelle ? Il espérait le découvrir un jour, et avec cette femme-là.

– Qu'y a-t-il ?

– Pourrez-vous me téléphoner quand vous saurez le jour et l'heure de la réunion ?

– Cela ne fera que vous inquiéter, protesta-t-il.

– Je suis déjà inquiète. Je prierai pendant la réunion pour qu'on lui laisse la vie.

Si quelqu'un sur terre avait accès à l'oreille de Dieu, c'était bien elle, songea James.

– D'accord, je vous appellerai.

– Et aussi à la fin de la séance ? Je serai en train de tourner en rond en me rongeant les sangs.

– Promis.

– N'oubliez pas.

Comment aurait-il pu oublier ? Cette femme avait définitivement pris possession de ses pensées.

*
**

Le conseil du comté fut convoqué pour le lendemain à 14 heures. Lorsque James rappela Emmanuelle, elle répondit d'une voix nasillarde, comme si elle se promenait avec une pince à linge sur le nez.

– Alors, vous l'avez fait ? Vous avez écrit le rapport ?

– Oui... Chérie, vous avez encore pleuré ?

– Non, mentit-elle.

– Je devais le faire, vous le savez bien.

– Oui.

– La nuit va être longue, avoua-t-il.

Une seule chose aurait pu la faire passer plus vite mais, selon sa propre expression, Emmanuelle n'était pas sur le marché.

– Chérie, reprit-il, si vous avez besoin d'en parler tout à l'heure, vous connaissez mon numéro.

– Et vous, vous connaissez le mien.

– Je risque de vous prendre au mot.

– Aimeriez-vous... dîner avec nous ? proposa-t-elle. J'ai ce qu'il faut.

– Je crains de ne pas être un convive très gai, répondit-il. Merci de m'avoir invité. Je vais passer la soirée avec mon chien. Ça risque d'être la dernière.

– Si ma voiture n'était pas en aussi mauvais état, je jure que je vous le volerais et que je m'enfuirais avec lui.

Son ton sérieux le fit sourire.

– Ce ne serait pas une bonne idée.

– Ne riez pas. Je ne plaisante pas. Je suis une experte dans l'art de disparaître.

*
**

Quand James raccrocha, les mots d'Emmanuelle résonnaient encore à ses oreilles.

L'art de disparaître ?

Il se sentit presque coupable d'avoir retenu ces paroles. Emmanuelle était bouleversée et avait parlé sans réfléchir. Et lui, comme tout bon policier, avait enregistré mentalement ce qu'elle disait. Même dans les pires moments, rien ne lui échappait.

Depuis le début, il avait pressenti qu'elle fuyait son mari. À présent, il en était sûr.

Au fil des années, James avait vu de nombreuses femmes souffrir de violences conjugales. Rares étaient celles qui prenaient la fuite, et il admirait Emmanuelle d'en avoir trouvé le courage. La psychologie des femmes battues était pour lui un mystère. Il savait seulement qu'elles tombaient peu à peu dans un état d'apathie et de résignation, dû sans doute à la peur des représailles. Sammy avait de la chance que sa mère ait eu l'audace de fuir.

Il sortit Goliath de sa niche et l'emmena au salon, où il resta assis sur le canapé en lui caressant la tête. Était-ce vraiment sa dernière nuit avec son meilleur ami ?

Que de souvenirs ils avaient en commun ! La balle qui visait James mais que Goliath avait reçue dans l'épaule. Le couteau qui l'aurait égorgé si le chien n'avait pas bondi sur l'assaillant. Et tant d'autres drames évités de justesse, grâce au rottweiler. James n'avait pas d'ami plus loyal.

Plongeant les yeux dans le regard affectueux de son chien, il se demanda ce qu'il allait faire si le conseil du comté le condamnait à mort.

*
**

Emmanuelle ferma solidement le carton. Elle jeta un coup d'œil autour d'elle et vérifia qu'elle n'avait rien oublié. Il ne restait plus que les vêtements et les affaires dont elle aurait besoin le lendemain matin et pendant le voyage.

Le voyage... Ce mot clignotait dans sa tête comme une enseigne lumineuse. D'ordinaire, le voyage était synonyme de vacances, mais celui qu'elle s'apprêtait à faire n'aurait rien d'agréable. Même si la vieille Ford tenait le coup, ce serait une épreuve exténuante. Elle avait déjà pris la fuite pour sauver sa vie, et elle était prête à recommencer pour celle de Goliath. Le chien faisait partie de la famille, et elle l'aimait trop pour le laisser mourir.

Elle sortit un sac du placard et emballa ses affaires de toilette. Dès l'aube, elle rangerait ses bagages dans la voiture, puis elle irait à la banque pour vider son compte.

De toute façon, la voiture ne contiendrait que peu de choses, songea-t-elle en faisant le tour de la maison. Elle ne pourrait emporter ni les bibelots ni les ustensiles de cuisine. Cet attirail n'avait pas coûté grand-chose, mais il serait difficile à remplacer. La planche et le fer à repasser, les poêles, la cafetière... Elle avait passé des journées entières à fouiller les brocantes pour équiper la maison. Maintenant, il lui fallait tout laisser derrière elle. Le peu de place vide dans la voiture serait occupé par Goliath.

Elle avait vraiment perdu la tête, se dit-elle. D'abord, elle avait kidnappé son enfant, et voilà qu'elle s'apprêtait à voler le chien d'un shérif !

Elle se ressaisit aussitôt. Elle ferait tout pour que Goliath ne soit pas tué. Durant ces six dernières années, elle n'avait eu aucun contrôle sur les événements qui avaient jalonné sa vie. Et cette période était terminée. Désormais, elle ne se laisserait plus faire. Ce chien avait guéri Sammy, il lui avait réappris à aimer et à faire confiance. Grâce à lui, Emmanuelle avait à nouveau entendu le son le plus merveilleux au monde : le rire de sa fille. Cet après-midi, Goliath n'avait cherché qu'à protéger l'enfant. S'il devait le payer de sa vie, elle se haïrait jusqu'à la fin de ses jours.

D'ailleurs, il lui aurait fallu partir tôt ou tard. Elle s'en était rendu compte dès qu'elle avait vu la Bronco s'arrêter devant la maison voisine. Vivre à quelques centaines de mètres d'un shérif était dangereux pour une fugitive. Bien sûr, il aurait été préférable d'attendre, de faire réparer la voiture, d'économiser un peu d'argent. Mais la vie ne vous envoie pas que des balles faciles à rattraper. Elle vous lance aussi des services fulgurants qu'il faut renvoyer coûte que coûte, en faisant confiance à Dieu.

D'une façon ou d'une autre, la voiture marcherait. D'une façon ou d'une autre, elle trouverait un autre travail, un logement correct, de quoi nourrir Sammy et Goliath. Ce ne serait pas facile, et il y aurait peut-être des soirs où elle se coucherait le ventre vide. Mais, d'une façon ou d'une autre, elle y arriverait.

Elle poussa la porte de Sammy et examina la chambre. La fillette devrait à nouveau se séparer de ses affaires. Malgré tout, cela lui serait moins douloureux que de perdre Goliath. Les jouets pouvaient se remplacer, pas un chien comme celui-ci.

Elle attendrait le matin pour emballer les vêtements de sa fille et les quelques objets que pourrait contenir le coffre de la voiture. Elle le ferait en cachette, au cas où le conseil du comté leur ferait la bonne surprise de pardonner à Goliath. Dans ce cas, elle remettrait tout en place sans que Sammy apprenne qu'elles avaient failli partir. Inutile de la bouleverser pour rien.

Mais le pardon était très improbable. L'expérience avait appris à Emmanuelle que la justice était à la fois aveugle et insensible. La loi était la loi, point final. Même James, pourtant affectueux et attentionné, était devenu l'esclave de sa propre morale et des commandements qu'il avait juré de respecter.

Jadis, Emmanuelle avait respecté la loi. Elle l'avait même vénérée. Elle avait sincèrement cru que la justice était la même pour tous. Et elle s'était battue à l'intérieur de ce système pour obtenir la garde de son enfant, découvrant finalement, alors qu'il était presque trop tard, que Dame Justice accorde parfois ses faveurs au plus offrant. Depuis, elle s'en tenait à ce que lui dictait son cœur et se forgeait sa propre morale, sans se soucier des textes de loi.

Elle était partie de New York sans regret, poussée par le désir de sauver sa fille. Cette fois-ci, la fuite serait plus difficile. En quittant Wynema Falls, elle quittait aussi James. Jusqu'à ce soir, elle avait plus ou moins réussi à maintenir un couvercle sur ses sentiments. À présent, ils étaient en pleine ébullition et débordaient de son cœur. Elle était bel et bien tombée amoureuse. Éperdument amoureuse.

C'était sans espoir, elle le savait. Aujourd'hui encore, il lui avait prouvé qu'il était un homme attaché à ses principes. Quel qu'en soit le prix, il agirait selon ses convictions et selon la loi, cette loi qu'elle avait déjà enfreinte et qu'elle s'apprêtait à enfreindre de nouveau. Toute autre difficulté mise à part, cette différence essentielle aurait suffi à les séparer.

Des images de son enfance heureuse dans le Mississippi lui firent monter les larmes aux yeux. Elle ne pouvait même pas prendre contact avec ses parents, de peur que ses coups de téléphone ou ses lettres ne fussent repérés. Et voilà qu'elle allait quitter l'homme qu'elle aimait. Quand donc cette fuite éperdue finirait-elle ?

Il lui faudrait s'installer dans une autre ville, arranger tant bien que mal une autre maison délabrée et rabâcher à sa fille une autre série de mensonges. Le nouveau nom de maman, leur nouveau passé. Expliquer pourquoi les cheveux et les yeux de maman avaient encore changé de couleur. Interdire de dire ceci, ordonner de dire cela. Mentir et faire mentir Sammy.

Cette perspective était décourageante. Comme elle

errait sans but dans la maison et regardait à travers ses larmes les bribes d'une existence qu'elle allait abandonner, ses yeux se posèrent sur le marteau que James avait laissé sur l'appui de la fenêtre de la cuisine.

Elle referma les doigts sur le manche poli par les doigts de James. Et, tout en se moquant elle-même de cet accès de sentimentalité, elle décida de le voler, d'emporter avec elle un peu de James.

Seigneur, songea-t-elle, que lui était-il arrivé ? Comment pouvait-elle autant aimer un homme et ne pas oser se fier à lui ?

*
**

Le dos confortablement calé contre les oreillers, Sanders appela New York. Glen Calendri décrocha à la quatrième sonnerie et répondit d'une voix légèrement haletante.

– Je tombe à un mauvais moment, patron ?

– Non. Attends deux minutes.

Une main se posa sur l'écouteur et Sanders n'entendit plus que des marmonnements étouffés. Apparemment, son patron renvoyait sa compagne d'une nuit. Allen attendit patiemment, ses doigts tripotant machinalement la Bible posée sur la table de chevet. Il se demanda si quelqu'un l'avait jamais ouverte. D'après lui, les gens n'allaient dans un motel que pour deux raisons : se reposer ou faire l'amour.

– Voilà, fit Calendri.

Croisant les chevilles, Allen repéra un orteil qui menaçait de percer la chaussette.

– Nous avons enfin pu la voir, cet après-midi, déclara-t-il.

– C'est elle ?

– Oui. Sans doute possible.

Calendri eut un petit rire satisfait.

– J'en étais sûr. Raconte !

Allen fit un récit rapide des événements.

– Bon sang ! s'écria Calendri. Pourquoi cet idiot de Delgado n'a-t-il pas porté plainte ? Ils auraient été obligés d'enfermer le chien et la route aurait été libre.

– Avec sa voiture de location, c'était trop risqué. Par chance, les autres étaient tellement agités à cause du chien qu'ils n'ont pas pensé à relever la plaque d'immatriculation. Mais ils l'auraient fait s'il s'était montré hargneux et avait menacé de porter plainte, et ils auraient alors pu l'identifier.

Calendri soupira.

– L'essentiel, c'est que nous les ayons retrouvées. Il ne me reste plus longtemps à attendre avant de revoir ma petite-fille.

Sanders se souvint brusquement d'Emily Calendri, la jeune épouse de Dan, une fille lumineuse dont le sourire éclairait tout autour d'elle. Un mois à peine après son mariage, elle ressemblait à une vieille femme. Le regard terne, le sourire crispé, le visage couvert de fond de teint pour tenter de masquer les ecchymoses, elle sursautait chaque fois que Dan s'approchait d'elle.

Allen ne prétendait pas être parfait, loin de là. Il avait fait des choses dont d'autres hommes auraient nourri leurs cauchemars. Mais jamais il n'aurait frappé sa femme ni martyrisé ses enfants. Il avait plaint Emily à l'époque et il la plaignait toujours. Fallait-il qu'elle soit sotte pour espérer pouvoir échapper à Glen Calendri ! Une fois que cet homme avait mis la main sur vous, il n'y avait plus d'issue. À moins, bien sûr, qu'on ne choisisse de sortir les pieds devant.

– Comment voulez-vous que nous agissions, patron ? demanda-t-il après un silence. Et quand voulez-vous que ce soit fait ?

16

Après être passée à la banque, Emmanuelle installa sa fille devant la table de la cuisine et lui confia le soin de fabriquer des roses. Tandis que Sammy bataillait avec des morceaux de papier hygiénique et des épingles à cheveux, Emmanuelle rapporta de l'appentis quelques cartons dans lesquels elle enfourna les vêtements de l'enfant et qu'elle cacha ensuite dans le placard.

La sieste de Sammy lui permit d'emballer toutes les denrées non périssables. Elle ne laissa dans la cuisine que deux boîtes de soupe qui constitueraient leur dernier repas avant de prendre la route.

Le temps qu'elle charge la voiture et vérifie les niveaux d'eau et d'huile, il était presque 14 heures.

Les nerfs à vif, elle se mit à marcher de long en large, sans cesser de consulter sa montre.

À dix reprises au moins, elle faillit courir chercher le rottweiler. Le faire maintenant lui donnerait une bonne longueur d'avance. Finalement, elle décida d'attendre, espérant encore que les autorités du comté décideraient de donner une seconde chance à Goliath. James aimait son chien et le lui enlever sans raison serait cruel. Peut-être les membres du conseil se laisseraient-ils fléchir.

À 14 h 30, elle s'aperçut qu'elle avait oublié de laisser un mot d'adieu à James. Elle passa les quarante minutes suivantes à peiner sur une lettre. Tant de choses se bousculaient dans son esprit qu'elle n'arrivait à en formuler aucune.

Après avoir longuement réfléchi, elle décida de le remercier de son amitié puis tenta de lui expliquer pourquoi elle dérobait le chien, explications qui, une fois mises sur le papier, lui parurent plutôt farfelues. Sa décision n'était sans doute pas si judicieuse que cela, après tout. Si la voiture rendait l'âme en route, elle finirait même par la trouver franchement idiote. Mais elle n'avait pas le choix.

Il était 15 h 10 lorsqu'elle ferma l'enveloppe. James n'avait toujours pas appelé. Impossible qu'il ait oublié sa promesse, songea Emmanuelle. C'était un homme de parole, et il savait fort bien qu'elle s'inquiétait. Il était certainement en train d'argumenter passionnément en faveur de son chien, et les débats se prolongeaient.

À 15 h 30, elle était au bord de la crise de nerfs. S'il n'appelait pas très vite, elle serait obligée d'aller chercher Goliath et de partir. Peut-être James avait-il décidé de rentrer pour lui annoncer de vive voix les mauvaises nouvelles.

Attendre plus longtemps risquait de faire échouer ses projets. Si James revenait, comment pourrait-elle enlever Goliath sous ses yeux ?

Mieux valait préparer Sammy tout de suite, aller chercher le chien et filer avant que James n'arrive. Elle se rua dans la chambre de l'enfant pour l'habiller. À sa grande surprise, le lit de la fillette était vide.

– Sammy ! cria-t-elle en ouvrant la porte de la salle de bains. Chérie, où es-tu ?

Personne ne lui répondit. Emmanuelle parcourut rapidement la maison puis revint dans chaque pièce en regardant sous les lits et dans les placards. Sa fille n'était nulle part.

Elle sortit sur le perron de derrière et appela :

– Sammy !

Elle appela à nouveau, sans succès, et sentit la panique s'emparer d'elle. La dernière fois qu'elle avait regardé Sammy, la fillette dormait à poings fermés. S'était-elle réveillée pendant qu'Emmanuelle fouillait dans l'appentis à la recherche du bidon d'huile ? Ne trouvant pas sa mère, était-elle allée se promener ?

Cette hypothèse était peu vraisemblable, Sammy ne s'étant jamais aventurée hors du jardin.

« Calme-toi, s'ordonna-t-elle. Même une enfant timide est capable de faire une escapade. »

Emmanuelle inspecta le jardin. Rien. Elle allait rentrer et examiner à nouveau chaque recoin de la maison lorsque son regard s'arrêta sur celle de James. Peut-être la fillette avait-elle rejoint Goliath dans sa niche.

Un peu rassérénée par cette idée, Emmanuelle s'élança sur la route. Son cœur se serra lorsqu'elle atteignit l'allée de James. La porte de la niche était ouverte, laissant apparaître la masse brune de Goliath, mais aucune tête blonde.

– Sammy ! cria-t-elle de toutes ses forces. Sammy !

Seul le doux murmure de la brise dans les arbres lui répondit. Elle faisait demi-tour pour rentrer chez elle quand elle aperçut une tache rose dans le pré où paissaient les vaches, de l'autre côté de la route. Emmanuelle se pétrifia. Ce matin-là, Sammy avait enfilé un pantalon rose. Sa fille gisait-elle sur l'herbe, inanimée ?

Jamais Emmanuelle n'aurait cru sa fille assez hardie pour aller près du bétail. Mais les enfants étaient parfois tellement distraits qu'ils ne regardaient rien autour d'eux. Ils pouvaient galoper derrière un ballon, traverser la route et se faire écraser par une voiture.

Sammy adorait les papillons et elle essayait souvent d'en attraper. Et si elle en avait poursuivi un jusque dans le pré ?

Les yeux fixés sur la tache rose, Emmanuelle se mit à courir, affolée. Les vaches étaient peu habituées aux êtres humains. L'une d'elles avait très bien pu piétiner Sammy.

Emmanuelle se faufila sous le fil barbelé et traversa le champ. Pliée en deux par un point de côté, elle s'arrêta net devant une touffe de trèfle.

Morte de peur, elle avait couru à perdre haleine pour une poignée de fleurs roses.

Elle se redressa et examina les alentours. Une autre tache rose tranchait sur le vert du pré voisin. Sans doute encore du trèfle... ou bien son enfant, gravement blessée et incapable d'appeler à l'aide. Elle se remit à courir.

Brusquement, son pied s'enfonça dans un trou, sa cheville se tordit et elle tomba de tout son long sur le sol. Mille petites étoiles dansèrent devant ses yeux. À moitié assommée, elle resta immobile tandis que ses poumons tentaient péniblement d'aspirer un peu d'air.

Sa vue s'éclaircissant peu à peu, elle parvint à s'agenouiller puis à se redresser.

Elle tituba jusqu'à la clôture et la franchit, sans se soucier des pointes acérées qui écorchaient ses bras nus. Elle devait courir. Ses joues vibraient à chaque choc sur le sol. Pressant les mains sur ses reins douloureux, elle tomba à genoux devant la touffe rose.

Du trèfle.

Elle pivota et aperçut des taches roses un peu partout dans les prés environnants. Mais si ce n'était pas des fleurs ? Les vaches n'étaient pas les seuls animaux dangereux de ces pâturages. Il y avait aussi des serpents à sonnettes. Sammy, blessée, pouvait rester des heures couchée dans l'herbe, et sans doute mourir.

***

En s'engageant dans Hereford Lane, James se demandait comment il allait annoncer à Emmanuelle que le conseil du comté avait voté la mort de Goliath. Elle allait pleurer et tenter de s'opposer à cette décision. Lui-même avait du mal à retenir ses larmes, et il mourait d'envie d'envoyer son poing dans la figure des conseillers. Goliath avait tant de fois risqué sa vie pour sauver celle des autres qu'il était injuste de le punir ainsi pour une seule faute.

Pourtant, cette décision était la seule possible. Dès que James avait vu le bras du vendeur d'encyclopédies, il l'avait compris. Quelques semaines plus tôt, les informations avaient raconté qu'un homme, arrêté alors qu'il vendait de la drogue, réclamait trois cents millions de dollars parce qu'un chien policier l'avait mordu tandis qu'il avait les menottes aux poignets. Pour l'affaire de Goliath, la responsabilité financière du comté aurait atteint une somme astronomique si le démarcheur avait porté plainte.

Il aperçut soudain une silhouette le long de la route. Aussi loin de la ville, les piétons étaient rares. En se rapprochant du promeneur égaré, il poussa un petit cri de surprise.

Oui, c'était bien Emmanuelle. Il freina et s'arrêta à sa hauteur. Elle continua de marcher sans même tourner la tête.

Remarquant enfin sa présence, elle se pencha pour regarder à l'intérieur de la voiture. Il baissa rapidement la vitre. Des larmes avaient laissé des sillons sur son visage maculé de boue.

– Emmy ? Bon sang, que se...

Interloqué, il s'interrompit. L'œil droit d'Emmanuelle était d'un bleu éclatant. Il secoua la tête, incrédule. Sans doute était-il ébloui par le soleil. Il baissa les paupières et les releva.

Emmanuelle avait toujours un œil bleu.

Elle avait beau remuer les lèvres, il était trop stupéfait pour entendre quoi que ce soit. Son ahurissement monta encore d'un cran lorsqu'il découvrit une nouvelle anomalie : la tignasse sombre d'Emmanuelle avait pris un angle étrange sur son crâne.

Bouche bée, il comprit que la femme qu'il s'était mis à aimer de tout son cœur portait des lentilles et une perruque. Un examen plus attentif lui permit d'apercevoir une fine mèche blonde s'échappant des cheveux bruns qu'il avait tant admirés.

Qu'y avait-il encore de factice chez elle ?

Son regard s'arrêta sur la poitrine dont l'ampleur légèrement disproportionnée par rapport à la stature de la jeune femme l'avait toujours frappé. Sachant combien elle se méfiait des hommes, James ne l'avait jamais examinée avec attention. Il s'autorisa enfin cette privauté et se sentit bouillir de rage. De toute évidence, elle portait un soutien-gorge rembourré.

Elle l'avait trahi. Au fil des semaines, il était tombé irrémédiablement amoureux d'une femme chez qui tout était mensonge.

Soudain, un mot perça le brouillard rouge de sa colère.

Perdue.

– Quoi ? hurla-t-il. Qu'est-ce que vous dites ?

Elle agrippa le bord de la fenêtre avec une telle force que ses phalanges blanchirent.

– Je ne la retrouve plus ! cria-t-elle. Nulle part ! Ni avec Goliath ni dans les prés ! Ça doit faire une heure qu'elle est partie. Peut-être plus. Elle faisait la sieste la dernière fois que j'ai vérifié, il y a environ une heure.

Le cœur de James se serra. Oubliant l'œil bleu, la perruque de travers et les seins plantureux, il examina les alentours. Dans la campagne de l'Oregon, les dangers étaient nombreux. En plus du bétail à moitié sauvage, les prés grouillaient de serpents à sonnettes. Et les forêts des environs s'étendaient sur des kilomètres.

– Il y a une heure ? répéta-t-il. Elle est partie depuis tout ce temps et vous n'avez pas appelé la police ?

– J'ai d'abord voulu la chercher toute seule, expliqua-t-elle avec un geste de la main vers les prés. Je ne voulais pas lancer l'alarme pour rien.

– Pour rien ? Bon sang, Emmanuelle, nous sommes en pleine cambrousse, ici ! Il n'y a pas de voisins chez qui elle aurait pu aller. Vous n'imaginez donc pas les mille dangers qui la menacent dans ce coin perdu ?

À cette question, elle se couvrit les yeux et éclata en sanglots.

Déchiré entre un reste de colère et son inquiétude pour Sammy, il ne prit pas le temps de la réconforter.

– Montez ! ordonna-t-il.

Tandis qu'elle contournait la Bronco, il appela le commissariat. Lorsqu'elle le vit parler dans sa radio, elle devint livide.

James, qui l'observait du coin de l'œil, remarqua aussitôt cette pâleur subite. À présent, il en était sûr. Emmanuelle se cachait, sans doute de son mari. Elle craignait que la police ne lance un avis de recherche ou, pire encore, qu'elle ne communique à la télévision un portrait de Sammy.

Curieusement, cette idée ne fit qu'accroître sa fureur. Sur un simple mot d'elle, il aurait fait des pieds et des mains pour la protéger de son mari. Mais elle se méfiait de lui, comme de tous les hommes. Elle ne lui faisait pas plus confiance qu'au premier jour.

S'arrachant du bas-côté avec un crissement de pneus, la Bronco avala les cinq cents mètres qui restaient à parcourir et s'arrêta devant la maison d'Emmanuelle.

– La maison est fermée à clé ? demanda James sèchement.

– Non. Est-ce qu'il ne vaudrait pas mieux continuer de la chercher dehors en attendant de l'aide ?

– Je veux d'abord faire un tour à l'intérieur.

Elle le suivit tandis qu'il examinait chaque pièce. Sa voix aiguë perçait le lourd silence qui régnait dans la maison.

– Je vous l'ai dit, elle n'est pas ici. J'ai déjà regardé partout ! C'est une perte de temps. Et si je n'ai pas appelé la police, c'est que j'étais en train de la chercher dehors ! Elle était habillée en rose et il y a des quantités de touffes de trèfle dans les prés. Je croyais que c'était elle.

James continua de fouiller méthodiquement dans toute la maison. À plusieurs reprises, il avait découvert un enfant endormi dans un cagibi, à deux pas d'une mère hystérique. Paniqués, les parents perdaient leurs moyens et couraient d'une pièce à l'autre sans vraiment chercher.

Emmanuelle l'imita. Il l'entendit sortir pour inspecter la Ford puis rentrer et examiner la salle de bains.

Hélas, elle avait raison, se dit-il en revenant dans la cuisine. L'enfant n'était pas dans la maison.

Emmanuelle le rejoignit après avoir exploré la salle de bains. Il remarqua aussitôt qu'elle avait redressé sa perruque et retrouvé ses deux yeux bruns.

Voilà qui était étrange. Elle n'avait pas assez d'argent pour acheter de la viande correcte, mais elle s'offrait des lentilles et une perruque, déguisements chers et inconfortables dont elle ne se passait jamais. L'homme qu'elle fuyait devait être particulièrement dangereux.

– Et maintenant ? fit-elle. On va chercher dehors ? J'ai tellement peur qu'elle ne soit blessée !

Sa sincérité ne faisait aucun doute. Elle était terrifiée. Pourtant, cette frayeur n'était pas due qu'à son inquiétude pour Sammy. Sans doute espérait-elle qu'il n'avait pas remarqué l'absence d'une lentille et la perruque de travers.

James brûlait de l'interroger, de lui demander des explications, mais le plus urgent était de retrouver la fillette.

– Je vais prendre Goliath avec moi, dit-il. Dans les prés, il fera le boulot de dix hommes.

Il n'ajouta pas qu'il leur faudrait peut-être passer au peigne fin les bois environnants. Son métier lui avait appris qu'avec des parents affolés la franchise ne payait pas. Ils perdaient leur sang-froid et ne faisaient que freiner les recherches. En fait, pour la première fois de sa carrière, il découvrait combien il était difficile de rester calme quand un être cher avait disparu.

Dans trois heures, il ferait nuit. Si l'on n'avait pas retrouvé l'enfant à ce moment-là, il serait obligé de faire appel à la police d'État. Impossible de laisser Sammy dehors toute la nuit. La température chutait brutalement et, avec les nouvelles lois qui réprimaient la chasse, la région était peuplée de couguars.

Il s'approcha de la fenêtre et regarda les pâturages. Cinq ans plus tôt, il n'aurait pas redouté l'attaque d'un couguar. En général, cet animal ne s'en prenait pas à l'être humain. Mais leur nombre avait augmenté, et de jeunes mâles étaient contraints de se rapprocher des villes pour pouvoir se nourrir. Un enfant de l'âge de Sammy était une proie facile.

Il se tourna vers Emmanuelle.

– Mes hommes vont arriver. Pouvez-vous les attendre ici pendant que je vais détacher mon chien ?

Elle avait l'air si apeurée qu'il eut du mal à ne pas la prendre dans ses bras pour la réconforter. Il se retint en pensant que ces yeux bruns attendrissants n'avaient pas plus de valeur qu'un faux billet.

*
**

James sauta de voiture et courut vers la niche. Il remarqua tout de suite que le loquet était levé. Goliath était là, apparemment seul. Sammy avait pourtant dû venir, car le rottweiler était bien incapable de manœuvrer le loquet.

– Goliath, viens.

L'animal passa la tête par l'ouverture.

– Goliath ?

Avec un gémissement de protestation, le rottweiler se mit debout. En se penchant pour examiner l'intérieur de la niche, James aperçut une tache rose dans l'obscurité et faillit pousser un cri de joie. Tout s'expliquait. La veille, l'enfant avait dû entendre la conversation de sa mère au téléphone et, bouleversée, elle était allée rejoindre son ami.

Il prit Goliath par le collier et l'obligea à sortir. Recroquevillée sur la couverture du chien, Sammy dormait à poings fermés. Dans son affolement, Emmanuelle n'avait pas regardé avec soin dans la niche.

Il retourna à la Bronco et appela le commissariat.

– Elle est saine et sauve ? s'écria Jenny.

– Oui. Elle pique un petit roupillon, expliqua-t-il en riant.

– Bon. Je rappelle les troupes.

Il revint vers la niche et s'accroupit pour regarder Sammy. La petite fille serrait dans sa main des épingles à cheveux et des morceaux de papier hygiénique rose. Trois pièces de monnaie reposaient sur l'autre paume ouverte. Il secoua doucement l'enfant.

– Sammy ? Réveille-toi, ma poupée.

La petite fille battit des paupières, bâilla et se redressa. Les pièces glissèrent de sa main et elle les ramassa aussitôt.

– Bonjour, James, fit-elle d'une voix ensommeillée.

– Bonjour. Qu'est-ce que tu fais là ? Ta maman est très inquiète.

– Je t'ai apporté des fleurs, dit-elle en lui tendant les épingles à cheveux et le papier rose. Je les ai faites toute seule.

La gorge nouée, il prit le cadeau. Bon sang, fallait-il qu'il ait perdu la tête pour s'émouvoir d'un morceau de papier hygiénique ! Il brandit l'objet et l'examina attentivement, sans réussir à déterminer de quelle variété de fleurs il s'agissait.

– Oh ! s'exclama-t-il. Ce sont les plus belles fleurs qu'on m'ait jamais offertes. Et tu les as vraiment faites toute seule ?

– Oui. Tu aimes ces fleurs-là ?

Il hocha la tête, convaincu tout à coup que le rose sale était sa couleur préférée.

– Je les adore.

– Je parie que tu sais pas comment elles s'appellent.

Réfléchissant à toute vitesse, il prit l'air grave.

– Si, bien sûr que je sais... Ce sont des *hitachi paperondus*, affirma-t-il avec aplomb.

La déception se peignit sur les traits de la fillette.

– Non, protesta-t-elle. Ce sont des roses. Je les ai un peu ratées.

– Oh, non, chérie, dit-il en humant les morceaux de papier. Ces fleurs sont de merveilleuses *hitachi paperondus*. C'est le nom savant des roses.

Ils n'en étaient pas à un mensonge près, tous les trois. Emmanuelle l'avait dupé, et cette petite fille avait manifestement une idée derrière la tête. Lorsqu'il était enfant et qu'il voulait obtenir quelque chose de son père, il lui servait son café et lui apportait ses pantoufles. Le bouquet de Sammy était une nouvelle version de cette stratégie.

Qu'attendait-elle de lui ? Il y réfléchirait plus tard. Emmanuelle devait être au bord de la crise de nerfs.

– Allons retrouver ta maman. Elle t'a cherchée partout.

– Pas encore, fit Sammy. Il faut qu'on parle, d'abord.

Jamais encore il n'avait vu la fillette s'opposer ainsi à la décision d'un adulte. Ce devait être grave, du moins à ses yeux.

– De quoi doit-on parler ? demanda-t-il.

– Je veux t'acheter Goliath, déclara-t-elle en tendant la main, paume ouverte, pour lui montrer ses pièces. Si c'est pas assez, je te rembourserai tous les mois comme maman fait pour l'électricité.

Bouche bée, James examina la petite fortune de Sammy.

– Ça alors ! En voilà une offre !

– Je faisais des économies pour acheter la robe de Barbie, mais je préfère Goliath à la place.

– Écoute, chérie. Je ne peux pas vendre Goliath. À personne.

– Si, il le faut. Goliath a besoin que je l'achète.

– Ah, bon ?

– Oui. Comme ça, ce sera moi, son maître. Personne d'autre.

– Je vois, fit-il, bien qu'il ne vît rien du tout.

– Si c'est moi son maître, jamais je le ferai dormir.

– Ah... fit James, qui commençait à comprendre.

– Je sais ce que ça veut dire, dormir, continua-t-elle. C'est ce que les grandes personnes disent aux enfants quand quelqu'un meurt. Mon papa s'est endormi, et mon perroquet aussi. Après, on les a mis dans la terre. Mon poisson s'est endormi, mais ça compte pas vraiment. On l'a jeté dans les cabinets et on a tiré la chasse d'eau.

James commençait à regretter l'absence d'Emmanuelle. Il perdait complètement pied.

– Un vrai ami, c'est pour toujours, enchaîna Sammy en le regardant dans les yeux. Tu le savais pas ?

– J'ai dû entendre ça, une fois ou deux.

– C'est maman qui le dit, et elle dit la vérité.

James ne répondit pas. Emmanuelle avait beau avoir menti, il n'enlèverait pas ses illusions à une petite fille. Sammy se pencha vers lui.

– Je ne suis pas fâchée contre toi, tu sais.

– Oh ? Tant mieux.

– Non. Maman dit que c'est pas toujours facile de rester ami. C'est quand ça va mal qu'on voit qui est un vrai ami et qui fait semblant. Et il y a des fois où c'est vraiment difficile. Par exemple, quand un chien mord quelqu'un.

Son petit menton se mit à trembler et ses yeux s'emplirent de larmes.

– Il faut pas endormir Goliath et le mettre dans la

terre, même s'il a mordu le monsieur. C'était pas un gentil monsieur. Goliath voulait me protéger, c'est tout.

James était pris au piège. Comment aurait-il pu résister à des yeux aussi bleus, aussi grands, aussi innocents ?

– Est-ce qu'il a pas été un bon chien jusqu'à maintenant ? demanda-t-elle. Il a sauvé des enfants et il t'a toujours obéi. Et tu vas l'endormir parce qu'il a fait une seule sottise ? T'as jamais fait de sottises, toi ?

James baissa la tête, penaud. Le sermon de Sammy lui faisait comprendre qu'il avait bien failli commettre une énorme erreur. Dans l'Oregon, on pardonnait une morsure. Pourquoi Goliath n'aurait-il pas droit au même traitement ? Procès, lois, responsabilités... Il s'était si bien empêtré dans les termes juridiques qu'il en avait oublié l'essentiel.

Il regarda Goliath. Son vieil ami surmonterait tous les obstacles pour lui sauver la vie une fois de plus. S'il voulait vivre en paix avec lui-même, il devait lui rendre la pareille. Tant pis pour les risques, les lois du comté, les reproches que cela lui vaudrait. James avait une énorme dette envers son chien, et il l'acquitterait. Il regrettait seulement d'avoir eu besoin qu'une fillette le lui rappelle.

Il rangea les roses dans sa poche et se tapota la cuisse.

– Viens là, Sammy.

La main serrée sur ses pièces, elle rampa hors de la niche et se hissa sur les genoux de James.

– S'il te plaît, ne le fais pas dormir.

– Je ne le ferai pas. Tu as raison, chérie. Je suis l'ami de Goliath.

– Promis ?

Il hésita. Il porterait la cause de son chien devant le tribunal, soit, mais que se passerait-il si le juge ordonnait l'exécution de la sentence ? Eh bien, il ferait appel et se battrait comme un beau diable.

– Oui. Je te le jure.

Un grand sourire éclaira le visage de l'enfant, et elle lui planta un baiser sur le menton.

– Tu vois, Goliath ? Tu vas pas dormir avant très, très longtemps.

James caressa la tête du chien, qui entreprit de lécher le visage de Sammy puis la main de son maître. Il semblait avoir compris ce qui venait de se décider.

– Quant à acheter Goliath, reprit James, ce n'est pas possible. Tu sais que c'est un ancien chien policier, n'est-ce pas ?

L'enfant hocha la tête.

– Ça veut dire qu'il ne m'appartient pas. Je ne suis que son gardien et je n'ai pas le droit de le vendre. Si je le pouvais, c'est à toi que je le vendrais, bien sûr, car j'ai l'impression que tu l'aimes beaucoup.

La petite fille ouvrit largement les bras.

– Je l'aime grand comme ça.

– C'est vraiment beaucoup, approuva James.

– Oui. Et c'est pour ça que je veux l'acheter. Je ne veux pas qu'on le fasse dormir.

– Alors, fais-moi confiance, cela n'arrivera pas, répondit-il. Puisque je ne peux pas te le vendre, que dirais-tu d'être son gardien honoraire ?

– C'est quoi ? demanda-t-elle, ahurie.

– Eh bien, tu serais comme moi. Pas propriétaire, mais presque.

– Je serais son maître ?

– Tu me donnerais ton avis et tu serais son maître en second. Qu'en penses-tu ?

– Je pourrais décider des choses ? Par exemple, s'il faut le faire dormir ou pas ?

– Tu m'aiderais à décider.

Devant son air déçu, il ajouta aussitôt :

– Aujourd'hui, tu m'as aidé à prendre une décision. Pourtant, tu n'étais pas encore gardien honoraire.

– Je serai quelqu'un d'important ?

Quelqu'un d'important... Oui, pour Goliath comme pour lui. James sentit son cœur se serrer en réalisant combien il s'était déjà attaché à la fillette. Après ce qu'il venait de découvrir sur Emmanuelle, renforcer ses liens avec la mère et l'enfant n'était guère astucieux.

– Absolument, affirma-t-il d'une voix enrouée par l'émotion. Prendre soin d'un chien, c'est un vrai boulot qui prend du temps. Tant que je n'aurai pas réglé l'affaire de la morsure, Goliath devra rester dans sa niche pendant mon absence. Il faudra que quelqu'un veille sur lui. Tu devras vérifier s'il a toujours à boire, jouer avec lui, l'emmener se promener avec une laisse, ou même l'emmener chez toi pour qu'il se sente moins seul. Tu pourrais l'attacher dans ton jardin pendant que tu joues dehors.

– Oui. Je peux faire ça.

– Tope là ?

– Quoi ?

– On se serre la main et ça veut dire que l'affaire est conclue, expliqua James. C'est comme une promesse.

Elle posa sa petite main dans la sienne.

– Je te promets, fit-elle.

James lui secoua solennellement le bras.

– Te voilà gardien honoraire de Goliath.

– Pour toujours ?

– En tout cas, pour tout le temps que tu resteras ici.

– Et si on part ?

Il prit Sammy dans ses bras et se redressa.

– On avisera à ce moment-là. Maintenant, il faut que je te ramène chez toi. Ta maman doit être dans tous ses états... Viens aussi, espèce d'andouille, ajouta-t-il à l'adresse de Goliath. Tant qu'à désobéir, autant que j'aille jusqu'au bout et que je te laisse quelques heures de liberté supplémentaires.

Il roulait vers la maison d'Emmanuelle lorsqu'une

phrase de Sammy lui revint à l'esprit. Elle avait déclaré que son père s'était endormi. Le mari d'Emmanuelle était donc mort ?

Les mains de James se crispèrent sur le volant. Si son mari était mort, de qui la jeune femme cherchait-elle à se cacher ?

Un froid glacial l'envahit, et il étouffa un juron. Lors de leur première rencontre, il lui avait semblé reconnaître Emmanuelle et Sammy. Puis il s'était trouvé ridicule et avait attribué cette impression à un réflexe professionnel.

Emmanuelle était-elle une fugitive ? Pendant tous ces jours, il aurait vécu sans s'en rendre compte à quelques centaines de mètres d'une personne recherchée ? James avait du mal à le croire.

Mais il était shérif. Son devoir lui dictait de vérifier cette hypothèse, si absurde soit-elle.

17

Emmanuelle fut si heureuse de voir Sammy qu'elle courut s'agenouiller devant sa fille et la serra dans ses bras sans prêter attention à James. Goliath les rejoignit d'un bond. Après avoir léché le visage en larmes d'Emmanuelle, il la poussa du nez jusqu'à ce qu'elle l'enlace aussi.

Bouleversé par ce spectacle, James détourna les yeux. Il devait garder la tête froide. Emmanuelle était peut-être aussi innocente qu'un nouveau-né, et il l'espérait. Mais en attendant d'en être sûr, il devait éviter de s'attendrir, au cas où il aurait à l'arrêter.

– Vous retournez au travail ? demanda-t-elle en se relevant.

– Il le faut. Quand le chat n'est pas là... Vous connaissez la suite. En plus, avec le Memorial Day qui arrive, c'est plutôt la bousculade.

Il jeta un coup d'œil à Sammy, qui dévorait Goliath de baisers.

– À propos, reprit-il, Sammy et moi avons eu une petite discussion. Après mûre réflexion, j'ai décidé de m'opposer à la décision du conseil.

– Ils ont voté l'euthanasie ?

– Oui. Mais ce n'est pas parce qu'on me donne un ordre que je vais obéir. En ce moment, je ne suis pas d'humeur à accepter sans broncher n'importe quelle bêtise.

Ses yeux croisèrent le regard d'Emmanuelle. Quand elle comprit le sous-entendu, le sang lui monta aux joues.

– Après ce que vous avez vécu ces vingt-quatre dernières heures, je comprends que vous soyez de mauvaise humeur.

– D'une humeur de chien.

En l'entendant, Emmanuelle devint livide, et une expression apeurée se peignit sur ses traits. Qu'avait-elle espéré ? Qu'il ne voie pas cet œil bleu ? Qu'il fasse semblant de ne rien remarquer ? S'il y avait une chose qu'il ne supportait pas, c'était qu'on le prenne pour un imbécile.

Soudain, il eut peur d'en avoir trop dit. Si elle se savait démasquée, elle risquait de prendre la fuite. Mais quelle importance, après tout ? Un autre crétin aurait l'honneur de l'arrêter.

– Il faut que j'y aille, fit-il.

Immobile, Emmanuelle restait là, une main pressée sur la gorge, le suppliant du regard. Un regard menteur, songea-t-il avec amertume, bleu et non brun, aussi menteur que cette chevelure somptueuse.

– Alors, au revoir, fit-elle.

Ces trois mots sonnaient comme un adieu définitif. Eh bien, qu'elle décampe, aussi loin que le lui permettrait sa guimbarde hors d'usage.

*
**

James fit monter Goliath dans la Bronco et se rendit directement au commissariat. Son ordinateur était connecté à un réseau national sur lequel circulaient des informations sur les criminels. Toute la police y était reliée, aussi bien le FBI, les commissariats des grandes villes que ceux des campagnes les plus reculées. Si Emmanuelle était recherchée, il le saurait.

Il avait à peine eu le temps de s'installer à son bureau que Goliath se mit à marcher de long en large en grognant et en sautant sur la porte.

– Arrête, bon sang ! Je travaille.

De minute en minute, la nervosité du chien augmentait et ses gémissements devenaient frénétiques. Il ne cessait d'arpenter la pièce. James se demanda si une femelle en chaleur ne rôdait pas dans le coin. Puis, songeant que le chien avait peut-être besoin de sortir, il l'emmena dehors. Goliath se rua aussitôt vers la Bronco. Son maître le fit revenir à grand-peine.

– Couché, ordonna-t-il en s'asseyant devant son ordinateur.

Le chien resta tranquille quelques secondes et reprit ses allées et venues. Sans savoir pourquoi, James commençait à se sentir lui aussi nerveux et inquiet.

Emmanuelle avait-elle des ennuis ? Bien sûr que non, c'était absurde. Goliath avait beau aimer Sammy, il n'était pas télépathe. Il y avait sûrement une femelle dans les environs. Et son propre malaise s'expliquait aisément. L'idée qu'Emmanuelle était peut-être recherchée par la police avait mis en branle son imagination.

Se remettant au travail, il éplucha les fichiers de l'ordinateur. Si la femme qu'il aimait était en fuite, il voulait le savoir. Et le plus tôt serait le mieux. La vérité ne lui faisait pas peur. C'étaient l'ignorance et le mensonge qu'il ne pouvait supporter.

*
**

Emmanuelle contemplait tristement la casserole de soupe. Leur dernier dîner. Dès que Sammy et elle auraient achevé leur repas, elles partiraient. Après ce qui s'était passé cet après-midi, elle n'avait plus le choix. Le regard furieux de James avait été éloquent : il avait remarqué sa perruque et l'absence d'une de ses lentilles. Bientôt, il découvrirait toute la vérité et serait obligé de l'arrêter.

Elle cligna des paupières pour retenir ses larmes. Montrer à Sammy combien elle était bouleversée rendrait le départ encore plus douloureux.

– On reviendra un jour ? demanda la petite fille.

– Sans doute, ma chérie... Pendant que la soupe chauffe, va donc dans ta chambre et choisis le jouet que tu veux emporter.

– Un jouet, c'est pas ça qui me consolera, fit la fillette.

– Chérie, je t'ai expliqué trente-six fois pourquoi nous devions partir. James m'a vue avec une lentille en moins.

– Il aime pas les yeux bleus ?

– Sammy, si nous ne partons pas, James découvrira qui nous sommes et la police te renverra à New York. C'est ce que tu veux ?

– Non, je veux rester ici, insista l'enfant.

– Ce n'est pas possible. Moi aussi, j'aimerais bien. Mais nous devons partir. La vie ne nous donne pas toujours le choix... Nous serons ensemble, toi et moi, ajouta-t-elle avec un sourire forcé. Ça ne sera pas si terrible que ça, tu verras. Maintenant, va choisir un jouet. Un gros, parmi ceux que tu préfères. On n'a pas assez de place pour plusieurs.

L'enfant courut dans sa chambre et Emmanuelle se remit aux fourneaux. Elle aussi espérait de tout son cœur revenir à Wynema Falls.

Mais il faudrait un miracle, un vrai miracle pour que son souhait se réalise. Par exemple, que les obstacles juridiques s'effacent brusquement, ou bien que Glen meure. Il avait soixante-six ans et ne se ménageait pas. Avec un peu de chance, il succomberait à une crise cardiaque dans un an ou deux.

Emmanuelle soupira. Même la mort de Glen ne résoudrait pas ses problèmes. Ses complices la traqueraient jusqu'à son dernier jour, de peur qu'elle ne parle.

Pourtant, l'idée de revenir un jour dans cette maison, si absurde fût-elle, la réconfortait. S'imaginer libre d'aimer à nouveau, de s'engager, de se bâtir un avenir était euphorisant.

Elle eut un petit sourire amer. Son héros, James Masters, devait justement être en train de fouiller dans son passé.

Dès le début, elle avait compris que son métier était sa seule passion. Aujourd'hui, que choisirait-il ? Sa carrière ou les Kenyon, mère et fille ? S'il s'occupait avec autant d'ardeur des adolescents, c'était pour expier la mort de Laney. Cette tragédie avait fait de lui un farouche défenseur de la loi. Inutile d'espérer qu'il passe outre à ses principes, même pour elle et Sammy.

Elles partiraient dès qu'elles auraient fini de dîner. Emmanuelle achèterait une bombe de peinture bon marché et trouverait un coin désert pour en asperger sa voiture. Une fois la carrosserie maquillée, elle volerait une plaque d'immatriculation pour remplacer la sienne.

Elle ne devait laisser aucune trace. Kidnapper un enfant était le pire des crimes. Dès que James découvrirait la vérité, il serait furieux et, sans se demander pourquoi elle avait agi ainsi, il se précipiterait chez elle, un mandat d'arrêt à la main. La loi était la loi.

Heureusement, même si son ordinateur était relié au réseau national des personnes recherchées, il lui faudrait du temps pour découvrir son identité. N'ayant pour point de départ qu'une description physique erronée, il lui faudrait plusieurs heures pour trouver son véritable nom, peut-être même la nuit entière. De toute façon, elle serait déjà sur la route, au volant d'une voiture méconnaissable. La retrouver ne serait pas facile.

Elle s'installerait dans un autre État avec sa fille et recommencerait de zéro. Et, la prochaine fois, elle ne s'attacherait pas à son voisin.

D'ailleurs, fréquenter un homme ne l'intéressait pas. Faire l'amour lui déplaisait et se marier pour la sécurité financière était méprisable. Bien sûr, Dan avait été riche, odieusement riche. De belles maisons, de beaux vêtements. Oui, en tant qu'épouse de Dan Calendri, elle avait joui de tout cela. Mais ces belles maisons n'étaient que des prisons dorées.

Elle ne jouerait plus à la roulette russe avec sa vie. Aucun homme ne contrôlerait plus son existence ni n'aurait le droit de porter la main sur sa fille. Et plus jamais elle ne ferait confiance à quiconque.

La trahison était trop douloureuse...

Les larmes longtemps retenues ruisselèrent sur ses joues. Furieuse d'avoir rêvé d'un avenir avec James, elle appuya fortement sur ses paupières closes, comme pour empêcher les larmes de surgir. Les hommes étaient tous pareils, perfides, obsédés par eux-mêmes et par leurs propres objectifs.

– Je suis triste, maman, fit Sammy en la rejoignant dans la cuisine. Je veux pas partir.

– Ne sois pas triste. Écoute, que dirais-tu d'avoir un

chien quand nous serons installées dans une autre maison ?

– C'est Goliath que je veux ! C'est mon ami et je l'aime grand comme ça.

Du coin de l'œil, Emmanuelle vit la fillette étirer les bras de chaque côté de son corps.

– Je sais bien, ma chérie. Mais il faut que nous partions. Alors, pensons plutôt à des choses agréables. Un petit chien serait très amusant.

La lumière s'éteignit brusquement.

– Formidable. Cette vieille baraque aura donc le dernier mot.

– Il fait noir, murmura Sammy en se rapprochant d'elle.

– Pas suffisamment pour nous empêcher de dîner, répliqua Emmanuelle en sortant deux bols du placard. Mets les cuillères, s'il te plaît. Dépêchons-nous tant qu'il fait jour.

Elles avalèrent rapidement leur maigre repas. Emmanuelle regrettait d'avoir déjà rangé leurs vestes dans la voiture, car la soirée était fraîche.

Il faisait presque nuit lorsqu'elles eurent fini. Craignant que sa fille ne prenne froid, Emmanuelle se leva.

– Allons-y, chérie.

– On fait pas la vaisselle ?

– Non, puisque nous partons. M. Guntrum pourra s'offrir des heures de ménage avec l'argent de la caution.

– J'aurais aimé dire au revoir à Goliath, gémit Sammy en descendant de sa chaise.

– Moi aussi...

Un bruit dans l'office la fit se retourner. Un homme entrait dans la cuisine. Malgré la pénombre, elle reconnut le vendeur d'encyclopédies que Goliath avait mordu. Un inconnu entra à sa suite.

– Que faites-vous ici ? s'écria Emmanuelle. Sammy, va dans ta chambre.

– Non, Tamara, dit le vendeur d'une voix calme. Reste où tu es. Si tu es sage et si tu obéis, on ne fera pas de mal à ta mère.

Tamara ? Le regard d'Emmanuelle passa du visage basané à la main de l'homme. Ses doigts serraient un revolver. Elle crut que ses jambes allaient se dérober sous elle.

Abasourdie, elle regarda le deuxième intrus et le reconnut immédiatement. C'était le grand homme blond qui lui avait demandé son chemin dans le parking du supermarché, l'étranger que Goliath avait accueilli avec des grondements hargneux.

Glen les avait retrouvées, se dit-elle, pétrifiée.

Elle n'eut pas le temps de réagir que le prétendu vendeur d'encyclopédies se jetait sur elle et lui retournait le bras dans le dos. Une violente douleur lui traversa l'épaule. La seconde suivante, le canon froid du revolver se pressait contre sa tempe.

– Pas un cri !

Il ne lui était pas venu à l'esprit de crier. James n'était pas chez lui. D'ailleurs, même s'il avait été là, il n'aurait pas pu l'entendre.

– Sammy, sauve-toi !

Tremblant de tous ses membres, l'enfant les regardait, les yeux écarquillés par la terreur.

– Ferme-la ! grogna l'homme en la frappant avec son arme. Pas un mot !

– Sauve-toi, Sammy ! Cours !

La fillette s'élança enfin, mais le grand blond la rattrapa par les cheveux. Poussant un cri, elle porta ses mains à sa tête.

– Lâchez-la ! cria Emmanuelle. Espèce de brute ! Ne lui...

Les mots restèrent bloqués dans sa gorge. Le vendeur avait encore replié son bras. Elle s'interdit de gémir et reprit d'une voix hachée par la douleur :

– Lâchez-la, bon sang ! Ce n'est qu'une petite fille !

Au lieu de la libérer, l'homme tira Sammy par les cheveux et la hissa sur une chaise. L'enfant hurlait de douleur. Si Emmanuelle avait eu les mains libres, elle aurait étranglé son bourreau sans une hésitation. Elle-même se retrouva poussée sur un autre siège, en face de sa fille.

Le vendeur la lâcha et posa un bloc de papier et un stylo devant elle.

– Tu vas écrire une lettre à Glen, ordonna-t-il. Je vais te la dicter. Tu la dates d'il y a deux semaines. En haut, à droite.

Quel mois était-on ? se demanda Emmanuelle, perdue. Ses doigts tremblaient tellement qu'elle doutait de pouvoir écrire lisiblement, sans compter qu'il faisait très sombre à présent.

– Aujourd'hui, on est le 22 mai, précisa-t-il. Date du 8 mai... Et écris correctement, sinon je fais sauter la cervelle de ta gamine !

Emmanuelle s'efforça de maîtriser ses doigts.

– Bon. Maintenant, tu écris « Cher Glen ».

En entendant le prénom haï, l'horreur l'envahit et ses oreilles s'emplirent d'un bourdonnement sourd. Écrivant sous la dictée de l'homme, elle informa Glen qu'elle lui laissait la garde de Tamara. Elle manquait d'argent et ne pouvait élever sa fille. L'enfant serait mieux chez son grand-père. À la fin de la lettre, elle demandait à Glen d'envoyer chercher Tamara aussi vite que possible.

– Parfait, dit le vendeur en rangeant le bloc dans une poche de sa veste. Lève-toi, maintenant.

Les yeux rivés sur sa fille, Emmanuelle obéit. Elle mourait d'envie de la prendre dans ses bras, de lui dire de ne pas avoir peur et que tout allait s'arranger. Mais c'était faux. Elle était incapable d'imaginer une quelconque issue à cette scène d'horreur.

Le revolver braqué sur ses reins, elle dut quitter la cuisine. Tournant la tête, elle regarda sa fille jusqu'à ce que le mur la cache. À ce moment-là, les hurlements de Sammy reprirent, et Emmanuelle sentit son cœur se briser.

– À gauche ! cria l'homme en désignant sa chambre.

– Qu'est-ce... qu'est-ce que vous allez faire ?

Il la poussa devant lui sans répondre. Lorsque ses jambes butèrent sur le montant du lit, il la fit basculer sur le matelas. Lui tirant les mains en arrière, il lui noua les poignets et les chevilles. Les cris de Sammy ne cessaient pas.

– Je vous en prie, épargnez ma petite fille !

Les dents de l'homme brillèrent dans la pénombre, dessinant un sourire cruel. Il sortit quelque chose de sa poche. Une seringue, devina Emmanuelle.

– Tu vas faire une petite sieste, annonça-t-il d'une voix qui lui glaça le sang. Quand tu seras endormie, nous te détacherons. Ensuite, nous bricolerons un peu ta chaudière, histoire que le gaz s'échappe et que la veilleuse reste éteinte.

Il allait vraiment la tuer, réalisa enfin Emmanuelle.

– Quand ton petit ami viendra te voir, tu seras partie depuis longtemps, expliqua-t-il en pressant sur la seringue pour chasser une bulle d'air. Ça aura l'air d'un accident. Les gens penseront que tu t'es assoupie sans sentir le gaz.

Glacée d'horreur, Emmanuelle comprit que Glen avait trouvé le moyen de faire d'une pierre deux coups. En tuant le seul parent survivant de sa petite-fille, il obtiendrait sa garde définitive tout en éliminant un témoin un peu trop gênant.

– Vous êtes fou ! Vous ne vous en tirerez pas comme ça !

Comme elle tordait les poignets pour se dégager, elle s'aperçut qu'ils avaient utilisé un cordon en velours, afin de ne laisser aucune trace sur sa peau. Ils avaient vraiment pensé à tout.

– Ça ne te fera pas mal, assura-t-il en se penchant vers elle. Tu ne sentiras qu'une petite piqûre.

Elle roula sur le côté pour éviter la seringue.

– Ils verront bien qu'il s'agit d'un meurtre !

Il l'agrippa par l'épaule.

– Du calme, Emily. Tu vas juste t'endormir.

Elle leva ses pieds liés et le frappa aux genoux.

– Reste tranquille, bon sang ! Je te l'ai dit, ça ne fera pas mal !

Piètre consolation. Non, elle ne voulait pas mourir. Si elle disparaissait, sa petite fille sans défense tomberait entre les mains de Glen. « Je vous en prie, mon Dieu, ne la laissez pas à Glen ! » pria-t-elle en silence.

L'aiguille effleurait la peau d'Emmanuelle lorsque l'homme resté dans la cuisine se mit à hurler :

– Delgado, viens vite ! La gamine se sauve !

Delgado jura, jeta la seringue sur le lit et sortit en courant.

Les pas précipités des deux hommes ébranlèrent la vieille maison et une porte claqua bruyamment. Terrifiée, Emmanuelle se débattait dans tous les sens. Ses contorsions la firent tomber du lit, et elle heurta de l'épaule la table de chevet.

Luttant contre des haut-le-cœur, elle resta un instant immobile. Les jurons des deux hommes qui fouillaient le jardin perçaient le silence de la nuit. Jamais elle ne s'était sentie aussi impuissante. Qu'allaient-ils faire à son bébé ?

– James ! Au secours ! James ! cria-t-elle désespérément.

Hélas, James était au commissariat et ne pouvait pas l'entendre.

18

Refusant de prêter attention aux gémissements de Goliath, James étudiait avec stupéfaction l'écran de son ordinateur. Il avait enfin trouvé ce qu'il cherchait.

Le fichier du FBI indiquait qu'Emily Calendri était recherchée pour kidnapping.

À part l'ossature du visage, la photo ressemblait peu à la jeune femme qu'il connaissait. Des cheveux blonds jusqu'aux épaules. De grands yeux bleus, comme ceux de Sammy. Il devait reconnaître que la transformation était réussie.

Il lut avec effroi le dossier qui suivait. Une vraie catastrophe. Au mépris des ordres de la Cour, elle avait emmené sa fille hors de l'État de New York, alors que le jugement concernant la garde de Sammy n'avait pas encore été rendu. Les charges relevées contre elle étaient lourdes. Kidnapper un enfant et lui faire franchir une frontière était un crime grave.

Rien d'étonnant à ce qu'elle ait pris peur lorsqu'il l'avait appelée Emmy ! C'était probablement le surnom d'Emily.

James bouillait de rage. Comment avait-il pu être aussi aveugle ? Depuis le début, tous les indices étaient sous ses yeux et, piégé par son regard de biche innocente, il les avait ignorés.

Pire encore : elle s'en était rendu compte et l'avait laissé s'éprendre d'elle.

Non, c'était faux, songea-t-il aussitôt. Il ne pouvait pas l'accuser d'avoir joué de ses charmes, au contraire. Chaque fois qu'il faisait un geste tendre, elle se recroquevillait. Tout en elle proclamait : « Ne m'approchez pas. »

Il relut le dossier trois fois, puis décida d'appeler un de ses amis qui avait des relations dans la police de

New York. L'expérience lui avait enseigné qu'on apprenait parfois plus des rumeurs que des rapports officiels.

Les questions se bousculaient dans sa tête. Pourquoi Emmanuelle avait-elle pris la fuite avec son enfant ? Si son mari était mort, pourquoi devait-elle se battre pour obtenir la garde de leur fille ? Qui s'y opposait ? Un parent ? Si oui, qui était-il par rapport à Sammy, et quels étaient ses motifs ? Emmanuelle était une très bonne mère, il l'avait lui-même constaté. Pourquoi voulait-on lui retirer sa fille ?

Il composait le numéro de son ami quand Goliath bondit brusquement sur la porte, au risque de se fracasser la tête contre la paroi vitrée qui surmontait le battant.

– Goliath ! s'écria-t-il en se jetant sur lui pour l'empêcher de sauter à nouveau. Qu'est-ce qui te prend, bon sang ?

Le chien aboya en secouant la tête. Il avait eu la même attitude le soir où ils avaient rencontré pour la première fois Sammy et sa mère. En fait, Goliath se comportait comme si l'enfant était dans la pièce voisine et courait un danger.

James sentit ses cheveux se hérisser. La seule fois où il n'avait pas tenu compte des avertissements de Goliath, il s'était retrouvé quelques secondes après face au canon d'un fusil.

Tirant son chien à ses côtés, il composa le numéro d'Emmanuelle. La sonnerie retentit interminablement. De plus en plus nerveux, il reposa brutalement le combiné et regarda le rottweiler.

– Tu veux me dire quelque chose, non ?

Le chien essaya de l'entraîner vers la porte.

– Laisse-moi tranquille, Goliath. Je suis en plein milieu d'un truc important et Sammy est à quinze kilomètres d'ici.

Avec un grondement féroce, Goliath se dressa et planta ses pattes avant sur la poitrine de James.

Celui-ci jeta un coup d'œil au téléphone, se demandant pourquoi Emmanuelle n'avait pas répondu. L'hypothèse la plus probable était qu'elle avait déjà pris la fuite. Néanmoins, aller voir sur place ne lui prendrait guère de temps et il se sentirait plus à l'aise.

– Très bien. Si tu dis qu'il y a un problème là-bas, on va aller voir.

Dès que James ouvrit la porte, Goliath traversa le commissariat en courant, manqua renverser un policier et se rua sur la Bronco. En le voyant bondir contre la portière, James se sentit gagné par l'urgence. Il pressa le pas. Le rottweiler devait avoir une bonne raison pour agir ainsi. Au moment où il allait ouvrir la portière, les clés lui glissèrent des mains, et il dut s'accroupir pour les chercher dans la pénombre tandis que Goliath ne cessait de sauter à ses côtés.

Il s'installa enfin au volant et démarra en trombe.

« Reconnais-le, mon vieux, se dit-il en chemin. La seule raison pour laquelle tu traînes les pieds, c'est parce que tu redoutes de la regarder en face. »

Emmanuelle était recherchée et, dès qu'il la reverrait, il faudrait qu'il l'arrête. C'était son devoir. Et, pour la première fois de sa vie, il ne comprenait plus la loi.

*
**

La terreur.

Elle imprégnait d'un goût métallique la bouche d'Emmanuelle. La maison était silencieuse et sombre comme une tombe. Seul un rayon de lune éclairait la chambre. Entendant des pas dans le jardin, elle tendit l'oreille. Sammy avait-elle pu s'enfuir ? Emmanuelle l'espérait, tout en craignant les mille dangers que la fillette courrait dans la campagne nocturne, les vaches, les serpents à sonnettes et autres animaux plus cruels les uns que les autres. Ligotée comme un veau qu'on s'apprête à marquer au fer, elle ne pouvait ni aider sa fille ni se tirer d'affaire elle-même.

À force de bouger sur le sol, elle s'érafla la joue et sentit un poil de Goliath lui chatouiller la bouche. Un sanglot désespéré monta dans sa gorge. Où était le chien en ce moment ? Et où était James ? Le téléphone avait sonné quelques minutes plus tôt. Avait-il tenté de la joindre ?

– Ô mon Dieu, faites qu'il devine que j'ai besoin de lui ! murmura-t-elle.

Ignorer le sort de sa fille était une vraie torture. Depuis combien de temps Sammy était-elle partie ? Dix minutes ? Vingt minutes ? Son enfant errait-elle dans la nuit, perdue et effrayée ?

Des bruits envahirent soudain la maison. Des portes claquèrent, des pas résonnèrent. À peine audible au-dessus du vacarme, un gémissement enfantin répétait inlassablement : « Goliath ! Goliath ! », comme une prière inutile.

– Cette fois-ci, Nelson, fourre-la dans la salle de bains et qu'elle n'en sorte pas avant que j'en aie fini avec la femme.

La voix du représentant de commerce, songea Emmanuelle, tout en se demandant pour quelle raison elle continuait de voir en lui un vendeur d'encyclopédies. Si ce type vendait quelque chose, c'était la mort. Des pas s'approchèrent. Il allait la tuer. Allait-elle se laisser faire sans rien tenter ?

Non. Pourquoi leur faciliter les choses ? Elle pouvait toujours profiter de l'obscurité et se cacher.

Elle examina la chambre. À présent, la lune baignait la pièce de sa lueur argentée. Elle aurait beau se recroqueviller dans un coin, ils la verraient.

Ses yeux s'arrêtèrent sur le lit. Arriverait-elle à se glisser dessous ? Basculant sur le ventre, poussant des pieds, tortillant des épaules, elle rampa sous le sommier. Ses jambes venaient de disparaître lorsque Delgado fit irruption dans la chambre. Elle l'entendit s'arrêter net, haleter puis crier :

– Bon sang de bonsoir ! C'est la femme qui s'est sauvée, maintenant !

Le lit bougea au-dessus d'Emmanuelle. Un coup de pied exaspéré, sans doute. Puis la porte du placard s'ouvrit et rebondit contre le mur.

– La garce !

– Elle n'était pas attachée ? demanda Nelson en rejoignant son acolyte.

– Bien sûr que si ! Tu me prends pour un idiot ?

« Oh, oui ! » répondit silencieusement Emmanuelle qui, elle, aurait commencé par regarder sous le lit. Elle se mordit les lèvres pour retenir un fou rire nerveux. Les hommes s'éloignèrent et elle les entendit fouiller les autres pièces, déplacer des meubles, claquer des portes et jurer toutes les trois secondes. Finalement, ils revinrent dans la chambre.

– Elle est sûrement là. Je l'ai ligotée, bon sang ! Elle n'a pas pu aller bien loin.

– Delgado, si nous loupons cette affaire, le patron aura notre tête. Deux hommes contre une femme et une gosse, ça devrait pas être si difficile que ça !

– Ferme-la ! C'est pas ma faute si t'as laissé échapper la gamine.

– Elle m'a mordu !

– Oh, pauvre petit, fit Delgado.

Emmanuelle n'en croyait pas ses oreilles. Sammy s'était débattue ? Elle avait mordu son agresseur ? Peu de temps auparavant, elle se serait tapie dans un coin. Et cette métamorphose était due à James et à Goliath. Tous deux avaient donné à l'enfant ce que sa mère n'avait pu lui offrir, ce sentiment de sécurité qui s'accompagne d'une grande force intérieure.

– Tu as regardé sous le lit ? demanda Nelson.

Emmanuelle retint son souffle. Soudain, les hommes

gardaient le silence. Une main se glissa sous le sommier. La jeune femme eut beau se recroqueviller, les doigts se refermèrent sur son bras.

– Je l'ai !

Une douleur fulgurante parcourut l'épaule d'Emmanuelle tandis qu'une poigne solide la tirait hors de son abri. Son bras gauche heurta durement le sommier. « Tant mieux », songea-t-elle. Ils avaient espéré faire croire à un accident. Les ecchymoses et les écorchures révéleraient la vérité aux enquêteurs.

– Vas-y doucement ! s'écria Nelson, comme s'il lisait dans ses pensées.

Furieux, Delgado jeta brutalement Emmanuelle sur le lit. Quelque chose tomba sur le sol avec un petit cliquetis.

– La seringue !

Les deux hommes se mirent à la chercher fébrilement. Emmanuelle ne savait qu'espérer. S'ils la trouvaient, c'en était fini d'elle dans la minute suivante. Sinon, quelle mort lui infligeraient-ils ?

Tout à coup, une lumière vive envahit la pièce, dessinant un arc de cercle sur les murs. Elle pensa d'abord qu'un des hommes avait allumé une lampe électrique, avant d'entendre une voiture freiner.

– Une bagnole ! fit Nelson.

Les deux hommes coururent aussitôt vers la fenêtre. Emmanuelle en profita pour basculer sur le sol, heurtant à nouveau la table de chevet. C'était James, elle en était sûre. Qui d'autre pouvait s'arrêter devant chez elle ?

– James, attention ! cria-t-elle, terrifiée à l'idée qu'il tombe dans le piège.

Delgado se retourna et lui décocha un coup de pied dans le ventre.

– Ferme-la !

Le souffle coupé, elle se redressa sur les genoux. Un

rideau noir parsemé d'étoiles l'aveuglait. Après quelques secondes interminables, ses poumons s'ouvrirent enfin et elle respira à nouveau.

*
**

Éclairés par les phares de la Bronco, deux hommes se détachaient derrière la fenêtre d'Emmanuelle. L'un d'eux tenait quelque chose qui brillait comme un miroir. James sentit son ventre se nouer. Cet individu avait un revolver. Un cri déchirant jaillit soudain.

Il attrapa sa radio et régla fébrilement la fréquence.

– Masters appelle unité trois. Urgent !

– Oui, shérif ? répondit Sarah Brewer, qui était de garde cette nuit-là.

Goliath se jeta sur la portière du conducteur.

– 1423, Hereford Lane, reprit James en repoussant son chien. Deux hommes armés. J'y vais, j'ai besoin de renforts.

– 1423, Hereford Lane. J'envoie du monde.

Laissant les phares allumés pour éblouir les intrus, il ouvrit la portière. Goliath sauta à terre et s'élança.

La masse sombre bondit vers la maison. Pétrifié, James la vit décoller au-dessus du perron et traverser la fenêtre de la chambre. Les vitres se brisèrent en mille éclats de verre qui retombèrent de tous côtés en une pluie argentée.

Telle une balle de canon, Goliath frappa en pleine poitrine un des deux hommes et le fit basculer en arrière. Le revolver jaillit des mains du malfaiteur, tomba sur le sol, et le coup partit.

James s'accroupit, plongea dans l'obscurité et se précipita vers la maison. Une succession d'images à peine formées lui traversa l'esprit : les hommes, leurs revolvers et Emmanuelle qui hurlait de terreur. Qui étaient ces inconnus ? Pourquoi étaient-ils là ? Peu importait. Ils avaient des armes et étaient résolus à s'en servir.

À chaque foulée, James remarquait un détail. Premièrement, aucune voiture étrangère n'étant garée dans l'allée, les inconnus devaient être venus à pied. Deuxièmement, les cris d'Emmanuelle provenaient de sa chambre. Troisièmement, Sammy était invisible et silencieuse.

Heureusement qu'il avait tenu compte de l'étrange comportement de Goliath ! Cela tenait du miracle, mais le chien avait bel et bien deviné le drame qui se jouait dans la maison de sa petite amie.

Lorsqu'il atteignit le perron, des bribes de souvenirs passèrent devant ses yeux, tels des clichés pris sur le vif. Des morceaux de papier rose et un petit menton tremblant. Le doux sourire d'une femme qui avait pris son cœur. À peine trente minutes plus tôt, James lui en voulait terriblement. À présent, sa colère avait disparu. Il oubliait les questions qu'il avait voulu poser, les explications qu'elle aurait pu fournir. Les sortir de là, elle et Sammy, était son seul objectif.

Ne jamais se ruer à l'aveuglette, se rappela-t-il, réprimant son envie de s'engouffrer dans la maison à la suite de Goliath.

La chambre d'Emmanuelle retentissait de bruits divers. Des cris de peur. Les grondements graves et menaçants de Goliath, ceux d'un animal qui attaque pour tuer. Le choc sourd d'un corps heurtant le mur. Des objets qui s'écrasaient sur le sol. Des meubles grinçant sur le linoléum.

James se plaqua contre le mur de la maison. Il devait à tout prix s'obliger à réfléchir. Les renforts n'étant pas encore arrivés, il n'y aurait pas de seconde chance.

Profitant du vacarme, il se faufila par la porte d'entrée et s'aplatit contre la cloison, l'arme à la main. Durant sa carrière, il avait effectué cette manœuvre un bon millier de fois. Pourtant, aujourd'hui, c'était différent. Il s'efforça d'ignorer son inquiétude pour Emmanuelle. Ses sentiments ne pourraient que brouiller son jugement et altérer son efficacité.

Le dos toujours collé au mur, il progressa prudemment jusqu'à la chambre à coucher. Sans bruit, il ôta le cran de sécurité de son revolver. Puis, brusquement, il sauta sur le seuil, bras tendus, les deux mains jointes sur la crosse, et entra dans la pièce, les yeux à moitié fermés à cause des phares de la Bronco.

– Police ! On ne bouge plus !

*
**

James fit irruption dans la chambre comme une tornade prête à tout ravager sur son passage. Emmanuelle n'avait jamais été aussi heureuse de voir quelqu'un. Les jambes légèrement écartées, il balayait la pièce du canon de son revolver.

Elle eut l'impression de se retrouver face à un écran de télévision sur lequel se déroulaient simultanément deux séquences impossibles à regarder en même temps. D'un côté, Delgado, hurlant de douleur, essayait de se débarrasser de Goliath qui lui sautait sur le dos en grognant sauvagement. De l'autre côté, le jeune homme blond rampait sur le sol à la recherche de son revolver avant de sortir de l'obscurité pour frapper James sur le flanc. Celui-ci tituba et lâcha son arme. Les deux hommes s'empoignèrent et la tête de James heurta le mur avec un bruit sourd.

Dans les films, les policiers gagnaient toujours. Ce n'était donc pas vrai ? se demanda Emmanuelle, horrifiée. James s'étala de tout son long sur le plancher, une expression hagarde sur le visage.

Profitant de l'impuissance momentanée de son adversaire, Nelson se redressa et le bourra de coups de pied. Chaque choc fit frémir Emmanuelle qui venait de subir ce genre de douleur.

– James ! Levez-vous ! hurla-t-elle en tirant sur le cordon qui liait ses poignets.

Il s'ébroua et se mit à genoux. Tel un vautour qui s'acharne sur sa proie, Nelson le frappa à la mâchoire. James s'écroula à nouveau. Et les coups de pied reprirent.

– Arrêtez ! Arrêtez !

Emmanuelle était convaincue que James était réduit à l'impuissance pour un bon moment. Quand Delgado lui avait balancé son pied dans le ventre, elle avait eu la respiration coupée et avait failli s'évanouir. James posa le bras sur son estomac, gémit et tenta de s'asseoir. En riant, Nelson l'agrippa par la chemise et le hissa sur ses pieds.

– Alors, espèce de péquenot ? T'as beau être shérif, t'es une vraie chiffe molle !

Les bras ballants, James chancelait d'un pied sur l'autre. Un coup de poing dans le ventre le fit reculer d'un pas, mais il parvint à rester debout.

– Arrêtez ! Je vous en prie, arrêtez ! criait-elle, bien qu'elle sût que ces hommes ignoraient toute pitié.

Nelson éclata de rire. Terrifiée, Emmanuelle réussit à s'asseoir. Elle eut beau tirer sur ses poignets et ses chevilles, elle ne put se libérer. À quelques mètres de là, Goliath luttait contre Delgado, l'un grondant, l'autre jurant.

Nelson s'apprêtait à frapper de nouveau lorsque James réagit avec une rapidité déconcertante. Il n'était pas si étourdi que ça, comprit Emmanuelle en le voyant donner un coup de tête dans la figure de Nelson. L'homme rugit de douleur et porta la main à son nez. Un deuxième coup le fit osciller.

– Pas si costaud que ça, hein, le citadin ? s'exclama James. Tiens, prends ça, de la part du péquenot !

Il l'agrippa par la chemise et referma le poing pour le frapper en plein estomac. Les pieds de Nelson quittèrent le sol. Au coup suivant, le jeune homme tomba à genoux.

– Par ici, on appelle ça faire le mort. Leçon numéro un : quand on casse la figure à un péquenot, ne pas crier victoire trop tôt.

Allongé par terre, Nelson replia les jambes et cligna frénétiquement des yeux pour recouvrer la vue. Son nez et sa bouche saignaient abondamment. Emmanuelle regretta de ne pouvoir le frapper elle aussi, pour le punir d'avoir soulevé Sammy par les cheveux.

James contourna Nelson pour ramasser son arme. Le bandit tenta de l'attraper, mais une main solide le cloua au sol.

Une détonation claqua dans la pièce, les assourdissant tous, au moment où James allait passer les menottes à son adversaire. Le shérif tourna la tête et aperçut Delgado, toujours aux prises avec Goliath. Son revolver lui avait échappé et le coup était parti tout seul.

– Tiens-le, Goliath ! cria James en repoussant l'arme du pied.

Le rottweiler lâcha le poignet de sa proie et s'attaqua à sa gorge. L'homme se figea, les traits convulsés par la terreur.

Les menottes à la main, James s'immobilisa au-dessus du corps inerte de Nelson. Une flaque de sang s'élargissait sous la tête du bandit.

Il se pencha pour lui prendre le pouls, et la tête de Nelson roula sur le côté, face à Emmanuelle. La vue de ces yeux bleus qui la regardaient fixement lui retourna l'estomac.

– Il est mort. Il a reçu la balle en pleine nuque, commenta James en se redressant.

Moins affecté qu'elle par ce spectacle sanglant, il eut cependant quelques difficultés à garder l'équilibre. Les coups de Nelson l'avaient plus marqué qu'il ne voulait le laisser voir.

Il se tourna vers Delgado et braqua son arme sur

lui. Les crocs de Goliath sur sa gorge, l'homme ne bougeait pas.

– Je devrais le laisser t'égorger, dit James en ramassant l'arme du gangster.

Le mouvement avait dû lui faire mal, car il appuya la main sur son ventre en grimaçant.

– Ça va, Goliath, tu peux le lâcher. Je le tiens.

Le rottweiler recula lentement.

– Il aurait pu me tuer, gémit Delgado d'une voix tremblante de peur.

– S'il avait voulu te tuer, tu serais déjà mort. Tourne-toi sur le ventre et plie les bras dans le dos. Au moindre geste, je le laisse te dépecer.

Delgado obéit et James posa un genou sur son dos.

– Attention ! cria Delgado. Doucement ! Vous essayez de me briser la colonne vertébrale ? Je vous ferai un procès pour violence abusive ! Il y a des lois, mec. T'as pas le droit de traiter les gens comme ça !

Sans se presser, James menotta son prisonnier au pied du lit. Dès que les bracelets se refermèrent, Goliath sortit en courant de la chambre. Sans doute à la recherche de Sammy, se dit Emmanuelle.

Sammy, se répéta-t-elle en luttant contre les larmes. Dans quel état était l'enfant ? Il fallait qu'elle soit indemne. Il le fallait. Grâce à James et à Goliath, Emmanuelle avait survécu à la seconde tentative d'assassinat de Glen. Avant qu'il n'essaie à nouveau, Sammy et elle seraient loin d'ici, et rien ne lui permettrait de les retrouver.

Pour l'instant, le cauchemar était fini.

James se retourna. Les phares de la Bronco éclairaient ses traits tendus et le nerf qui battait sur sa tempe. Lentement, il s'approcha d'elle et elle vit à son regard qu'il avait découvert la vérité.

Non, tout n'était pas fini.

Dès leur première rencontre, elle s'était dit qu'il valait mieux éviter de mettre cet homme en colère. Et, même une fois qu'elle l'avait mieux connu, elle avait toujours fait en sorte de ne pas l'irriter.

Eh bien, c'était raté. L'éclat de ses yeux aurait pulvérisé un rocher.

19

James était dans une colère noire. Il avait eu du mal à s'écarter de l'homme qui gisait à terre sans l'achever. Et, lorsqu'il découvrit une tache de sang sur le chemisier d'Emmanuelle, sa rage n'eut plus de bornes.

Il s'agenouilla à côté d'elle et posa la main sur son épaule. Elle sursauta comme s'il l'avait frappée. En voyant son expression terrorisée, il comprit alors qu'elle se croyait l'objet de sa colère.

Il la regarda quelques secondes, perplexe, puis se souvint de son humeur irascible, quelques instants plus tôt. Il lui en voulait toujours, bien sûr. Néanmoins, dans l'immédiat, il y avait d'autres urgences.

– Ça va ? demanda-t-il d'une voix tendue. Vous saignez.

– Ce n'est rien, dit-elle en regardant sa manche. Une éraflure, c'est tout.

Elle se mit à claquer des dents et à trembler. Craignant qu'elle n'entre en état de choc, il palpa sa gorge. Son pouls était élevé, mais pas trop. Sa peau était sèche, et non froide et humide, ce qui était aussi bon signe.

– Où est Sammy ? demanda-t-il.

En l'entendant prononcer le nom de sa fille, elle tenta fébrilement de défaire ses liens.

– Il faut la trouver, vite... Mon Dieu, elle... elle s'est sauvée, expliqua-t-elle d'une voix saccadée.

– Calmez-vous, Emmy, dit-il en s'attaquant aux liens. Savez-vous où elle est allée ?

– Dehors. Ils l'ont pourchassée. Et ramenée. Elle l'a mordu !

Un rire hystérique l'interrompit. Elle hoqueta, puis tira avec tant de force sur ses poignets qu'il craignit qu'elle ne se blesse.

– Arrêtez ! Restez tranquille, sinon je n'arriverai pas à défaire les nœuds... Nous allons la retrouver. Je suis sûr qu'elle va bien. C'est une dure à cuire.

C'était faux, bien entendu. Sammy était une enfant fragile et sans défense.

– Ils lui ont fait du mal ? demanda-t-il.

– Ses cheveux. Il l'a attrapée par les cheveux et l'a jetée sur la chaise !

James se sentit à nouveau bouillir de colère. En ce moment, écraser son poing sur la figure des bandits lui aurait fait un bien fou.

Dès qu'elle fut libérée, Emmanuelle se leva et sortit de la chambre en courant. James la suivit dans l'obscurité jusqu'à la salle de bains.

Le clair de lune inondait la petite pièce. Sammy était blottie dans la baignoire contre Goliath, ses bras fluets enlaçant le cou du chien. Malgré le bruit de la porte, elle resta immobile, les yeux fermés.

Emmanuelle s'agenouilla et effleura les cheveux de l'enfant.

– Sammy ? Chérie, c'est maman. Ça va ?

En voyant que l'enfant ne répondait pas, elle se laissa tomber sur les talons et pressa les mains sur sa bouche. Ses épaules tressautaient, comme si elle réprimait des sanglots. Inquiet, James s'accroupit à côté d'elle et tendit la main pour toucher la petite fille. Aussitôt, sans ouvrir les yeux, Sammy hurla et se cramponna de plus belle au chien qui se mit à gronder.

– Hé, Sammy, fit James sans tenir compte de l'attitude agressive de Goliath. Tu vas bien, ma poupée ?

Au son de sa voix, la fillette ouvrit les yeux et poussa un cri de joie. Lâchant son fidèle compagnon, elle se redressa et se jeta dans les bras de James.

– James ! s'exclama-t-elle. C'est toi !

En entendant la porte s'ouvrir, l'enfant avait pensé que les malfaiteurs revenaient, comprit-il. Il pressa tendrement l'enfant contre lui, sans s'inquiéter des bleus que les coups de Nelson avaient laissés sur son torse.

– Bien sûr que c'est moi, chérie. Goliath ne laisserait personne d'autre approcher.

– Je croyais qu'ils t'avaient endormi ! cria-t-elle. Il y a eu un coup de feu et j'ai cru qu'ils t'avaient endormi !

– Non, chérie, non. Je vais bien. Nous allons tous bien.

Il jeta un coup d'œil à Emmanuelle. La jeune femme restait assise sur les talons, les mains sur la bouche. Sous le clair de lune, ses yeux faisaient penser à de grands lacs sombres.

– Je crois que ta maman a besoin d'un baiser, Sammy.

L'enfant se serra une dernière fois contre lui, puis se jeta dans les bras de sa mère.

– Merci, mon Dieu, fit celle-ci en berçant son enfant. Tout va bien aller, maintenant.

Qui tentait-elle de rassurer ? se demanda James. Elle ou l'enfant ?

Avec un gémissement, Goliath se leva et posa sa grosse tête sur le dos de Sammy. La fillette se retourna à moitié pour l'enlacer, et une langue affectueuse se promena sur son visage.

– Tu es venu, Goliath. Je savais que tu viendrais, dit-elle en lui rendant ses baisers. J'ai appelé, appelé, et tu m'as entendue, hein ? Je savais que tu viendrais. Et tu as amené James avec toi pour nous sauver !

Emmanuelle ne put s'empêcher de rire.

– C'est vrai. Je t'ai entendue l'appeler.

– Oui, s'écria Sammy. Je l'ai appelé de toutes mes forces. Et il m'a entendue, maman !

James sentit un frisson lui parcourir l'échine. Le chien avait-il vraiment entendu cet appel au secours ? Cette hypothèse défiait le bon sens, et pourtant, il était prêt à y croire. Sammy, quant à elle, ne semblait rien trouver d'extraordinaire à cet événement.

Emmanuelle se redressa et James l'imita.

– Eh bien, voilà. Nous y sommes, fit-elle en croisant son regard.

Ils ne pouvaient plus reculer, ni l'un ni l'autre. De quelque façon qu'on envisage la situation, Emmanuelle était recherchée par la police. Les renforts allaient arriver. En fait, il aurait déjà dû lui lire ses droits et lui passer les menottes.

– Emmanuelle, expliquez-moi. Que se passe-t-il ?

Il ne savait pas à quoi s'attendre. Une crise de larmes, peut-être ? Une explication, sûrement. Il y avait un cadavre dans sa chambre à coucher, tout de même !

– Il ne cessera jamais de m'envoyer ses sbires, murmura-t-elle. Encore et toujours, jusqu'à ce que je sois morte.

Certes, James avait déjà compris que les deux hommes n'avaient pas choisi cette maison au hasard pour la cambrioler, qu'ils avaient au contraire un but précis auquel Emmanuelle n'était pas étrangère. Mais une tentative de meurtre ? Il avait du mal à le croire.

– Jusqu'à ce que vous soyez morte ? répéta-t-il, incrédule.

– C'est pour ça qu'ils sont venus, répondit-elle d'une voix sourde. Pour me tuer. Ils allaient m'injecter un sédatif et ouvrir le gaz de la chaudière en coupant la veilleuse, pour qu'on croie à un accident... Si vous en doutez, allez voir dans la chambre. Vous trouverez une seringue sur le sol. Et la lettre qu'ils m'ont obligée à écrire est dans la veste de Delgado, le vendeur d'encyclopédies.

Il la regarda droit dans les yeux.

– Vous me dites que ces deux hommes sont venus ici pour vous tuer ? Ce n'est pas une figure de rhétorique ? Ni une exagération ?

Elle jeta un coup d'œil à la baignoire où Sammy et Goliath se réconfortaient mutuellement.

– Parlez plus bas. Je ne veux pas l'inquiéter.

– L'inquiéter ? s'exclama James. Deux hommes armés font irruption chez vous et vous avez peur qu'elle ne s'inquiète de ce que nous disons ? Bon sang ! Vous me racontez une histoire de meurtre et vous m'interdisez d'élever la voix ? C'est incroyable !

– Croyez-moi. Si Sammy ne s'était pas sauvée, je serais morte, murmura-t-elle. Ils ont dû la poursuivre, et ça les a retardés. Ensuite, vous êtes arrivé... Mais il n'en restera pas là, reprit-elle avec un haussement d'épaules résigné. Il enverra plus de monde, c'est tout. D'ailleurs, il ne s'est sans doute pas contenté d'envoyer ces deux-là. Il y en a d'autres. Tel que je le connais, c'est plus que probable.

– Il ? fit James d'un ton interrogateur.

– Glen.

Qui était ce Glen ? Et pourquoi cet inconnu voulait-il tuer Emmanuelle ? James secoua la tête, renonçant à poser d'autres questions. Tant que les renforts ne seraient pas arrivés, il ne pouvait pas perdre de temps à élucider ces mystères. Surtout si d'autres hommes rôdaient à proximité, comme l'avait dit Emmanuelle.

L'arme à la main, il fit le tour de la maison, scrutant chaque recoin, regardant par les fenêtres, en quête de mouvements furtifs dans le jardin et aux alentours. Rien.

Soudain, le plancher craqua derrière lui. Ses cheveux se hérissèrent sur sa nuque. Après toutes les heures passées à réparer la maison, il connaissait chaque centimètre du plancher. Quelqu'un marchait dans la cuisine. Le cœur battant, il fit demi-tour.

Le couloir était plongé dans le noir. Il s'enfonça dans l'obscurité, guettant le moindre bruit. Un autre craquement se fit entendre, près de la porte de l'office. Il avança sur le seuil de la cuisine, prêt à tirer. Les questions viendraient après. Puis le clair de lune qui tombait sur l'évier éclaira une forme blanche.

– Emmy ? chuchota-t-il.

Un cri étouffé lui répondit. Elle se retourna et son visage apparut dans la faible lumière. Soulagé, James remit le cran de sûreté.

– Pour l'amour de Dieu, que cherchez-vous ? À vous faire tuer ?

Elle garda le silence, la main toujours posée sur la poignée de la porte. Sammy et Goliath se tenaient derrière elle.

James comprit alors qu'elle s'apprêtait à fuir, en emmenant avec elle sa fille et le chien. La colère l'envahit. Il s'élança et la prit par le poignet.

– Oh, non ! fit-il. Vous n'irez nulle part.

Ses doigts resserrèrent leur étreinte sur les os fragiles. Au même instant, des voitures s'arrêtèrent devant la maison et des lumières bleues et rouges se mirent à danser sur les murs.

– Les renforts, expliqua-t-il. Avant d'entrer, je les ai appelés par radio.

– Oh, je vois, fit-elle d'une voix lasse.

Non, elle ne voyait rien du tout. Il était shérif. Son métier lui interdisait d'écouter ses sentiments personnels.

Jamais l'accomplissement de son devoir ne lui avait été aussi pénible que durant les instants qui suivirent. Sourd à la réalité, il accomplit toutes les tâches rituelles comme un automate. Distribuer des ordres. Appeler une ambulance. Arrêter la femme dont il s'était épris. Lui lire ses droits. Lui tirer les bras en arrière et lui passer les menottes.

Et tout cela, il devait le faire sous le regard accusateur de Sammy, qui pleurait doucement. Chacun des mots et des gestes de James détruisait la confiance qu'il avait réussi à instaurer entre lui et l'enfant. Sans parler de sa relation fragile avec Emmanuelle, que ces minutes déplorables semblaient détruire à jamais.

Lorsqu'il fallut ramener les prisonniers en ville, James prit quelques libertés par rapport aux usages. En d'autres circonstances, il serait resté sur place, laissant à l'un de ses hommes le soin d'assurer le transport. Mais c'était trop lui demander. Il prit Emmanuelle avec lui et, rompant avec le règlement, la fit asseoir à côté de lui et non derrière le grillage. Il refusait de lui infliger cette humiliation supplémentaire.

Durant le trajet, la présence de Sammy sur le siège arrière l'empêcha d'exiger des explications. Sans doute pour la même raison, Emmanuelle ne prononça pas un mot.

Arrivé au commissariat, il confia l'enfant à Helen Bowyers. Mère de quatre enfants, celle-ci saurait adoucir autant que possible l'épreuve que traversait la petite fille.

Lorsqu'elle vit s'éloigner Sammy, Emmanuelle blêmit.

– Je vous en prie, murmura-t-elle à James. Ça va la bouleverser.

« Si on ne veut pas bouleverser son enfant, on commence par ne pas enfreindre la loi », faillit-il répliquer.

– Non, ne craignez rien, dit-il en dissimulant son énervement.

Il la prit par le bras et l'entraîna doucement vers son bureau. Elle se laissait traîner, la tête tournée vers sa fille.

– Elle ne risque rien, Emmanuelle. Goliath ne la quittera pas.

Il la poussa sur une chaise, ferma la porte et baissa les stores. Puis, les bras croisés, il se campa derrière son bureau.

– Je crois qu'il est temps que vous vous mettiez à parler. Sammy ne peut plus vous entendre, maintenant.

La gorge nouée, Emmanuelle se sentait incapable d'articuler quoi que ce soit. En temps normal, James Masters était déjà intimidant, avec sa haute taille, sa large carrure et ses muscles impressionnants. En ce moment, c'était encore pire. Son regard furieux la paralysait.

– Que voulez-vous savoir ? réussit-elle à balbutier.

Son histoire lui paraissait soudain ahurissante, littéralement incroyable.

– Bon sang, Emmanuelle, arrêtez ce petit jeu ! Je veux tout savoir, du début à la fin !

Il prit une chaise et s'assit en face d'elle. Les coudes sur les genoux et le menton dans les mains, il approcha son visage si près de la jeune femme qu'elle prit peur et tenta de reculer. Son siège buta contre le mur.

– Allez-y, fit-il.

Elle tenta d'humidifier ses lèvres, mais sa langue était sèche comme du parchemin.

– Je... je ne joue pas. C'est vrai. Simplement, je ne sais pas par où commencer.

Les poings liés dans le dos, la tête traversée de souvenirs douloureux, le souffle court, elle se sentait à nouveau livrée aux humeurs d'un homme impitoyable. D'un geste vif, il lui arracha sa perruque et la jeta sur le bureau. Puis il glissa un doigt sous la bretelle du soutien-gorge, tira dessus pour le dégager et pinça le tissu rembourré. Le cœur au bord des lèvres, Emmanuelle resta immobile.

La peur qu'il lut sur son visage l'arrêta net. Il baissa les yeux et examina sa main avec stupeur. Ses doigts disparaissaient dans le décolleté de la jeune femme.

Une prisonnière, les bras liés étroitement dans le dos... Jamais il n'aurait dû la toucher.

Il ôta précipitamment sa main, recula sur sa chaise

et attendit d'avoir repris ses esprits pour se pencher à nouveau vers elle.

– Tout n'est que mensonge, chez vous, murmura-t-il. Un énorme mensonge, du début à la fin. Pourquoi ne pas commencer par là ? Y a-t-il eu un seul moment de franchise entre nous, Emmanuelle ? De votre part, je ne crois pas. Je vous ai trouvée sur le fichier des personnes recherchées, ce soir. Je sais tout : votre vrai nom, votre fuite de New York malgré les ordres du juge, le mandat d'arrêt lancé contre vous pour kidnapping. J'aimerais quelques explications. Il me semble que je mérite au moins ça.

Comme elle gardait le silence, il soupira et reprit :

– Commencez par... Voyons, comment s'appelle-t-il ? Ben ? Quel que soit son nom, pourquoi diable a-t-il envoyé des hommes pour vous tuer ?

Emmanuelle restait là, à le regarder fixement sans prononcer un mot. Ses cheveux blonds décoiffés encadraient un visage aussi pâle que de la cire. Pourquoi avait-elle préféré porter une perruque plutôt que de se teindre les cheveux ? se demanda-t-il brusquement.

Bon sang, il devenait complètement fou ! Deux minutes plus tôt, il lui tripotait les seins, et maintenant, il se torturait l'esprit avec des questions absurdes, lui qui s'était toujours flatté de savoir rester calme et de contrôler ses émotions en n'importe quelle circonstance. Une envie folle le démangeait de la secouer comme un prunier pour la faire parler.

Le corps rigide, elle baissa les yeux sur le sol. Pas une larme. Pas une explication. Rien qu'une terrifiante maîtrise de soi, comme si elle parvenait tout juste à éviter la crise d'hystérie. Son silence absolu l'exaspéra.

– Emmanuelle, pour l'amour de Dieu, parlez-moi. Comment puis-je vous aider si vous ne me dites que des mensonges ? Est-ce devenu une seconde nature chez vous ? Mentir, mentir, toujours mentir ? Il faut que je sache ce qui se passe.

Elle leva soudain la tête et planta ses yeux dans les siens.

– Je vous ai menti, oui ! dit-elle enfin. Depuis le début. Un mensonge après l'autre. Si vous voulez me condamner pour ça, allez-y. J'ai fait ce que je devais pour protéger ma fille. Rien de plus, rien de moins. En ce qui me concerne, shérif Masters, vous pouvez garder vos sermons pour vous et aller vous faire voir !

Ce langage virulent le fit sursauter. Emmanuelle le dévisageait avec un mépris inhabituel, le menton pointé en avant, les pommettes rouges de colère.

– Quant au mandat d'arrêt pour kidnapping, je regrette de vous dire que votre cher système judiciaire n'est pas toujours juste ! Et la vie non plus. Vous croyez vraiment que j'ai voulu tout ça ? Que j'ai choisi de me retrouver ici, sur le point d'être jetée en prison ? Je vais perdre mon enfant, bon sang ! Elle est là, à côté, morte de peur ! Non seulement parce que nous sommes séparées, mais surtout parce qu'elle sait ce qui l'attend si nous ne ressortons pas d'ici !

Sa voix se brisa et elle se mordit les lèvres. La douleur qu'exprimaient son ton et son visage était sincère, il n'en doutait pas.

– Alors, racontez-moi. Laissez-moi vous aider. Si vous ne me dites rien, je ne pourrai faire que ce que me dicte mon métier.

Emmanuelle eut un petit rire amer.

– M'aider ? fit-elle. Vous n'avez donc rien compris ? Ces hommes qui sont entrés chez moi n'étaient pas des cambrioleurs de quatre sous comme ceux dont vous avez l'habitude. C'étaient des professionnels. Des tueurs à gages, si vous préférez.

– Des tueurs à gages, répéta-t-il. À la solde de ce type, Ben ?

– Glen ! Glen Calendri, mon cher beau-père, lequel entretient d'étroites relations avec le milieu, déclara-t-elle.

– Le milieu ? dit-il, abasourdi.

– Le crime organisé, si vous préférez.

James resta muet une seconde.

– Emmanuelle, reprit-il d'un ton sentencieux, l'expression « crime organisé » est d'ordinaire utilisée pour désigner une association très puissante et très sophistiquée de gangsters de haut niveau.

– Je le sais.

– Alors, ne l'utilisez pas à tort et à travers.

Elle leva sur lui des yeux brillants de larmes.

– Je ne l'utilise pas à tort et à travers. Et c'est pour ça que vous ne pouvez pas m'aider. Personne ne le peut.

James commençait à avoir des doutes. Emmanuelle parlait sérieusement. Déconcerté, il se passa la main dans les cheveux.

– Le crime organisé... Votre beau-père en fait partie ?

– Oui.

– Comment diable avez-vous fait pour vous lier avec ce genre d'individus ? demanda-t-il.

– J'ai commis une énorme bêtise.

– Laquelle ?

– Je me suis mariée.

– Ah, bon ? Mais des millions de femmes se marient.

Elle baissa la tête et ses cheveux tombèrent devant son visage, cachant ses yeux au regard de James.

– On peut dire que j'ai très mauvais goût en ce qui concerne les hommes.

– Ainsi, votre mari avait des relations avec des criminels ?

– Oui.

– Et vous l'avez quand même épousé ?

– Lorsque nous nous sommes mariés, je l'ignorais, expliqua-t-elle. Je l'ai découvert peu après, mais c'était trop tard.

– Vous voulez me faire croire que vous avez épousé un type sans deviner que c'était une ordure ?

– C'est la vérité.

– C'est un peu dur à avaler. Vis-à-vis de moi, vous vous montriez sacrément soupçonneuse.

– Je sais. Depuis cette expérience, j'ai appris à me méfier.

– Vous avez donc accidentellement épousé un truand, récapitula-t-il. Et ensuite ? Comment êtes-vous passée de la félicité conjugale au kidnapping et à la fuite devant des menaces de mort ?

– Ça n'a jamais été la félicité conjugale, avoua-t-elle amèrement. Ça a été un cauchemar, du début à la fin. Et je n'avais rien pressenti, James ! Ôtez-vous ça de la tête. Jusqu'au mariage, je l'ai trouvé merveilleux !

La douleur qui tendait les traits d'Emmanuelle n'était pas feinte. Après tout, peut-être avait-elle été aussi naïve et ignorante des hommes qu'elle le disait.

– D'accord, je vous crois. Pardonnez-moi d'avoir insisté.

– Le seul homme que j'avais connu, c'était mon père et il est si... si bon, balbutia-t-elle. Gentil, honnête et vertueux. Je croyais que tous les hommes étaient comme lui. En réalité, tous ceux que j'ai rencontrés étaient des ordures, d'une façon ou d'une autre.

– Aïe... •

– Je ne parlais pas de vous.

– En somme, vous avez été élevée dans du coton, à l'abri de tout.

– Dans une ferme du Mississippi, pour être exacte. Un petit coin tranquille où les voisins s'entraident pour les travaux des champs. Mes parents ne m'ont pas protégée, mais c'était inutile. Il n'y avait aucun danger.

– Et la télévision ? L'école ? De nos jours, il est difficile de vivre isolé des réalités brutales du monde extérieur.

– Pas là-bas, rétorqua-t-elle. Nous étions pauvres. La

télévision était un luxe hors de nos moyens. Et l'école était située en pleine campagne. Les élèves étaient tous comme moi, des enfants de fermiers plutôt misérables. Jusqu'à la mi-novembre, aucun d'entre nous ne portait de chaussures. Seule la robe destinée aux jours d'école venait d'un magasin. Ma mère cousait le reste, quand elle avait de quoi acheter du tissu. J'avais seize ans lorsque nous avons pu nous offrir un réfrigérateur. Auparavant, on conservait le lait dans une glacière.

James avait du mal à imaginer un endroit aussi éloigné de la réalité.

– C'était comme autrefois, remarqua-t-il.

– Exactement. Ça l'est toujours... Et ça me manque, ajouta-t-elle d'une voix brisée.

– Vous-même, vous ne paraissez pas démodée. J'ai l'impression que vous avez fait des études poussées.

– Oui. En informatique.

– Vous n'avez eu ni réfrigérateur ni télévision, mais vous êtes experte en ordinateurs, fit James, qui allait de surprise en surprise.

– Mon père n'a pas dépassé la classe de troisième, alors il a travaillé comme un fou pour m'envoyer au lycée puis à l'université. Celle du Mississippi.

– Et là-bas, vous n'avez pas eu de petit ami pour vous déniaiser ?

– Oh, laissez tomber ! s'écria-t-elle avec amertume. Mettez-moi en prison. Vous ne me croirez jamais, de toute façon.

– C'est faux. Je vous crois. J'essaie seulement de comprendre qui vous êtes, Emmanuelle. Et comment vous avez pu vous retrouver dans une situation pareille.

– J'étais une fille de la campagne complètement ignorante. Je croyais que tout le monde allait pieds nus jusqu'à la saison des pluies. Quant aux petits amis, je n'en ai eu aucun. Ils craignaient sans doute que je ne me cure le nez en public, qui sait ? ajouta-t-elle d'un ton railleur. Mettez-moi en prison et fichez-moi la paix.

Je vous ai menti sur tout le reste. Pourquoi me croiriez-vous maintenant ? Laissez-moi.

James se recula contre le dossier de sa chaise et croisa les bras.

– Je ne vous laisserai pas tranquille tant que vous ne m'aurez pas raconté votre histoire, répliqua-t-il. Et n'essayez pas de me rouler. Il y a sûrement eu des types qui salivaient rien qu'à vous regarder. Moi, je l'aurais fait, et d'éventuelles différences culturelles ne m'auraient pas rebuté.

– Je ne voulais pas sortir, admit-elle.

– Pourquoi ? Vous n'avez donc jamais aimé les hommes ?

– Si, ils me plaisaient, mais ça ne me semblait pas correct de m'amuser alors que mes parents se donnaient tant de mal pour payer mes études. Durant un mois, ma mère s'est privée de ses médicaments contre l'hypertension afin que je puisse acheter mes manuels scolaires. Comment croyez-vous qu'on se sente, après ça ?

– Pas très à l'aise, évidemment. Et obligé d'étudier. J'aurais fait de même. Vous avez des parents formidables.

– Ils sont merveilleux, approuva-t-elle avec force. Ils donneraient leur vie pour moi et, en ce moment, je ne peux même pas les appeler. Ça ne ferait que les inquiéter, sans compter que ça risquerait de les mettre en danger, eux aussi. D'ailleurs, ils ne comprendraient rien. Connaissant papa, il prendrait sa camionnette, roulerait d'une traite jusqu'à New York et frapperait à la porte de Glen. Mon père n'est pas un homme très rusé.

– Et vous non plus, par conséquent.

Les morceaux du puzzle se mettaient en place. L'image de la jeune fille candide qu'elle avait été lui brisait le cœur. Son père avait lâché une innocente dans un monde qu'elle n'était pas du tout préparée à affronter.

– Vous avez dû être plutôt étonnée en découvrant combien l'humanité était différente de ce que vous aviez connu dans votre village natal.

– Oui. Dan disait que j'avais encore de la paille dans les cheveux quand il m'a rencontrée. Il me trouvait stupide. Parfois, je crois qu'il n'avait pas tort.

– Vous n'êtes pas stupide, Emmanuelle, protesta James. Loin de là.

– Lorsque nous sortions ensemble, je croyais tout ce qu'il me disait ! Ça, c'était carrément stupide. En fait, j'étais éblouie par sa fortune, sa voiture, les bijoux et les vêtements somptueux qu'il m'offrait. Je me croyais dans un conte de fées. Cendrillon et son prince charmant.

James essayait d'imaginer les sentiments d'une jeune fille naïve qui, après s'être promenée pieds nus la moitié de sa vie, se faisait soudain courtiser par un homme aux costumes hors de prix, qui paradait à l'arrière d'une voiture luxueuse conduite par un chauffeur.

– Et ensuite, il ne s'est plus du tout comporté comme un prince charmant ?

– Lorsque nous sommes rentrés chez lui, ce soir-là, et qu'il s'est mis à me donner des ordres odieux en claquant des doigts, j'ai cru... j'ai cru qu'il plaisantait. Jusqu'à ce qu'il me frappe, acheva-t-elle en frissonnant.

– Quel soir ?

– Le soir de notre mariage.

– Il vous a frappée le soir de votre mariage ? s'écria James.

En toutes circonstances, frapper une femme était inacceptable, mais le faire lors de la nuit de noces était monstrueux. La scène était répugnante. Une jeune mariée candide se félicitait d'avoir trouvé l'homme de sa vie, et celui-là même la rouait de coups. Emmanuelle était si délicate, si fragile qu'une simple gifle devait lui fracasser la mâchoire.

– Parlez-moi de lui, dit-il, s'efforçant de conserver un ton posé malgré la colère qui bouillait en lui.

– Il était horrible, balbutia-t-elle, les larmes aux yeux. Horrible.

Puis, telle une rafale de mitraillette, le reste de l'histoire jaillit. Les jeux sadiques auxquels Dan se livrait en excitant ses dobermans contre elle, pour le seul plaisir de la terrifier. Les coups. Les menaces. Ses relations douteuses. Les contacts étroits qu'entretenait son beau-père avec la pègre. Les contrats visant à éliminer des adversaires ou des associés dont on voulait se débarrasser. Enfin, sa peur de monter elle aussi sur la charrette des condamnés.

– Je ne pouvais pas revenir chez moi, précisa-t-elle d'une voix tremblante. Ni même mettre mon père au courant. Il se serait précipité à New York et on l'aurait abattu. Alors, je suis restée. Je ne savais pas quoi faire. C'était comme un cauchemar interminable dont j'étais prisonnière.

Son regard anxieux serrait le cœur de James, et il dut faire appel à toute sa volonté pour ne pas la prendre dans ses bras.

– Pourtant, vous avez fini par divorcer ?

Elle inspira profondément et fixa le plafond.

– Oui. Après la naissance de Sammy.

– Je m'étonne que vous ayez voulu mettre un enfant au monde dans ces conditions.

– Je ne le voulais pas, répondit-elle. Lorsqu'il a appris que je prenais la pilule, Dan est entré dans une rage folle. Il voulait un fils pour prendre la suite des affaires familiales. Incroyable, non ? Il a jeté mes pilules à la poubelle. Ensuite, je n'ai plus pu faire un pas dehors sans être accompagnée. Finalement, deux mois après notre mariage, je suis tombée enceinte.

James préféra ne pas demander si Dan avait continué à la frapper pendant sa grossesse.

– Que s'est-il passé après la naissance de Sammy ?

– Elle avait quatre jours lorsqu'il a failli l'étouffer avec un oreiller pour la faire cesser de crier. Une petite fille, ce n'était pas ce qu'il avait désiré. Elle l'encombrait et ses pleurs gênaient ses invités... J'ai réussi à l'empêcher de la tuer, mais il m'a ordonné de faire en sorte qu'elle se taise. « Les bébés s'arrêtent parfois de respirer, tu sais. On pensera qu'elle est morte en dormant. » Voilà ce qu'il m'a dit. À ce moment-là, j'ai compris qu'il fallait que j'emmène Sammy. J'étais sa mère et mon devoir était de la protéger. Ou au moins d'essayer. Alors, je me suis enfuie. Je suis allée directement chez un avocat et j'ai entamé la procédure de divorce.

– Dan n'est pas venu vous chercher ?

– Pour me protéger, j'ai écrit une lettre racontant ses activités et celles de son père, avec des dates et des détails précis, de quoi les mettre tous les deux derrière les barreaux. J'en ai confié un exemplaire à mon avocat et j'ai rangé l'autre dans un coffre, à la banque. Dan et son père en ont reçu chacun une copie, et ils savaient que le procureur général en recevrait une si jamais je mourais.

James devina sans peine que le récit d'Emmanuelle était incomplet. En particulier, elle avait éludé les aspects intimes de ce mariage désastreux. Et, vu son attitude générale avec les hommes, on pouvait imaginer le pire.

Poursuivant l'interrogatoire, James apprit que le jugement du divorce avait accordé un droit de visite à Dan, qui avait profité de ces week-ends pour maltraiter Sammy. Terrifiée, Emmanuelle avait tenté de faire supprimer ce droit de visite. Dan avait répliqué en réclamant la garde de l'enfant, prétendant qu'Emmanuelle était incapable de s'en occuper.

Après la mort de Dan dans un accident de voiture,

Glen avait repris l'affaire en main. Comme héritier vivant, il ne lui restait plus que Sammy, et il était décidé à l'élever lui-même. De faux témoins à sa solde avaient affirmé sur l'honneur qu'Emmanuelle se droguait, qu'elle menait une vie de débauche et laissait souvent l'enfant sans surveillance. Toutes ces déclarations n'étaient qu'un tissu de mensonges, mais Glen menait une guerre acharnée et Emmanuelle perdait du terrain à chaque étape.

La bataille judiciaire s'interrompit prématurément lorsque l'avocat d'Emmanuelle succomba à une crise cardiaque très suspecte et que les deux exemplaires de sa lettre disparurent des coffres où ils avaient été déposés, chez son avocat et à sa banque.

– Je savais que Glen avait fait éliminer mon avocat et, peu après, j'ai failli me faire renverser par une voiture. Ce n'était pas un accident. Les lettres ayant été subtilisées, plus rien ne me protégeait.

– Vous avez donc fui à nouveau.

– Vous comprenez que je n'avais pas le choix, non ? Je ne pouvais pas laisser Sammy aux mains de Glen. Ce n'était pas possible.

– Ah, Emmy, fit-il d'une voix triste. Pourquoi ne pas m'avoir raconté ça plus tôt ? Vous n'aviez donc pas confiance en moi ? Si Goliath n'avait pas eu un comportement bizarre, je ne me serais pas précipité chez vous, et vous seriez morte, à l'heure qu'il est.

– Et qu'auriez-vous fait si je vous avais mis au courant ? répliqua-t-elle en secouant la tête. Cacher la vérité aux autorités ? Non, James. Vous aimez votre métier plus que tout.

– Non, Emmanuelle, pas plus que tout.

– Ah, bon ? Ce soir en est la preuve, pourtant. Me voilà arrêtée et menottée.

– Ça, c'est un coup bas. Que pouvais-je faire d'autre ?

– Rien, j'imagine. Mais ce n'est pas non plus ce

qu'on appelle de l'aide. Ici, je ne suis plus en sécurité. Lorsque vous nous renverrez à New York – ce que vous ferez, bien évidemment – vous signerez mon arrêt de mort. Est-ce ainsi que vous comptez m'aider ?

James se leva et se mit à marcher de long en large. Après avoir tourné plusieurs fois dans la petite pièce, il s'arrêta et observa Emmanuelle. Les bras maintenus dans le dos, elle se tortillait sur sa chaise et ne cessait de se frotter les poignets.

– Ces menottes vous gênent ? demanda-t-il.

– Quelle importance ?

– Vous essayez de me donner des remords, hein ? fit-il en déverrouillant les menottes qu'il rattacha à sa ceinture. Vous trouvez ça juste ?

– C'est l'avenir de ma fille qui est en jeu, James. Dan n'est pas devenu l'homme qu'il était par hasard. Il a été élevé par Glen Calendri. Cet homme lui a transmis les pires de ses défauts. Je ferai tout pour éviter que Sammy ne tombe dans les mains de son grand-père. Tricher, mentir, voler. Tout.

– C'est un avertissement ?

– Oui, répondit-elle en le regardant dans les yeux.

James ne put retenir un sourire. Depuis le début, il avait désiré qu'elle lui parle avec franchise. Aujourd'hui, il était servi.

– Je sors une minute. J'ai un coup de fil à passer.

– Vous n'avez pas peur de me laisser seule ?

– Je sais que vous n'irez nulle part sans Sammy, et elle est entourée de policiers.

*
**

James utilisa la cabine téléphonique située à l'extérieur du bâtiment, à l'abri des oreilles indiscrètes. Il y avait une éternité qu'il n'avait pas appelé son père pour lui demander de l'aide, songea-t-il amèrement.

Tout en glissant les pièces dans l'appareil, il se prépara à la violente diatribe qui ne manquerait pas de l'accueillir dès qu'il se serait annoncé. Son père avait toujours été colérique et égocentrique. Mais il était aussi l'homme le plus compétent qu'il connût en matière de droit. Selon Skeeter Pope, le contremaître de Ian Masters, celui-ci passait en ce moment deux semaines de vacances dans son ranch.

Il décrocha à la quatrième sonnerie.

– Masters à l'appareil.

James frémit en reconnaissant sa propre façon de répondre au téléphone.

– Papa ? C'est moi, James.

Ian Masters garda le silence.

– Que me vaut cet honneur ? demanda-t-il enfin.

Des sarcasmes, toujours des sarcasmes. James serra les dents. Pour le bien d'Emmanuelle et de Sammy, il devait encaisser sans broncher.

– Je... euh... j'ai besoin d'un conseil.

– Tu m'appelles, moi, pour me demander un conseil ? fit son père d'un ton railleur. C'est nouveau, ça. En trente-huit ans, tu n'as jamais écouté un mot de ce que je t'ai dit et, tout à coup, tu veux un conseil ?

James faillit raccrocher. Puis, revoyant le visage livide d'Emmanuelle, il se ravisa. Pour elle, il était prêt à se confondre en excuses humiliantes.

– J'ai besoin d'un conseil juridique et je ne connais personne qui t'arrive à la cheville dans ce domaine. Tu acceptes de m'aider, oui ou non ?

– Que diable as-tu fait, cette fois-ci ?

James grimaça. Pour son père, il était toujours un gamin indiscipliné de dix-neuf ans.

– Tu seras soulagé d'apprendre que ce n'est pas moi qui ai des ennuis. Je t'appelle au sujet d'une amie.

– Quelle sorte d'ennuis ?

James raconta l'histoire aussi brièvement et précisément que possible.

– Je pense la mettre à l'abri, quelque part, avec son enfant.

– Mon Dieu, fiston, examine les faits, voyons ! s'exclama son père. Cette femme est recherchée. Les charges retenues contre elle sont graves. Tout ce qu'elle t'a raconté n'est peut-être qu'un paquet de mensonges.

– Je ne crois pas.

– Ce n'est pas à toi de le décider. Si sa vie est réellement en danger, la police et la justice de New York trancheront.

– Avec des tueurs à ses trousses ? Elle risque de ne jamais atteindre New York et, si elle y arrive, ils l'élimineront en prison. Ça arrive souvent, et elle en sait trop sur leur compte pour qu'ils la laissent en vie.

– Tu n'en es pas certain, rétorqua Ian Masters. Et tu n'as pas à te mettre à la place du juge ! Si tu essaies d'aider cette femme, tu commettras la plus grosse bêtise de ta vie ! Un défi flagrant à la loi risquerait de ruiner ta carrière.

Son père n'avait jamais tenu sa carrière en grande estime, de toute façon, songea James.

– Et que veux-tu dire par « mettre à l'abri » ? La garder ici ? Sers-toi de ta tête, pour une fois, James, grogna Ian Masters avec mépris. Tu ignores complètement ce qu'a pu faire cette Emmanuelle Kenyon. Sans doute a-t-elle trempé dans du trafic de drogue ! Ces deux hommes ont pu essayer de la tuer pour des tas de raisons différentes. La chose la plus intelligente à faire est de l'extrader vers New York. Si tu as le moindre bon sens, occupe-t'en tout de suite. L'obstruction à la justice est un grave délit, rappelle-toi. Tu ne dois pas te fier aux seules déclarations de cette fille. Montre-moi un seul criminel qui se reconnaisse coupable, et je me rallierai à ton avis.

Bien qu'il eût horreur de le reconnaître, James savait que son père avait raison.

– En gros, ma carrière est foutue si je l'aide, c'est ça ?

– Tu peux aussi prévoir un séjour en prison, approuva son père. Un kidnapping et la mort d'un homme, c'est une sale histoire ! Avec un enfant dans le coup et un mandat d'arrêt contre la mère, combien de temps pourras-tu maintenir la détention provisoire, de toute façon ? Les autorités de New York demanderont l'extradition et rendront la fille à son gardien légal. Que feras-tu, à ce moment-là ? Tu leur diras d'aller se faire voir ? Eh bien, shérif ou pas, tu deviendras alors complice d'un kidnapping, et peut-être aussi de crimes dont tu n'as même pas idée. C'est ce que tu veux ?

– Non, bien sûr que non.

– Serre les dents et fais ton boulot. Je suis passé par là des douzaines de fois. Je sais comme c'est dur de résister à une femme qui essaie de nous émouvoir. Mais, dans notre monde, les Don Quichottes sont toujours les dindons de la farce. Je suis sûr que cette nana n'en vaut pas la peine.

– Merci pour le conseil, dit James en soupirant.

– Qu'est-ce que tu vas faire ?

– Mon devoir. Tu as raison. J'avais juste besoin de te l'entendre dire.

20

En rentrant dans le commissariat, des cris attirèrent James dans la petite pièce où Helen tentait en vain de consoler Sammy. Dès que la fillette le vit, elle se rua sur lui et se pendit à sa jambe.

– Je veux ma maman ! Je veux ma maman !

Goliath la rejoignit et, posant la tête sur l'épaule de l'enfant, il se mit à gémir.

– Voyons, chérie, pourquoi te mets-tu dans cet état ? Tu as Goliath avec toi.

– On veut tous les deux ma maman ! Où elle est ?

– Dans mon bureau.

Il prit le petit visage entre ses mains et essuya du pouce les larmes qui roulaient sur les joues de Sammy. Refuser quelque chose à ces immenses yeux bleus lui était impossible. D'ailleurs, en quoi une brève visite serait-elle dangereuse ? La mère et la fille allaient être séparées pour longtemps, peut-être pour toujours. Le grand-père de Sammy risquait fort de s'opposer à ce qu'Emmanuelle, une fois sortie de prison, revoie son enfant.

– Bon. Viens avec moi. On va aller la voir deux minutes.

Le visage de l'enfant s'éclaira.

– Goliath peut venir ?

– D'accord.

Il les emmena dans son bureau. Adossé à la porte, il regarda Emmanuelle réconforter sa fille, tiraillé entre des sentiments contradictoires. Il savait où était son devoir. L'insigne qu'il portait sur la poitrine ne cessait de le lui rappeler. Pourtant, sa mission n'en était pas plus facile.

– Tout va bien se passer, ma chérie, disait la jeune femme. On ne te fera aucun mal, je te le jure.

Les propos rassurants qu'Emmanuelle murmurait à Sammy le frappaient comme autant d'accusations.

Comme pour se protéger, James ferma les yeux. Son père avait raison : ce n'était pas à lui de trancher. Et Emmanuelle pouvait très bien avoir menti. N'avait-elle pas reconnu qu'elle n'hésiterait pas à le faire et qu'il ne devait pas se fier à elle ? Mais c'était justement cet aveu qui le poussait à la croire.

Par ailleurs, elle disposait d'autres armes dont elle ne s'était pas servie. L'enjeu était de taille, Emmanuelle était loin d'être sotte ; cependant, elle ne sortait pas sa carte maîtresse. Bien qu'elle sût qu'il était amoureux d'elle, elle ne cherchait pas à en profiter. Il n'y avait pas eu de déclaration d'amour ni de tentative de séduction.

Au cours de sa carrière, de nombreuses prisonnières avaient cru pouvoir obtenir sa clémence en échange de baisers, caresses et propositions diverses, dont certaines étaient franchement scandaleuses.

Bien sûr, cela ne correspondait pas à ce qu'il savait d'Emmanuelle. Elle exécrait visiblement tout ce qui touchait à la sexualité. Pourtant, sauver son enfant valait bien quelques sacrifices, non ?

Et si Emmanuelle Kenyon cherchait à le séduire, il ne serait sans doute pas capable de résister.

Il rouvrit les yeux et croisa le regard de Sammy. « Un vrai ami, c'est pour toujours », lui avait-elle dit pendant son plaidoyer pour Goliath. Les mots résonnaient dans sa tête comme si elle venait de les prononcer.

Il lui sourit. Cramponnée à sa mère, l'enfant le fixait sans ciller. C'était la copie en miniature d'Emmanuelle, avec la même fragile ossature, les mêmes traits délicats et les mêmes immenses yeux soucieux. Un jour, ses cheveux prendraient une teinte dorée identique. Elle briserait tous les cœurs, c'était évident.

À cet instant, James ne savait plus qui il aimait le plus, d'Emmanuelle ou de sa fille. Ce dont il était sûr, c'était qu'il les aimait toutes les deux, chacune d'une façon différente. Et, même si c'était la plus grosse bêtise de sa vie, il ne pouvait pas les sacrifier sur l'autel de la loi.

Bien sûr, il était important d'accomplir son devoir, de respecter son serment et de rester un homme honorable. Jusqu'à présent, il avait vécu selon ces principes. Mais d'autres choses étaient importantes. Et, tout en haut de la liste, se trouvait la loyauté envers les amis, en toutes circonstances.

Emmanuelle avait besoin de lui. Ses grands yeux parlaient pour elle, qu'ils soient bleus ou bruns.

Il traversa la pièce et prit Emmanuelle par le bras.

– Venez. On s'en va, fit-il d'un ton bourru.

– Comment ?

– On s'en va. Je vous emmène dans un endroit où Sammy et vous serez en sécurité, le temps que je débrouille cette histoire et que je décide quoi faire.

Aussi doucement que possible, il lui remit les menottes. Elle se tourna vers la fenêtre et examina les alentours, comme pour guetter les dangers qui l'attendaient dehors. Sans doute craignait-elle qu'il ne soit pas de taille à les en protéger, elle et sa fille. Pour être honnête, il ne savait pas lui-même s'il serait en mesure de le faire. Affronter des gangsters envoyés par le syndicat du crime n'était pas une mince affaire.

– Écoutez, Emmanuelle, je ne veux pas vous forcer. Et je ne peux pas vous promettre que nous nous en sortirons indemnes.

Elle lui lança un regard terrorisé. Il aurait aimé lui dire qu'il était un dur à cuire, capable de tirer plus vite que son ombre et de la sortir des pattes de tous les méchants de cette histoire.

– Je ne suis qu'un gros poisson dans une petite mare, le shérif d'un trou perdu de l'Oregon, reprit-il. Cette histoire dépasse de loin mes compétences. Il est fort possible que je n'en obtienne que des coups de pied aux fesses et que je vous entraîne dans ma chute. Par ailleurs, la seule chance que vous ayez, c'est de me faire confiance.

– Où... où nous emmenez-vous ? Vous êtes sûr que nous y serons en sécurité ?

– Je ne suis sûr de rien du tout, malheureusement.

Se sentant soudain très vieux et très las, il se passa la main sur la figure.

– Ce sont des gars de la ville, dit-il. S'ils nous suivent

dans un endroit sauvage, en pleine nature, ils seront complètement paumés.

– Dans un endroit sauvage ? répéta-t-elle d'une voix angoissée.

Elle ne craignait pas seulement les sbires de Glen Calendri, devina James. Dans un endroit isolé de tout, elle dépendrait complètement de lui. Après ce que Dan lui avait fait subir, il lui était difficile de se fier à un homme et de remettre sa vie entre ses mains.

– Alors ? insista-t-il. À vous de choisir, chérie. Mais ne prenez pas toute la nuit. Si nous nous attardons dans cette pièce, mes hommes finiront par se poser des questions. J'aurais déjà dû vous enfermer.

– C'est légal, ce que vous faites ? s'inquiéta-t-elle. Je veux dire... Vous ne risquez pas d'avoir des ennuis ?

– C'est moi, le shérif, non ? Je n'ai de comptes à rendre qu'au conseil du comté. Si je le juge nécessaire, je peux mettre mon prisonnier en détention préventive dans un lieu sûr.

Il omit de préciser que l'endroit le plus sûr pour garder un prisonnier était une cellule. Mais s'il la gardait ici, New York demanderait aussitôt l'extradition de la jeune femme, et il ne pourrait rien faire. Quelques jours de répit lui permettraient peut-être de trouver une solution.

– Je sais ce que je fais, Emmanuelle.

Une lueur d'espoir brilla dans ses yeux.

– Bon, d'accord, je vous suis... J'ai un peu peur, James, reprit-elle après une hésitation. Je ne connais pas la région, et...

– Ça ne fait rien. Je serai là, répliqua-t-il en lui soulevant le menton. Après ce que vous venez de me raconter, je comprends que vous hésitiez à faire confiance à un homme, et je ne vous en veux pas. Malheureusement, ma chérie, vous n'avez pas le choix. Je vous jure que je ferai de mon mieux pour vous protéger toutes les deux.

Elle plongea son regard dans le sien, comme pour essayer d'y lire ce qu'il n'osait pas lui dire.

– J'ai raison, vous le savez, murmura-t-il. Si vous ne me suivez pas, ils vous renverront à New York et Glen obtiendra la garde de Sammy. Partons. Cela me donnera le temps d'agir. J'ai quelques relations. Peut-être parviendrai-je à tirer deux ou trois ficelles qui me permettront d'amoindrir les risques lorsque vous serez de retour à New York, voire de jeter des doutes sur l'honorabilité de Glen, afin que Sammy reste sous tutelle judiciaire le temps qu'on enquête sur le compte de son grand-père.

– Vous le croyez vraiment ?

– Non, pas vraiment, avoua-t-il.

– On peut toujours essayer, fit Emmanuelle en relevant le menton d'un air de défi.

*
**

Quitter le commissariat fut beaucoup plus facile qu'il ne l'avait prévu. Tout le monde le regarda avec stupeur lorsqu'il annonça qu'il emmenait Emmanuelle et l'enfant en détention préventive dans un lieu sûr. Mais James avait habitué ses hommes à ne pas discuter ses ordres, et personne ne posa de questions.

– Je te confie la boutique, dit-il à Bayley en le prenant à part. Je resterai en contact par radio.

– Tu sais ce que tu fais, j'imagine, répondit le policier d'un ton perplexe. Où les emmènes-tu ?

– Il vaut mieux que tu ne le saches pas. J'ai des raisons de croire que le syndicat du crime est dans le coup. La vie de cette femme est en danger.

– Le syndicat du crime ? Bon sang !

James lui fit un rapide résumé de l'histoire.

– Ces gangsters n'y vont pas de main morte, commenta Charlie. Garde la tête baissée et serre les fesses. Et fais gaffe avec la radio. Ce ne sont pas les gadgets qui leur manquent. Tiens, l'autre jour, j'ai vu un film où il leur suffisait de braquer un petit appareil sur une maison pour entendre tout ce que les gens disaient. De la rue ! Et ils enregistraient aussi les conversations téléphoniques !

James réprima un sourire. Charlie était un bon policier et un ami loyal, mais son idée du monde ressemblait à celle qu'avait eue la jeune Emmanuelle, cloîtrée dans son village du Mississippi, à la seule différence que Charlie regardait la télévision.

– Je ferai attention, promis. Je tiens à la garder en vie.

Charlie opina du chef.

– Faut dire qu'elle est pas mal. Un peu fluette, peut-être... Tu sais, reprit le policier rondouillard, ma Mabel n'a pas non plus des formes avantageuses, pourtant je ne l'échangerais pas contre une douzaine de nanas aux gros seins. Elle me tient chaud l'hiver et me rafraîchit l'été. Que demander de plus ?

James ne put retenir un gloussement. Sa vie basculait, des tueurs guettaient peut-être sa sortie et Charlie lui parlait de sa vie sexuelle ! Ce type était un obsédé. Quant au tour de poitrine de Mabel, personne n'avait été capable de l'évaluer jusqu'ici. Ses cent kilos se répartissaient uniformément des épaules aux fesses, sans qu'il soit possible de distinguer les seins du ventre.

– Charlie, dit-il en posant la main sur l'épaule du policier, relève le nez de ces magazines pornos et ouvre l'œil. À mon avis, on va avoir de quoi s'occuper.

– Je ne regarde pas les photos, protesta l'autre. Mabel me découperait en rondelles. Je ne m'intéresse qu'aux articles. Ils sont très instructifs.

– Tiens donc ! Eh bien, ne t'instruis pas pendant mon absence.

– Promis. Tu peux compter sur moi.

Un de ses hommes avait ramené la Bronco sur le parking du commissariat. James fit grimper la mère et l'enfant dans la voiture, se glissa derrière le volant et démarra.

– Emmanuelle, couchez-vous là, ordonna-t-il en désignant l'espace qui séparait son siège du sien.

– Pourquoi ?

Il lui décocha un regard qui la fit obéir immédiatement.

– Je ne veux pas qu'on vous voie, expliqua-t-il. Si Glen a envoyé d'autres hommes à vos trousses, il est possible qu'ils nous aient suivis.

– Ils nous auront vus sortir du commissariat, alors ?

– Ça m'étonnerait. La haie qui entoure le parking cache la porte d'entrée.

– Maman, je suis fatiguée, j'ai sommeil, gémit Sammy.

– Moi aussi, je suis fatiguée. Mais nous ne rentrons pas chez nous, ce soir.

– Où on va ?

– C'est une surprise, répondit Emmanuelle. Allonge-toi sur la banquette et fais une petite sieste... Voilà. Tu es bien installée ?

– Le ventre de Goliath gargouille, dit l'enfant en riant. Ça me fait un oreiller bruyant.

Coincée entre les deux sièges, les bras liés dans le dos, la position d'Emmanuelle était tout sauf confortable. Pourtant, elle ne se plaignit pas et ne demanda pas qu'il lui enlève les menottes. Son courage forçait l'admiration. Il ne lui restait plus qu'à créer un fan-club d'Emmanuelle Kenyon, songea James. Chez elle, décidément, tout lui plaisait.

Voyant qu'elle s'efforçait de ne pas glisser à chaque accélération, il posa la main sur son épaule pour la retenir. Son corps était tiède et menu sous sa paume. Et terriblement crispé.

– Je n'ai vu aucune voiture garée par ici. C'est bon

signe, dit-il pour la rassurer. Cessez de vous inquiéter. Je m'occupe de tout.

Emmanuelle l'entendit à peine. La grande main de James s'était ouverte et l'un de ses doigts s'aventurait jusqu'à son sein. En était-il conscient ? Sans doute pas. Il avait autre chose en tête, se dit-elle sans conviction.

Jusqu'à présent, il s'était toujours comporté en parfait gentleman. Mais garderait-il la même attitude, maintenant ? Ne chercherait-il pas à profiter de la situation ?

Chat échaudé... Les qualités qu'elle avait admirées chez James Masters n'étaient peut-être qu'une façade. Sans lui, Sammy et elle n'avaient aucune chance de s'en sortir. Ils le savaient tous les deux. En acceptant son aide, elle lui avait donné carte blanche. Même si elle portait plainte contre lui par la suite, qui la croirait ?

C'était stupide, songea-t-elle en serrant les dents. Que faisait-il donc de si affreux, à part laisser cette grande main reposer sur son épaule ?

À cause de Dan, elle était devenue cet animal farouche, effrayé par le moindre contact. La confiance qu'elle accordait jadis à tout le monde l'avait plongée en enfer.

« On n'a rien sans rien, poupée », lui rappelait constamment Dan. Il l'avait nourrie, vêtue et logée. Il avait pris possession d'elle en échange de ce qu'il lui donnait. Lors de leur nuit de noces, il avait accroché leur acte de mariage au mur, à côté des pedigrees de ses dobermans. « Emily, Gretchen et Otto », avait-il déclaré avec suffisance et, dès cet instant, le dressage de la jeune femme avait commencé.

Les yeux fixés sur les lumières du tableau de bord, elle s'efforça d'ignorer la main de James. En vain. Les doigts ouverts suivaient le contour de son bras et effleuraient son sein tandis que la large paume pressait son épaule. Impossible qu'il n'en soit pas conscient, se dit-elle.

Des larmes de colère lui brouillèrent la vue. En se méfiant de James, elle laissait encore Dan contrôler ses pensées et sa vie. Quand allait-elle enfin se débarrasser de lui ? Et y arriverait-elle un jour ?

James avait raison, il lui était presque impossible de faire confiance à quelqu'un. Pourtant, au fil des jours, elle avait peu à peu baissé sa garde et, en ce moment précis, elle avait désespérément besoin de croire qu'il était aussi merveilleux qu'elle se l'était imaginé : un vrai héros accourant au secours des demoiselles en détresse.

Elle tenta de se raisonner. Accorder sa confiance à quelqu'un relevait d'une décision, n'est-ce pas ? Alors, pourquoi ne déciderait-elle pas, une fois pour toutes, de se fier à cet homme ? De se fier à lui sans réserve, sans laisser de vils soupçons s'insinuer dans sa tête chaque fois qu'il ferait un geste lui rappelant d'autres gestes passés ? Après tout, si elle ne pouvait accorder une confiance absolue et inconditionnelle à James Masters, qui d'autre la mériterait ?

*
**

James n'avait qu'une idée en tête : sortir de cette ville le plus vite possible. Il devait cependant s'arrêter chez lui et chez Emmanuelle. Ils auraient besoin de vêtements, d'armes, de munitions, d'argent liquide et de nourriture.

Ses yeux ne cessaient d'aller et venir entre la route et le rétroviseur. Chaque lumière de phares faisait bondir son cœur dans sa poitrine. Heureusement qu'Emmanuelle était allongée, se disait-il. Elle avait eu assez d'émotions comme ça, et ce trajet n'avait rien d'une promenade de plaisir. Sammy dormait sur la banquette arrière, la tête posée sur Goliath. Ses doux ronflements de petite fille lui rappelaient à chaque instant qu'elle comptait sur lui, que sa sécurité et son avenir dépendaient de lui.

Un vrai ami, c'est pour toujours.

Que Dieu lui vienne en aide, il ne pouvait pas la laisser tomber, ni elle ni sa mère. Emmanuelle lui avait enfin accordé sa confiance et, après ce que lui avait infligé cette ordure de Dan Calendri, il imaginait sans peine combien cela avait dû lui coûter.

Comme il s'engageait dans Hereford Lane, il appela Charlie.

– Je suis sur le point de quitter le coin. Jusqu'ici, tout s'est bien passé. Et chez toi ?

– Pas de vrais problèmes. Delgado a demandé à passer le coup de téléphone autorisé par la loi. Il connaît ses droits, manifestement. Ce ne doit pas être la première fois qu'il se retrouve en tôle.

– Tu as écouté la conversation ?

– Non, m'sieur. Je lisais un journal porno, répondit Charlie en riant.

– Qui a-t-il appelé ?

– Un type à New York. Il a raconté que tu avais emmené la femme et l'enfant. Comment l'a-t-il appris, je l'ignore. Sans doute quelqu'un a-t-il bavardé près de sa cellule. Je suis désolé.

– Ne t'en fais pas, Charlie. Ça devait arriver, un jour ou l'autre. De toute façon, je serai loin quand leurs renforts débarqueront.

– Fais gaffe. J'aime pas ce type. Il a une sale tête.

– Promis. Je te rappellerai demain après-midi, sauf contrordre.

– Entendu.

Arrivé chez Emmanuelle, il découvrit que tous ses bagages étaient rangés dans le coffre soigneusement verrouillé de sa vieille guimbarde. Il jura à voix basse. Impossible d'ouvrir la Ford : les policiers avaient confisqué le sac et les clés de la jeune femme.

– Qu'allons-nous faire ? demanda-t-elle en se redressant péniblement.

– Nous, rien. Moi, je m'en occupe. Ne bougez pas.

Il entreprit d'ouvrir le coffre à l'aide d'un démonte-pneu. Sans succès. Il poussa, tira, sauta, jura. La tôle se déchirait, mais le coffre restait obstinément fermé. En désespoir de cause, il cala l'instrument sous la serrure et sauta dessus à pieds joints. Le coffre grinça et s'ouvrit enfin.

Il ne prit que les sacs qui lui semblaient contenir des vêtements. Puis il se rendit rapidement chez lui, ramassa ses armes, des munitions, des provisions, et les entassa dans la voiture.

Chargée à ras bord, la Bronco rappelait les véhicules errants décrits dans le roman de Steinbeck, *Les Raisins de la colère*. Des sacs de nourriture pour chiens et la gamelle de Goliath couronnaient le tout.

– Combien de temps devrai-je rester comme ça ? demanda Emmanuelle lorsqu'ils reprirent la route. Je commence à avoir des crampes.

– Il n'y en a plus pour longtemps, assura-t-il en posant à nouveau la main sur son épaule. Vous pourrez vous redresser dès que nous serons sur la grand-route. À cet endroit, on risquera moins de vous apercevoir.

– Tant mieux. Chaque fois que vous accélérez ou que vous freinez, je manque décoller !

Il pouffa de rire.

– Je vous tiens. Détendez-vous.

Quinze minutes plus tard, ils passèrent devant le commissariat. Tout avait l'air calme. Aucune voiture suspecte n'était garée dans les environs. C'était bon signe.

Par contre, les phares que James voyait dans son rétroviseur depuis deux kilomètres étaient plus inquiétants. Le véhicule roulait derrière eux sans se laisser distancer.

Sans doute était-ce sans importance. En ce moment, beaucoup de gens profitaient du beau temps pour aller passer quelques jours à la montagne. Mais ils préféraient en général rouler de jour, à cause des virages sinueux.

Une fois sur la grand-route, il aida Emmanuelle à se redresser.

– Il y a une aire de repos un peu plus loin, dit-il. Je m'y arrêterai pour vous enlever les menottes.

Blottie contre la portière, le visage éclairé par les lumières du tableau de bord, elle avait l'air d'une adolescente effrayée.

– Je ne serai plus obligée de les porter ? Je croyais que vous m'aviez mise en détention préventive.

– On met des menottes aux prisonniers pour éviter qu'ils ne prennent les policiers par surprise, ne s'échappent ou ne tirent... Vu les circonstances, nous pouvons nous dispenser de ces formalités.

– Merci. Je serai contente d'avoir les mains libres.

– Si Charlie ne m'a pas rappelé, c'est que tout va bien là-bas. Essayez donc de vous détendre. Lorsque je vous aurai ôté les menottes, vous pourrez dormir un peu.

– Vous pensez que nous sommes sauvés ? demanda-t-elle après un silence.

À quoi bon l'inquiéter ? songea James avant de répondre. Il se tracassait assez pour deux.

– On dirait, fit-il.

– Où allons-nous exactement ?

– Un de mes vieux copains de classe possède un petit chalet, là-haut, près du lac Emerald. J'y suis déjà allé et je sais où il cache la clé.

– Comment est-ce ?

– Magnifique. La vue est splendide et il n'y a personne aux alentours. La bicoque elle-même n'a rien de luxueux. Deux chambres et une cuisine.

– Dites-moi la vérité. Vous croyez que nous y serons en sécurité ?

– Eh bien... Si je devais conseiller une cachette à un fugitif, je lui recommanderais cet endroit. Comme je vous l'ai dit, c'est un endroit très isolé. On y accède par une piste qui n'est pas goudronnée. Je doute qu'une voiture normale y parvienne et, à pied, ce serait une sacrée balade.

– Il n'y a pas beaucoup de maisons par ici, remarqua-t-elle en regardant par la fenêtre.

– Et vous en verrez de moins en moins. Là-haut, il n'y a plus que des résidences secondaires, la plupart autour du lac et quelques-unes éparpillées dans la forêt. C'est une région de chasse et de pêche.

L'isolement du chalet présenterait à la fois un avantage et un inconvénient. D'un côté, les visites inattendues seraient peu probables. De l'autre, ils seraient coupés de tout secours si jamais les bandits les retrouvaient.

Les doigts crispés sur le volant, il se rappela ce qu'Emmanuelle lui avait raconté. Crime organisé, tueurs à gages, dobermans vicieux... Excessif ou authentique ?

James ne connaissait du syndicat du crime que ce qu'en disaient les journaux ou les films. Corruption de certaines sphères de l'administration et du monde des affaires, élimination de témoins gênants et d'enquêteurs trop obstinés, silence complice d'organismes qui craignaient des représailles... Il savait que tout cela existait. Il savait aussi que les hommes de main étaient rusés, bien entraînés et impitoyables. À la seule idée de les affronter, il se couvrait de sueur.

Dès les premiers contreforts, la grand-route se rétrécit en deux voies sinueuses. Après chaque virage, les phares menaçants réapparaissaient dans le rétroviseur.

Tout en accélérant, James guettait une éventuelle trouée sur sa droite. La Bronco était capable de rouler sur des chemins où une voiture normale ne pourrait pas la suivre. S'il tournait, éteignait ses feux et s'enfonçait dans l'obscurité, leurs poursuivants seraient contraints de renoncer.

Malheureusement, les virages serrés se succédaient et aucun chemin de traverse ne se présentait. Par contre, les phares se rapprochaient, bien trop vite à son goût. Il accéléra encore.

– Que... que faites-vous ? bredouilla Emmanuelle.

– Sammy est toujours attachée ?

Elle se tourna vers l'enfant.

– Oui, mais elle a un peu desserré la ceinture pour s'allonger.

– Resserrez-la.

– Je ne peux pas. J'ai les menottes.

– Bon, tant pis. Faites ce que je dis. Calez vos pieds sous le tableau de bord et reculez-vous le plus possible contre votre siège. Je crois que nous allons avoir droit à un peu de sport.

– Quoi ?

Avant qu'il ait pu répondre, la voiture qui les suivait heurta la Bronco. Le choc fit dévier le véhicule au beau milieu d'un virage.

– Bon sang !

James venait juste de redresser la Bronco quand un nouveau choc les fit sursauter.

21

– Ô mon Dieu ! cria Emmanuelle lorsque la Bronco heurta la glissière de sécurité. James ! Ils vont nous faire basculer dans le vide ! Faites quelque chose !

Elle se retourna vers la banquette arrière. Le choc avait réveillé Sammy et la fillette hurlait de terreur.

– Maman ! Maman !

Emmanuelle aurait donné n'importe quoi pour être assise à côté de sa fille et pouvoir la prendre dans ses bras. Avec ces maudites menottes, elle ne pouvait même pas lui tendre la main. Les phares de l'autre voiture se rapprochaient à nouveau.

– Attention ! cria-t-elle. Ils reviennent !

La Bronco sursauta sous l'impact. Emmanuelle fut projetée contre la portière et sa tête vint heurter la fenêtre.

– Calez vos pieds sous le tableau de bord, bon sang !

Il avait raison. Elle ne rendrait service à personne en traversant le pare-brise. Se redressant face à la route, elle bloqua ses pieds sous le tableau de bord. Derrière elle, les aboiements de Goliath se mêlaient aux pleurs de Sammy.

Les traits tendus, les cheveux hirsutes, James étreignait le volant sans cesser de surveiller leurs poursuivants.

– Très bien, bande d'ordures ! s'écria-t-il. Vous voulez du sport ? Vous allez en avoir !

Il freina brutalement. La voiture qui les suivait fut obligée d'emprunter la voie parallèle pour éviter la collision. Quand elle arriva à la hauteur de la Bronco, James donna un coup de volant. Les deux carrosseries se tamponnèrent et la voiture des poursuivants quitta la route. Les lumières des phares tournoyèrent follement dans l'obscurité, projetant des éclairs saccadés sur les arbres environnants.

Sous la violence du choc, la Bronco fit une embardée. James parvenait à en reprendre le contrôle lorsque le pneu arrière droit dérapa sur les gravillons. Le véhicule se mit à chasser. Emmanuelle crut qu'ils allaient eux aussi basculer, mais, avec une incroyable habileté,

James parvint à s'arrêter à quelques centimètres du ravin. Le moteur toussa et se tut.

Un silence de mort succéda à cette débauche de violence. Même Sammy et Goliath ne disaient mot. James gardait les mains crispées sur le volant, comme s'il n'avait pas compris que la voiture s'était immobilisée. Puis une voix lointaine leur parvint. Lâchant un juron, il tourna la clé de contact.

– Il faut se tailler !

Soulagée, Emmanuelle entendit le moteur se réveiller dans un rugissement. James avait raison : ils n'avaient pas de temps à perdre. Apparemment, un des hommes au moins avait survécu à l'accident. Il pouvait surgir à tout moment et leur tirer dessus.

James passa en première et enfonça la pédale de l'accélérateur. Un gémissement aigu s'éleva.

– Bon sang !

– Qu'y a-t-il ?

– Maman ! Maman ! gémit Sammy.

– Tout va bien, ma chérie, cria Emmanuelle, les yeux fixés sur James.

– Le pneu arrière est dans le fossé, expliqua-t-il. On patine.

– Vous voulez dire qu'on ne peut pas repartir ?

Il se pencha pour manipuler un bouton et appuya à nouveau sur l'accélérateur. Cette fois-ci, tous les pneus gémirent. Elle comprit qu'il avait enclenché les quatre roues motrices. La Bronco se souleva, retomba, se souleva encore et retomba. Espérant alléger le véhicule, Emmanuelle fit de même. Mais, malgré tous leurs efforts, ils ne décollèrent pas.

James éteignit les phares, le tableau de bord et la radio. Puis il baissa sa fenêtre, défit sa ceinture de sécurité et ouvrit sa portière pour sauter à terre.

– Couchez-vous sur le sol. Toutes les deux ! ordonna-t-il à mi-voix en refermant doucement la porte.

Emmanuelle vit sa silhouette sombre se détacher sur le ciel et courir vers l'arrière du véhicule.

– James ?

Il ouvrit le coffre et elle reconnut le cliquetis d'une arme qu'on chargeait.

– Ô mon Dieu ! N'y allez pas ! Ils vous tueront...

– La ferme, Emmanuelle ! chuchota James d'un ton furieux. Ils vont vous entendre ! Allongez-vous ! Tout de suite ! Gardez Goliath avec vous.

Sa silhouette se fondit dans l'obscurité.

Un silence sinistre s'installa. Emmanuelle se mordit les lèvres pour s'empêcher de claquer des dents. Elle devait réfléchir. Les phares de l'autre voiture étaient braqués en diagonale vers le ciel, comme si le véhicule s'était empalé sur un arbre. Combien de survivants y avait-il ? James pourrait-il leur faire face ?

Elle pensa d'abord sauter à terre et s'enfuir avec Sammy dans les bois. Mais il faisait horriblement sombre et le terrain devait être très accidenté. Ligotée par les menottes, elle ne pourrait même pas tenir la main de sa fille pour l'aider à marcher.

– Sammy, couche-toi par terre, ma chérie.

– Maman ? J'ai peur !

– N'aie pas peur, mon amour. James nous protège, déclara Emmanuelle en glissant sur le plancher de la Bronco. Tu vois ? Fais comme moi. Sois la grande fille de maman, d'accord ? Montrons à James comme nous suivons bien ses conseils.

– Je veux pas.

Une rafale de détonations déchira le silence. Sammy poussa un cri. Une seconde rafale éclata et quelques balles vinrent s'écraser contre la carrosserie de la Bronco. « Une mitraillette, songea Emmanuelle. On dirait celle de Dan. »

Babines retroussées, Goliath bondit contre la fenêtre

en grondant. Sammy était toujours recroquevillée sur son siège. Si elle restait là, elle risquait d'être touchée.

– Sammy ! Descends. Tout de suite ! Tu m'entends ?

L'enfant défit sa ceinture en gémissant. Comme elle se laissait glisser sur le plancher, une autre détonation retentit dans la nuit.

– Allonge-toi complètement, ordonna Emmanuelle. Voilà. C'est bien.

Goliath s'accroupit au-dessus de l'enfant et l'encadra de ses pattes. Emmanuelle comprit qu'il la protégerait, quitte à en mourir.

– Maman ?

– Oui, chérie ?

– T'en va pas.

– Non, chérie. Je reste là. Si tu tends la main, tu pourras me toucher.

Sammy se tortilla et sa main se posa sur les cheveux de sa mère.

– Tu restes là, hein ?

– Promis, juré.

*
**

L'éternité.

Emmanuelle découvrait soudain la signification de ce mot. L'éternité ne se mesurait pas en simples unités de temps, décennies, siècles ou millénaires. L'éternité était un état d'esprit dans lequel chaque respiration durait une année entière. C'était s'enfoncer dans un trou noir tandis que des détonations explosaient autour de vous. C'était rester allongée à quelques centimètres de son enfant en guettant la première tache de sang sur ses boucles blondes.

L'éternité, c'était savoir votre vie entre les mains d'un homme qui avait disparu dans la nuit pour livrer une bataille désespérée. C'était le revoir en esprit, les souvenirs surgissant dans un brouillard coloré comme les pages d'un livre d'images qu'on feuillette rapidement.

James. Immense et musclé. Une peau couleur de bronze. Des cheveux bruns perpétuellement hirsutes, avec des mèches qui s'égaraient sur le front. Des yeux changeant selon l'humeur, gris métallique lorsqu'il fixait quelque chose, bleu ardoise lorsqu'il riait, sombres lorsque la colère ou l'inquiétude le gagnait. Des mains larges comme des assiettes, paumes calleuses et douces à la fois, chaudes et réconfortantes.

L'éternité, c'était aussi se rappeler comme elle avait douté de lui et savoir qu'elle douterait encore, quoi qu'il fasse pour la sauver. Son âme était malade, prisonnière d'un labyrinthe d'émotions dont certaines étaient pures et bonnes, d'autres souillées et malsaines. Et, malgré tous ses efforts, elle ne se débarrasserait jamais de ses souvenirs, elle ne surmonterait jamais ses frayeurs irraisonnées. Les pensées logiques et les idées folles se succédaient dans sa tête en une sarabande sans fin, la haine et la peur l'emportant toujours.

L'éternité, c'était rester allongée entre deux sièges, les seins écrasés, les côtes meurtries, les yeux pleins de larmes et les lèvres murmurant des prières pour son enfant, pour elle-même et pour un homme dont la vie lui était devenue si chère. C'était encore s'avouer qu'elle était désespérément amoureuse de lui, qu'elle le veuille ou non.

Plongée dans ses pensées désespérées, Emmanuelle ne remarqua pas tout de suite l'étrange silence qui venait de s'installer.

Elle releva la tête et tendit l'oreille. Seuls lui parvinrent le sifflement de la brise dans les feuillages et le craquement des troncs d'arbres quand le vent se faisait plus fort.

– Maman ? Où est James ?

Emmanuelle se redressa légèrement pour regarder par la fenêtre. Les phares s'étaient éteints.

– Reste tranquille, Sammy.

Entendant des pas sur les gravillons, elle s'aplatit à nouveau sur le sol. Goliath gronda.

– Chut ! souffla-t-elle.

Les pas se rapprochaient. Qui était-ce ? Les yeux secs et exorbités, Emmanuelle se recroquevilla sur elle-même.

Des cris de révolte lui brûlaient les lèvres. James était mort pour elles, et les bandits arrivaient. Ligotée, elle ne pouvait qu'attendre la mort. Ensuite, la pauvre petite Sammy regretterait de ne pas être morte, elle aussi. Si elle survivait à la brutalité de Glen, elle arriverait à l'âge adulte aussi folle et pervertie que son père.

La silhouette sombre d'un homme apparut derrière la vitre. Une fraction de seconde plus tard, la portière s'ouvrit en grinçant et l'air froid s'engouffra dans la voiture. Se préparant au choc d'une balle, Emmanuelle voulut bander ses muscles, mais son corps ne lui obéissait plus. La terreur avait court-circuité les signaux émis par son cerveau.

– Tout le monde va bien, là-dedans ?

Sous l'effet de la panique, la voix masculine avait pris un timbre aigu qu'Emmanuelle ne reconnut pas. Le canon d'un fusil heurta la portière quand l'homme se pencha pour toucher Emmanuelle.

– Bon sang ! Emmanuelle ! Non !

De grandes mains parcoururent son corps, la pressant de toutes parts. Assommée par la peur, mille cris de soulagement bloqués dans la gorge, Emmanuelle ne put répondre.

James. Il était vivant et la soulevait, tremblant de peur.

– James... souffla-t-elle.

– Vous êtes blessée ? Vous avez été touchée ?

– Non. Ça va... Ça va.

À ces mots, il la lâcha comme une pomme de terre

trop chaude. Emmanuelle retomba brutalement sur le plancher, les genoux tordus, et une violente douleur lui traversa les jambes.

James se pencha entre les sièges.

– Sammy ?

Il repoussa Goliath avec une telle force que le chien heurta la banquette arrière. Puis il souleva délicatement Sammy.

– Chérie ?

– James ?

Parvenant enfin à se redresser, Emmanuelle vit James s'asseoir sur le siège du conducteur et étreindre l'enfant. Sans mot dire, il la serrait étroitement contre lui. Son souffle rauque trahissait son émotion.

Au bout de quelques minutes, il reposa Sammy sur la banquette arrière et sortit du véhicule. Durant un long moment, il arpenta le bas-côté, attendant d'avoir recouvré son calme.

Lorsqu'il revint vers la Bronco, il semblait un peu rasséréné. Emmanuelle aurait bien aimé être dans le même état d'esprit. Scrutant l'obscurité, elle s'attendait à tout moment à voir émerger un homme ou à entendre une rafale meurtrière. James ne lui avait rien dit, et les suppositions ne suffisaient pas à la rassurer.

– Et vous, ça va ? demanda-t-elle.

– Très bien. Pas une égratignure.

– Qu'est-il arrivé ?

Passant le bras entre les sièges, il tapota la tête de son chien et ébouriffa les boucles de Sammy.

– Alors, ma poupée, comment ça va ?

– Bien, dit Sammy. Mais j'ai eu très peur quand tu es parti.

– Moi aussi.

Il se renfonça dans son siège et resta immobile, visiblement épuisé.

– Tout est arrangé, dit-il enfin.

Tout était arrangé ? Il n'avait rien de plus à dire ?

– Combien... combien étaient-ils ?
– Trois. Bon sang, j'ai besoin d'une cigarette.
Une cigarette ? Elle ne l'avait jamais vu fumer.
– Trois ? Ils sont tous...
James l'interrompit en désignant Sammy du regard.
– Je me suis occupé d'eux, fit-il.
– Vous êtes sûr ? Vous vous êtes occupé des trois ?
– Affirmatif.
Son assurance apaisa Emmanuelle, qui cessa aussitôt de guetter le moindre mouvement dans l'obscurité. Ils ne risquaient plus rien... pour l'instant. Les battements de son cœur se calmèrent et son corps sembla reprendre vie.
Il sortit à nouveau et contourna la voiture pour ouvrir la portière d'Emmanuelle. Elle sentit ses mains tripoter ses poignets et les libérer des menottes. Ses bras douloureux pendaient de ses épaules comme des moignons inutiles. Elle plia et déplia les doigts pour faire circuler le sang.
– Merci.
– Mieux vaut tard que jamais, grommela-t-il.
Il ouvrit la boîte à gants et en sortit quelque chose. Puis la flamme d'un briquet jaillit dans la nuit et elle l'entendit inhaler avec bruit.
– Excusez-moi, mais j'avais vraiment besoin d'une cigarette.
L'odeur lui rappela la pipe de son père. En ce moment, elle aurait tout donné pour être assise au coin du feu auprès de son père, à regarder la fumée de sa pipe se dérouler autour de sa tête grise.
Prenant appui sur les mains, elle se souleva pour glisser les pieds sous elle, et la douleur dans ses jambes s'apaisa.
À côté d'elle, le bout rouge de la cigarette éclairait par intermittence les traits tendus de James.
– Ça m'empêche de courir vers les buissons, expliqua-t-il. Pas très viril, comme réaction, n'est-ce pas ?

Perplexe, Emmanuelle tenta d'apercevoir son visage dans la nuit. Que voulait-il dire en parlant de courir vers les buissons ? Qu'il avait mal au cœur ? Elle tourna la tête vers le ravin. Quelles horreurs recelait-il ? Trois hommes. Dont il s'était occupé, selon son expression. Et il ne lui restait plus qu'à fumer pour stopper les haut-le-cœur. Enfant, elle avait suivi son père à la chasse et avait vu quels dégâts un fusil à gros calibre pouvait causer sur le corps d'un daim. Sur celui d'un homme, ce ne devait pas être plus joli.

Trois hommes. Son estomac fit un soubresaut. James venait de tuer trois hommes. Et il avait dû vérifier qu'ils étaient bel et bien morts. Les regarder en face, les palper.

Pas très viril ? Armé d'un fusil et du semi-automatique de la police, il avait affronté une mitraillette et elle ne savait combien d'autres engins de mort. Qui n'aurait pas eu peur ? James n'était pas homme à jouer des biceps. Mais, dans les pires situations, il tenait bon et n'hésitait pas à risquer sa vie. Et c'était incroyablement courageux, tout simplement.

Il jeta sa cigarette et l'écrasa sous son talon.

– Il faut que j'appelle le commissariat.

Il s'installa derrière le volant et alluma le tableau de bord et la radio.

– Masters appelle unité trois, dit-il dans le micro.

Une voix d'homme répondit immédiatement.

– James ? J'essayais de te joindre. On a de gros problèmes.

– Que veux-tu dire, Charlie ?

– On a les Fédéraux aux fesses et trois grosses légumes furibardes t'attendent dans ton bureau. Il faut que tu la ramènes.

– Les Fédéraux ? Qu'est-ce que tu me chantes ?

– Le FBI ! J'sais pas comment ils ont su. Nous n'avons prévenu personne, mais ils sont au courant. Il n'y a eu qu'un coup de fil au sujet de cette histoire. Tu sais qui l'a passé. Et, tout à coup, voilà les Fédéraux qui s'annoncent pour ramener votre copine à New York.

Le visage de James se figea.

– Écoute-moi bien, Charlie. On dirait que cette ordure a des agents du FBI dans sa poche. Je ne peux pas la leur livrer. C'est simple : Delgado a appelé Calendri, qui a dû contacter des agents à sa solde. S'ils arrêtent Emmanuelle, elle ne verra jamais la salle d'audience.

– Tu n'as pas le choix. La partie est finie. Si tu ne la ramènes pas, c'est toi qui es fichu.

Les yeux fermés, Emmanuelle s'était blottie contre sa portière.

– Je ne peux pas, répondit James après un bref silence.

– Masters ? cria une autre voix dans la radio. C'est vous, Masters ? Roy Ferguson à l'appareil. Vous m'entendez ?

– Bon sang ! Le procureur général ! fit James en écartant sa bouche du micro. Je vous entends, Roy, reprit-il. Inutile de crier.

– Ramenez immédiatement la femme Calendri. C'est clair ? Je vous donne six heures. Je ne sais pas où vous êtes, mais vous avez intérêt à ne pas traîner. Si elle n'est pas de retour dans six heures, vous pouvez dire adieu à votre insigne de shérif.

James tenta de plaider la cause d'Emmanuelle.

– Roy, sa vie est en danger. Glen Calendri, son beau-père, est affilié au milieu.

– Ben voyons ! fit Ferguson. Réfléchissez un peu, Masters. Elle vous a raconté des bobards. Ça m'étonne que vous soyez tombé dans le panneau.

– Ce ne sont pas des bobards, Roy. Je viens d'en faire l'expérience. Trois hommes ont essayé de me faire quitter la route. Quand ils sont sortis de leur bagnole, on se serait cru au feu d'artifice du 4 juillet. Ensuite, ils m'ont fait danser au son d'une mitraillette.

– Ne me dites pas que... vous les avez tués ? bredouilla l'autre, hors de lui.

– Qu'est-ce que vous croyez ? Ils étaient prêts à me transformer en passoire.

– Oh, bon sang !

Un tohu-bohu envahit la ligne, puis la voix de Ferguson reprit :

– Avez-vous seulement une idée de ce que vous avez fait ? fit-il d'une voix menaçante.

– J'ai sauvé ma peau.

– Vous avez probablement tué trois agents du FBI, oui !

– Roy, protesta James d'un ton las, les agents du FBI ne cherchent pas à pousser une voiture hors de la route et ne tirent pas avant de montrer leurs insignes. En plus, j'ai vérifié. Ils n'avaient aucun papier d'identité.

– Écoutez-moi ! s'égosilla Ferguson. Ramenez-la ici, compris ? Six heures, Masters. Et plus de discussion. Nous ne voulons pas d'ennuis avec les Fédéraux. Si vous en causez, c'est vous qui paierez.

James reposa le micro et éteignit la radio. Emmanuelle ne savait plus quoi dire. D'ailleurs, quoi qu'elle dise, cela ne servirait à rien. La carrière de James était en jeu. Il n'avait pas d'autre choix que de la ramener en ville.

– Je suis vraiment désolée, James.

– Quel cauchemar ! fit-il avec un rire amer.

– J'apprécie sincèrement tout ce que vous avez fait pour nous, commença-t-elle. Je ne l'oublierai jamais. À part mon père, personne ne m'a jamais soutenue de cette façon. Non, en fait, même pas mon père. Je ne sais pas comment vous remercier. Et je regrette vraiment de vous avoir causé autant d'ennuis.

– Maman, pourquoi James a des ennuis ?

– Parce qu'il est notre ami. Il doit nous ramener en ville, chérie, sinon on lui retirera son insigne.

Sammy se pencha pour regarder la poitrine de James.

– Il brille. Tu l'aimes beaucoup, hein, James ?

Il baissa la tête pour examiner son insigne. Puis il le dégrafa et le brandit au clair de lune avec l'air triste d'un petit garçon égaré. Et, soudain, il le jeta par la portière ouverte. Un bruit léger monta du ravin une demi-seconde plus tard.

Emmanuelle en eut le souffle coupé. Il se tourna alors vers Sammy et lui sourit.

– Il n'y a rien au monde que j'aime plus que toi et ta maman, ma chérie.

– James ! s'écria Emmanuelle. Il faut que nous en discutions.

– Ce n'est pas le moment de discuter. Je vais avoir besoin de votre aide pour nous sortir de là.

– Mais...

– Pas de « mais », dit-il en sautant à terre. On ne peut pas rester ici comme des canards dans un stand de tir. Je vais soulever le train arrière avec un cric. Les clés sont là. Démarrez. Quand je crierai, avancez. Si vous entendez un grand bruit et que vous sentez l'arrière retomber, ne vous inquiétez pas.

Elle se glissa derrière le volant.

– Et ne m'abandonnez pas ici, ajouta-t-il avec un petit rire, avant de refermer la portière.

Il se dirigea vers l'arrière du véhicule. Après un bref instant, Emmanuelle entendit un bruit sourd et des grincements métalliques. À chaque grincement, la Bronco vacillait.

– Allez-y ! cria James.

Elle passa en première et appuya sur l'accélérateur. Les gravillons ricochèrent sur les flancs du véhicule. Puis la Bronco bondit en avant, ses pneus arrière frappant la terre avec une telle force que ses amortisseurs s'écrasèrent. Emmanuelle freina et se mit au point mort.

James rangea le cric et reprit sa place derrière le volant.

Ils ne roulèrent pas longtemps sur la grand-route. Au bout de trois kilomètres, la Bronco tourna à droite puis à gauche. À présent, la voiture roulait au pas. Chaque fois qu'ils approchaient d'une petite maison, James examinait les alentours à l'aide d'une lampe électrique.

– Vous avez oublié où est le chalet ? demanda Emmanuelle, intriguée.

– Non, je fais des courses.

Des courses ? Elle n'osa pas insister. Plusieurs kilomètres et une demi-douzaine de maisons plus loin, la lampe de James éclaira un auvent et une vieille camionnette rouge.

– Celle-ci fera très bien l'affaire. Ça fait des mois que personne n'est venu. Pas depuis la dernière saison de chasse, à mon avis.

– Qu'allez-vous faire ?

– Je vais changer de voiture. Celle-ci doit disparaître. Demain matin, ils diffuseront un message à toutes les patrouilles, et les tueurs de Glen Calendri n'auront aucun mal à repérer la Bronco.

Il allait procéder à un échange de voitures ? À l'entendre, il s'agissait d'une aimable discussion avec les propriétaires, suivie d'un contrat en bonne et due forme !

– Ne me dites pas que vous allez voler une voiture ! s'exclama-t-elle en le voyant ouvrir sa portière.

Il lui jeta un regard d'avertissement et désigna Sammy du menton.

– Je n'ai jamais rien volé. C'est très mal de voler. Je veux juste trouver un autre moyen de transport.

Emmanuelle le suivit des yeux tandis qu'il s'enfonçait dans l'obscurité.

S'il volait cette voiture, il aurait largement dépassé le point de non-retour. Obstruction à la justice. Complicité d'un kidnapping. Et maintenant, vol. Depuis l'intervention du procureur général, Emmanuelle luttait avec sa conscience, tentant de se convaincre que la sécurité de Sammy était sa seule préoccupation, même si c'était aux dépens de James.

À présent, la voix de sa conscience protestait haut et fort. Si elle n'intervenait pas, il allait gâcher sa vie et sa carrière. Il leur aurait tout sacrifié et ne pourrait plus faire marche arrière.

Au commissariat, la peur l'avait empêchée de réfléchir au prix que James aurait à payer s'il leur venait en aide. Mais, soudain, les conséquences lui paraissaient excessives, inacceptables.

Elle ouvrit la portière et sauta à terre.

– James ! Attendez ! cria-t-elle en courant. Vous ne pouvez pas voler une voiture ! C'est de la folie !

Il se retourna.

– Plus bas, voyons ! chuchota-t-il. Sammy va vous entendre. Je ne veux pas qu'elle me prenne pour un voleur.

– Et que serez-vous, exactement, si vous prenez cette camionnette ? demanda-t-elle sur le même ton que lui. Un héros de la police ? Il faut que nous parlions.

– De quoi ?

Elle le rejoignit et l'agrippa par la manche.

– Vous ne pouvez pas faire ça. Vous êtes shérif ! C'est toute une vie honorable que vous détruisez ! Je ne veux pas.

– Le moment est sacrément bien choisi pour vous inquiéter de ça, Emmanuelle, répondit-il en la regardant, stupéfait. Comme si j'avais le choix ! S'il vous arrivait quelque chose, je... eh bien, je ne le supporterais pas, c'est tout. Et ces types, là-bas, c'étaient de vraies balles qu'ils tiraient ! Notre vie est en danger. Il faut que nous changions de véhicule. Celui-ci convient parfaitement. Les propriétaires ne reviendront probablement pas avant des mois. Je pourrai peut-être même le ramener avant qu'ils ne s'aperçoivent de sa disparition.

– Et s'ils arrivaient demain matin ? Ou dans deux jours ? Vous jouez à la roulette avec votre avenir.

– Je dois le faire.

– Écoutez-moi d'abord, James. Nous avons d'autres options.

– Lesquelles ?

– Vous pourriez me donner vos armes et me laisser prendre la Bronco. Je sais tirer. Mon père m'a appris, et je suis sûre que ça reviendra dès que j'aurai un fusil dans les mains.

Ahuri, il se passa la main dans les cheveux.

– Ça peut marcher, insista-t-elle. Voyons... Je vais vous donner un coup de poing sur la tête, juste de quoi faire une bosse. Vous leur raconterez que je vous ai assommé et que je me suis sauvée !

– Et ensuite ?

– Je prendrai la fuite. Je disparaîtrai. Je l'ai déjà fait, je peux recommencer.

– Dans une voiture de police ? répliqua James. Dès que j'aurai raconté votre fuite, il y aura des barrages sur toutes les routes. Quand vous avez quitté New York, la surprise a joué en votre faveur. Cette fois-ci, ça ne marchera pas. Les flics sont déjà à vos trousses. Ils vous coinceront avant même que vous ayez fait deux cents kilomètres. Tout ce que vous aurez gagné, c'est un voyage gratuit pour New York. Je ne veux pas avoir ça sur la conscience. Pas question !

Il fit demi-tour et s'éloigna. Elle s'apprêtait à courir derrière lui lorsqu'elle entendit crier Sammy.

– Maman, ne me laisse pas !

– Je ne m'en vais pas, promis.

Puis elle se tourna vers la silhouette de James qui disparaissait déjà dans l'obscurité.

– Revenez ! supplia-t-elle d'une voix étouffée. James !

Comme il ne s'arrêtait pas, elle ramassa une pierre et la jeta dans sa direction.

Il sursauta et pivota en se frottant l'épaule.

– C'est fou, ça ! s'écria-t-il en revenant vers elle. Vous avez failli me frapper à la tête !

– Il faut que nous parlions !

– Eh bien, allez-y, bon sang !

– Je ne peux pas vous laisser continuer ! Vous êtes déjà allé trop loin. Si vous volez une voiture, vous ne pourrez jamais vous en sortir ! Réfléchissez, James, je vous en prie ! Il faut que nous trouvions une autre solution. C'est de la folie !

– Oui, c'est de la folie. Emmanuelle, je viens de descendre trois hommes. Il n'y a pas de retour en arrière possible. Plus maintenant. Ferguson ne plaisantait pas. Si je ne vous ramène pas, ma carrière est foutue, c'est sûr.

– Alors, ramenez-moi, murmura-t-elle en baissant la tête.

– Quoi ?

– Maman ! appela Sammy. Il fait noir et j'ai peur. Tu m'avais dit que tu t'en irais pas !

– J'arrive, ma poupée.

– Retournez auprès de votre fille, intervint James. Je suis un grand garçon. Je sais ce que je fais.

– Bousiller votre vie, répondit-elle. Voilà ce que vous faites.

– Oui. À quoi vous attendiez-vous, Emmanuelle ?

Le pire, c'était qu'elle n'y avait pas réfléchi une seconde. Il avait représenté la sortie de secours et elle s'y était engouffrée, ne songeant qu'à sauver Sammy.

– Vous m'avez demandé de vous aider, vous vous souvenez ? continua James. Vous avez dit que vous renvoyer serait signer votre arrêt de mort. Croyiez-vous vraiment que j'aurais pu vous aider sans bousiller ma vie ?

Emmanuelle se mit à trembler de tout son corps. Elle s'était seulement dit qu'ils n'avaient qu'à s'enfuir dans la nuit sans laisser de traces, loin de Glen et de ses hommes. À présent, elle voyait James se détruire sous ses yeux, pour elle et pour sa fille.

– Oh... je n'y avais pas pensé, gémit-elle. Oh, James, je regrette, je n'y avais pas pensé.

Il s'approcha d'elle et prit son visage dans ses mains.

– Emmanuelle chérie, ne vous mettez pas martel en tête. Je n'aurais pas dû dire ça. C'est moi qui ai pris cette décision, et je l'aurais prise de toute façon, quoi que vous ayez pu dire.

– Qu'ai-je fait ? sanglota-t-elle. Ô mon Dieu, qu'ai-je fait ?

– Rien ne m'oblige à le faire, chérie. Rien. C'est moi qui le veux.

– J'ai laissé Dan nous détruire, moi et Sammy. Maintenant, il a beau être mort et enterré, c'est à vous qu'il s'en prend ! Où cela s'arrêtera-t-il ?

Elle inspira profondément puis, pointant l'index vers le sol, elle reprit :

– Eh bien, ça s'arrêtera ici ! Je l'ai décidé. C'est ma faute s'il a fait autant de mal à Sammy. Je ne le laisserai pas bousiller aussi votre vie.

– Vous n'êtes coupable de rien ! protesta James. Vous êtes toujours en train de lutter, non ? Quant à ma vie, j'en suis l'unique responsable. Pas vous. J'ai bien réfléchi, Emmanuelle, et je sais très bien ce que je fais. Et vous savez quoi ?

– Non, quoi ?

– Je crois que j'ai fait le bon choix.

22

James bricola les fils de la camionnette Ford pour la faire démarrer. Le véhicule était plus rouillé que peint, mais il marchait bien et une grande banquette arrière permettrait à Sammy et Goliath de s'installer confortablement. Les propriétaires avaient également eu la générosité de laisser sous l'auvent cinq bidons d'essence qui pourraient s'avérer utiles.

Après avoir mis en route la camionnette, James transporta rapidement le chargement de la Bronco dans la Ford, fit monter Sammy et Goliath à l'arrière et se hâta de quitter les lieux. Emmanuelle le suivit au volant de la Bronco jusqu'à l'endroit de la fusillade. Une fois sur place, James transmit par radio le nombre de victimes et réclama une ambulance.

– Je ne comprends pas pourquoi nous sommes revenus ici, dit Emmanuelle.

– Parce que je ne veux pas laisser de cadavres sur le bord de la route. Une vieille dame pourrait tomber dessus et faire une crise cardiaque, expliqua-t-il. Et puis, abandonner la Bronco là où nous avons pris la camionnette aurait été franchement stupide. Désormais, la piste s'arrête ici.

– Vous raisonnez comme un criminel.

– Non, comme un flic. Voilà pourquoi nous devenons si dangereux quand nous passons de l'autre côté.

Afin d'égarer d'éventuels poursuivants, James emprunta plusieurs chemins de traverse. Lorsqu'il fut convaincu que personne n'était à leurs trousses, il prit la route la plus directe. Il était convaincu qu'on ne penserait pas à le chercher chez Mike. Il n'était pas allé chez son ami depuis des années. La police supposerait plutôt qu'il franchirait la montagne et rejoindrait l'autoroute pour quitter l'État, comme la plupart des fugitifs.

On avait certainement lancé un avis de recherche contre lui. Son insigne ne le protégeait que jusqu'à un certain point, et cette limite était largement dépassée, à présent. Il ne savait que dire pour qu'Emmanuelle ne se sente pas trop coupable. S'il s'était lancé dans cette aventure, c'était bien pour les protéger, elle et sa fille. Prétendre le contraire eût été un mensonge inutile.

Le chien et l'enfant endormis sur la banquette arrière, ils gardèrent longtemps le silence. Emmanuelle s'était blottie contre sa portière, le plus loin possible de lui.

– Emmanuelle, vous avez l'air bouleversée. Parlez-moi, ça vous fera du bien.

– Ce n'est rien, marmonna-t-elle.

– Si, je le vois bien. Ça fait plus de cinquante kilomètres que vous n'avez pas ouvert la bouche.

– C'est que... vous nous avez tout sacrifié, James, commença-t-elle.

– Je commençais à en avoir marre d'être shérif, de toute façon.

– Balivernes ! Les adolescents, les vies que vous sauvez, tout ça n'a plus d'importance pour vous, tout à coup ? Vous croyez que je n'ai pas compris que votre métier compte plus que tout ?

– Chérie, calmez-vous. Ce que je fais en ce moment, je le fais de mon propre chef. Vous n'avez pas à vous sentir responsable.

– Peut-être, mais ça me met mal à l'aise.

– Mal à l'aise ? Que voulez-vous dire ? demanda-t-il, perplexe.

– J'ai du mal à trouver les mots, fit-elle en s'agitant sur son siège. J'ai peur de dire quelque chose qui vous blesse.

– Allez-y, Emmanuelle. Expliquez-moi ce qui vous tracasse et nous mettrons les choses au point. Parlez sans réserve.

– D'accord, répondit-elle après une hésitation. Eh bien, vous êtes le meilleur ami que j'aie jamais eu. Je ne sais pas ce que j'aurais fait sans votre aide, depuis que je suis à Wynema Falls. Et j'ai peur de vous perdre.

Le cœur de James se serra.

– Me perdre ? Il n'en est pas question, Emmanuelle. Vous pouvez compter sur moi.

– Même si je vous mets dans une telle colère que vous en veniez à me haïr ?

– Voyons, Emmanuelle, rien ne pourrait m'amener à vous haïr.

– J'ai peur de ne pas arriver à remplir ma part du marché, dit-elle d'une voix à peine audible.

– Quel marché ?

– Le marché que nous avons passé, fit-elle avec un geste de la main qui les englobait tous les deux. Nous ne l'avons pas dit clairement, bien sûr, mais je ne suis pas bête au point de croire que vous avez fait tout ça pour rien. Vous avez sûrement nourri des espoirs... Pourtant, malgré tous mes efforts, j'ai peur de ne jamais réussir à vous rembourser tous vos sacrifices.

– De quels espoirs parlez-vous, Emmanuelle ?

– Eh bien... Manifestement, vous m'aimez beaucoup, et Sammy aussi. Je veux dire, on ne fait pas tout ça pour n'importe qui.

– Ce n'est pas le moment que j'aurais choisi pour exprimer mes sentiments, mais vous avez raison. Je vous aime de tout mon cœur, vous et Sammy. Et je n'aurais fait ça pour personne d'autre. Alors, où voulez-vous en venir, précisément ?

– C'est que... je m'inquiète, fit Emmanuelle, de plus en plus embarrassée. Quand le moment sera venu pour nous de... vous savez quoi... j'ai peur que vous ne soyez très déçu, très irrité, si je... euh... si je montre peu d'enthousiasme. Lorsque je me sens acculée...

– Acculée ?

– Ce n'est pas le bon mot... Zut, c'est difficile à expliquer. Prise au piège ? risqua-t-elle en lui jetant un coup d'œil.

– Prise au piège, répéta-t-il avec un goût amer dans la bouche.

– Quand ça m'arrive, je perds la tête. Je deviens claustrophobe, je ne peux plus respirer, je suis complètement paniquée... Inutile de vous dire que, depuis mon divorce, j'ai évité de me retrouver dans cette situation... Bref, je m'inquiète de ma réaction... et j'ai peur que vous ne soyez très fâché. Et vous auriez raison, d'ailleurs. Vous comprenez ?

Pour comprendre, il comprenait. Mais il était stupéfait qu'elle le connaisse si mal. Après tout ce qu'il avait fait pour gagner sa confiance, elle le soupçonnait d'attendre une rétribution, et quelle rétribution ! Pire, elle le croyait capable de s'emporter si elle le repoussait. Elle n'imaginait quand même pas qu'il allait la violer ? À l'idée qu'elle ait pu penser cela, il se sentit bouillir de rage. Pas question qu'elle s'en tire avec d'aussi vagues insinuations.

– Non, je ne comprends pas, dit-il sèchement.

– Vraiment ? fit-elle, ahurie.

– Non. Parlez plus clairement.

Elle posa la main sur sa poitrine et se mit à tripoter les boutons de son chemisier.

– Vous comprenez très bien et vous êtes fâché parce que je m'inquiète.

– Je ne suis pas fâché.

C'étaient les petites femmes timides, les maîtresses d'école frigides et les nonnes sans humour qui étaient susceptibles de se fâcher. Lui n'était pas fâché : il était fou furieux.

– Je vous en prie, James. Ne soyez pas fâché. Vous m'avez dit de parler sans réserve.

– Je vous dis que je ne suis pas fâché.

– Alors, pourquoi cette veine bat-elle sur votre tempe ?

– Lorsque je tiens une conversation sérieuse, il m'arrive de grincer des dents.

Elle poussa un long soupir.

– Après Dan, j'hésite à m'engager avec quelqu'un.

– Ça, je comprends.

– Et l'éventualité d'une autre relation... Eh bien, ça me met mal à l'aise.

Ses mains tremblaient. Elle appelait ça être mal à l'aise ? Elle était terrifiée, oui !

– Bien sûr, je ferai de mon mieux pour être gentille, ajouta-t-elle.

– Gentille ?

– Oui. Vous êtes en droit d'espérer une certaine coopération.

– Juste une question, Emmanuelle : sommes-nous en train de parler de rapports sexuels ?

Elle lui lança un regard indigné.

– Je préférerais éviter les termes crus, si ça ne vous ennuie pas.

Des termes crus ? S'il n'avait pas été aussi en colère, il aurait éclaté de rire.

– Oui ou non, sommes-nous en train de parler de rapports sexuels ? insista-t-il. L'idée ne vous enchante pas, apparemment ?

– C'est une bonne façon de dire les choses sauf que... c'est bien pire que ça

– Et vous craignez que je ne vous prenne de force ?

– Oh, non ! Je ne vous vois pas prendre qui que ce soit de force !

Cette réponse le soulagea un peu. Il pouvait admettre qu'elle ait peur, et elle avait d'ailleurs de bonnes raisons d'être effrayée. Mais il ne supportait pas l'idée qu'elle l'ait soupçonné d'avoir agi avec l'espoir d'une récompense... en nature.

– Jamais une chose pareille ne m'a traversé l'esprit, poursuivit-elle, les larmes aux yeux. Vous êtes l'homme le plus chic que j'aie jamais rencontré. Je pense même que vous éclipsez mon père et, pour moi, ce n'est pas peu dire.

À ces mots, James eut soudain honte d'avoir cédé à la colère.

– Merci, Emmanuelle. C'est un grand compliment. Pourtant, à vous entendre, votre père est un type formidable, et j'ai quelques défauts que vous n'avez pas encore remarqués. Je ne suis qu'un être humain. Ne me mettez pas sur un piédestal, sinon je risque de vous décevoir.

– Je sais. C'est pourquoi je suis aussi inquiète.

– Que voulez-vous dire ?

Elle rougit et haussa les épaules.

– Il n'est pas dans la nature de l'homme de se montrer très patient quand on en vient à... vous savez quoi. Est-ce qu'on ne pourrait pas... euh... établir une sorte de contrat ? Par exemple, que je ferai de mon mieux pour être gentille et que vous ferez de votre mieux pour éviter de vous mettre en colère ?

James serra les dents pour se retenir de hurler. Sa couronne dentaire à six cents dollars n'y résista pas.

– Je ne sais pas si je peux accepter ça, marmonna-t-il. En ce moment même, j'en suis très, très près.

– Près de quoi ?

– De me mettre en colère ! s'écria-t-il.

Elle écarquilla les yeux. James reprit en s'efforçant de contrôler sa voix :

– Je ne prends jamais une femme de force. Peu importe combien je la désire. Par ailleurs, quand je rends service, je n'attends pas de remboursement en nature, même s'il s'agit de gros services. Et vous savez quoi ? Je trouve extrêmement insultant que vous m'ayez cru capable d'une chose pareille.

– Oh...

– Alors, voilà le marché que je vous propose. Je ne vous toucherai pas. Compris ? Cessez de vous inquiéter. Si jamais vous éprouvez le besoin urgent de faire l'amour et que vous me désirez comme partenaire, sifflez. Et le crétin que je suis accourra sûrement.

– Je ne voulais pas vous offenser, dit-elle d'une voix tremblante.

– Le sujet est clos. Et ne vous mettez pas à pleurer. Avec moi, ça ne marche pas. Ce serait du gaspillage d'énergie.

– Non, non, bafouilla-t-elle.

James se mit à fixer résolument la route. Pourvu qu'elle le croie aussi insensible qu'il l'affirmait, car une seule larme de ses grands yeux bleus lui fendrait le cœur, et il n'aurait plus qu'à s'excuser. Et, en ce moment, il n'avait pas envie de s'excuser. Il était fou de rage et avait besoin d'un peu de temps pour se calmer.

Le sexe. Voilà donc à quoi elle pensait en se recroquevillant contre la portière !

James fulminait. Dire qu'il n'aimait même pas les blondes ! Et encore moins les petites blondes aux yeux bleus ! Emily Calendri, alias Emmanuelle Kenyon, ne possédait aucun des appas qui auraient pu l'inciter à lui sauter dessus.

Les mains moites, il se cramponnait au volant. Revenir en arrière était impossible, désormais. De toute façon, il n'en avait pas envie. Ce qu'il désirait réellement, c'était étrangler sa passagère.

Quant à sa récompense, peut-être devrait-il la prendre au mot et se comporter comme l'ordure qu'elle le soupçonnait d'être. On ne déçoit pas une dame, n'est-ce pas ? Les propos d'Emmanuelle ne cessaient de résonner dans sa tête, le rendant de plus en plus furieux. Jamais il ne lui avait donné matière à penser de telles choses de lui. Non, certainement pas, songea-t-il en se rappelant les innombrables fois où il avait gardé les yeux baissés, s'interdisant de détailler sa silhouette, luttant contre l'envie de l'embrasser... Décidément, cela ne servait à rien de se comporter en gentleman.

À peine cinq minutes après leur conversation, il la vit dodeliner de la tête. Il faillit tendre le bras pour la pincer. C'était bien d'une femme, ça ! Mettre un homme en rogne et s'endormir tranquillement après !

Sans doute était-elle épuisée. Sa montre indiquait minuit et elle avait eu une rude journée. Elle n'avait pas l'habitude de s'agiter vingt-quatre heures d'affilée, contrairement à lui.

Portant la main à la tête, il découvrit qu'il n'avait plus son chapeau. Son Stetson ! Où l'avait-il laissé ? Non seulement il avait gâché son avenir, mais il avait perdu son cher Stetson. Il ignorait ce qui était le pire.

La tête d'Emmanuelle alla heurter la vitre. Si elle restait dans cette position, elle se réveillerait avec un torticolis. Il tendit la main pour la redresser.

La belle au bois dormant, songea-t-il, attendri. Il suffisait d'un regard pour que ses envies de meurtre cèdent la place à l'émerveillement.

En tout cas, cette femme lui coûtait cher. Une couronne dentaire et un Stetson à cent dix dollars.

*
**

Le petit chalet était perché dans la montagne, au milieu des pins. Les phares de la camionnette éclairaient des murs en rondins et un toit en aluminium rouge.

L'architecture de la maison était fonctionnelle : une petite cuisine et deux pièces meublées de façon simple et rustique. Dans l'une, un grand lit. Dans l'autre, à peine plus grande qu'un placard, un divan sur lequel Emmanuelle installa Sammy. Goliath rejoignit aussitôt la fillette et se coucha à ses pieds.

Il ne restait plus qu'un lit et deux adultes épuisés. Elle y réfléchirait plus tard, se dit-elle en aidant James à décharger la voiture. Son expression irritée et son silence obstiné lui donnèrent l'impression de s'enfermer avec un immense gorille aux réactions imprévisibles.

Après avoir transporté leurs bagages à l'intérieur, elle rangea les provisions tandis qu'il entreprenait de charger ses armes.

Quelques minutes plus tard, elle se laissa tomber sur une chaise. Regarder James manipuler des engins de mort lui rappela Dan, surtout lorsque son compagnon prit le pistolet, l'arme préférée de son ex-mari. Écœurée par les odeurs d'huile et de poudre, elle se sentit blêmir.

Il s'en moquait bien, apparemment. Il était furieux contre elle, et elle ne pouvait pas le lui reprocher. Elle n'avait pourtant pas voulu l'offenser. Elle avait même tenté de lui cacher ce qu'elle éprouvait, mais il avait insisté pour qu'elle s'explique. Voilà où menait la franchise.

Qu'elle était sotte, vraiment ! Avec Dan aussi, elle avait le chic pour dire ce qu'il ne fallait pas.

– James ?

Il referma le semi-automatique avec un claquement qui la fit sursauter.

– Quoi ?

Il releva la tête. Son regard était dur, excédé.

– Je... je voulais m'expliquer pour tout à l'heure.

– Inutile. C'était parfaitement clair.

– Non, je voulais vous expliquer pourquoi j'ai dit ça, insista-t-elle en croisant les bras sur sa poitrine. Mes... euh... mes anxiétés. Elles n'ont rien à voir avec vous. Elles ne vous visent pas personnellement.

– Ça ne me vise pas personnellement ? s'exclama-t-il. Moi, je trouve que je suis concerné. Forcer une femme à faire l'amour, ça s'appelle un viol.

– Non ! Je veux dire... oui...

– Vous avez peur que les rapports sexuels ne soient

le prix à payer pour l'aide que je vous ai apportée, non ? Vous me croyez donc capable de violer une femme. Exact ?

– Non !

La haute silhouette de James se brouilla devant ses yeux. Mais, cette fois-ci, ce n'était pas sur Sammy ni sur elle qu'elle pleurait. Ses larmes étaient pour l'homme qu'elle avait blessé alors qu'il méritait toute sa gratitude.

– S'il vous plaît, taisez-vous et laissez-moi parler, dit-elle.

– Bon, d'accord, je serai muet comme une carpe.

– Je sais que vous ne me prendriez pas de force. Et j'ai quand même peur.

– Ah, je me sens mieux, fit-il d'un ton méprisant.

– Vous aviez promis de vous taire.

– Quand on vous prend pour un violeur, on a envie de se défendre, voyez-vous, rétorqua-t-il.

– Vous n'êtes pas en cause ! Cette crainte prend racine dans mon passé. Je sais que c'est absurde, mais il y a une petite voix au fond de ma tête qui n'arrête pas de murmurer : « Sois prudente. Méfie-toi. Ne recommence pas deux fois de suite la même erreur... »

Se penchant en avant, elle reprit, le regard suppliant :

– Le problème, c'est que les circonstances ne m'ont pas laissé le temps de réfléchir. Tout s'est passé tellement vite ! Comme autrefois, en fait. Je me suis fiée à Dan, j'ai cru qu'il était celui qu'il prétendait être, et regardez où ça m'a menée !

Les yeux de James brillaient d'un éclat métallique. Debout devant elle, il lui paraissait gigantesque, une véritable montagne de muscles.

Posant son pistolet, il se mit à marcher de long en large dans la pièce, comme pour calmer sa colère, puis il s'arrêta. Lentement, il s'approcha d'elle, s'inclina et lui souleva le menton. Stupéfaite, elle vit dans ses yeux la colère céder la place à la tendresse et un sourire désarmant se dessiner sur son visage.

– C'est moi qui devrais m'excuser, dit-il d'une voix rauque. Après ce que vous avez subi, c'est normal que vous ayez peur, et je n'ai pas le droit de vous reprocher votre franchise.

– Je ne voulais pas vous blesser, répondit-elle.

– Et moi, comme un grand imbécile, je me suis emporté, au lieu d'admettre que j'étais blessé. Pardonnez-moi.

– Je vous en prie. J'ai été stupide. J'ai l'impression qu'il y a en moi deux Emmanuelle qui se disputent la place.

– Grands dieux ! Une seule me suffit.

Emmanuelle ne put s'empêcher de rire.

– J'ai sans doute besoin d'une aide psychologique, reprit-elle. Mes réactions ne sont pas normales... Je suis amoureuse de vous, vous savez.

Il resta un instant silencieux, son pouce caressant doucement la lèvre inférieure d'Emmanuelle.

– C'est ce que j'espérais, dit-il enfin. Quant à moi, c'est la première fois que j'aime une femme, aussi je n'ai pas de point de comparaison. Mais je ne vois pas comment je pourrais aimer plus.

Emmanuelle n'était pas surprise. Son comportement, surtout cette nuit, le lui avait déjà prouvé. Beaucoup d'hommes prétendent être capables de risquer leur vie pour la femme qu'ils aiment. James, lui, ne l'avait pas dit : il l'avait fait. Alors, pourquoi ces craintes irrationnelles et maladives continuaient-elles de la torturer ? Elle n'avait rien à redouter de cet homme, absolument rien. Pourtant, l'idée seule qu'il puisse la toucher la faisait trembler.

– Vous comprenez mon problème, maintenant ? Je devrais avoir envie d'être avec vous. J'ai besoin d'aide.

– Vous avez besoin d'être aimée, corrigea-t-il avec un regard plein de tendresse. Et je ne parle pas de rapports sexuels, alors ne paniquez pas. Vous avez besoin qu'on vous écoute et qu'on vous aide sans rien demander en échange. Il se trouve que je connais un type qui serait d'accord pour se charger du boulot.

– Comment pourriez-vous m'aider ? C'est vous, mon problème !

– Non, ce n'est pas moi. C'est une vieille valise que vous trimbalez partout avec vous et qui porte une étiquette au nom de Dan Calendri. Pour vous en débarrasser, vous devez en parler. Je vous assure que c'est efficace. Discuter de Laney avec vous m'a libéré d'une bonne partie de mes démons.

– J'en suis heureuse. Mais ça ne marchera pas pour moi, répondit-elle en secouant la tête. Je ne peux pas parler de Dan. J'ai trop honte. Si je vous racontais tout, vous ne pourriez plus me regarder de la même façon.

– Honte ? Vous ? Pourquoi, grands dieux ? C'est Dan qui devrait avoir honte, pas vous.

Emmanuelle était au bord des larmes. Une vive douleur lui étreignait la poitrine.

– Vous avez sûrement lu des articles ou vu des émissions sur les femmes comme moi, ces pathétiques créatures qui subissent des violences sans chercher à fuir. Des femmes qui ont besoin, selon certains, d'être dominées et humiliées. Ou des idiotes qui sont trop faibles pour trouver le courage de se sauver. Je faisais partie de cette dernière catégorie. Je suis restée, James. Je suis restée et je l'ai laissé me martyriser. Et je l'ai laissé martyriser Sammy ! Je me dégoûte moi-même et, si vous saviez tout ce qu'il m'a fait, vous aussi seriez dégoûté.

– Chérie, non.

– Si !

Emmanuelle entendit sa voix se fêler et ne put retenir ses larmes.

– J'ai fait des choses... affreuses, balbutia-t-elle. Dégradantes. Vous ne pouvez pas imaginer... Je les ai faites. J'avais peur de lui, tellement peur ! Il faisait claquer ses doigts en disant : « À quatre pattes ! » et j'obéissais. Je l'ai fait un jour où nous avions des invités. Il était ivre et trouvait ça désopilant.

Elle s'interrompit un instant pour tenter de reprendre ses esprits. Quand elle croisa le regard de James, elle lut l'horreur dans ses yeux et sentit les larmes affluer à nouveau. Désormais, il ne la respecterait plus. Après avoir vu de quoi il était capable face à trois tueurs, elle ne pouvait l'imaginer cédant à la peur. Lui n'aurait pas plié. En tout cas, jamais il ne se serait mis à quatre pattes. Et il ne pourrait comprendre qu'elle l'ait fait.

Mais n'était-ce pas mieux ainsi ? Au moins, il saurait quel genre de personne elle était : une loque humaine, prête à tout pour sauver sa peau.

– Une fois, alors que j'étais à quatre pattes, il m'a ordonné d'aboyer... Il avait des dobermans, reprit-elle après une hésitation. Des dobermans très chers, bien dressés, dotés de splendides pedigrees. Il trouvait le mien dérisoire en comparaison des leurs. Il disait que je n'étais qu'une bâtarde. Vous voyez, il avait moins de respect pour moi que pour ses chiens... Ce jour-là, quand il m'a ordonné d'aboyer, j'ai su qu'il avait raison. S'il allait trop loin avec ses chiens, s'il les frappait, par exemple, ils ripostaient. Moi, non. J'ai fait ce qu'il m'a demandé.

Ces derniers mots lui déchirèrent la gorge.

– Vous avez aboyé ? s'écria-t-il, incrédule.

Elle ferma les yeux, incapable de le regarder en face, et le sanglot qu'elle retenait jaillit, aussitôt suivi d'un deuxième, puis d'un troisième. Elle ne pouvait plus s'arrêter. Malgré tous ses efforts, les sanglots se succédaient, bruyants, douloureux.

– Emmanuelle, ne vous retenez pas. Laissez-vous aller.

Il l'enlaça et appuya sa tête contre son épaule. Ce

contact inattendu la surprit. Les spasmes s'interrompirent, laissant la place aux larmes. James la souleva sans effort apparent. « Mon Dieu, il est tellement fort ! » songea-t-elle avec crainte.

– C'est plus facile comme ça, dit-il en l'emmenant dans ses bras. N'y voyez rien de plus, ma chérie.

Avec horreur, elle s'aperçut qu'elle avait pensé à voix haute et qu'il l'emportait dans la chambre. Lorsqu'elle vit le lit, elle tenta de se débattre.

– Chérie, ce n'est qu'un lit. Il ne va pas vous mordre et moi non plus.

Seigneur, toutes les pensées folles qui lui traversaient l'esprit sortaient de sa bouche ! Il allait la détester, la trouver répugnante, ridicule, paranoïaque. Pourquoi ne pouvait-elle oublier Dan ? Allait-elle le laisser détruire ce qui restait de sa vie ?

Il s'adossa à la tête de lit et lui caressa tendrement le dos.

– Chérie, je ne te déteste pas, dit-il, la tutoyant spontanément, comme il l'aurait fait avec une petite fille effrayée. Jamais je ne te détesterai. Et tu n'es pas répugnante, ni ridicule, ni paranoïaque. Tu es douce et merveilleuse, et je t'aime. Tu m'entends ? Et Dan Calendri ne va pas détruire le reste de ta vie. Maintenant, je suis avec toi et, à nous deux, nous nous en sortirons. Je te le jure.

Son corps solide et chaud la rassura. Ses bras se nouèrent d'eux-mêmes derrière la nuque de James et elle enfouit son visage dans sa chemise, versant des rivières et des rivières de larmes auxquelles elle s'abandonna jusqu'à l'épuisement. Puis, les yeux rouges et enfin secs, elle attendit que ses frissons s'apaisent.

Prenant peu à peu conscience du corps qui l'étreignait, des mains qui lui massaient le dos et la caressaient doucement, elle s'agrippa à sa chemise. Son torse était un mur de muscles, dur et invincible, merveilleusement sécurisant, d'où se dégageait une odeur typiquement masculine, un mélange d'après-rasage et de cuir.

Elle se rappela comment elle avait prié pour qu'il revienne ce soir-là la sauver des hommes de Glen, comme elle avait voulu imiter Sammy et crier son nom alors qu'elle était terrorisée. Comment pouvait-elle aimer autant un homme, lui faire confiance, compter sur lui et, en même temps, trembler à la seule idée qu'il exerce un quelconque pouvoir sur elle ?

– Puis-je parler, maintenant ? murmura-t-il tout contre son oreille.

Elle hocha la tête.

– D'abord, tu n'es pas une victime. Tu as été martyrisée, ce n'est pas du tout la même chose. J'ai connu des victimes, ma chérie. Elles restent des années auprès de leur bourreau. Elles ne ripostent pas et ne trouvent jamais le courage de fuir, ni de sauver leurs enfants. Sammy n'avait que quelques jours lorsque tu as quitté Dan, ce qui signifie que tu es restée moins d'un an avec lui. Tu étais dans une situation beaucoup plus dangereuse que la plupart des femmes battues. Il n'y avait pas que Dan contre toi, mais aussi son père et ses acolytes. Pour sauver Sammy, tu as trouvé une sortie de secours. Il fallait de l'intelligence pour échapper à ces ordures, et du courage. Beaucoup de courage. Ils auraient pu te tuer, et tu le savais. Pourtant, pour le bien de Sammy, tu as fui... Je trouve que tu es une femme très courageuse.

– Oh, non...

– Non ? Tu ne veux pas entendre la vérité ? Tu as du cran, Emmanuelle Kenyon. À moins que tu ne préfères que je t'appelle Emily ?

– Emily a disparu, fit Emmanuelle d'un ton catégorique. Je ne veux plus être cette femme. Je veux être une personne complètement neuve et faire comme si l'autre n'avait jamais existé.

– Tu as tort. Je trouve que c'était quelqu'un de bien,

cette Emily Calendri. Et tu ne parviendras pas à faire comme si rien ne s'était passé. Cet épisode de ta vie restera dans ta tête jusqu'à la fin de tes jours. Tu devras vivre avec. La meilleure solution, c'est de tout déballer et d'admettre que ces événements ont eu lieu.

– Je ne peux pas t'en dire plus, James. Tu n'as aucune idée de ce que c'était.

– C'est vrai. Je n'en ai aucune idée. Ne crois-tu pas qu'il est temps de me l'expliquer, d'ailleurs ?

23

En sentant le corps d'Emmanuelle se crisper contre lui, James comprit combien il lui était douloureux de parler de Dan. Durant des années, il avait lui aussi gardé enfouis ses propres secrets. Il avait vécu ainsi, déchiré par les remords et les souvenirs, incapable de se pardonner la mort de sa sœur. Une seule erreur qu'il avait payée au prix fort pendant près de vingt ans. En parler à Emmanuelle l'avait soulagé. Depuis cette soirée-là, il n'avait plus fait de cauchemar. Et, le jour, lorsque la honte revenait le hanter, il la repoussait facilement. C'était fini. Il avait porté le deuil. Il avait expié. Se punir plus longtemps ne ramènerait pas Laney à la vie.

Comme lui, Emmanuelle avait commis une erreur qu'elle ne cessait de payer. Pire, elle se reprochait ce qu'elle avait dû faire pour survivre et s'en rendait responsable.

L'imaginer accroupie aux pieds de cette brute lui donnait des haut-le-cœur. Comment un homme avait-il pu la traiter ainsi ? Et comment avait-elle pu se croire, ne serait-ce qu'une minute, inférieure aux chiens de cette ordure ? Il avait du mal à le comprendre. Lui avait-elle tout dit ? Rien n'était moins sûr.

– Emmy, murmura-t-il, pourquoi as-tu si peur des pistolets ?

À cette question, Emmanuelle retint sa respiration. Des secondes atroces s'écoulèrent avant qu'il ne vît sa poitrine se soulever à nouveau.

– Tu es devenue blanche comme un linge lorsque j'ai préparé mes armes. Tu peux me dire pourquoi ?

Elle fit d'abord mine de ne pas avoir entendu, puis un frisson la parcourut et ses cheveux vinrent caresser le menton de James.

– Dan aimait me faire peur, dit-elle. Surtout le soir, quand nous... quand il... tu sais bien quoi.

James s'imagina, trente ans plus tard, dire en riant « tu sais bien quoi » pour désigner leurs ébats amoureux. Mais, en ce moment, cela n'avait rien de drôle. Sa poitrine lui faisait de plus en plus mal, au point qu'il se demanda s'il n'allait pas avoir une crise cardiaque.

– Tu veux dire, quand vous aviez des rapports sexuels ? Il te faisait peur ? Avec un pistolet ?

– Oui.

– Comment ?

– Il le gardait sur sa table de chevet. Chargé avec une seule balle.

Cette fois, il était bon pour l'infarctus. La douleur devenait insupportable.

Il savait ce qu'elle allait dire. Comment rester assis calmement et attendre la suite ? C'était une vraie torture. Il aurait voulu fuir, trouver un arbre et le pulvériser à coups de poing en imaginant que c'était Dan.

Si écouter ce récit le mettait dans cet état, ce qu'éprouvait Emmanuelle devait être insupportable. Fuir l'horreur lui était impossible. Elle avait vécu ces scènes et en gardait le souvenir gravé en elle. « Ça n'a jamais été la félicité conjugale, avait-elle admis au commissariat. Ça a été un cauchemar, du début à la fin. »

Et dire qu'il s'était mis en colère dans la camionnette, alors qu'elle essayait de lui expliquer sa nervosité ! Quel chic type il faisait ! Sans se demander quels événements avaient pu provoquer une telle terreur chez elle, il s'était senti insulté et n'avait pensé qu'à sa fierté blessée.

Eh bien, il ne la laisserait plus tomber. Il resterait à côté d'elle et l'écouterait, coûte que coûte.

– Que faisait-il avec cette arme ?

– Tu sais très bien ce qu'il faisait ! cria-t-elle.

– Dis-le-moi, insista-t-il.

D'une voix à la fois irritée et douloureuse, elle reprit :

– Pendant qu'il... faisait ça... il tenait le canon contre ma tête. Au moment où il allait... tu sais quoi... il appuyait sur la gâchette. Je ne savais jamais si le coup partirait et, chaque fois, j'ai cru mourir. J'étais terrifiée. En nage. Incapable de respirer. Quand on s'attend à ce qu'une balle vous traverse le cerveau, le corps entier se crispe, et c'est ça... qu'il aimait.

James l'étreignit avec force. À sa grande surprise, elle se cramponna à lui comme à une planche de salut.

– Mon Dieu, Emmy, j'ai toujours senti que la vue de mon revolver te mettait mal à l'aise. Maintenant, je comprends pourquoi. Ça t'est pénible que je le porte sur moi en ce moment ?

– Ne t'inquiète pas, James. Je sais que tu ne t'en serviras pas contre moi. Ce serait illogique de croire le contraire.

La logique n'avait rien à voir là-dedans, pas plus que la raison. Il avait vu d'anciens soldats sauter en l'air à la moindre explosion, des femmes et des enfants victimes de violences frémir lorsqu'un homme agitait un peu trop les mains. Les peurs d'Emmanuelle ne le visaient pas personnellement. C'étaient des réactions instinctives qu'elle ne pouvait pas contrôler. Bon sang, quel idiot il avait été ! Il l'entendait encore dire : « Je ferai de mon mieux pour être gentille. » Il avait de la chance qu'elle lui ait pardonné.

– Je préférerais me couper le bras plutôt que de te faire du mal, murmura-t-il d'une voix émue. Si je t'ai déjà fait souffrir, je le regrette sincèrement.

– Oh, James, je t'aime. Je ne voulais pas que tu saches, pour le pistolet. J'avais peur de te dégoûter.

Oui, il était dégoûté. Mais certainement pas par elle.

– Tu es la femme la plus merveilleuse que j'aie jamais rencontrée, et rien de ce que tu pourras dire ne me fera changer d'avis.

L'histoire entière jaillit enfin des lèvres d'Emmanuelle, avec tous ses détails cauchemardesques et sordides. La cruauté perverse de Dan Calendri avait été sans limites. Ce type avait dû être fou, songeait James en entendant Emmanuelle lui raconter la torture que son ex-mari lui avait fait subir avec les araignées.

Emmanuelle avait toujours eu peur des araignées. Cette phobie remontait à sa petite enfance. Le sympathique Dan adorait la tourmenter en mettant des araignées sous son oreiller ou entre les draps. Il en posait parfois une sur son épaule quand elle ne s'y attendait pas, ou en glissait dans ses vêtements avant qu'elle ne s'habille. C'était sa façon de la punir lorsqu'il s'estimait offensé.

– Aujourd'hui encore, je ne peux pas me mettre au lit sans avoir vérifié qu'il n'y a pas d'araignée dedans, même lorsque Sammy est là. J'en ai honte. Une bonne mère ne doit pas montrer un tel exemple à son enfant. J'ai essayé de ne pas le faire mais, une fois couchée, j'avais l'impression que des araignées trottaient sur mon corps.

– Emmy, tu es une très bonne mère. Tu as remarqué que Sammy n'avait pas peur des araignées ? Elle a dû comprendre que tu n'y pouvais rien... Où donc Dan trouvait-il autant d'araignées ?

– Il les achetait par douzaines dans un magasin de

nourriture pour animaux domestiques. Elles arrivaient à la maison dans de petites boîtes en carton, comme celles dans lesquelles on livre les plats chinois... Inutile de te dire que je ne commande jamais de plats chinois. Il me suffit de regarder une de ces boîtes pour perdre l'appétit. Souvent, Dan faisait galoper des araignées sur ma peau pendant que nous avions des... rapports sexuels. Il aimait ça.

– Oh, chérie, je regrette tellement de ne pas t'avoir connue à ce moment-là. J'aurais pu te tirer de là.

Il n'y avait ni dégoût ni accusation dans la voix de James, seulement le regret sincère qu'elle ait été seule pour affronter ces horreurs. Un sentiment merveilleux envahit Emmanuelle. Il l'aimait. Oui, il l'aimait, d'un amour qui durerait toute la vie. Ses bras puissants autour d'elle, le battement régulier de son cœur, la chaleur de son corps lui donnaient la certitude d'être enfin acceptée, soutenue, protégée.

– Qu'aurais-tu fait si tu avais été là ? demanda-t-elle. Raconte-le-moi. Comme ça, chaque fois que ces souvenirs reviendront me harceler, je me répéterai cette histoire.

D'une voix grave et apaisante, il inventa un conte, semblable à ceux qu'Emmanuelle murmurait à l'oreille de Sammy avant qu'elle s'endorme. Il débarquait à New York et arpentait les rues jusqu'à ce qu'il trouve la maison de Dan. Une fois arrivé, il enfonçait la porte et la cherchait partout. Ensuite venait un épisode délectable : il tombait sur Dan, le rouait de coups et l'obligeait à marcher à quatre pattes.

– Et après ? s'entendit-elle dire, comme Sammy lorsqu'on s'arrêtait au milieu d'une histoire.

– Et après, j'ai pris l'escalier... Il y avait un escalier ?

Elle hocha la tête en signe d'approbation.

– J'ai ouvert toutes les portes et, enfin, j'ai trouvé une jeune femme si belle que je me suis arrêté sur le seuil pour la contempler. Des cheveux dorés. Une peau blanche. Des lèvres roses comme des fraises. Des yeux bruns splendides...

– Bleus ! corrigea-t-elle en lui pinçant le bras. Mes yeux sont bleus.

Il lui prit le menton et planta son regard dans le sien.

– Enlève ces fichues lentilles. Maintenant. Un homme a le droit de voir les vrais yeux de sa femme.

Elle se redressa, ôta les lentilles et les tendit à James. Celui-ci s'empressa de les jeter, puis il l'examina avec attention et reprit :

– De splendides yeux bleus bordés de rouge.

– Ça n'a rien de romantique ! protesta-t-elle.

– Un nez rouge non plus, mais c'est quand même charmant... Remets-toi là, ajouta-t-il en montrant son épaule. J'arrive au meilleur moment.

Elle reprit sa place, tout en tournant la tête de façon à pouvoir observer les expressions de James.

– Bref, j'étais là, pétrifié sur le seuil de la pièce, à regarder cette petite femme avec un ventre rond comme un ballon de football.

– James ! C'est faux !

– À ce moment-là, c'était vrai. Tu étais enceinte, rappelle-toi. Donc, me voilà subjugué par cette petite bonne femme. Une fois remis de mon éblouissement, j'entre dans la pièce. Plus j'avance, plus une certitude m'envahit : aucun retour en arrière ne sera possible, tout simplement parce que je l'aime. Là-dessus, je la soulève et l'emporte dans mes bras. Je descends l'escalier et...

– Avant de sortir, repose-moi à terre deux minutes, le temps que je rende à Dan quelques-uns de ses coups.

– Je l'emmène au salon et je la laisse gifler Dan Calendri.

– Je voudrais aussi lui donner des coups de pied... pour pouvoir me dire que nous sommes à égalité.

– Bon. Après une bonne douzaine de gifles qui ont fait voir trente-six chandelles à l'héritier Calendri, elle le bourre de coups de pied jusqu'à ce qu'il demande grâce. Ensuite, je lui prête mon couteau et...

– L'oreille ! cria-t-elle.

– Exactement. Elle lui coupe les deux oreilles et les jette aux dobermans. Avant de partir, nous obligeons ce jeune homme – enfin, ce qu'il en reste – à marcher à quatre pattes jusqu'à ma princesse et à lui demander pardon pour toutes les horreurs qu'il lui a infligées.

– Et elle refuse.

– Et elle refuse. C'est une dame plutôt rancunière, mais ça m'est égal. Elle est tellement belle ! Je la reprends dans mes bras et je l'emmène dans un coin perdu de l'Oregon, où elle met au monde une petite fille qui lui ressemble et que nous appelons Samantha. Un prénom qu'elle n'arrivera jamais à épeler.

Croyant la fin de l'histoire arrivée, Emmanuelle se mit à rire. James la regarda avec une tendresse infinie.

– Là, je les aimerai jusqu'à la fin de mes jours, conclut-il. Je respecterai mon serment de les protéger et nous serons heureux tous les trois.

– Je sais que tu le feras, James, dit-elle en lui effleurant la joue. C'est une belle histoire que je me raconterai lorsque je sentirai la marée des souvenirs me menacer.

– Et tu auras raison, car c'est bien ce que j'aurais fait si je t'avais connue à l'époque. Sauf que j'aurais sans doute tué cette ordure.

Elle avait laissé sa main sur la joue de James et son pouce suivait le contour de ses lèvres.

– Si je te demande de m'embrasser, tu t'arrêteras si je ne le supporte pas ?

– D'accord, fit-il en souriant.

Il inclina la tête vers elle et ses traits devinrent flous. Le contact de sa bouche la surprit, mais ne l'effraya pas. Durant les premières secondes, elle fut plus observatrice que participante, découvrant une chose après l'autre avec une étrange curiosité : les épaules musclées de James, son torse dur contre ses seins, la puissance de ses bras qui l'enlaçaient, la promenade inventive de ses doigts sur son dos, ses hanches, sa taille, comme s'il la redessinait entièrement. Sa dernière pensée cohérente fut qu'elle avait été créée à nouveau, qu'Emily Calendri avait cessé d'exister et qu'un être neuf venait de naître.

Ensuite, tout ne fut plus que sensations auxquelles elle s'abandonna complètement. Tiédeur et douceur d'une bouche amoureuse, chaleur d'un corps frémissant. Et le désir, peu à peu : celui de James, qui devint vite évident, puis le sien.

Ce fut une surprise. Pour la première fois de sa vie, elle désirait quelqu'un. Presque malgré elle, ses mains déboutonnèrent la chemise de James et s'aventurèrent sur la peau douce de son torse musclé. Du bout des doigts, elle remonta jusqu'à sa nuque, à la fois fine et solide. Cet homme lui appartenait tout entier, découvrit-elle avec ravissement. Même son cœur était sien. Puissance et douceur, désir et tendresse. Un royaume dont elle était souveraine.

Son chemisier s'ouvrit comme par magie. Le souffle court, James lui dégagea délicatement les épaules et les bras, avant de poser les lèvres au creux de sa gorge et de l'embrasser avec avidité. Le soutien-gorge glissa, libérant un sein dont il s'empara aussitôt.

Une fraction de seconde plus tard, elle était allongée sur le matelas. James Masters la dominait, tel un ciel de lit en bronze luisant. Ses yeux d'un gris orageux sillonné d'éclairs se fixèrent sur le sein nu.

Les bras tendus de part et d'autre d'Emmanuelle, il se redressa, haletant, chaque muscle bandé à l'extrême. Soudain, il ferma les yeux et serra les dents avec une expression torturée qui effraya la jeune femme.

Marmonnant un juron, il se releva et, les poings serrés, il se mit à marcher de long en large dans la chambre. Chaque pas lui arrachait un râle douloureux.

À la fois stupéfaite et inquiète, Emmanuelle essaya de rajuster son chemisier.

Lorsqu'il eut repris son souffle, il s'arrêta au milieu de la pièce et la regarda.

– J'avais promis de ne pas faire ça, dit-il d'une voix rauque. J'ai failli ne pas tenir parole. Pardon.

– Ça ne fait rien.

– Si, si. Je t'avais dit que j'attendrais que tu sois prête. Et je tiendrai ma promesse, bon sang !

Il se frotta le visage et poussa un soupir si bruyant qu'elle sursauta.

– Il est tard. Installe-toi pour la nuit.

Il tira sur le couvre-lit.

– Lève-toi.

Serrant son chemisier sur sa poitrine nue, la jeune femme s'empressa d'obéir. James ouvrit le lit avec violence, comme pour le punir d'un crime atroce. Pétrifiée, Emmanuelle commençait à se demander s'il n'avait pas perdu la tête. Il jeta sur le sol les couvertures, les draps, les taies d'oreiller. Une fois le matelas dénudé, il le souleva et le battit énergiquement. Puis il ramassa les draps les uns après les autres et les agita.

Pourquoi diable fallait-il qu'elle se lie toujours avec des fous ? se demandait-elle, effarée, en le voyant retourner les taies et les secouer, avant de les remettre à l'endroit et d'y fourrer les oreillers.

Lorsque le lit fut complètement refait, il se redressa et lui sourit d'un air contraint.

– Tu pourras dormir, maintenant ?

– Comment ?

– Pas une seule araignée, expliqua-t-il en désignant son œuvre.

Il fallut à Emmanuelle deux battements de cœur pour enregistrer ces mots. Lorsqu'elle comprit enfin, ses yeux s'embuèrent de larmes de reconnaissance. Elle avait oublié qu'elle lui avait confié sa phobie.

James Masters était peut-être un peu cinglé, mais c'était surtout l'homme le plus gentil de la terre.

– Bonne nuit, chérie, dit-il en déposant un baiser sur son front. Fais de beaux rêves. Je vais monter la garde jusqu'au matin. Demain, tu prendras le relais, le temps que je fasse une petite sieste.

Il alla souffler la bougie posée sur la table de chevet.

– Ne t'inquiète pas. Je te jure que personne n'entrera, déclara-t-il avant de refermer la porte.

Sans lâcher son chemisier, Emmanuelle resta immobile dans l'obscurité. Elle avait oublié de lui confier qu'elle avait peur du noir et ne pouvait dormir sans une lampe allumée en permanence.

*
**

Sur le côté gauche. Sur le côté droit. Sur le ventre. Sur le dos. Étreignant l'oreiller. Roulée en boule. Quoi qu'elle fasse, Emmanuelle ne parvenait pas à trouver le sommeil. Il faisait trop sombre. Ou bien elle avait assez dormi durant le voyage.

« Menteuse ! glapit une petite voix dans sa tête. Tu n'es qu'une lâche. Si tu avais un tant soit peu de courage, tu irais le retrouver. » Malheureusement, elle n'était qu'une poltronne, paniquée par les araignées, terrorisée par l'obscurité et horrifiée par la sexualité. Lorsque des bras solides vous enlaçaient, c'était facile de ne pas avoir peur. Mais maintenant ? L'idée de sortir de cette pièce et d'inviter James dans son lit lui glaçait le sang.

« Idiote, idiote, idiote ! » chantonna la petite voix. Il l'aimait sincèrement. Jamais il ne lui ferait de mal. Et le fait qu'il ait mis son lit sens dessus dessous prouvait qu'il comprenait ses frayeurs. C'était elle, la cinglée, recroquevillée dans le noir, cramponnée à son oreiller. Que pouvait-elle craindre ? Rien. Absolument rien.

Elle se leva et resta un moment debout à côté du lit,

puis elle enleva sa chemise de nuit. Nue comme l'enfant qui vient de naître, elle traversa la pièce et posa la main sur la poignée de la porte. Il ne lui restait plus qu'à ouvrir, faire trois pas et dire : « James, je t'aime. Reviens, s'il te plaît, et faisons l'amour. » Et il la prendrait dans ses bras, l'emmènerait dans la chambre et l'aimerait avec tant de tendresse et de douceur qu'elle oublierait pour toujours ses angoisses.

Sa main restait crispée sur la poignée, sourde aux ordres de son cerveau. Emmanuelle décida de compter jusqu'à trois avant d'ouvrir. À dix, elle regagna son lit et tâtonna à la recherche de sa chemise de nuit. Le temps de la trouver et de l'enfiler, elle haletait comme si elle avait couru dix kilomètres.

Une chiffe molle, méprisable et grotesque, voilà ce qu'elle était. Elle revit le désarroi enfantin qui s'était peint sur le visage de James lorsqu'il avait jeté son insigne de shérif, puis son expression de souffrance quand il s'était écarté d'elle quelques instants plus tôt.

Chaque fois qu'elle avait eu besoin de lui, il avait été là. Pour la première fois, c'était lui qui avait besoin d'elle, et elle se dérobait.

*
**

L'arôme du café frais emplissait la petite cuisine. Une tasse à la main, James se tenait debout devant la fenêtre et scrutait la nuit. Il ne s'attendait guère à avoir de la visite, toutes les précautions ayant été prises pour effacer leurs traces. Comme ils avaient changé de véhicule, personne ne pourrait les retrouver, pas même avec un hélicoptère.

Il devait pourtant monter la garde. D'ailleurs, étant donné l'état d'excitation dans lequel il était, il ne réussirait jamais à trouver le sommeil. Comme d'habitude, hélas. Combien de douches froides avait-il dû prendre depuis qu'il avait rencontré Emmanuelle ? Mieux valait ne pas les compter.

Il l'imagina en train d'arriver devant lui, nue de la tête aux pieds. Sa peau dorée sous la lumière de la bougie. La cascade de ses cheveux soyeux recouvrant ses épaules. Ses seins ronds et fermes aux tétons du même rose que ses lèvres. Sa taille qu'il pouvait encercler de ses mains. Son ventre plat, et puis...

Il sentit ses cheveux se hérisser sur la nuque. Quelle imagination ! Juste à cet instant, un petit bruit bizarre se fit entendre derrière lui. Il pivota brusquement et une giclée de café lui brûla la main. Sous l'effet de la douleur, il lâcha la tasse. Les morceaux de porcelaine et le liquide bouillant se répandirent sur le sol. Emmanuelle sursauta comme une gazelle effrayée.

– Et zut ! s'écria-t-il. Chérie, tu en as reçu ?

Elle croisa les bras devant elle, tentant vainement de cacher sa nudité.

– Ça... ça va bien...

« Sifflez, et le crétin que je suis accourra sûrement », se rappela-t-il.

Elle avait essayé de siffler, que Dieu la bénisse. À présent, elle tremblait comme une feuille. Et le véritable crétin qu'il était avait cassé une tasse, inondé la cuisine de café brûlant, et tous deux se retrouvaient pieds nus au milieu des débris de porcelaine. Avec une autre femme, il aurait éclaté de rire et plaisanté. Mais elle avait beau s'efforcer d'être quelqu'un d'autre, c'était elle, Emmanuelle.

Sachant combien cette initiative avait dû lui coûter, il fut bouleversé. Et dire qu'elle se trouvait lâche !

– Maman !

Les yeux de la jeune femme s'écarquillèrent. Elle fit demi-tour et regagna sa chambre en courant. Avec un regret indicible, James vit s'enfuir les fesses nues creusées de fossettes délicieuses.

Elle avait essayé de siffler ! Elle était là, à trois

mètres de lui, et s'offrait à lui ! Et il avait tout bousillé ! Le plus beau cadeau qu'on lui ait jamais fait, il le piétinait !

Il réprima à grand-peine l'envie de la rejoindre. Sammy pleurait. Il devait d'abord aller la consoler.

Il entra dans la petite chambre obscure et s'assit sur le divan.

– Qu'y a-t-il, ma poupée ?

Sammy se redressa et lui jeta les bras autour du cou. Elle avait essayé de siffler, se répéta-t-il en étreignant l'enfant. Il devait redresser la situation au plus vite, sinon elle allait se raviser ou croire qu'il ne la désirait pas.

– J'ai entendu un grand bruit, dit Sammy.

– Excuse-moi, chérie. J'ai fait tomber ma tasse de café.

– Maintenant, j'ai peur.

« Je t'en prie, Sammy, n'aie plus peur, supplia-t-il en silence. Laisse-moi partir, d'accord ? »

– Ah, bon ? Il n'y a aucune raison d'avoir peur. Goliath et moi sommes ici. Tu ne risques rien.

Elle lui tapota les cheveux de sa petite main.

– Je t'aime, James.

– Moi aussi, chérie. Beaucoup, beaucoup, beaucoup.

Il lui caressa le dos un instant, tout en tentant de masquer son impatience. Vite, vite, vite, avant qu'Emmanuelle ne change d'avis. Avant qu'elle ne recouvre ce corps splendide d'un amas de couvertures en se jurant de ne plus jamais s'humilier de la sorte.

– Je vous aime beaucoup, ta maman et toi.

– James ?

– Oui ?

– Raconte-moi une histoire, s'il te plaît.

Il ne manquait plus que ça !

– Laquelle, chérie ? demanda-t-il d'une voix calme.

– *Cendrillon*.

James songea brièvement à lui servir un condensé

très succinct : « Cendrillon vivait dans un grenier avec des souris. Elle est allée au bal, y a perdu sa chaussure et est tombée amoureuse. Fin de l'histoire. » Puis, avec un soupir, il plongea les doigts dans les fines boucles blondes de l'enfant. Le privilège d'être père coûtait parfois très cher. Mais, après tout, raconter une histoire ne durait pas longtemps. Surtout si on en donnait une version un peu abrégée.

– Il était une fois, commença-t-il, une belle jeune fille, nommée Cendrillon, qui voulait aller à une soirée.

– Tu as oublié la méchante belle-mère et ses vilaines filles ! Et Cendrillon ne voulait pas aller à une soirée. Elle voulait aller à un bal loyal.

– Un quoi ?

Elle recula légèrement pour le regarder, sourcils froncés.

– Ta maman t'a pas raconté cette histoire quand tu étais petit ?

La patience de James faiblissait de seconde en seconde.

– Ma mémoire est rouillée. Un bal loyal ?

– Oui. Dans le château où vit le roi. Il a une couronne et il donne un bal pour que le prince choisisse une femme loyale.

– Ah ! Une femme royale, c'est ça ?

– C'est ce que j'ai dit, loyale.

Il fallut à James trente-cinq minutes pour raconter l'histoire comme le désirait Sammy.

*
**

Lorsqu'il rejoignit enfin Emmanuelle, elle était assise sur son lit et se tamponnait le tibia à l'aide d'un morceau de coton imbibé de désinfectant. Dès qu'elle le vit entrer, elle serra étroitement sa chemise de nuit autour de ses cuisses. Il en aurait pleuré. Gardant espoir malgré tout, il verrouilla la porte et s'approcha d'elle.

– Je suis désolé, chérie, je n'ai pas pu venir plus vite. Je racontais une histoire à Sammy.

Le sang lui monta aux joues, et elle sourit d'un air embarrassé.

– Ce n'est rien. Je nettoyais quelques écorchures avant de dormir. C'était stupide, de toute façon. Le mauvais moment. Le mauvais endroit. Tout allait de travers.

– Non, protesta-t-il, d'une voix étranglée qui le surprit lui-même. J'ai bien aimé ta robe.

Elle vira au rouge brique et fit mine de s'intéresser passionnément à ses écorchures.

– Laisse-moi faire.

Lorsqu'il s'assit en face d'elle, elle sursauta si violemment qu'il crut qu'elle allait tomber. Il souleva délicatement sa cheville.

– Je vais me débrouiller, dit-elle en tentant de se dégager.

– J'insiste.

Elle se laissa examiner, lui offrant un peu malgré elle son mollet joliment galbé. James, sa délicate cheville dans la main, était bien décidé à embrasser chaque centimètre de cette jambe et à remonter jusqu'à cet endroit qu'elle essayait fébrilement de cacher. Il lui prit le coton des doigts et tamponna deux petites traces rouges.

– Tu vois quelque chose ? s'inquiéta Emmanuelle.

Il souleva légèrement le pied, comme pour en examiner la plante ; mais son regard se fixa ailleurs, là où les pans de la chemise de nuit s'écartaient.

– Tu vois des morceaux ?

Il leva un peu plus le pied.

– Mmm...

– Combien ?

« Des douzaines de délicieuses petites frisures », répondit-il silencieusement.

– Pas beaucoup, dit-il en tapotant le pied sans le regarder. Pas de débris. Juste un aperçu.

– Un quoi ?

– Pardon, un point rouge, corrigea-t-il rapidement. On ne t'a jamais dit que tu avais de beaux pieds ?

– Mes pieds ?

– Seigneur, je n'ai jamais vu un aussi beau pied !

Il s'inclina pour l'embrasser sous l'os de la cheville.

– Et ces adorables orteils...

Il prit le gros orteil dans sa bouche et se mit à le sucer.

– Que tu es douce et belle et...

Elle tira sur sa chemise et la coinça du mieux qu'elle put entre ses cuisses, ce qui, étant donné la position de sa jambe, était une entreprise désespérée.

– Tu m'embarrasses énormément, dit-elle d'une voix tremblante. J'ai besoin de prendre un bain et mes pieds ne doivent pas sentir très bon.

Il passa à l'orteil voisin.

– Chérie, répondit-il sans cesser de la mordiller, ignores-tu que l'homme civilisé a été privé du parfum naturel de la femme ?

– Quoi ? fit-elle, ahurie.

– Le savon, les déodorants, les parfums, la poudre... Tout ce fourbi cache le parfum naturel de la femme, pourtant extrêmement excitant pour un homme.

– L'odeur de mes pieds t'excite ? s'écria-t-elle en secouant la jambe. Je t'en prie, ne suce pas mes orteils. Ô mon Dieu... pas la plante. Je marche dessus, James ! Je... Ça chatouille. Arrête ! C'est tellement... Je suis horriblement gênée. James !

– D'accord, je ne m'occupe plus du pied.

Il remonta le long du mollet, sans se soucier des doigts qui s'enfonçaient dans ses cheveux et s'y cramponnaient. Tant pis si elle les lui arrachait, du moment qu'elle ne tentait plus de se cacher sous sa chemise de nuit.

– Qu'est-ce... qu'est-ce que tu fais, maintenant ?

À question idiote, réponse idiote.

– Rien.

Il atteignit le genou, posa la jambe sur son épaule et la maintint fermement, ce qui lui permit d'admirer enfin la vue la plus belle du monde, plus belle qu'un lever ou qu'un coucher de soleil. Puis il la souleva un peu plus et tourna la tête vers l'intérieur du genou pour en lécher la peau tendre et frémissante.

– Je... Ô mon Dieu... Oh...

Il remonta jusqu'à la cuisse qu'il picora de mille baisers inquisiteurs. Elle se mit à trembler.

– Tu es si douce, merveilleusement douce. Je veux goûter chaque centimètre de ton corps.

– Tu... tu crois vraiment que c'est une bonne idée ?

Il n'en voyait pas de meilleure, quitte à devenir chauve.

– Ce n'est pas agréable ?

– Oh, si... Non ! Où vas-tu ? Pas si haut !

– Je n'irai pas trop haut.

– Promis ?

– Promis.

Il haussa l'épaule, relevant la jambe d'Emmanuelle. Elle poussa un petit cri et tomba en arrière, sans toutefois lui lâcher les cheveux ; ce qui eut pour résultat d'attirer la tête de James plus près du but. Elle voulut aussitôt le repousser, mais il était trop tard.

– Non ! C'est... Non ! James ?

Il ne répondait plus, absorbé par sa tâche délicieuse. Emmanuelle eut beau se tortiller, rien n'y fit. Ses protestations devinrent des gémissements, et ses mains, au lieu de le repousser, le rapprochèrent un peu plus d'elle. Les « non, non, non » qui lui échappaient encore signifiaient « oui, oui, oui ». James ne s'y trompa pas et persista, jusqu'aux convulsions du plaisir.

Il attendit qu'elle s'apaise pour s'agenouiller et lui ôter sa chemise de nuit, puis il commença à se déshabiller. Lorsqu'il détacha son pistolet et le posa sur la table de chevet, les traits d'Emmanuelle se figèrent.

– Il n'y aura pas de jeu malsain, chérie. Je te le promets.

– Je sais, James.

Mais elle avait beau le savoir, elle ne contrôlait pas toutes ses réactions.

Enfin nu, il revint près d'elle, déterminé à ne pas se presser et à lui faire oublier ses craintes à force de douceur. Les pointes de ses seins se dressèrent dès les premiers baisers.

– James ?

– Je suis là, chérie.

D'un geste lent et tendre, il se glissa entre ses cuisses et regarda son visage. Elle avait les pupilles dilatées, et ses traits tirés pouvaient aussi bien refléter la peur que le désir.

– Ça va ? demanda-t-il. Tu n'as pas peur ?

« Je vous en prie, Seigneur, faites qu'elle dise non ! » ajouta-t-il pour lui-même.

– Je m'arrêterai dès que tu le voudras.

– Oui, fit-elle d'une toute petite voix. S'il te plaît.

James se figea. Tous les jurons qu'il connaissait lui traversèrent l'esprit. Il pouvait s'arrêter. Il lui suffisait de s'écarter et d'aller se jeter sur le mur le plus proche pour s'y cogner le crâne jusqu'à tomber raide mort.

– Oui ? Tu veux que je le fasse ?

Non, il ne l'étranglerait pas. Il ne crierait pas. Il ne pleurerait pas. Il serait la patience personnifiée.

– Chérie, réponds-moi.

– Oui, répéta-t-elle du même ton timide.

Les dernières bribes d'espoir s'évanouirent. James recula, refoulant le rugissement de fauve blessé qui lui montait dans la gorge. Non, il n'était pas furieux. Il aimait Emmanuelle de tout son cœur et il comprenait ses appréhensions. Mais certaines régions de sa personne ne possédaient pas la faculté de raisonner.

L'air perplexe, elle l'agrippa par les épaules.

– Où vas-tu ?

– Faire un tour, répondit-il d'une voix étonnamment élevée. Autour de la maison. Ne t'inquiète pas. J'ai besoin de respirer un peu d'air frais.

Elle cligna des yeux comme une petite chouette heureuse. Cette fois, il avait vraiment envie de l'étrangler.

– L'odeur des pins t'excite aussi ? demanda-t-elle. Si tu aimes ça, je pourrais venir avec toi. On emporterait une couverture et on achèverait ce qu'on a commencé sous un pin.

– Tu veux... achever ?

– Bien sûr, dit-elle en se redressant. Laisse-moi juste le temps de...

Il plaqua une main sur sa poitrine et l'obligea à s'allonger.

– Je me moque pas mal de l'odeur du pin, Emmanuelle ! Tu veux qu'on aille jusqu'au bout ?

– Pas toi ? fit-elle.

Soudain, ses traits se décomposèrent.

– Oh...

Il se pencha vers elle et embrassa ses seins.

– Bien sûr que je veux achever ce qu'on a commencé, dit-il. Je croyais que tu avais changé d'avis.

– Pourquoi donc ?

C'était une bonne question, mais il y répondrait plus tard.

Il la pénétra lentement, le corps aussitôt parcouru de frissons de plaisir. Toute crainte s'effaça du visage d'Emmanuelle. Elle se creusa, l'accueillit, se cambra, gémissant à chaque élan. L'extase, violente, éblouissante, les prit presque par surprise. Un kaléidoscope de couleurs éclatantes explosa dans la tête de James.

Épuisé, il roula sur le côté afin de ne pas écraser le corps pantelant d'Emmanuelle. Elle se tourna vers lui et s'endormit quelques secondes plus tard. Les pieds de James pendaient dans le vide. Il ramena une jambe par-dessus celles d'Emmanuelle, la serra contre lui et sombra lui aussi dans le sommeil.

Deux heures plus tard, une succession de doux baisers sur sa poitrine le réveilla. Il ouvrit un œil. Emmanuelle se redressa sur le coude et lui sourit rêveusement. Puis elle se pencha sur lui et son sein vint effleurer la mâchoire de James. Le téton se durcit, glissa le long de la joue et s'insinua dans la commissure des lèvres. Au prix d'un effort surhumain, il parvint à ouvrir l'autre œil.

– Tu es trop fatigué ? demanda-t-elle.

– Tu es si belle que je ne serai jamais trop fatigué, affirma-t-il bravement.

« S.O.S, Dieu tout-puissant, pria-t-il. Il me faudrait un miracle, immédiatement. »

Les joues d'Emmanuelle étaient roses, son sourire timide. Cette initiation à l'amour physique ne semblait pas l'avoir effrayée. Il fallait en profiter, la combler, faire en sorte qu'elle n'ait plus jamais peur.

Où donc se trouvait le bon Dieu ? En vacances aux Bahamas ? Pour une fois qu'il priait, on aurait quand même pu l'écouter !

Les doigts d'Emmanuelle se promenèrent sur sa poitrine, sur son ventre, puis s'aventurèrent plus bas. Grâce à Dieu et à ses saints, il sentit son corps réagir.

Il lui fit à nouveau l'amour, et le feu d'artifice fut ponctuel au rendez-vous, peut-être encore plus brillant que la première fois. Après cet exploit, il eut l'impression d'avoir des spaghettis trop cuits en guise de bras et plus du tout de jambes. Emmanuelle se blottit contre lui et enfouit le visage dans le creux de son cou. Lorsqu'il sentit sa langue dessiner des cercles sous son oreille, il rouvrit un œil.

– Je ne savais pas, murmura-t-elle. Je n'en avais aucune idée.

– À quel sujet ?

– Que ça pouvait être comme ça. C'est tellement merveilleux, James. Je veux faire l'amour avec toi toute la nuit.

Dieu revenant à son poste, il parvint à soulever les deux paupières et à afficher une expression relativement éveillée. Et se retrouva face à deux yeux bleus impatients.

Il avait créé un monstre.

Que Dieu lui vienne en aide ! Il avait trente-huit ans et n'avait quasiment pas dormi depuis vingt-quatre heures. La nuit précédente, il n'avait cessé de s'agiter dans son lit en se tracassant pour Goliath. Ensuite, il avait reçu des coups de poing, des coups de pied, affronté trois tueurs à gages, pris la fuite et conduit pendant des heures. Il avait volé une voiture et irrémédiablement compromis sa carrière. Et il avait perdu son Stetson. Bref, son ardeur virile avait été sérieusement entamée.

Heureusement, Dieu répondit une nouvelle fois à son appel au secours. Comme il embrassait Emmanuelle, il prit note de le remercier.

Plus tard.

24

Lorsque Emmanuelle s'éveilla le lendemain, la chambre baignait dans la lumière dorée du soleil matinal. Dehors, les oiseaux pépiaient joyeusement. À côté d'elle, seul l'oreiller un peu affaissé montrait que James avait passé la nuit avec elle. De la pièce voisine lui parvinrent le faible tintement d'une cuillère heurtant une soucoupe et les pas d'un homme chaussé de bottes. Elle sourit. Elle avait beau savoir que Glen ne renoncerait pas et que tout danger n'était pas écarté, la présence de James la rassurait. Et si l'histoire finissait mal, elle aurait au moins eu cette nuit merveilleuse.

L'ennui, c'était qu'elle en désirait encore plus, maintenant. Vivre avec James, construire un univers d'amour et de rires... Personne ne pouvait l'empêcher d'espérer.

Elle se leva et alla ouvrir le carton que James avait déposé dans un coin. Elle y retrouva les vêtements qu'elle portait à New York et qu'elle n'avait jamais remis depuis, car ils soulignaient trop sa silhouette. Des petits pulls moulants, des pantalons habillés, des soutiens-gorge sans rembourrage et, tout au fond, deux pantalons très ajustés.

Agacée, elle attrapa sa chemise de nuit. Le carton contenant ses autres habits se trouvait dans la cuisine. Elle enfilait une manche lorsqu'elle songea qu'elle n'avait plus besoin de se déguiser. Soulagée, elle rouvrit le carton et en sortit un jean, un chemisier bleu et des sous-vêtements à sa taille.

Assis devant la table, James tenait une tasse de café entre ses mains. Il leva les yeux en l'entendant entrer et ne put retenir un sifflement d'admiration. Emmanuelle rougit aussitôt.

– Tourne, fit-il en dessinant un cercle de la main. Que je te voie bien.

Honteuse de ses petits seins et de ses hanches larges, elle faillit courir remettre ses vêtements amples. James était certainement en train de la comparer à d'autres femmes. Sans doute la trouvait-il soudain moins séduisante. Depuis le début, il l'avait crue dotée d'une poitrine généreuse. Certains hommes tiennent à ce genre de choses, elle le savait.

Il la laissa tourner sans mot dire. Pourquoi gardait-il le silence ? Était-il déçu ? Sans doute aimait-il les grandes femmes aux seins plantureux. Revenant face à lui, elle se prépara au pire.

Il se balançait sur sa chaise et la regardait fixement. Elle baissa les yeux vers le sol, au bord des larmes.

– J'ai du mal à y croire, dit-il enfin.

Elle n'était quand même pas si moche que ça ! Elle releva la tête et croisa son regard malicieux.

– Nom de nom ! Je vais avoir du pain sur la planche ! Sammy est ton portrait craché. Il va falloir que je monte la garde pour écarter les garçons... Viens là.

Emmanuelle resta immobile, incapable de faire un pas.

– Tu trouves que je... Enfin, tu vois ce que je veux dire ?

– Chérie, tu es splendide. J'ai du mal à croire que tu cachais tout ça sous les draperies informes que tu portais.

– Les draperies ? répéta Emmanuelle sans comprendre.

– Ces affreux pantalons. J'aurais presque pu les mettre, c'est dire !

– Si tu détestais mon allure, qu'est-ce qui t'a poussé à t'intéresser à moi ?

– J'ai une vue capable de décoller le papier du mur. Chaque fois que tu ne regardais pas, j'enlevais les couches.

– C'est faux. Tu t'es toujours comporté en parfait gentleman.

– Je t'ai bien roulée, fit-il en souriant. Je suis un gentleman très observateur. D'ailleurs, ce qui me fascinait le plus, c'étaient cette chevelure fantastique et ces yeux magnifiques, pas ton corps.

Et rien de ce qu'il avait admiré n'était authentique, se dit-elle en retenant ses larmes. Après avoir découvert qu'elle n'était pas la brune aux gros seins dont il était tombé amoureux mais un vieux bébé braillard, il risquait d'être définitivement dégoûté.

– Je suis désolée, dit-elle.

– Désolée ? De quoi ?

– De ne pas être celle que tu croyais.

Il soutint son regard sans ciller.

– Avant, je te trouvais jolie, déclara-t-il. Maintenant, tu es belle. Tu cachais tes charmes. Rien qu'à te regarder, mes yeux menacent de jaillir de ma tête. Et ces cheveux me donnent l'envie d'y plonger les mains. Quant à tes yeux, ce sont les plus beaux que j'aie jamais vus. Lorsque tu es sortie de la chambre, j'ai failli avaler ma langue.

De tels compliments étaient suspects. Il savait qu'elle était inquiète et tentait de la rassurer. Et, curieusement, cela marchait. Elle n'allait pas jusqu'à croire qu'il avait failli avaler sa langue, mais elle était sûre de son amour. Ses hanches larges et ses seins ridicules ne lui déplaisaient pas. Enfin, pas trop. Il l'aimait telle qu'elle était.

Elle s'approcha de lui. Il l'enlaça et la fit asseoir sur ses genoux, puis il l'embrassa jusqu'à ce qu'elle sente sa tête tourner. Une main fébrile fit glisser son corsage sur ses épaules et la tête de James disparut entre ses seins.

– James, on ne peut pas... Voyons, ce n'est pas possible...

La fin de sa phrase se perdit dans un gémissement. Il prit ses seins dans sa bouche l'un après l'autre, les léchant, les mordillant, les tétant... Emmanuelle eut l'impression que ses os se liquéfiaient.

Il éveilla son désir jusqu'à ce qu'elle n'eût plus qu'une idée : l'emmener dans la chambre. À ce moment-là, il s'arrêta, une lueur satisfaite dans les yeux, et la rhabilla.

– Bonjour, dit-il. Tu veux une tasse de café ?

– C'est tout ?

– Oui. Comme ça, tu y penseras toute la journée et, ce soir, tu seras prête à t'embraser.

– Je suis déjà prête, protesta Emmanuelle.

– Eh bien, garde ça pour ce soir. Il faut que nous discutions sérieusement.

Il la fit descendre de ses genoux et alla lui servir une tasse de café.

– J'ai réfléchi et je crois avoir trouvé un moyen de te tirer d'affaire.

– Comment ça ? fit Emmanuelle, oubliant soudain ses désirs intempestifs.

James s'assit face à elle et se pencha en avant.

– Depuis que je suis réveillé, je tourne ça dans ma tête. Voilà. Tu te souviens de la lettre que tu avais écrite et qu'on t'a volée ? Je voudrais que tu me dises ce qu'elle contenait, ainsi que tout ce dont tu te souviens au sujet de la famille Calendri.

– Pourquoi ?

– Je te l'expliquerai plus tard. Dépêchons-nous, Sammy ne va pas tarder à se réveiller.

Emmanuelle se recula sur sa chaise et but une gorgée de café.

– Il y avait un homme, Peter Caldwell, commença-t-elle après quelques secondes de réflexion. Je suis presque sûre qu'ils l'ont tué.

Elle s'interrompit et le regarda droit dans les yeux.

– J'ai honte, James. Quelle opinion auras-tu de moi quand tu sauras tout ce qu'ils ont fait et ce que, moi, je n'ai pas fait ? J'aurais dû les en empêcher ou prévenir la police.

– Comment aurais-tu pu les en empêcher ?

– Je ne sais pas. Mais il y a toujours quelque chose à faire. Moi, je suis restée inerte, comme si je ne les avais pas entendus.

– Comment auraient-ils réagi si tu avais prévenu la police ? Dan t'aurait soupçonnée ?

– Bien sûr. J'étais la seule personne à être au courant. Lorsqu'ils devaient se réunir pour discuter, Dan donnait congé au personnel, expliqua-t-elle. Quand tous les domestiques avaient l'après-midi et la soirée libres, je devinais ce qui allait se passer.

– Dan et son père auraient donc immédiatement compris que tu les avais dénoncés. Que t'auraient-ils fait ?

– Dan m'aurait tuée, bien sûr. C'est pour ça que je n'ai jamais trouvé le courage de faire quoi que ce soit.

– Le courage ? fit James. Quel âge avais-tu ? Vingt-cinq ans ?

– J'avais vingt-trois ans quand je me suis mariée et presque vingt-quatre quand Sammy est née.

– Tu étais très jeune et tu mourais de peur. Tu peux te pardonner, Emmanuelle. Quand on sait que le moindre faux pas peut vous coûter la vie, l'instinct de conservation est seul à parler. Tu étais jeune et enceinte, brutalisée moralement et physiquement. Qu'étais-tu censée faire ? Affronter toute seule un mari brutal et ses sbires ?

– J'ai laissé des gens mourir et cette idée me hante à chaque minute.

– Je sais que ça peut paraître cynique, mais les hommes que Dan et Glen ont éliminés étaient probablement des criminels eux-mêmes. Quand ils ont choisi de jouer avec Glen Calendri, ils savaient ce qui les attendait s'ils essayaient de le doubler. Ils l'ont bien cherché. Alors, dis-moi, pourquoi une jeune femme innocente devrait-elle risquer sa vie et celle de son bébé pour sauver de tels individus ? Quand tu te sentiras coupable, regarde ta fille. Si tu peux honnêtement affirmer que tu aurais échangé sa vie contre celle d'un escroc, alors je t'autorise à battre ta coulpe jusqu'à la fin de tes jours.

– Tu comprends, je m'étais toujours prise pour quelqu'un de courageux, capable de courir devant une voiture pour sauver un enfant ou de sauter d'un pont pour repêcher un noyé. Mais je suis restée là sans rien faire, les bras ballants. Je me sens ignoble et méprisable.

– Tu as tort, Emmy, répondit James d'une voix

ferme. Rappelle-toi le soir où tu as vu Goliath pour la première fois. Tu avais peur de lui, n'est-ce pas ? Pourtant, quand je suis arrivé, tu étais prête à l'affronter à mains nues pour sauver Sammy. Et le jour où tu as quitté New York ? Il t'a fallu du cran pour le faire. Agir sur une impulsion pour sauver quelqu'un, c'est facile. Tu n'as pas le temps d'avoir peur. Tu le fais sans réfléchir et tu deviens un héros. Toi, malgré ta peur des chiens, tu n'as pas reculé devant Goliath. Les menaces de mort ne t'ont pas empêchée de quitter Dan, puis de t'enfuir de New York. Peu de gens en auraient été capables. Je pense que tu es une personne incroyablement courageuse. Tu n'étais pas responsable des méfaits de Dan et tu n'as pas été désignée pour sauver le monde. De toute façon, tu n'y serais pas arrivée. Je veux t'entendre dire : « Je n'ai rien à me reprocher. » Vas-y. Dis-le !

– Je n'ai rien à me reprocher, répéta-t-elle faiblement.

– Plus fort. Et regarde-moi. Ne baisse pas la tête comme si tu avais honte.

Elle leva le menton.

– Je n'ai rien à me reprocher ! C'est assez fort ?

– Ça ira, répondit-il avec un sourire. Revenons à Peter Caldwell. Il a été éliminé. Tu le savais et tu n'as rien fait, heureusement. Maintenant, donne-moi des détails.

Elle ne put s'empêcher de rire. Pour la première fois depuis longtemps, elle se sentait heureuse et en sécurité.

À partir du jour où elle avait rencontré Dan, les catastrophes avaient jalonné sa vie, à tel point qu'elle s'était souvent demandé pourquoi le sort s'acharnait ainsi sur elle. Avait-elle commis une faute grave sans s'en rendre compte et devait-elle être punie pour cela, encore punie, toujours punie ? À présent, elle comprenait qu'elle avait fait un long voyage dont chaque pas l'amenait plus près de James. Le hasard n'y était pour rien. Quelque chose l'avait guidée jusqu'ici. Elle avait choisi Wynema Falls en fermant les yeux et en pointant le doigt sur une carte de l'Oregon. Puis ses difficultés financières l'avaient poussée à louer une baraque délabrée sur une route déserte, avec James Masters pour seul voisin. Dieu, ou le destin, était intervenu, elle en était convaincue. Depuis le début, James et elle devaient se retrouver.

Oui, James Masters lui était destiné. Il l'avait comblée alors qu'elle était vide, l'avait soignée alors qu'elle était blessée, lui avait apporté sa force alors qu'elle succombait à la faiblesse.

Combien de fois, ces dernières années, avait-elle souhaité pouvoir rentrer chez elle ? À présent, à des milliers de kilomètres de la maison qu'elle appelait son foyer, elle se trouvait chez elle. Pas dans la vieille ferme où elle avait été élevée, où les chênes jetaient des ombres paresseuses sur un monde immuable. Pas auprès de son père avec sa pipe, sa salopette et ses grandes accolades affectueuses ; ni auprès de sa mère, avec ses sourires tendres, ses blouses informes et sa cuisine qui embaumait toujours le pain frais. Chez elle, ce n'était pas un lieu. C'était un homme.

La voix de James la tira de sa rêverie.

– Emmy ? Reviens sur terre, s'il te plaît.

Elle sursauta.

– Je suis là. On en était à Peter Caldwell.

*
**

Cinq heures plus tard, James gara la vieille camionnette à un kilomètre du ranch de son père. Il avait emprunté les chemins qui traversaient la forêt, préférant éviter la route que surveillaient sans doute la police et les gangsters à la solde de Calendri, et le trajet avait été assez pénible.

– C'est formidable, non ? s'écria-t-il en détachant les fils sous le tableau de bord. Je n'ai plus à me creuser la tête pour savoir où j'ai laissé mes clés.

La plaisanterie ne fit pas sourire Emmanuelle.

– James, je t'en prie, tu tiens vraiment à cette idée ? Ça me met mal à l'aise que tu ailles demander service à ton père. Je sais que tu ne le ferais pas pour toi. Pourquoi le fais-tu pour moi ?

– Tu es plus jolie, répondit-il en sautant à terre. J'ai pris ma décision, Emmanuelle. Arrête de discuter et viens. Il y a une bonne trotte jusqu'à la maison.

Sammy et Goliath s'élancèrent devant eux. Le rire joyeux de sa fille serra le cœur d'Emmanuelle. L'enfant rirait-elle encore dans quelques jours ?

– Et si je n'en savais pas assez pour les faire condamner ? demanda-t-elle. Une fois que nous aurons contacté le FBI, ils risquent de m'emmener en prison et de rendre Sammy à son grand-père. Ces crimes ont eu lieu il y a cinq ans. C'est peut-être trop tard.

– Dans certains cas, le délai de prescription est de sept ans. Mais il arrive souvent que l'on continue à traquer des gangsters pendant vingt ans et qu'on les arrête.

– Et comment savoir si je peux leur faire confiance ? J'ai entendu ce que disait Charlie à la radio. Glen a des agents dans sa poche ! Si j'appelle le FBI pour leur proposer mon témoignage en échange d'un abandon de la plainte portée contre moi, je risque de tomber sur les hommes qui ont reçu l'ordre de me tuer !

James s'arrêta, les poings sur les hanches.

– Tu as confiance en moi ?

– Oui, bien sûr.

– Alors, ne t'inquiète pas, dit-il d'un ton rassurant. Crois-tu que je n'ai pas pensé à tout ça ? Mon père a des relations dans tout le pays, surtout au gouvernement. Il trouvera les noms des agents que Glen a soudoyés. Il saura à qui l'on peut se fier. Et s'il juge que tu n'en sais pas assez pour les faire inculper, il n'appellera personne.

– Comment fera-t-il pour savoir quels agents Glen a soudoyés ?

– C'est élémentaire, ma chérie. Ces types ont appelé eux-mêmes le commissariat. On les tient. Nous gardons des traces de tous les appels. Obtenir leurs noms ne sera pas difficile.

Sammy et Goliath revenaient vers eux en courant. La fillette trébucha sur une pierre et tomba de tout son long sur le sol.

– Merde ! s'écria-t-elle d'une voix aiguë.

Emmanuelle en resta bouche bée. James se figea sur place. L'apparition d'un dragon crachant du feu ne l'aurait pas plus surpris.

Emmanuelle reprit ses esprits la première. Elle s'accroupit devant l'enfant et examina le petit menton écorché.

– Sammy, tu ne dois plus jamais dire ce mot. C'est un très vilain mot que les gentilles petites filles ne doivent pas prononcer.

– Ah, bon ? Mais James le dit, pourtant.

Emmanuelle leva les yeux sur la haute silhouette qui les avait rejointes. Puis elle se redressa et se tourna vers lui avec un sourire doucereux.

– Je vous laisse régler cela, monsieur Masters. Je crois fermement que chacun doit nettoyer ses propres saletés.

Il observa Sammy, l'air embarrassé. On eût dit qu'Emmanuelle venait de lui poser une équation de physique nucléaire.

Puis, réfléchissant à toute vitesse, son regard s'égara au loin avant de se reporter sur l'enfant. Sammy, le visage maculé de terre, l'observait avec une expression indignée. Elle était visiblement convaincue qu'il allait déclarer ce mot parfaitement acceptable.

Prenant un air innocent, il lui demanda :

– Es-tu sûre de m'avoir entendu prononcer ce très, très vilain mot ?

– Des tas de fois, répondit-elle en hochant la tête avec vigueur. Et aussi d'autres mots que je connaissais pas.

Il haussa les sourcils.

– Eh bien, je suis foutr...

Il toussa et se gratta le nez.

– Je suis rudement surpris. Des tas de fois ? Et d'autres mots aussi ? Alors, je te présente toutes mes excuses. Ta maman a raison, ce sont de très vilains mots. Si tu m'entends les répéter, je veux que tu me laves la bouche avec du savon. D'accord ? Il faut que je perde cette mauvaise habitude.

Sammy fronça le nez, l'air dégoûté.

– James, le savon, c'est pas bon du tout.

– Tu en as déjà mangé ?

– Oui. Même que maman a dû préparer un autre bain parce que j'ai eu mal au cœur dans la baignoire.

– Bon. Tant pis pour moi si c'est mauvais. Il n'y a pas d'autre façon de se nettoyer la bouche. Je n'aurai qu'à faire attention à ne pas avaler... Mais c'est pareil pour toi. Si tu répètes ce mot, je te frotterai la langue avec du savon.

– Je le dirai plus jamais, promit-elle.

– Bien... Lève tes pieds ! ajouta-t-il comme elle s'élançait sur le chemin. Merde ! Elle va encore tomber.

– J'espère que tu aimes le savon, dit Emmanuelle, parce que tu vas en manger souvent !

– Vraiment ? Je dis beaucoup de grossièretés ?

– Tous les trois mots environ.

– Voyons, en voilà une con...

Il s'interrompit brusquement.

– Une sottise, acheva-t-il avant d'éclater de rire.

Ils se remirent à marcher, les yeux fixés sur la fillette et le chien qui gambadaient joyeusement devant eux.

– Comment se fait-il qu'elle estropie un certain nombre de mots et prononce parfaitement ceux qu'elle n'aurait pas dû entendre ? demanda-t-il.

– Tous les enfants font ça. Peut-être parce que ces mots sont prononcés avec une certaine énergie, ou bien parce qu'ils savent qu'ils sont grossiers. Et, s'ils le savent, c'est parce que leurs mères les évitent.

– Tu ne manques aucune occasion de me faire la leçon, n'est-ce pas ?

Elle lui décocha un clin d'œil.

– En réalité, les enfants sont une énigme.

– C'est foutrement vrai.

– En voilà déjà deux. Quelle marque préfères-tu ? Palmolive ? Monsavon ?

– Merde ! J'ai vraiment un problème, on dirait.

– Et de trois ! Il faudra acheter un savon hypoallergénique. Ça irritera moins ton estomac et tes intestins. Je précise que blasphémer le nom de Dieu est une faute passible de deux lavages.

– Ouf ! J'ai cru que tu allais me menacer d'une condamnation à mort.

Il marcha un instant en silence, les yeux baissés sur les petits nuages de poussière rouge que ses bottes soulevaient à chaque pas.

– Est-ce que je vais y arriver ? demanda-t-il enfin.

– À quoi ?

– À me comporter comme un père, répondit-il en lui jetant un regard inquiet.

Emmanuelle s'arrêta et l'enlaça.

– Tu te portes candidat pour le boulot ?

– J'ai déjà été embauché. Sammy m'appartient. Et toi aussi. Ne l'oublie pas. Je vous aime énormément, toutes les deux. Mais je vais avoir besoin d'aide.

Emmanuelle le regarda à travers un brouillard de larmes.

– James, même si tu ne réussis pas à perdre l'habitude de jurer, tu seras un père sensationnel. Ce qu'on dit est beaucoup moins important que ce qu'on fait. Et tu as déjà fait beaucoup pour Sammy. Grâce à toi et à Goliath, elle se sent en sécurité et aimée. Tu l'as aidée à oublier le passé, à vaincre sa timidité et ses peurs. Elle a appris à faire confiance. C'est un cadeau merveilleux. Jusqu'à son dernier jour, elle se souviendra de toi et de ton amour pour elle. Quand les choses iront mal, il lui suffira de se rappeler ta tendresse, et ce sera comme si elle se retrouvait dans tes bras. Crois-moi, je sais de quoi je parle. Dans les pires moments, les souvenirs de ma famille m'ont empêchée de croire que le monde n'était qu'un enfer. Tu seras un père merveilleux.

Le regard de James s'assombrit.

– Emmanuelle, pourquoi ai-je l'impression que tu es en train de me dire adieu ? Sammy n'aura pas besoin de faire appel à ses souvenirs quand elle sera malheureuse. Je serai là.

– Oh, James, je l'espère de tout mon cœur !

– Qu'est-ce que tu dis ? Tu l'espères ? Tu ne m'aimes pas ?

– Si, bien sûr. Mais réfléchis. Comme tu l'as dit, si je témoigne contre Glen et ses associés, le gouvernement me protégera en me faisant entrer dans un programme spécial. On nous donnera de nouvelles identités et on nous installera dans un endroit où Glen et ses sbires ne pourront pas nous retrouver.

– Oui. Et alors ?

– Tu ne pourras pas venir avec nous, dit-elle en se serrant contre lui.

Elle sentit son corps se crisper et ses bras l'étreindre avec force.

– Merde, grommela-t-il. Nous serons peut-être séparés quelque temps, chérie, mais pas pour toujours. Je trouverai une solution, je te le jure.

Emmanuelle ne demandait qu'à le croire. Pourtant, au moment même où il lui faisait cette promesse, elle comprit qu'il n'en était qu'à moitié convaincu.

*
**

Ian Masters était la version âgée et sophistiquée de James. Ses cheveux poivre et sel, impeccablement coiffés, sortaient visiblement des mains d'un coiffeur. De retour des écuries, il était vêtu d'un jean et de bottes poussiéreuses qui détonnaient dans ce salon luxueusement meublé. Ses mains étaient grandes et fortes comme celles de James, mais les paumes lisses et les ongles manucurés indiquaient qu'il n'exécutait aucun travail manuel. Il était homme à porter chez lui un pantalon en toile bien repassé et des mocassins au cuir souple reluisant de cirage. Dans son milieu professionnel, il incarnait sûrement l'image de la réussite, avec deux voyages annuels à Hong Kong pour s'équiper en costumes et chemises sur mesure. Le prix de ses chaussures aurait nourri une famille africaine durant au moins six mois, songeait Emmanuelle. Elle connaissait ce genre d'individus et se félicitait d'avoir quitté leur monde.

Lorsque James la présenta à son père, elle se sentit déshabillée de la tête aux pieds. Sans rien dire, Ian Masters lui tourna le dos pour les guider vers son bureau. Sammy et Goliath, qui avaient pris la tête de la procession, reçurent un coup d'œil glacial. Apercevant un vase de Chine perché sur un guéridon, Emmanuelle prit peur.

– Sammy, attention !

À la dernière seconde, l'enfant s'écarta et évita l'obstacle.

– Ne t'inquiète pas, murmura James. Si elle casse quelque chose, je rembourserai.

Sans doute ignorait-il combien coûtait ce vase, se dit Emmanuelle. Quelques milliers de dollars, de toute évidence. Durant son bref mariage avec Dan, elle avait appris à reconnaître des objets de valeur quand elle en voyait. Puis elle se souvint que James avait passé son enfance dans cette maison et que l'homme qui les précédait était son père. Il savait aussi bien qu'elle, sinon mieux, le prix de ce vase.

Une fois dans le bureau, Emmanuelle prit la main de sa fille et s'assit sur la chaise qu'on lui désignait. La tension qui régnait dans la pièce était presque palpable. Des étincelles semblaient ricocher entre les deux hommes qui se faisaient face.

– J'ai entendu les nouvelles à la radio, commença Ian.

Il se tourna vers Emmanuelle et lui jeta un regard haineux.

– J'espère que vous êtes consciente de ce que vous avez fait à mon fils, madame Kenyon. Sa carrière est anéantie. Peut-être ira-t-il en prison. Quel effet cela fait-il d'avoir détruit la vie d'un homme ?

Jusqu'à cet instant, Emmanuelle avait pris Ian Masters pour un égoïste incapable d'aimer ses propres enfants. Pourtant, lorsqu'il s'adressa à elle, elle reconnut sur son visage l'expression de James lorsqu'il avait ouvert la porte de la Bronco et cru que Sammy et elle avaient été blessées. Un mélange de peur, de panique et de rage. Cet homme aimait son fils et en voulait à Emmanuelle de l'avoir entraîné dans cette tourmente. Et elle ne pouvait pas le lui reprocher. Quand elle y pensait, elle aussi se haïssait.

– Papa, je t'en prie, ne t'en prends pas à Emmy. Je ne suis pas venu ici pour me bagarrer.

Les traits déformés par la colère, Ian regarda son fils.

– Te bagarrer ? Et puis quoi encore ? Si tu étais encore un gamin, je te flanquerais une raclée et je t'enfermerais dans ta chambre ! Après tous les sacrifices que j'ai faits pour toi et les soucis que tu m'as causés, tu envoies tout promener ! C'est le comble de la sottise !

James serra les dents et Emmanuelle vit un nerf palpiter sur sa tempe.

– Je t'en prie, papa, ne fais pas ça, dit-il d'une voix sourde.

Le même nerf s'agita sur la tempe de Ian.

– Faire quoi ? Dire la vérité ? Elle t'utilise et tu es trop bête pour t'en rendre compte. Mon Dieu, James... Pour une fois dans ta vie de raté, arrête-toi et réfléchis.

James plongea les doigts dans ses cheveux en bataille.

– C'est incroyable. On dirait que tu es allergique à moi. Il suffit que nous soyons dans la même pièce pour que tu te mettes à hurler des insultes. Pourquoi ne t'arrêtes-tu pas, toi, pour réfléchir ? Tu m'as jeté à la porte en m'injuriant, tu te souviens ? Et quand je reviens, tu reprends là où tu t'étais interrompu. Tu n'es même pas content que je sois là ?

– Si je pensais une minute que tu étais venu pour me voir, je pourrais être content, rétorqua Ian. Mais ce n'est pas le cas, n'est-ce pas ? Comme toujours, tu viens me demander quelque chose.

– Je t'ai appelé pour chaque Noël et chaque fête des Pères.

– Tes fichus coups de téléphone obligatoires, c'est vrai ! Bonjour papa, comment ça va, il fait beau, et salut, à la prochaine. Trente-huit conversations d'une minute chacune.

– En tout cas, j'ai appelé.

– Et, tout à coup, te voilà, en chair et en os. Qu'est-ce que tu veux, cette fois-ci ? De l'argent ?

Jetant un regard dédaigneux à Emmanuelle, il leva la main en signe de protestation.

– Oh, non ! Ne me dis pas que tu voudrais que je la défende. Elle n'a pas les moyens de s'offrir mes services, et il est hors de question que je le fasse à l'œil.

À ce moment précis, Emmanuelle ne se souciait guère de sa propre situation. Le cœur serré, elle observait successivement les deux hommes. Trente-huit coups de téléphone, divisés par deux, cela donnait dix-neuf. Elle avait du mal à y croire. Un père et un fils qui s'aimaient autant que ces deux-là ne pouvaient pas se cramponner à de vieilles blessures et ne plus se voir durant dix-neuf ans. C'était de la folie pure !

James inspira puis souffla lentement, comme s'il comptait jusqu'à dix pour garder son calme.

– Tu es injuste, papa. Je ne t'ai pas demandé un dollar depuis mon départ. Cela représente la moitié de ma vie et la totalité de ma vie adulte. Ce n'est pas comme si j'étais constamment en train de mendier ton aide.

– Ta visite est complètement désintéressée, si je comprends bien ? fit Ian en croisant les bras.

– Papa, je regrette de ne pas être venu te voir plus tôt. Si j'avais pensé que tu le désirais, je l'aurais fait. Mais tu m'as ordonné de ne plus remettre les pieds chez toi, tu te rappelles ?

– Je n'ai jamais dit ça !

– Bien sûr que si ! Tu as dit que tu m'abattrais si je franchissais à nouveau le seuil de cette maison. Que tu ne pouvais plus supporter ma vue.

– Voyons, James, je me souviens à peine de ce que j'ai dit, cette nuit-là. Tu venais juste de tuer ma petite fille, bon sang ! Et, des heures plus tard, couvert de son sang, tu continuais de picoler. Quand je t'ai vu, tu ne tenais pas debout. Elle n'avait pas eu le temps de refroidir que tu t'enfilais des rasades de bière ! Oui, ce soir-là, je voulais te tuer.

À ces mots, Emmanuelle vit James devenir livide. Elle ne pouvait laisser cette scène se poursuivre. Les deux hommes devaient régler leurs différends, mais pas de cette façon. James s'efforçait visiblement de contenir sa colère, par peur de s'aliéner un peu plus son père. À cause d'elle, il se prosternait à ses pieds sans pouvoir exprimer ses rancœurs comme il en aurait eu besoin.

– Excusez-moi, dit-elle en se levant. Je vais m'en aller.

– Non, protesta James. Il est notre seul espoir.

– Le prix est trop élevé.

– Emmanuelle, ne t'inquiète pas pour ça. Je me sens bien.

– Je ne supporte pas de te voir faire ça pour moi, dit-elle en se rasseyant.

– Ce n'est pas que pour toi. Ma vie aussi est en jeu. C'est trop important pour que nous laissions tomber. Nous avons besoin de son aide. Si le prix est d'encaisser des insultes, il faut le payer.

Ian émit un ricanement et lança un regard d'admiration feinte à Emmanuelle.

– Bravo ! Bien joué. Il marche à fond.

– Papa ! s'exclama James. Tu es incroyable. Regarde-la un peu. Est-ce qu'elle a l'air d'une femme fatale ?

– On en trouve de toutes les tailles et de toutes les formes. Dans ma profession, j'en ai vu défiler un certain nombre et, crois-moi, certaines ressemblaient à des bonnes sœurs.

– Moi aussi, j'en ai vu un paquet, répliqua James, et Emmanuelle ne correspond pas au stéréotype.

– Tu n'as vu que la variété en cours à Wynema Falls. Celle-ci a plus de classe... Et ce n'est pas un compliment, ajouta-t-il à l'adresse d'Emmanuelle. Vous le manipulez sans vergogne. Si vous ne lui preniez que son argent, je serais sans doute moins hostile. Mais vous détruisez tout ce qu'il est.

– Papa, tu n'as pas le droit de la juger après l'avoir vue seulement cinq minutes ! Tu ne la connais pas. Moi, si. Et ce n'est pas du baratin. Je ne prends pas de décision avec la moitié inférieure de mon anatomie, et elle n'est pas du tout ce que tu penses !

– Brillante recommandation, venant d'un abruti tel que toi !

– Abruti ? répéta James, les mâchoires crispées.

– C'est ce que tu es et ce que tu as toujours été. Parfois, je me demande comment un idiot aussi impulsif et têtu peut être mon fils. Je t'avais dit de te débarrasser d'elle ! Bon sang, à quoi as-tu pensé ?

Les deux regards du même bleu s'affrontaient à distance, étincelant d'un orgueil aussi obstiné. Les rides qui marquaient le visage tanné de Ian étaient plus profondes que celles de James. La peau de son cou était moins ferme. Mais, à part cela, le père et le fils semblaient sortis du même moule.

Si la dernière remarque de Ian avait blessé James, il n'en laissa rien paraître. Il se détendit et jeta à son père une grimace narquoise.

– Tu es tellement froid et égoïste que ma mère a dû se faire engrosser par le facteur.

Ian serra les poings.

– Espèce de petit voyou ! Je te défends de manquer de respect envers ta mère.

– Rassure-toi. J'ai toujours respecté maman, répliqua James. J'ai entendu des hommes dire de leur femme qu'elle était leur meilleure moitié. Ma mère était bien plus que ça. Elle a dû recoller constamment les morceaux de ton humanité parce que, maintenant, tout s'est éparpillé dans le vent ! Merde !

– Tu es toujours aussi con et grossier, grogna Ian. Et tu n'as pas plus de respect pour moi qu'autrefois. Je me trompe ?

Emmanuelle, effarée, commençait à craindre que les deux hommes n'en viennent aux mains. L'idée seule la terrifiait. Un combat de titans fous furieux. Avec Sammy et elle en plein milieu.

– Maman, James l'a dit.

– Chut, chérie.

– Mais il l'a dit !

Emmanuelle regretta de ne pas avoir de chaussette

sous la main pour la fourrer dans la bouche de sa fille. Sammy la regardait avec ahurissement.

– Ils disent des tas de gros mots, hein ?

– Sammy, je t'en prie, murmura Emmanuelle. Nous en discuterons plus tard.

– Est-ce que « con », c'est mal ?

Emmanuelle examina sa fille. Il n'y avait aucune trace de frayeur dans ses yeux. Sammy ne semblait pas se rendre compte du climat de violence qui régnait dans la pièce. Goliath non plus, d'ailleurs. Affalé derrière un fauteuil, il somnolait paisiblement.

– Oui, Sammy, répondit James. Mon père a dit des gros mots, et moi aussi. Je regrette. Quand nous serons rentrés, tu pourras me laver la bouche. Si j'en dis d'autres, compte-les.

– D'accord, fit-elle sereinement. Mais rappelle-toi, le savon, c'est très mauvais.

L'intervention de Sammy fit retomber la colère de James. Il sourit.

– Tu as raison, ma poupée. Ça ne vaut pas une bouche pleine de savon... Pardonne-moi, Emmy. Je n'aurais pas dû t'amener ici. Allons-nous-en.

Elle se leva aussitôt. Ian se tourna vers elle, le visage empourpré par la fureur. Croyant qu'il allait se jeter sur elle, elle retomba sur sa chaise.

– Qu'est-ce que vous avez entre les cuisses ? De l'or pur ? Il a complètement perdu la tête ! Et vous ! Quelle actrice consommée ! La petite femme timide qui a besoin d'un grand gaillard à moitié débile pour se battre à sa place. Vous n'êtes qu'une garce, rusée et égoïste !

Goliath releva la tête et gronda. Ian s'arrêta net.

– James, contrôle ton clébard.

– Je le contrôle parfaitement. C'est toi qui ne te contrôles plus. Cette femme et cette enfant, tu ne les vois même pas. Tu as tellement l'habitude de porter des jugements hâtifs que tu ne vois en elles que deux corps anonymes. Regarde-les dans les yeux. Regarde-les vraiment, insista-t-il. Emmanuelle a peur de toi et Sammy te trouve grossier. Tu n'as même pas demandé à Sammy comment elle s'appelait ni quel âge elle avait, ce qu'on fait d'ordinaire quand on rencontre un enfant. Et ça ne m'étonne pas. En fait, tu te fiches complètement de ce qui lui arrive. Tu ne veux qu'une chose : que j'obéisse à la loi, quitte à les sacrifier, sa mère et elle. Eh bien, papa, c'est toi qui es un abruti. Quant à ton aide, n'en parlons plus. Nous trouverons un autre moyen de nous tirer du pétrin.

Sammy écoutait attentivement, à l'affût des gros mots.

– J'ai quatre ans, déclara-t-elle à Ian. Tu veux que je compte aussi tes gros mots ? Tu en dis beaucoup et des très vilains. James, lui, il veut perdre cette mauvaise habitude.

Ian la regarda. Il n'aurait pas été plus surpris si un extraterrestre lui avait adressé la parole.

– Pardon ? fit-il du ton hautain dont il usait dans ses plaidoiries.

– Je parie que tu as perdu ta maman quand tu étais petit, poursuivit Sammy d'un air triste. Comme James. Et c'est pour ça que tu as de mauvaises manières. Elle a rien pu t'apprendre. Tu sais tes lettres, au moins ?

Ian plongea les doigts dans ses cheveux, détruisant d'un coup son élégante coiffure.

– Lorsque vous enseignez à votre fille les bonnes manières, dit-il à Emmanuelle, n'oubliez pas le respect dû aux aînés. Je n'aime pas m'entendre critiquer par une gamine de quatre ans.

Tirant Sammy à elle, Emmanuelle se leva.

– Jusqu'à ce que nous fassions la connaissance de James, aucun des adultes que voyait ma fille ne méritait son respect. Veuillez m'excuser. Mais admettez que cette visite n'a rien eu d'agréable.

James souleva Sammy et la prit dans ses bras.

– Partons, dit-il à Emmanuelle. Je suis désolé de t'avoir fait subir cela. Je pensais... Peu importe ce que je pensais. Goliath, viens.

– James, attends une minute ! cria Ian dans leur dos. Pourquoi as-tu dit que ta vie aussi était en jeu ? C'est une exagération, ou bien tu es réellement en danger ?

James s'éloigna dans le couloir sans répondre.

– Bon sang, James ! Je t'ai posé une question ! Si la situation est grave à ce point, je t'aiderai. Tu es mon fils !

James passa Sammy à Emmanuelle.

– Chérie, attends-moi dehors, s'il te plaît. J'arrive tout de suite.

Puis, les yeux brillants, il revint sur ses pas.

– Je ne suis pas ton fils, déclara-t-il. J'ai représenté beaucoup de choses pour toi. Un inconvénient, un embarras, une épreuve, une croix à porter indéfiniment... Mais jamais un fils.

Emmanuelle savait qu'elle aurait dû éloigner Sammy. Elle marcha jusqu'à la porte d'entrée, puis s'arrêta. Abandonner James dans un moment pareil lui était impossible. Elle resterait, et Sammy aussi, parce que James serait resté pour elles.

25

Je ne suis pas ton fils...

Les mots frappèrent Ian comme une gifle.

– Réfléchis ! criait James avec rage. Dix-neuf ans ! Bien sûr que j'ai fait des bêtises. Mais je n'étais qu'un gamin. Et tu m'as craché dessus. Tu m'as traité de meurtrier, tu m'as interdit de souiller ta maison de ma présence et tu m'as craché au visage ! J'avais cinq dollars et quelques pièces de monnaie en poche. Tu ne m'as donné ni vêtement ni argent. Tu m'as seulement poussé dehors à 6 heures du matin et tu t'es lavé les mains de ce que je pouvais devenir.

– Tu étais ivre ! Je revenais de la morgue. Et tu étais responsable de sa mort ! Crois-tu que j'étais capable de réfléchir ? Je voulais te mettre en pièces.

– J'ai regretté un nombre incalculable de fois que tu ne l'aies pas fait, crois-moi. Sais-tu seulement combien j'aimais Laney ? Tu n'étais jamais là, elle représentait tout pour moi. Pour rien au monde je ne lui aurais fait de mal. C'est moi qui l'ai trouvée sous la voiture. C'est moi qui suis resté auprès d'elle et qui ai désespérément essayé de la dégager. Et quand les flics sont arrivés et ont réussi à la sortir de là, c'est moi qui ai tenté de la ressusciter. Elle avait le crâne écrasé. Penses-y, papa. Je lui ai fait du bouche-à-bouche. Voilà pourquoi j'avais autant de sang sur moi !

Ian pâlit et ferma les yeux. Chaque mot l'atteignait avec la violence d'un coup de poing. Emmanuelle éprouva soudain une immense compassion pour cet homme. Le grand Ian Masters avait lamentablement échoué dans son rôle de père, c'était évident. Mais il avait aimé ses enfants.

– Mon Dieu, James, s'il te plaît, murmura-t-il. Ne m'inflige pas ça. Pas de détails. C'est insupportable.

– Pourquoi devrais-je te ménager ? répliqua James. Tu pensais que j'étais ivre quand tu m'as vu ? Tu es revenu de Chicago des heures après l'accident. Je titubais parce qu'ils m'avaient donné un calmant !

Ian releva la tête, les yeux pleins de désarroi.

– Ils me l'auraient dit, balbutia-t-il. Tu mens. Tu inventes des excuses. Ils me l'auraient dit !

– Regarde-moi ! Je ne suis plus un gamin. Pourquoi est-ce que je me donnerais ce mal ? Pour sauver notre relation ? Quelle plaisanterie !

– Tu n'es pas capable d'admettre la vérité.

– C'est faux. J'ai vécu avec elle toutes ces années.

J'ai revu Laney chaque nuit. Son visage après l'accident, quand j'ai essayé de...

Sa poitrine se souleva et des larmes coulèrent sur ses joues.

– Je n'arrêtais pas de me dire que j'aurais pu la sauver si je m'étais donné plus de mal. Tu te rappelles comme elle venait toujours me trouver lorsque quelque chose n'allait pas ?

Ian émit un son étranglé et hocha la tête sans répondre.

– Après la mort de maman, j'étais le seul ici à pouvoir la réconforter. Quand elle n'était encore qu'une enfant, c'était des genoux écorchés. Plus tard, je l'ai consolée de ses peines de cœur. Alors, cette nuit-là, je me disais que je pourrais la sauver, à condition qu'ils me laissent seul avec elle un moment... J'étais soûl quand j'ai pris le volant, c'est vrai. J'en assume l'entière responsabilité et je me le reprocherai jusqu'à mon dernier jour. Mais je n'ai pas pris une goutte de bière depuis l'accident. Lorsque tu m'as vu au petit matin, je n'étais plus ivre. À l'époque, j'étais très costaud. Je jouais au rugby et je participais à des rodéos où il fallait lutter contre des taureaux et des chevaux sauvages. Lorsqu'ils ont voulu la glisser dans l'ambulance, je suis devenu fou. Ils n'arrivaient pas à m'écarter d'elle. Ils se sont mis à plusieurs pour me tenir pendant qu'un infirmier me plantait une aiguille dans le bras. Et voilà. J'étais drogué, pas ivre. J'ai du mal à croire qu'on ne t'ait pas prévenu.

– J'étais complètement sonné, James. J'ai fait les choses comme un automate : reconnaître le corps, faire tomber la plainte portée contre toi, supprimer le rapport des policiers. J'ai oublié la moitié de ce qu'on m'a dit ce matin-là.

– Tu aurais pu me laisser le bénéfice du doute, dit James avec amertume. Ou me poser la question. Et tu n'en as rien fait. Tu n'as jamais eu la moindre confiance en moi, tu n'as jamais écouté un mot de ce que je disais, et ça continue maintenant !

– James, arrête, ça suffit ! s'écria Emmanuelle, qui ne supportait plus de le voir accabler son père.

Il se retourna et lui lança un regard de reproche.

– Emmy, je t'avais demandé d'emmener Sammy.

– Je n'ai pas pu te laisser.

– En tout cas, tu as raison. Trop, c'est trop. Allons-y.

Il la rejoignit et l'entraîna avec une telle force qu'elle se sentit soudain aussi légère qu'un fétu de paille.

– Depuis le temps, je devrais pourtant savoir qu'il se fiche bien de moi, grommela-t-il. Mais non, il fallait que je revienne pour me prendre encore un coup dans les dents.

Ils s'apprêtaient à descendre du perron lorsque Emmanuelle s'arrêta et posa Sammy à terre.

– James, j'ai changé d'avis. Je crains que ce ne soit une grosse erreur.

– Quoi ?

– Tu ne devrais pas partir comme ça. Si tu t'éloignes maintenant, tu ne reviendras jamais.

– Il est hors de question que je remette les pieds dans cette foutue maison !

– Eh bien, je ne peux pas te laisser faire ça, dit-elle d'un ton ferme. Tu en souffriras toute ta vie.

– Qu'est-ce que tu racontes ? Il ne peut pas me faire de mal.

– Oh, James ! Comment peux-tu être aussi aveugle ? Ton père t'aime. C'est écrit sur sa figure. Seulement, il ne sait pas comment te le dire, et ça le détruit.

– Ben voyons ! Il a eu l'air malheureux pendant deux minutes, pas plus. La belle affaire ! Il n'est pas détruit le moins du monde. C'est toi qui risques de l'être.

– Retournes-y, s'il te plaît. Je ne m'en irai pas tant que tu ne l'auras pas fait.

– Et pour lui dire quoi ? Que je regrette ce que j'ai dit ? C'était la pure vérité.

– Pourquoi est-il resté ici ? demanda-t-elle à brûle-pourpoint. Il travaille à Chicago. Pourquoi s'est-il installé ici ?

– Il avait promis à notre mère qu'il ne nous élèverait pas dans une grande ville... Quelle importance, de toute façon ? poursuivit-il en descendant les marches du perron. Et pourquoi cherches-tu à nous réconcilier ? Tu as pourtant vu avec quelle hargne il s'en est pris à toi !

– Oui, admit-elle. Et je sais qu'il l'a fait pour te protéger. Il croit dur comme fer que je t'utilise. Ça le rend furieux, James. S'il m'a attaquée, c'était pour te défendre. Comme père, il a été très mauvais, je n'en doute pas, mais ça ne veut pas dire qu'il ne t'aime pas.

James s'éloignait dans l'allée. Elle s'assit sur une marche du perron.

– S'il est resté dans cette grande maison vide, c'est pour toi, James, cria-t-elle derrière lui. Pour quelle autre raison ? Pour le plaisir d'avoir à faire constamment le trajet entre Chicago et ici ? Non, c'est pour être près de toi.

Le visage rouge de colère, il revint vers elle à grandes enjambées furieuses.

– Qu'est-ce que tu fais, bon sang ?

– La grève.

Il jeta un coup d'œil à Sammy et Goliath qui attendaient au bord de l'allée.

– Tu prends le parti de mon père, maintenant ?

– Non, bien sûr que non. J'ai toujours été de ton côté. Mais je sais que tu l'aimes et que tu souffres. Donne-lui encore une chance. Si tu ne le fais pas, tu le regretteras toute ta vie. Je t'en supplie.

– Il me dégoûte, fit James.

– C'est parce que tu ne le connais pas vraiment. Lui non plus, d'ailleurs, ne sait pas qui tu es. Par contre, vous vous aimez. Et vous êtes aussi malheureux l'un que l'autre.

– C'est gentil à toi de t'en inquiéter, répliqua-t-il en

relevant fièrement le menton. S'il était normal, j'accepterais de faire une nouvelle tentative. Mais ce n'est pas le cas. Alors, lève-toi de là et partons.

– Tu as tant fait pour moi, James. Fais encore ça.

– On fout le camp ! hurla-t-il.

Son énervement de la nuit précédente n'était rien à côté de la rage qui le dévorait en ce moment. Son corps entier trahissait sa fureur. Claquant des doigts et désignant ses pieds, il lui ordonnait de le rejoindre. Allait-il lui taper dessus ? Pas du tout impressionnée, Emmanuelle le regardait avec le curieux sentiment d'être la plus forte.

– James, dit-elle doucement. Regarde-toi. Tu te comportes comme Dan.

Son visage prit une teinte pourpre inquiétante.

– Ne me compare pas à ce type !

– Alors, je t'en prie, ne me donne pas d'ordres en claquant des doigts. Tu as l'air idiot.

Il resta muet une seconde, puis finit par bafouiller :

– J'ai l'air idiot ? Et tu me compares à Dan, en plus !

– Il y a une différence. Pour Dan, je me serais levée.

Une fois encore, James, stupéfait, ne sut pas quoi répondre.

– Parce que j'avais peur de lui, acheva-t-elle.

Il pointa l'index vers elle.

– Emmanuelle Lynn, lève tes fesses de ce foutu perron !

– Maman, James et toi, vous vous disputez ?

Emmanuelle regarda sa fille. Sammy se tenait un peu plus loin, la main glissée dans le collier de Goliath.

– Non, chérie. Nous discutons.

– Ce n'est pas une discussion, corrigea James. C'est une lutte, et ta mère va découvrir très bientôt ce qu'il en coûte de me pousser à bout.

– C'est maman qui gagne ?

Pour la troisième fois en quelques minutes, James

resta muet. Il tira sur son oreille puis se passa la main sur le nez.

– Non, elle ne gagne pas. Elle croit que si, mais elle va découvrir que non... C'est comme ça ! affirma-t-il en toisant Emmanuelle d'un regard hautain.

Celle-ci soupira.

– Tu vas être très malheureux lorsque tu te seras calmé.

– Non.

– Si. Pour le moment, la colère t'aveugle. Tu sais ce qui se passe ? Tu souffres exactement comme la nuit dernière, quand je t'ai soupçonné à tort. Sauf que, cette fois-ci, c'est ton père qui t'a fait du mal. Mais s'emporter n'efface pas la souffrance. Ça la masque seulement, et pour un court instant.

Les poings sur les hanches, il se mit à tourner sur place et à souffler comme une baleine qui fait surface. Emmanuelle avait déjà assisté à cette scène, moins de vingt-quatre heures auparavant. Sans doute était-ce sa façon de reprendre ses esprits, se dit-elle.

Lorsqu'il s'arrêta et croisa les bras, il avait l'air un peu plus détendu. Il la regarda, les yeux pétillant de malice, comme s'il s'efforçait de ne pas sourire.

– Est-ce que tu te rends compte que je pourrais te soulever et t'emporter sur mon épaule jusqu'à la camionnette, tout en fessant ton joli petit derrière ?

– Ça a l'air amusant. Je me laisserai faire quand tu seras retourné dans la maison. À ce moment-là, quelle que soit l'issue de l'entrevue, je te promets d'obéir.

– C'est maintenant que tu devrais m'obéir. C'est moi qui porte le pantalon dans cette famille. Ne l'oublie pas.

– Maman aussi, elle porte un pantalon !

James baissa les yeux sur l'enfant qui lui arrivait à mi-cuisses.

– Le mien est plus grand.

– Oui, fit Sammy en mesurant du regard les longues jambes de James. C'est vrai. Beaucoup plus grand.

– Tu vois, fit-il. Méfie-toi du taureau furieux. Il pourrait t'encorner.

Il s'approcha d'Emmanuelle et lui souleva le menton.

– J'y vais. Pour te faire plaisir.

Elle le prit par le poignet et lui embrassa la paume.

– Vous avez rouvert de vieilles blessures, mais sans vouloir vous avouer la vérité. Dis-la-lui, James. Dis-lui que tu l'aimes. Avant de partir. Un homme fort comme toi ne doit pas redouter ces trois petits mots. Il faut que tu les lui dises. Au moins, tu sauras que tu les as prononcés. S'il n'est pas assez courageux pour faire de même, c'est son problème.

– Tu me revaudras ça, dit-il en effleurant ses lèvres.

James rentra enfin dans la maison. Quelques secondes plus tard, Emmanuelle se demandait avec inquiétude si elle avait eu raison d'insister. Les deux hommes criaient si fort que les fenêtres vibraient. Aucun mot ne lui échappait. Pour empêcher Sammy d'écouter, elle l'envoya jouer avec Goliath sur la pelouse.

James reprocha à Ian d'avoir été un mauvais père, toujours absent. Ian avoua qu'après la mort de sa femme il s'était réfugié dans le travail. James rappela qu'il n'avait reçu que des critiques, jamais de compliments. Ian répliqua par une nouvelle salve de reproches : son fils l'avait toujours méprisé et, au lieu de l'imiter, il avait pris Skeeter, le contremaître du ranch, pour modèle. James riposta que c'était sans doute parce que le vieux cow-boy lui avait manifesté plus d'affection que son propre père.

Les reparties cinglantes s'enchaînaient, faisant regretter son intervention à Emmanuelle. Puis James déclara à son père qu'il n'était rentré que pour lui dire une chose, et il se mit à crier :

– Je t'aime ! Dieu seul sait pourquoi, mais je t'aime !

Un silence surprenant suivit ces derniers mots.

Emmanuelle s'attendait à voir James jaillir de la maison. Les minutes s'écoulant, elle supposa que la discussion avait repris sur un ton plus modéré. Au bout d'un quart d'heure, elle poussa un soupir de soulagement et s'octroya une petite tape de félicitations sur l'épaule. Pour la première fois depuis dix-neuf ans, le père et le fils échangeaient des mots au lieu de hurlements.

Bien sûr, il ne fallait pas se faire d'illusions. Une seule conversation ne suffirait pas à cicatriser les vieilles blessures, ni à bâtir un pont au-dessus du fossé qui les séparait. Et la mort de Laney resterait à jamais un souvenir douloureux.

Mais c'était un début. Les deux hommes avaient enfin appris à se parler.

*
**

Trois heures plus tard, Ian rejoignit James et Emmanuelle dans son bureau.

– J'ai passé quelques coups de fil et discuté avec plusieurs personnes. Glen Calendri et ses associés font déjà l'objet d'investigations.

– Oh ! s'écria Emmanuelle. Ce sont de bonnes nouvelles, alors ?

Ian sourit. Après sa discussion en tête à tête avec son fils, il avait présenté ses excuses à Emmanuelle et Sammy et s'était montré un modèle de cordialité. Il s'était aussi abstenu de jurer, ce dont la fillette l'avait chaudement félicité.

– Cela veut dire qu'on surveille tous leurs faits et gestes. Jusqu'à présent, on n'a pas trouvé de quoi les coincer. Cette surveillance n'est donc pas officielle et ne peut guère vous aider. Néanmoins, si les informations que vous m'avez données sont confirmées, il est très probable que votre ex-beau-père et quelques-uns de ses amis se retrouveront derrière les barreaux pour un long moment. En échange de votre témoignage, vous pourrez, vous et votre enfant, profiter du programme de protection des témoins. Il me suffit d'un seul coup de téléphone pour lancer l'opération. Ensuite, les choses se dérouleront d'elles-mêmes. À vous de décider, Emmanuelle. Si vous me donnez le feu vert, vous devrez revenir ici dans trois jours et faire une déclaration officielle et détaillée devant les autorités. Entre-temps, bien entendu, ils auront vérifié vos informations. L'entrevue qui se déroulera ensuite ne sera qu'une pure formalité.

– Et après ?

– Vous serez appelée à témoigner devant le grand jury. Si tout se passe bien, cette première séance se terminera par une mise en accusation. Glen et ses comparses seront arrêtés et gardés en prison jusqu'au procès, où vous serez le principal témoin... Voyons maintenant le mauvais côté des choses, reprit-il en jetant un regard navré à Emmanuelle. Après votre déclaration, les investigations peuvent durer des mois. Des mois durant lesquels vous serez en danger. C'est pourquoi il est indispensable de vous mettre à l'abri immédiatement. Sammy et vous résiderez dans ce qu'ils appellent un « lieu sûr » jusqu'à ce que vous ayez témoigné, puis vous bénéficierez du programme de protection. Bref, à partir de lundi, vous vivrez dans une solitude totale jusqu'à la fin du procès. Et la procédure peut prendre des mois, voire des années.

Emmanuelle écoutait en silence et s'efforçait de ne pas croiser le regard de James. Il leur restait trois jours. Ensuite, elle risquait de ne plus le revoir. Elle recevrait une nouvelle identité et on l'enverrait dans un endroit inconnu. Sans James. Elle cligna des yeux pour retenir ses larmes. Telle était la réponse à ses prières. Une sortie de secours, l'occasion pour sa fille de mener une vie normale.

Voilà comment s'achevaient les contes de fées. Elle survivrait, sa fille aussi, mais tout espoir d'avenir aux côtés de James s'écroulait.

– C'est dur, je sais, déclara Ian d'un ton solennel. Encore une chose : si vos informations sont confirmées, l'attitude de James sera justifiée et il pourra reprendre son poste.

– Tu vois, dit-elle à James, finalement, je n'aurai pas bousillé ta vie entière.

Les yeux pleins de tristesse, il la regarda longuement avant de se tourner vers son père.

– Passe ce coup de fil, papa. Nous n'avons pas le choix.

*
**

Trois jours. Ils ne disposaient que de trois petites journées, alors qu'ils désiraient une vie entière. Ils repoussèrent l'idée de se rendre à Reno pour se marier. En tant qu'époux, James aurait automatiquement été intégré au programme de protection des témoins. Mais les hommes de Glen Calendri rôdaient toujours dans le coin, et le long voyage jusqu'au Nevada mettrait les vies d'Emmanuelle et de Sammy en danger. Le chalet dans la montagne offrait plus de sécurité.

– Je trouverai un autre moyen, Emmanuelle, promit-il, allongé près d'elle. Je me débrouillerai pour te rejoindre. Nous vivrons ensemble jusqu'à ce que la mort nous sépare. Je te le jure.

Même si Emmanuelle ne doutait pas de sa sincérité, elle savait qu'ils n'auraient sans doute que ces trois jours de bonheur ensemble. Et, malgré sa peine, elle s'efforçait de savourer chaque minute comme si elle était la dernière.

En très peu de temps, cet homme était devenu le centre de son monde. Elle l'observa tandis qu'il jouait avec Sammy. « Est-ce que je vais y arriver ? » avait-il demandé. Oui, il y était arrivé. Dans l'art de la paternité, il méritait le prix d'excellence. Elle enregistrait mentalement chaque instant, afin de les rappeler plus tard à Sammy. Lorsque l'enfant parlerait de son père, elle penserait à James. Il était amour, honneur, force et courage. Il était le plus beau cadeau qu'on puisse faire à un enfant.

L'incident qui émut le plus Emmanuelle se déroula dans la salle de bains. Penché au-dessus du lavabo, James luttait contre les haut-le-cœur. Assise sur le tabouret, le savon dans les mains, Sammy attendait qu'il se sente un peu mieux pour reprendre sa tâche.

– Je suis désolée, James. Je t'avais dit que ça faisait vomir, le savon.

– Ce n'est pas ta faute, chérie, dit-il après s'être rincé la bouche. Vas-y, recommence.

Il ouvrit la bouche et tira la langue.

Avec une affreuse grimace, Sammy promena le savon sur la langue tendue. Un peu trop loin, apparemment, car James se mit à hoqueter et se rua sur le lavabo.

– Bon Dieu, Sammy ! Pas dans la gorge ! protesta-t-il quand il eut repris son souffle.

– Pardon ! James, tu as recommencé !

– Quoi ? fit-il.

Sammy se pencha et lui murmura à l'oreille le juron qu'il venait de prononcer. Il grommela, cracha, souffla puis lâcha :

– Merde... Je n'y survivrai pas.

Deux lavages plus tard, il se tourna vers Sammy.

– Tu es sûre que tu as compté dix gros mots ?

– Oui, je crois, répondit la petite fille, que le spectacle commençait à rendre malade. Mais peut-être que je me suis trompée. On peut arrêter maintenant, James. Je sais que tu regrettes.

Heureusement pour James, les notions en calcul de Sammy n'allaient pas plus loin que ses dix doigts. Il respira à fond, redressa les épaules et fixa le fond du lavabo.

– Non, dit-il enfin. Si j'ai juré douze fois, je dois me laver douze fois. Et j'espère que j'aurai appris ma leçon.

– Moi, j'ai appris, en tout cas, dit Sammy en secouant tristement la tête. Je ne dirai plus jamais de gros mots. J'aime pas être malade.

Elle le fut deux secondes plus tard. Avec un juron sonore – habitude qu'il ne perdrait sans doute jamais – James se précipita vers l'enfant et lui soutint la tête. Lorsque Sammy fut remise, elle demanda d'une petite voix tremblante :

– James, est-ce que tu pourrais pas seulement aller au coin ?

Il acquiesça avec soulagement.

Durant ces trois jours, il passa une bonne partie de son temps le nez contre le mur. Lors d'un jeu avec Goliath et Sammy, Emmanuelle l'entendit lancer : « Bon Dieu ! » et ajouter aussitôt : « aime-moi ». Puis, baissant la voix pour éviter qu'Emmanuelle ne l'entende, il expliqua à la fillette qu'on pouvait invoquer le nom de Dieu si c'était dans une prière. Et demander à Dieu de nous aimer était indubitablement une prière. Emmanuelle jugea cette requête inutile. Si Dieu n'aimait pas déjà James Masters, c'était qu'Il ne connaissait pas les habitants de l'Oregon.

Faire l'amour toute la nuit... Somnoler sur la berge du ruisseau tandis que Goliath et Sammy jouaient à côté... Pique-niquer sous les arbres... Nourrir les écureuils... Et faire l'amour à nouveau. Durant ces trois jours, ils engrangèrent des milliers de souvenirs. La réalité ne se rappelait à Emmanuelle que lorsqu'elle posait les yeux sur le pistolet de James. Être avec lui. En famille. Un homme, une femme, un enfant et un chien. Se blottir dans ses bras la nuit. Tous ses rêves prenaient vie.

Hélas, comme dans tous les rêves heureux, la fin arriva trop vite.

La dernière nuit, une fois Sammy endormie, James emmena Emmanuelle se promener au clair de lune. Ils firent plusieurs fois le tour de la maison, refusant de s'aventurer plus loin. Puis James s'arrêta, s'agenouilla devant Emmanuelle et lui demanda de l'épouser. Les yeux pleins de larmes, elle accepta, espérant de tout son cœur que ce vœu se réalise un jour.

– Alors, marions-nous tout de suite, dit-il en se redressant.

En l'entendant, Emmanuelle sentit son cœur se briser. Si James tenait à procéder ainsi, c'était parce qu'il craignait de ne pouvoir faire autrement. En guise d'alliance, il cueillit une tige verte, en fit une tresse et planta dessus une petite fleur blanche. Son œuvre terminée, il prit sa main et tous deux prononcèrent leurs serments, avec Dieu pour seul témoin. Lorsque James lui glissa l'alliance au doigt, Emmanuelle se jeta dans ses bras et se mit à pleurer. Sans mot dire, il la garda longtemps serrée contre sa poitrine. Et, quand ils se séparèrent enfin, elle vit une larme rouler sur la joue de James.

*
**

Le lendemain matin, ils se rendirent au ranch en silence. Pourtant, ils avaient des choses à se dire, songeait Emmanuelle sans pouvoir trouver les mots. Comment remercier cet homme de l'avoir sauvée de la peur, de la honte et des remords ? Comment le remercier de lui avoir appris à se respecter ? La perspective de vivre sans lui la déchirait, mais elle savait qu'elle y survivrait, grâce à la force intérieure qu'il lui avait insufflée.

Lorsqu'ils arrivèrent chez Ian, deux hommes emmenèrent Emmanuelle dans la bibliothèque, où elle fit sa déclaration et la signa. On lui permit ensuite de rester quelques minutes seule avec James.

Il l'attendait dans le bureau de son père, accoudé à la cheminée, les yeux rivés sur l'âtre. Lorsqu'il entendit la porte s'ouvrir, il pivota. Emmanuelle courut se jeter dans ses bras. Sans prononcer un seul mot, ils restèrent enlacés, leurs cœurs battant à l'unisson.

Avant de la quitter, James murmura :

– Je suis déjà en train de chercher un moyen de me faire admettre dans le programme de protection. Il y a de gros obstacles, mais j'arriverai à les contourner. Il existe sûrement une solution.

Emmanuelle n'y croyait plus depuis le moment où, la nuit précédente, ils avaient échangé leurs serments. Elle refoula ses larmes et le regarda. Seigneur, comme elle l'aimait... C'était un homme fort, courageux et droit, comme les héros des contes de fées qu'aimait Sammy.

La petite fille et le chien les rejoignirent. Sammy se cramponna à James, puis à Goliath, et se mit à sangloter.

– Voyons, ma poupée, s'écria-t-il. Pourquoi pleures-tu ? Tu te comportes comme si tu n'allais plus jamais nous revoir.

– Non, non, gémit Sammy. S'il te plaît, ne t'en va pas. Je veux que tu sois mon papa.

– Écoute-moi bien, fit James. Tu m'écoutes ?

– Oui.

– Je suis ton papa. Tu as compris ? Pour l'instant, il faut que tu partes avec ta maman. Dès qu'elle aura fini de témoigner, nous serons tous réunis à nouveau. Nous achèterons une grande et belle maison et nous vivrons ensemble. Qu'est-ce que tu en dis ?

– Tu le jures ?

Il releva la tête et regarda Emmanuelle.

– Je te le jure, chérie. Est-ce que je n'ai pas toujours tenu mes promesses ?

– Si.

– Alors, tu vois, dit-il sans quitter Emmanuelle des yeux. Si Dieu le veut, je tiendrai celle-ci. Je serai là, et Goliath aussi. Tu n'as aucune raison d'être triste.

Si Dieu le veut.

Le message était clair. Il demandait à Emmanuelle de rappeler cette clause à Sammy, au cas où il ne serait pas fidèle au rendez-vous.

Ian vint chercher la fillette pour laisser au jeune couple quelques secondes d'intimité supplémentaires. Une fois la porte refermée, Emmanuelle s'agenouilla et étreignit Goliath. C'était grâce à lui que James s'était intéressé à elle, grâce à lui aussi qu'elle et sa fille étaient encore vivantes. Il avait été un ami loyal, du début à la fin de l'histoire.

Puis la minute fatidique arriva. Emmanuelle embrassa James une dernière fois et sortit en courant. Les larmes ruisselaient sur ses joues.

Des hommes l'attendaient à l'extérieur pour l'emmener avec sa fille dans un endroit sûr. Elle poussa Sammy sur le perron et se retourna. James la regardait fixement, tous les muscles de son corps tendus, comme s'il s'apprêtait à encaisser une volée de coups. Avant de s'éloigner, elle s'obligea à lui sourire à travers ses larmes.

Accompagnées de deux agents, Emmanuelle et Sammy montèrent dans une voiture blanche. Deux autres hommes les suivirent dans un second véhicule.

Comme la voiture faisait demi-tour, Emmanuelle se pencha pour regarder la maison. James leur faisait au revoir de la main. À cet instant, elle se souvint de l'histoire qu'il avait inventée pour la rassurer. Dans ce conte, il l'emmenait dans l'Oregon pour que Sammy et elle soient en sécurité.

Il avait tenu sa promesse. Elles ne risquaient plus rien. Mais le plus important manquait. À la fin du récit, l'auteur avait oublié de mentionner la formule consacrée : « Et ils furent heureux jusqu'à la fin de leurs jours. »

Convaincue qu'elle voyait James Masters pour la dernière fois, elle garda le visage collé à la vitre jusqu'à ce que les arbres masquent la maison.

26

Quelque part, aux États-Unis
Dix-huit mois plus tard

Le petit avion amorça sa descente. À travers le hublot, Emmanuelle aperçut l'aéroport et le minuscule parking. Tout était blanc, la piste, les toits des bâtiments, les champs alentour. Une région aux hivers rigoureux, supposa-t-elle. Pour l'instant, en guise de bienvenue, la neige et la pluie avaient cédé la place à la lumière grise d'un après-midi de novembre.

Bien que le vol n'ait pas duré plus de cinq heures, Emmanuelle et Sammy étaient épuisées. Très émues, elles n'avaient guère dormi la nuit précédente. Après un rapide petit déjeuner à l'aube, on les avait emmenées sous protection armée dans un aéroport situé au nord de New York.

L'histoire était terminée. Emmanuelle avait témoigné. Sa fille et elle sortaient enfin du cauchemar. Glen Calendri était condamné à la prison à vie, sans possibilité de libération conditionnelle. Plusieurs de ses hommes de main avaient également écopé de longues peines.

Il ne restait plus à Emmanuelle qu'à bénéficier du programme de protection des témoins, d'autres acolytes de son ex-beau-père errant encore dans la nature.

Tandis que l'avion se posait, Emmanuelle examinait

le paysage, cherchant à deviner où elles se trouvaient. La neige épaisse recouvrait tout, rendant l'endroit aussi anonyme que possible. Elles ignoraient même quels noms allaient leur être attribués. Emmanuelle savait seulement qu'une maison les attendait en pleine campagne, à quelques kilomètres d'une ville inconnue. Si elle le désirait, un travail lui était réservé dans une société d'informatique. Et elle serait obligée de l'accepter. Sans doute allait-on lui octroyer une certaine somme pour démarrer sa nouvelle vie mais, ensuite, il lui faudrait se débrouiller.

Malgré les longs mois écoulés, elle pensait toujours à James. Elle avait appris qu'il avait été blanchi de toutes les accusations portées contre lui et qu'il avait repris son poste de shérif. Le conseil du comté avait également annulé la condamnation à mort de Goliath quand il avait su que l'homme qu'il avait mordu était un dangereux criminel.

Sammy pensait à James, elle aussi. La petite fille tenait à la main un bouquet de roses en papier qu'elle comptait lui offrir. Emmanuelle avait essayé de lui expliquer qu'il ne serait peut-être pas capable de tenir sa promesse et qu'elle ne devait pas trop compter le voir en descendant de l'avion, mais sa fille refusait de l'écouter. James lui avait fait une promesse et, durant ces derniers dix-huit mois, elle s'y était cramponnée comme à une bouée de sauvetage.

Emmanuelle désirait de tout son cœur qu'il soit là, ne fût-ce que pour un moment. Juste le temps de voir Sammy. En dix-huit mois, elle avait pris quinze centimètres. À presque sept ans, c'était un garçon manqué aux boucles blondes qui ne savait que faire de ses grandes jambes. Emmanuelle lui lissa les cheveux.

– Non ! s'écria l'enfant en s'écartant précipitamment. Je les ai coiffés spécialement pour James !

Voyant Sammy coller le nez contre le hublot, Emmanuelle eut le cœur serré.

– Il a neigé, dit la fillette. Il doit nous attendre dans le hall de l'aéroport.

– Sammy, ne te fais pas trop d'illusions. James a dit qu'il serait là si Dieu le voulait, rappelle-toi. Et il arrive que Dieu dise non.

– Pas cette fois-ci, maman. C'est mon papa ! Il a dit qu'il serait là. Attends et tu verras. Je lui dirai que tu n'as pas cru en lui. Il sera très en colère contre toi.

Comme elles descendaient de l'avion, Sammy, occupée à chercher James du regard, faillit rater une marche. Emmanuelle elle-même ne pouvait s'empêcher de scruter les alentours, en quête d'une haute silhouette aux cheveux bruns, vêtue d'un jean délavé et chaussée de bottes. Il pousserait un cri, agiterait les bras et courrait vers elles. Et elles lui sauteraient au cou.

Hélas, personne ne sortit du hall de l'aéroport.

Sammy s'arrêta au pied de la passerelle. Donnant un coup de pied dans une flaque, elle poussa un gémissement.

– Il n'est pas là. Il me l'avait promis. Il a menti !

– Oh, Sammy, non !

La fillette jeta son bouquet et le piétina.

– Il a menti. Il m'a raconté des histoires pour m'empêcher de pleurer. Je le déteste !

Emmanuelle ramassa les fleurs qui avaient échappé au massacre et empoigna le bras de sa fille.

– Tu devrais avoir honte ! Ne dis plus jamais ça. James t'aime. Il ferait le voyage pieds nus pour nous rejoindre, tu le sais. Et tu peux être sûre qu'il est très malheureux de ne pas avoir pu venir.

Le corps secoué de sanglots, Sammy se jeta dans les bras de sa mère. Emmanuelle sentit son sac glisser le long de son épaule et tomber sur le sol humide. Sans y prêter attention, elle étreignit sa fille.

Quand Sammy se fut un peu calmée, elle la regarda droit dans les yeux.

– Au moins, nous sommes ensemble, toi et moi. Tout

va s'arranger... Tiens, reprends tes fleurs. J'essaierai de les lui faire parvenir.

Sammy essuya ses larmes.

– Tu sais quoi, maman ? dit-elle avec un sourire tremblant. Je parie qu'il nous attend dans la nouvelle maison. C'est normal. Les chiens ne doivent pas avoir le droit d'entrer dans un aéroport.

Le cœur serré, Emmanuelle lui rendit son sourire.

– Peut-être, chérie. Mais n'espère quand même pas trop.

Deux hommes en imperméable les accompagnèrent jusqu'à un taxi tandis que deux autres les suivaient, leurs bagages à la main. Avant de partir, l'un des agents donna à Emmanuelle une enveloppe marron. Elle y trouverait des papiers d'identité ainsi que toutes les indications nécessaires pour démarrer leur nouvelle existence.

Emmanuelle les regarda s'éloigner vers l'avion. Aucun d'eux ne savait où ils avaient atterri. Seul le pilote connaissait le nom de l'aéroport, mais il ignorait qui était Emmanuelle.

Le chauffeur attendit patiemment qu'elle lui indique sa destination. Les mains tremblantes, elle ouvrit l'enveloppe et en sortit une liasse de papiers.

– 2437, East River Road, lut-elle.

Elle s'enfonça dans son siège tandis que la voiture démarrait.

– Où c'est, River Road, maman ? Ils n'ont pas mis de photo de la maison ? Et mon école, elle est loin ? Je vais avoir une chambre rien que pour moi, dis ? Dans quelle ville c'est ?

– C'est une petite ville du Wyoming qui s'appelle Trad. Il n'y a que trente mille habitants. Ils vivent presque tous de l'élevage.

Si on lui avait laissé le choix, Emmanuelle aurait préféré habiter près d'une ville plus grande. D'ailleurs, elle trouvait curieux qu'on les ait installées, Sammy et elle, dans une région aussi isolée et au climat aussi rigoureux. Sans doute était-ce plus prudent. Les gangsters étaient souvent des citadins, peu préparés à affronter les blizzards. Si jamais ils découvraient son refuge, ils risquaient fort de s'enliser dans des congères avant d'arriver jusqu'à elle.

Tandis que la voiture roulait sur la petite route sinueuse, Emmanuelle levait de temps en temps les yeux de ses papiers pour regarder le paysage. Malgré le ciel gris et la neige omniprésente, elle pouvait imaginer combien les collines boisées et les prairies devaient être belles au printemps.

– Nous allons adorer cet endroit, Sammy, déclara-t-elle d'un ton résolument enthousiaste. Nous ferons des pique-niques et nous irons nous baigner dans une rivière.

Sammy jeta un coup d'œil boudeur au paysage.

– Moi, j'aime pas.

Comprenant qu'il faudrait plus qu'une ou deux remarques euphoriques pour réconforter sa fille, Emmanuelle parcourut le reste des documents. Son nouveau nom était Emmanuelle Middler. Pourquoi pas ?

Changer de nom une fois de plus ne la tracassait pas. Si James avait été là, tout aurait été parfait. Elle l'imagina en train de rentrer à Wynema Falls, son chien à côté de lui. Bizarrement, cette image familière la réconforta. Elle aurait aimé lui écrire, mais tout contact avec des personnes appartenant à son passé lui était strictement interdit.

– Regarde, maman ! On est en pleine campagne, ici.

Sammy avait raison, songea Emmanuelle avec inquiétude. Ils avaient déjà parcouru un long chemin depuis la petite ville. Les trajets entre son domicile et son travail allaient lui coûter une fortune en essence.

Décidément, les hommes n'avaient aucun bon sens. Ils auraient dû confier le choix de la maison à une femme. L'hiver, les routes devaient être couvertes de neige et de glace. Or elle n'avait jamais conduit sur du verglas et, le temps qu'elle apprenne, elle aurait risqué sa vie plusieurs fois.

Le taxi ralentit enfin. Il tourna à droite et s'engouffra sous un monumental porche voûté, semblable à l'entrée d'un grand ranch. Emmanuelle aperçut au loin des vaches en train de manger du foin disposé en tas entre les plaques de neige. Des chevaux étaient regroupés dans un pré voisin.

– Ils nous ont aussi acheté des chevaux ? demanda Sammy, tout excitée.

– Non, chérie. Je n'ai pas les moyens de nourrir des chevaux.

Juste à cet instant, le taxi s'arrêta devant une vaste bâtisse en brique.

– Et voilà ! s'écria le chauffeur.

– Maman ! Nous sommes riches !

– Non, Sammy, nous ne sommes pas riches. Il doit y avoir une erreur.

Elle vérifia l'adresse inscrite sur les documents. Les chiffres correspondaient au numéro écrit sur la maison.

– Êtes-vous sûr que nous sommes à East River Road ? demanda-t-elle au chauffeur.

– C'est bien ça, madame, répondit-il en allant ouvrir le coffre.

Emmanuelle regarda à nouveau la maison par la fenêtre.

– Il doit y avoir un bungalow un peu plus loin, derrière la grange... C'est sûrement ça. Je ne pourrai jamais chauffer une aussi grande maison, sans parler du loyer. Et je suis bien sûre qu'ils ne nous en ont pas fait cadeau.

Abasourdie, elle mit pied à terre et rangea les documents dans son sac tandis que le chauffeur sortait leurs bagages. Un ranch ? Elle prit la main de Sammy. Il fallait qu'ils soient tombés sur la tête pour envoyer une femme seule et son enfant dans un coin aussi perdu ! se dit-elle dans un bref accès de colère.

Dans sa main, les doigts de Sammy étaient glacés. La fillette jeta à sa mère un regard implorant, mais celle-ci se sentait aussi désemparée que sa fille. Devaient-elles frapper à la porte ? Ou patauger dans la boue et la neige pour trouver quelqu'un qui les guiderait jusqu'à leur maison ? De l'endroit où elle se tenait, Emmanuelle n'apercevait qu'une partie de l'entrée de la grange. Elle crut remarquer un mouvement à l'intérieur. Peut-être le propriétaire avait-il entendu le taxi et venait-il à leur rencontre.

Elle étouffa un juron. Ses talons hauts n'étaient guère indiqués pour une promenade dans la neige. Ses collants seraient bons à mettre à la poubelle, et sa robe aussi. Dire que c'était la tenue qu'elle avait prévu de mettre pour aller travailler !

Elle vérifia l'adresse une nouvelle fois. Le chauffeur était en train de refermer le coffre. D'une minute à l'autre, il allait s'en aller et les abandonner ici, en pleine nature.

– Vous me devez trente-trois dollars cinquante, madame.

Emmanuelle en resta bouche bée. Sans protester, elle sortit de son sac trois billets de dix dollars et un de cinq.

– Gardez la monnaie.

– Merci.

Un aboiement ponctua ce bref dialogue, et une masse de poils bruns jaillit de la grange ouverte.

– Bon sang, un rottweiler ! s'écria le chauffeur en sautant dans sa voiture.

Emmanuelle et Sammy restèrent face au chien tandis que le taxi s'éloignait en faisant crisser ses pneus.

Soudain, la fillette arracha sa main de celle de sa mère et s'élança en poussant un cri aigu.

– Goliath !

– Sammy, non ! hurla Emmanuelle en courant derrière l'enfant. Ce n'est sûrement pas Goliath. C'est un rottweiler qui ne nous connaît pas et qui sera furieux que quelqu'un soit entré chez lui.

Favorisée par ses talons plats, Sammy fut vite hors d'atteinte de sa mère.

– Goliath !

Les grondements du rottweiler laissèrent la place à des gémissements de joie. L'enfant et le chien se heurtèrent au-dessus d'une plaque de boue, et Sammy culbuta, tête la première. Le rottweiler se pencha sur elle et lui lécha frénétiquement la figure.

Emmanuelle s'arrêta net. Dès que Goliath l'eut reconnue, il courut se jeter dans ses jambes et lui mordiller les mains. La stupéfaction empêcha la jeune femme de réagir et, une seconde plus tard, le chien partait rejoindre Sammy.

« Je rêve, se dit-elle. Je suis toujours à New York, sous mes couvertures, et j'attends que le réveil sonne. Le voyage en avion n'était que le fruit de mon imagination et, dans quelques minutes, je vais me réveiller et espérer de tout mon cœur que tout se passe exactement ainsi – que je retrouve James à la fin du voyage. »

– Je savais que tu viendrais. Je le savais ! criait Sammy en se roulant dans la boue sous un rottweiler fou de joie. Oh, Goliath, je t'aime !

Un mouvement attira le regard d'Emmanuelle. Un grand homme brun sortait de la grange. Bottes de cowboy, jean délavé, Stetson. Et une démarche nonchalante qu'elle aurait reconnue n'importe où. Le cœur battant, elle cligna des yeux.

– James ! hurla Sammy. James !

Elle se releva, courut, revint sur ses pas pour ramasser son bouquet et repartit en criant :

– Tu es venu ! Je savais que tu tiendrais ta promesse. Je le savais !

Il se pencha pour l'accueillir mais, surpris par la taille et le poids de Sammy, il chancela sous le choc.

– Ma poupée ! Comment va ma grande fille ? s'écria-t-il.

Il se redressa et la fit tournoyer en l'air.

– Que tu es jolie ! Et comme tu as grandi ! Une vraie jeune fille !

Son regard croisa celui d'Emmanuelle, pour la première fois depuis dix-huit mois. Il enfouit le visage dans les boucles blondes de Sammy et la serra contre lui.

– Je t'ai fait un bouquet, dit-elle en lui tendant les roses en papier.

Il la jucha sur une hanche et observa les fleurs d'un air grave.

– Merci, ma chérie. Je les garderai toujours.

– Tu n'as pas menti, dit Sammy. Tu es vraiment mon papa et nous allons vivre ici. Tous ensemble. D'accord ?

– Tous ensemble, promit James. Rien n'aurait pu m'empêcher de vous retrouver.

Goliath courait autour d'eux en aboyant, réclamant manifestement un supplément de baisers de la part de Sammy. James posa la fillette à terre et les deux amis s'étreignirent.

Emmanuelle restait clouée sur place, refusant de faire un geste ou de dire un mot, de peur que tout autour d'elle ne s'évanouisse.

– Je t'avais promis de trouver un moyen, lui lança-t-il de loin. Je regrette de ne pas être allé te chercher à l'aéroport. Ils n'ont pas voulu me dire le jour de ton arrivée.

Il s'arrêta à deux mètres d'elle.

– Ça n'a pas été facile, je t'assure. Mais je te raconterai les détails plus tard.

Ses yeux bleus l'examinaient avec avidité, comme pour se rassasier de sa vue.

– Tout de suite, ce que je voudrais, reprit-il d'une

voix enrouée par l'émotion, c'est un baiser. À moins, bien sûr, que tu ne sois pas contente de me voir.

Emmanuelle lâcha son sac et courut vers lui. Il tendit les bras et la souleva, exactement comme il l'avait fait avec Sammy.

– Je n'ar... n'arrive pas à... croire que tu es là, balbutia-t-elle à travers ses sanglots.

– Je te l'avais promis. Voyons, chérie, ne pleure pas. Je ne supporte pas que tu pleures.

Ses grandes mains étreignaient la jeune femme qui s'accrochait à son cou.

– Et ta maison ? Et ton poste de shérif ?

– J'ai vendu la maison et quitté ce métier. Il était temps qu'un peu de sang jeune s'occupe de Wynema Falls. Tom Moore a pris la suite.

– Tom Moore ? Celui qui a causé l'accident des adolescents et qui ne cesse d'arrêter une vieille dame ?

– Il a pris de la bouteille. Et je crois qu'un homme qui a lui-même commis des erreurs fait un bon représentant de l'ordre. Tom a appris la leçon et il est devenu un policier à la fois efficace et humain. Crois-moi ou non, mais il a plaidé ma cause devant la commission. Il a même convaincu son père, le maire, de prendre parti pour moi.

Il la serra tendrement dans ses bras.

– Depuis mon enfance, je rêvais d'avoir mon propre ranch. En ajoutant mes économies à celles de mon père, j'ai réussi à acheter celui-ci. Si je désire un jour reprendre mon ancien métier, je possède toutes les références nécessaires. Pour l'instant, je veux seulement gérer cette propriété, et être un bon mari et un bon père. Financièrement, nous serons très à l'aise, tu n'as donc pas à t'inquiéter.

– Est-ce une demande en mariage, monsieur Masters ?

– Middler, corrigea-t-il avec un clin d'œil. James Middler. Ça sonne bizarrement, tu ne trouves pas ?

Quant à la demande en mariage, elle est inutile, car nous sommes déjà mariés. L'un des amis de mon père est juge. Après avoir écouté le récit de nos aventures, il a tiré quelques ficelles et signé un certificat de mariage en le datant d'avant ton départ de l'Oregon. J'ai imité ta signature. Ce n'était pas légal, bien sûr, puisque la mariée était absente, mais cela a suffi et l'on m'a intégré dans le programme de protection. Un mari a le droit et le devoir de vivre avec sa femme.

– Béni soit ton père ! Il a dû penser que je n'étais pas si méchante que ça, finalement.

– Oui, effectivement. Il est ici, tu sais. Je lui ai expliqué que sa santé déclinait et qu'il avait besoin de moi, dit-il avec un petit rire satisfait. C'est la première fois de ma vie que je raconte autant de mensonges.

– Il ne plaide plus ?

– Il a dépassé l'âge de la retraite depuis un moment. À présent, il veut voir ce qu'il donne comme père et comme grand-père.

Emmanuelle avait du mal à assimiler autant de nouvelles stupéfiantes.

– Alors, ton père est ici ? Et je me suis mariée sans le savoir ? résuma-t-elle.

– J'avoue que c'est une façon sournoise de forcer une femme à convoler. Mais, comme tu avais déjà prêté serment, je me suis dit que tu ne t'opposerais pas à ce que je me charge de la paperasserie. Si tu préfères, nous pouvons prétendre que nous ne sommes pas légalement mariés et offrir un très mauvais exemple à nos enfants.

– Nos enfants ? Au pluriel ? s'écria-t-elle en riant. Qui porte la culotte, dans cette famille ? On dirait que tu as pris un tas de décisions tout seul.

– Regarde autour de toi, demi-portion. Tu es dans un trou perdu, en plein milieu de l'État du Wyoming ! Ça ne se discute même pas, c'est moi le patron... D'ailleurs, tu ne portes même pas de pantalon, ajouta-t-il en glissant la main sous le manteau d'Emmanuelle. Quelle idée de s'habiller comme ça quand je ne suis pas là !

– Ce n'est qu'une robe, protesta-t-elle en riant.

– Ce n'est pas qu'une robe. C'est une parcelle de paradis.

Il plongea son regard dans le sien, bouleversé. Puis il se pencha sur sa bouche et l'embrassa avec tant d'ardeur qu'elle en eut le vertige.

– Tu te souviens de l'histoire que je t'ai racontée ? demanda-t-il ensuite. Il y a deux détails qui ne collent pas. D'abord, nous sommes dans le Wyoming, pas dans l'Oregon. Ensuite, il manque la fin : je te dépose sur un lit et je t'emmène au septième ciel. Tu es d'accord ?

Rejetant la tête en arrière pour mieux le regarder, Emmanuelle céda en même temps au rire et aux larmes.

– On ne peut pas. Il y a Sammy.

James hurla aussitôt :

– Papa ! Viens chercher ma fille !

La silhouette de Ian apparut sur le seuil de la grange.

– Tu as déjà besoin d'un baby-sitter ? Laisse à ta femme le temps de repérer les lieux, quand même.

James souleva Emmanuelle à bout de bras.

– Elle est avec moi, papa. Ça lui suffit amplement pour le moment. Montre le poulain et les chiots à Sammy, d'accord ? Quand elle en aura assez, fais-lui choisir les noms des douze petits. Des noms originaux. Il me faut au moins une heure.

Ian éclata de rire et fit signe à Sammy de le rejoindre.

– Viens. Tes parents veulent bavarder un moment. Je vais te montrer les douze petits de Goliath. Ils sont tous aussi laids les uns que les autres, alors prends ton temps pour choisir celui que tu veux garder.

– Papa ! hurla James. Tu as perdu la tête ? Je ne veux pas trois rottweilers !

Mais Ian et Sammy avaient déjà disparu dans la grange, d'où jaillit bientôt le rire joyeux de l'enfant.

– Trois rottweilers ? s'étonna Emmanuelle.

– Goliath est marié, lui aussi. Elle s'appelle Sassy et nous a donné douze chiots.

James gravit les marches du perron et ouvrit la porte. Emmanuelle poussa des cris de joie en découvrant la jolie cuisine aux murs jaunes et aux placards en chêne.

James l'attira à lui. Tout en l'embrassant, il lui ôta son manteau, puis il s'attaqua aux boutons de la robe en l'entraînant dans le couloir.

– Où m'emmènes-tu ?

– Au lit.

– Tu ne me montres pas la maison d'abord ?

Il la poussa dans une chambre, verrouilla la porte derrière lui et commença à se déshabiller. Veston, chapeau et chemise tombèrent en pluie dans la pièce.

– Enlève cette robe ! supplia-t-il en tirant sur une botte récalcitrante.

Emmanuelle se sentait un peu gênée. Elle avait déjà fait l'amour avec lui, mais dix-huit mois s'étaient écoulés depuis ces trois jours d'intimité.

– Tu ne voudrais pas qu'on bavarde un peu avant ?

– Tu es splendide.

– C'est tout ce que tu trouves à dire ?

– J'aime tes yeux.

La botte lâcha enfin prise et alla heurter le mur. Comme il se penchait pour se débarrasser de l'autre, elle regarda avec délices ses muscles puissants jouer sous son torse.

– Ta bouche me rend fou. Et j'adore tes cheveux.

Libéré de la seconde botte et vêtu de son seul jean, il avança vers elle.

– Tu ne te déshabilles pas, Emmanuelle Lynn ?

– C'est que c'est un peu...

Le souffle lui manqua. Les mains de James firent

glisser sa robe sur ses épaules et sa bouche se plaquait dans son cou, sur sa gorge, déposant des baisers avides sur sa peau.

– Ô mon Dieu, balbutia-t-elle. James, parle-moi. Juste quelques minutes... le temps de refaire connaissance.

– On ne peut pas, déclara-t-il en dégrafant son soutien-gorge. On a des tas de projets pour la journée. Si je ne te fais pas l'amour tout de suite, nous devrons attendre la nuit.

– Tu ne peux pas modifier tes plans ? Je viens tout juste d'arriver.

Avec un gémissement étouffé, il se mit à lui mordiller l'oreille.

– Crois-moi sur parole, tu ne voudras pas de modifications. C'est une surprise qui vous concerne, Sammy et toi.

Elle ferma les yeux, enivrée par ses caresses. Elle avait rêvé des milliers de fois de ces retrouvailles, mais rien ne valait la réalité.

– Quel genre de surprise ? demanda-t-elle dans un soupir de béatitude.

– Je te le dirai quand nous aurons fait l'amour. Pas avant. Sinon, tu filerais comme une flèche en me plantant là.

– Non, murmura-t-elle entre deux baisers. Rien ne pourrait me faire partir.

– Tu le jures ? Si je te le dis maintenant, tu restes avec moi et nous faisons l'amour ?

Il devait être fou. Elle avait souffert de leur séparation pendant dix-huit mois, ce n'était pas pour le quitter après quelques minutes !

– Je n'irai nulle part. Promis, juré.

– Tes parents sont là, lui murmura-t-il à l'oreille.

Elle écarquilla les yeux.

– Quoi ?

– Papa leur a acheté la propriété voisine. Nous

avons suivi ton exemple. Nous avons modifié notre aspect physique et nous nous sommes envolés pour le Canada, puis nous sommes repartis de l'Ontario jusqu'au Mississippi. Papa y est resté pour aider tes parents à vendre leur ferme. Il leur a fait donner un autre nom, un nouveau numéro de sécurité sociale et une voiture. Depuis huit mois, ils habitent un peu plus loin sur la route.

– Mon père et ma mère ? s'écria-t-elle en le regardant fixement. Ils ont quitté le Mississippi pour venir vivre ici ?

Le regard satisfait de James répondit à sa question. Elle sentit ses yeux s'emplir de larmes. Elle n'avait pas vu ses parents depuis son mariage avec Dan, et voilà qu'ils habitaient à trois pas de chez elle !

– Oh, James... Quelle idée merveilleuse...

– Tu n'aurais jamais été complètement heureuse sans eux. Chaque fois que tu parlais d'eux, je voyais combien tu les aimais et combien ils te manquaient. Et puis, je crois que tous les enfants doivent avoir la chance de connaître leurs grands-parents.

– Alors, tout simplement, tu es allé les chercher ?

– Non, pas « tout simplement ». Ça a été sacrément difficile. Cela m'a valu un cours intensif sur les paysans soi-disant arriérés du Mississippi, je t'assure. Pour te revoir, ton père n'a pas hésité une seconde à vendre sa maison, ses meubles, son matériel agricole. Il aurait vendu son bras droit si cela avait fait partie du contrat. Tout sauf Spook. Celui-là, pas question de le quitter.

– Spook ?

– Son cochon. As-tu une idée du boulot que représente le transport d'un porc de cent cinquante kilos ? Et en avion, s'il vous plaît. Ce pauvre petit n'aurait pas supporté un aussi long voyage en camion.

Emmanuelle passait du rire aux larmes. James lui avait juré de faire tout son possible pour la rendre heureuse, mais jamais elle n'aurait imaginé qu'il irait jusque-là. Retrouver ses parents et savoir qu'elle pourrait les voir aussi souvent qu'elle en aurait envie était le plus beau cadeau qu'on lui eût jamais offert.

– Je t'aime tant, murmura-t-elle. Sais-tu seulement combien je t'aime ?

– Autant que moi, j'espère.

Avec un petit sourire, il desserra son étreinte et commença à reboutonner sa robe.

– Prouve-moi ton amour en ne restant pas tout l'après-midi chez eux. Il est prévu que nous dînions ensemble. Tu auras donc la soirée pour rattraper le temps perdu.

– Je ne vais nulle part, James Masters, dit-elle en lui prenant les poignets.

– Tu n'es pas obligée de tenir cette stupide promesse. Je sais que tu meurs d'envie d'aller...

Elle posa un doigt sur sa bouche pour le faire taire.

– J'irai, mais plus tard. Et avec toi.

Il la fit basculer sur le lit et se pencha au-dessus d'elle.

– Tu es sûre ? Si tu veux y aller tout de suite, je comprendrai.

– Tu cherches à te débarrasser de moi ?

Fermant à moitié les yeux, il lui enleva ses vêtements et les jeta dans toutes les directions.

– T'ai-je dit combien j'aimais cette petite fossette sur ta joue ? Emmy, que tu m'as manqué ! Nuit et jour, au crépuscule et à l'aube. Et ces genoux ! Et ces orteils !

Chaque exclamation était ponctuée d'un baiser sur l'endroit désigné.

– Je t'aime éperdument, acheva-t-il en s'allongeant à côté d'elle.

Emmanuelle se blottit contre lui et l'embrassa sur la bouche, mêlant baisers et mots d'amour.

Se retrouver dans les bras de James tenait du miracle. Cet homme lui avait tant donné ! La confiance en soi et la fierté. Une petite fille heureuse et épanouie.

La force d'affronter tout ce qui pouvait se dresser devant elle. Surtout, il lui avait rendu la faculté de croire aux miracles et aux rêves. Dans ce vieux monde cynique, il existait encore des héros. Lorsque le désespoir vous assaillait, l'un d'entre eux surgissait, vous soulevait dans ses bras et vous emportait au loin, dans une contrée magique où vous étiez heureuse à jamais.

Comme leurs baisers se faisaient plus ardents, Emmanuelle se rappela le jour où, le visage collé à la vitre d'une voiture du FBI, elle avait cru voir James pour la dernière fois. Elle s'était bien trompée. Son conte de fées n'était pas terminé.

La partie la plus merveilleuse ne faisait que commencer...

Ce mois-ci, découvrez également
trois nouveaux romans de la collection

Aventures et Passions

Le 1er mars 2000
Savannah
de Becky Lee Weyrich (n° 5463/J)

Ses études terminées, Mary Scarlett est de retour à Savannah, sa ville natale. Elle y retrouve ses deux éternels soupirants, Liam Conrad et Cody Howard, ainsi que ses parents qui lui conseillent d'épouser au plus tôt l'un des deux courtisans. Mais le fantôme de Mamie Boo, son affectueuse arrière-grand-mère récemment décédée, revient pour l'en dissuader...

Le 8 mars 2000
L'idylle interdite
de Teresa Medeiros (n° 5472/I)

Lucy n'est pas près d'oublier le baiser passionné du capitaine Doom, redoutable pirate des mers ! Mais sa réputation est en jeu : pas question de divulguer cette aventure à qui que ce soit. Et encore moins de répandre le bruit que ce monstre l'a charmée et lui a donné le goût de la piraterie...

Le 24 mars 2000
En proie à la passion
de Johanna Lindsey (n° 5489/J)

Angleterre, XIIIe siècle. Clothilde garde un mauvais souvenir de Tristan, l'un des vassaux du roi : il a causé la mort d'un des rapaces dont elle s'occupait. Aussi est-elle furieuse d'apprendre que le roi ordonne son mariage avec ce rustre. Les relations promettent d'être tendues entre cette femme qui refuse toute soumission et cet homme qui lui reproche d'être un garçon manqué...

5488

PCA – 44400 Rezé
Achevé d'imprimer en Europe (France)
par Maury-Eurolivres – 45300 Manchecourt
le 28 février 2000.
Dépôt légal février 2000. ISBN 2-290-30219-8

Éditions J'ai lu
84, rue de Grenelle, 75007 Paris
Diffusion France et étranger : Flammarion